흥분이란 무엇인가

張煒中短篇小說選
by 張煒

Copyright © Zhang Wei (張煒)
Korean translation Copyright © 2017 by Moonji Publishing Co., Ltd.
All rights reserved.

This Korean translation rights was arranged with People's Literature Publishing
House Co., Ltd. through Imprima Korea Agency.

이 책의 한국어판 저작권은 Imprima Korea Agency를 통해 People's Literature
Publishing House Co., Ltd.와의 독점 계약으로 ㈜문학과지성사에 있습니다. 저작권법에 의해
한국 내에서 보호를 받는 저작물이므로 무단전재와 무단복제를 금합니다.

Published by arrangement with People's Literature Publishing House Co., Ltd.
China.
This book has been supported by 中国国家新闻出版广电总局 through
"China Classics International Project".

经典中国国际出版工程
China Classics International

대산세계문학총서 144

흥분이란 무엇인가

激動

장웨이 지음 — 임명신 옮김

문학과지성사

대산세계문학총서 144_소설

홍분이란 무엇인가

지은이 장웨이
옮긴이 임명신
펴낸이 이광호
펴낸곳 ㈜**문학과지성사**
등록번호 제1993-000098호
주소 04034 서울 마포구 잔다리로7길 18(서교동 377-20)
전화 02) 338-7224
팩스 02) 323-4180(편집) 02) 338-7221(영업)
전자우편 moonji@moonji.com
홈페이지 www.moonji.com

제1판 제1쇄 2017년 10월 31일

ISBN 978-89-320-3053-1 04820
ISBN 978-89-320-1246-9 (세트)

이 도서의 국립중앙도서관 출판예정도서목록(CIP)은 서지정보유통지원시스템 홈페이지(http://seoji.nl.go.kr)와
국가자료공동목록시스템(http://www.nl.go.kr/kolisnet)에서 이용하실 수 있습니다.
(CIP제어번호: CIP2017027408)

이 책은 대산문화재단의 외국문학 번역지원사업을 통해 발간되었습니다.
대산문화재단은 大山 慎鏞虎 선생의 뜻에 따라 교보생명의 출연으로 창립되어
우리 문학의 창달과 세계화를 위해 다양한 공익문화사업을 펼치고 있습니다.

차례

일러두기

1. 본문의 주는 모두 옮긴이의 것이다.

대추나무 지킴이

1

춥지도 덥지도 않은 늦여름 내지 초가을 밤, 처녀 총각들이 길가에 서서 결 고운 바람을 쐬고 있노라면 절로 노래가 흘러나오게 마련이다. 새들이 새벽에 지저귀기 좋아하는 이치나 똑같다.

"신발을 신으려면 쇠가죽 구두— 노래를 하려면 참신한 노래—!"

요 몇 년 새로 나온 노래가 아주 많아서, 부르기 시작했다 하면 끝날 줄을 모른다. 억지로 멈추게 하기는 무척 힘들 정도다.

이날 저녁 인민공사* 사원 모임이 시작되었을 때 다전쯔(大貞子)를

---

* 인민공사(人民公社): 1958년 설립된 중국 농촌의 사회생활 및 행정의 기초 단위로서 행정 부문과 농공업 생산 부문, 학교, 예비군[民兵] 등을 포함하는 중국 사회의 독자적인 말단 권력 조직. 먼저 20~30호 가구를 묶어 생산대(生産隊)를 만들고 이 생산대 10개 내외로 생산 대대(大隊)를 이루며 8~10여 개의 생산 대대가 인민공사를 구성하는 3단계 조직. 지역 및 시기에 따라 상당한 규모의 차이가 있었다. 개혁 개방과 더불어 폐지되기 시작해 1985년 완전히 역사의 무대에서 사라졌다.

비롯해 그녀와 같이 어울려 다니는 처녀 몇 명은 어둑어둑한 그림자 속에서 한참 노랫가락을 흥얼거리는 중이었다. 몇 번이나 누군가의 제지를 받고서야 겨우 잠잠해졌으나 그것도 잠시, 얼마 안 돼 또 히히 하하 웃음이 터진다. 스웨터 뜨개질을 하며 웃고, 가장자리 레이스 처리를 하면서 웃고, 땅바닥 풀줄기를 비틀며 웃고…… 손을 가만히 두지 않는 건 물론, 입도 쉬지 않는 그녀들이었다.

드디어 열을 받은 생산대 대장 젊은 싼라이(三來)가 처녀들을 떨어져 앉도록 했다. 너는 여기, 너는 저기 앉고…… 그러나 굵은 목소리가 두드러지는 다젠쯔야말로 오히려 우두머리 같아 보였다. 그녀를 자기 아버지 앞에 앉게 했는데, 아버지 취유전(曲有振)이 뻐끔뻐끔 담배를 피우자 다젠쯔는 담배 냄새가 괴롭다며 투덜댔다. "숨 막혀 죽겠네." 손을 뻗어 아버지 입에 물려 있는 담뱃대를 옆으로 확 밀어버린다. 본인이 웃고 다른 이도 웃자 다젠쯔는 한술 더 떴다. 아예 노인네 입에서 담뱃대를 뽑아 땅바닥에 톡톡 털어 노인네 다리 쪽으로 휙 던지고는 양손바닥을 털 듯 살랑거리며 크게 웃음을 터뜨리는 것이다. "이거 봐, 철딱서니가 없다니께……" 취유전이 옆 사람에게 딸을 손가락질하며 말했다. 싼라이는 가르마 탄 반들반들한 머리를 휙 한번 휘두르더니 탁자를 치며 말했다. "할 거여 말 거여, 엉?" 다젠쯔가 실실 웃으며 대꾸한다. "누가 하지 말라나?"

싼라이는 그런 다젠쯔를 한 번 흘겨보고 도리 없이 목청을 높여 이야기를 계속하는 수밖에 없었다. 요컨대 마을의 중대사, 즉 해변에 접붙인 멧대추나무에 굵은 열매가 맺혔는데, 지키는 사람이 없어 도둑맞고 있다는 얘기였다. 그는 거기 있는 오두막에서 밤을 지내며 대추를 지키면 '하루'치 노동 점수*를 '하루 반'으로 해줄 테니 원하는 사람은 지금 신청하라고 했다. 아주 팔자 좋은 일거리다! '라오훈훈(老混混)'이라는 별명의 중년 아저씨가 당장 신청했는데, 이상하게도 한 사람 신청하고는 썰렁해져 더 이상 나서는 사람이 없었다. 다전쯔는 여전히 빙그레 웃는 얼굴로 손바닥을 비틀며 장난을 치다가 사람들이 갑자기 조용해지자 웃음을 그쳤다. 사방을 둘러보고서야 무슨 상황인지 깨닫고 다급히 일어서서 소리쳤다. "저유! 저도 있어유!"

옆에 있던 취유전은 딸의 고함 소리에 깜짝 놀랐다. 저런 저, 선머슴아 같으니라구…… 다 큰 처녀가 저렇게 고함을 치다니…… 그는 딸의 옷깃을 붙들고 말했다. "안 된다. 처녀가 할 일이 아녀." 힘껏 뿌리치며 반박하는 다전쯔. "어째서유?! 하루치 노동 점수가 하루 반이 되구…… 거의 놀며 장난하는 거니 틈틈이 뜨개질도 할 수 있구……" 그녀의 굵직한 목청에 모두 일제히 웃었다. 어찌 된 일인지 다전쯔가 한마디 했다 하면 사람들은 웃음이 터진다. 아버지 취유전은 약간 난감한 얼굴로 주위를 둘러보더니 목소리를 낮춰 안 되는 이유를 설명했다. 그 넓은 해변에 사람이 드물고 온통 사람 키 반만 한 풀밖에 없다…… 처녀가 뜨개질하고 있을 만한 곳이 전혀 아니다 등등.

취유전이 한참 딸을 타이르는 가운데 저쪽에 있는 싼라이가 회의 종료를 선언했다. 결국 누가 멧대추를 지키러 갈 것인가는 '좀 연구해보자'로 결론이 났다. 취유전은 사람들을 따라 자리를 떠나며 손을 휘젓는다. "우리 집 애는 '연구'해볼 것 없어유!" 그렇지만 나중에 보니 아무래도 싼라이가 이 말을 못 들은 것이 분명했다. 다전쯔까지 넣어 '연구'를 했을 뿐 아니라 다전쯔로 '연구 결과'를 냈기 때문이다.

---

* 노동 점수〔工分〕: 1950~1980년대 초까지 농촌 집단경제조직의 노동량과 임금의 계산 단위.

다음 날 쌴라이가 직접 찾아와 다전쯔를 해변의 멧대추나무 지킴이로 파견하게 되었다는 결정을 통고했다. 낭패다…… 말도 안 된다! 처녀를 인적이 드문 해변에 멧대추나무 파수꾼으로 보낸다니! 취유전은 허리를 굽힌 채 다첸먼(大前門) 담배를 꼬나들고 쌴라이 면전에서 입이 닳도록 설득했으나 소용이 없었다. 쌴라이가 자리를 뜨자 취유전은 그를 힘담했고, 이어 자기 딸 다전쯔도 나무랐다. 스물 몇 살 먹은 처녀가 맨한 얼굴을 하고 다니니 그런 것 아니냐, 멍청한 계집애를 우습게 보지 않으면 그게 이상한 일이다……

.들으며 웃기만 하던 다전쯔는 예쁘게 옻칠한 걸상에 앉아 유유히 다리를 건들거리다 잠시 아버지의 잔소리가 멈추자 훌쩍 일어났다. "회의에서 라오훈훈 혼자 신청했어유. 내가 가지 않으면 그자가 갈 것인데 어찌 될지 감이 안 잡히셔유?!" 이 한마디에 취유전은 얼른 입을 닫았다. 무지막지한 건달 라오훈훈. 온 마을에 그를 무서워하지 않는 이가 드물다. 라오훈훈은 생산대 물품을 제 것처럼 여기는 등 과거 몇 년 마을의 질서를 어지럽혀온 인물이다. 허리에 늘 얼룩덜룩 녹슨 커터 나이프를 꽂고 다녔다. 사람을 크게 해칠 정도의 무기는 아니라지만 어쨌거나 아무도 그를 건드리지 못했다. 쌴라이 또한 빈둥거리며 늘 라오훈훈에게 돈을 빌리곤 하는 인물. 함께 윗사람 뒷담화를 하는가 하면 비 내리는 날 어울려 술 몇 잔 걸치기도 한다. 생산대에서 힘들지 않은 어떤 가벼운 일거리가 있을 때면 보통 라오훈훈 혼자 맡곤 했다.

그나저나 이번에 만일 라오훈훈이 해변으로 파견 나가게 되면 골치 아파질 것 같다. 넓디넓은 해변, 인적은 드물고 사람 키 반만 한 띠풀*

---

*　띠의 어린 꽃이삭을 뜻하는 '삘기'의 방언.

뿐인 곳. 라오훈훈에게 대추나무들을 맡겨놓았다간 엉망이 될 게 뻔하다. 취유전은 이런 생각을 하게 되자 줄곧 철딱서니 없다고 여겨온 딸 다전쯔가 그래도 '대의(大義)'를 아는구나 싶었다. 결국 군소리를 접으며 원망스러운 듯 그저 한마디 덧붙였다. "싼라이가 대장 노릇을 하고 있으니 라오훈훈을 봐주겠지! 남쪽의 마을 몇 군데는 지난해 음력 12월 민의를 모아 대장을 뽑았다던데 우리 마을에선 아직 움직임이 없네! 곧 가을 농작물 수확기인디……" 최근 취유전이 열 받을 때마다 몇 마디 구시렁대며 바라는 바가 바로 '생산대 대장 민주선거'였다. 물론 그 자신은 자류지(自留地)*의 채소를 몇 번 몰래 팔아먹은 적이 있어 일찌감치 가망이 없어진 처지다. 거기서 나온 수익금 50위안을 싼라이가 '쓱싹' 해버린 일을 취유전은 줄곧 마음에 두고 있었다. 누군가 나서서 녀석을 좀 손봐줬으면 했으나 지금까지 속앓이만 해온 터였다. 결국 낮에는 다전쯔가 가서 지키고 저녁에는 아비인 자기가 현장의 오두막에 가서 자기로 했다. 그 수밖에 없었다.

다전쯔는 좋아 난리였다. 뒤뜰에 가 다섯 자 길이의 팔뚝만 한 나무 막대기를 다듬어 다음 날 해변에 가지고 갈 준비를 했다──해변에서 그것으로 가시나무와 띠풀을 헤쳐 길을 내거나 호신용으로 쓸 심산

* 사회주의 경제체제 아래 중국 농촌의 일부 텃밭. 1949년 중화인민공화국 성립 후 토지 개혁이 이뤄졌으나 1955년 농업 합작화, 즉 토지 소유의 집단화가 진행된다. 그중 전체 경작지의 5퍼센트 범위 내에서 농민 개개인에게 부여된 땅이 자류지였다. 1958년 인민공사 성립 후 폐지, 1961년 부활되었고 1962년 자류지 허용 면적이 생산 대 경작 면적의 5~6퍼센트까지 확대된다. 자류지에서 생산된 농산품은 집체적 분배로 계산되거나 국가 수매 대상 및 통계에 포함되지 않으며 생산자 자유 처분이 가능했다. 개인의 물질적 욕구를 자극함으로써 생산성을 높이고자 하는 취지였으나 자본주의적 요소라는 이유로 비판받는다. 문화혁명 시기에 주요 공격 대상이 되었다가 문화혁명 종료 후 일부 지역에서 회복 및 확대되며 생산성 향상에 기여했다.

이다. 나무 막대기를 들고 집 안으로 들어오는 다전쯔, 입으로는 애창 곡을 흥얼거리고 있었다. "친애하는 벗들이여— 아름다운 봄빛은 누구 것인가—" '봄빛이 누구 것'인지 관심 밖인 취유전은 그 허연 나무 막 대기를 바라보며 여전히 마음이 놓이지 않아 당부했다.

"해변에는 늘 약재를 캐는 사람이 있다. 그들하고 말 섞을 것 없 어!"

"아름다운 봄빛은 내 것이라네—"

"바다에서 그물 당기는 사람들도 예의범절이 없으니 상대하면 못 쓴다!"

다전쯔의 콧노래는 아랑곳없이 계속되었다.

"아름다운 봄빛은 그대 것이리—"

저녁이 되어 다전쯔는 방 한쪽 침상처럼 된 구들에 드러누웠다. 얼 굴을 훤히 비추는 달빛 아래 잠이 오지 않아, 큼지막한 까만 눈을 동그 랗게 뜨고 창살 개수를 세는 수밖에 없었다. 그녀의 눈썹과 눈을 보면 누구든 예쁘게 생겼다며 한마디씩 감탄한다. 확실히 못난 얼굴은 아니 다. 특히 열일고여덟 살 때는 제법 늘씬한 예쁨이였다. 나중에 무슨 이 유인지 살이 찌기 시작하더니 현재는 불그스레하게 반들거리는 큼지막 한 얼굴이 되었다. 물론, 먹성 좋고 잠 잘 자는 다전쯔가 살이 안 찔 수 있겠냐고들 하기는 한다. 너무 웃어서 그렇다는 사람도 있었다. 어디 처녀가 이렇게 웃음을 흘리고 다닌단'말인가! 뚱뚱하지 않다면 그게 오 히려 이상하다는 것이다.

생산대 대장 싼라이는 늘 처녀들 일하는 곳에 가서 '업무 검열'하기 를 좋아했다. 거기 한번 쭈그려 앉았다 하면 반나절이었다. 늘 교과서 같은 얘기를 하고 또 하고…… 결국 처녀들에게 욕을 얻어먹거나 흙덩이가 날아오곤 했다. 다전쯔는 말도 잘하고 웃기도 잘할 뿐 아니라, 그게 어때서? 뭐 이런 분위기다. 싼라이가 겁 없이 분명하게 '사귀자'는 제안을 한 적도 있다. 농담으로 하는 말을 담아두지 않는 다전쯔지만 이것만은 잊히질 않았다. 싼라이가 몹시 비호감 인간일지언정 그래도 총각이다! 총각에게 '사귀자'는 말을 듣기는 처음이었다.

구들에 누워서도 좀처럼 잠을 이룰 수가 없었다. 왜 또 그 생각이 났나 모르겠다 싶어 얼굴을 붉히며 욕을 했다. "어디 눈이 삐어서 싼라이 같은 작자하고 사귄담! 건달 같으니라고…… 자자, 자! 내일 일찍 해변에 가야지……" 그녀는 짜증스럽게 구들 위에서 몸을 뒤척였다. 베개에 얼굴을 바짝 붙이고 일부러 숨을 고르게 쉬어본다. 얼마 안 있어 방 안에 크게 코 고는 소리…… 우람한 사내대장부 같은 숨소리였다.

2

다전쯔는 나무 막대기를 지고 씩씩하게 해변으로 갔다. 대추가 익었으려나? 곧 익을 것 같다.

해변은 정말이지 끝이 없어 뵌다. 온통 풀, 야생 대추, 향기로운 꽃, 짙은 자주색, 촉촉한 빨강, 발그레한 분홍색, 바다처럼 파란 하늘, 솜털 같은 구름…… 다전쯔는 기분이 너무나 좋았다. 하루 종일 굵직한 복청으로 노래했다. "젊은 두 사람이 데이트를 하는데— 아름다운 봄빛은 누구 것인가—"그녀는 큰 나무 덤불을 발견하고 긴 다리를 들어 올려 폴짝 뛰어넘으려다가 알록달록한 꽃뱀이 풀포기를 따라 도망치는 것을 보고는 그 몸짓을 흉내 내보기도 한다.

구부린 몸을 좌우로 비틀며 한참 뱀을 쫓는데…… 멀리서 구령 소리가 들려왔다. 달려가 보니 해변가에 고기잡이들이 늘어서서 고함을 치고 있었다. 맙소사! 웃통을 벗은 채 일하는 남정네들 모습에 다전쯔는 얼른 도로 달려왔다. 그녀는 이렇듯 대추나무 주위에서 며칠을 맴돌았으나 약재 캐는 사람 하나, 뱃사람 둘을 만났을 뿐이다. 떠들썩한 것을 좋아하는 다전쯔인지라 점점 견디기 힘들어졌다. 집에서 가져온 털실로 뜨개질을 시작했으나 딱 손가락 길이 정도가 되자 지겨워져 아예 작은 손수건으로 돌돌 말아버렸다. 이제 뭘 한다……? 주위에 아무도 없으니 말 한마디 할 기회가 없다. 다전쯔는 고독을 느끼기 시작했다.

얼마 후 드디어 해변에 사람이 나타났다. 싼라이?! 다전쯔는 아는 사람을 만나자 일단 좋아라 달려갔다. 얼굴에 허옇게 분칠한 듯한 싼라이였다. 세 걸음 밖에서도 전혀 느끼지 못했으나, 그가 바짝 앞으로 다가와 이빨을 부드득거리며 구시렁거리자 그녀는 혐오감이 솟았다. 울컥 짜증이 났다.

"이 먼 데까지 뭐 하러 왔남?"

"헤헤." 싼라이가 웃는 상으로 얼굴을 빳빳이 세우더니 엄숙하게 고개를 주억거렸다.

"대충 둘러보러 왔지. 업무 검열 좀 하면서……"

"검열은 쥐뿔!" 다전쯔가 땅을 향해 한마디 내뱉는다.

싼라이는 화 내지 않고 히죽거렸다. "욕이냐? 친해서 때리고 사랑하니 욕하는 법!" 대추를 하나 따 입에 넣고, 하나 더 따려다가 다전쯔에게 막대기로 얻어맞았다. 싼라이가 손을 거두며 소리친다. "안 된다 그거여?"

"안 되지!"

그대로 거기 쭈그리고 앉아 대추나무 위에 주렁주렁 달려 흔들리는 대추를 보며 몇 번이고 입맛을 다시는 싼라이…… 마음이 약한 다전쯔는 대추나무 아래에서 벌레 먹어 구멍 난 것을 몇 개 주워 건네준다. "못 따게 하자는 게 아니라 안 익어서 그려. 우선 벌레 먹은 거나 먹어!"

싼라이는 대추를 몇 개 먹고 한참을 놀다 정오 무렵이 되어서야 마지못해 떠났다. 갈 때가 되자 소곤소곤 이런 말을 했다.

"내가 왜 라오훈훈 안 보내고 굳이 널 해변에 보냈는지 아냐? 널 생각해서여!"

다전쯔도 모르는 바 아닌지라 민망함에 손을 휙 내저으며 말했다.

"난 일 없어! 그거야 니가 널 위해 그런 거겠지……"

해변에는 보통 다전쯔 혼자였다. 매일 어둑어둑해질 때쯤 아버지가 교대를 하러 온다. 노인네는 딸내미 때문에 이렇게 먼 길을 와야 한다고 늘 불평이었다. 다전쯔도 지지 않고 콧잔등을 찌푸리며 말대답을 했다. "날 위해서? 아부지, 하루 반치 노동 점수 때문 아니구?"

얼마 지나지 않아, 광산 지역에서 측량을 하는 여성 동지 몇 명이 대추나무 숲 현장 숙소인 이 오두막에 묵어가게 되었다. 다전쯔는 그제야 동무가 생긴 셈이다. 낮이나 밤이나 해변에 있으니 아예 집에서 쌀국수를 좀 갖다 놓고 해 먹었다. 한번은 흑설탕 넣은 찐빵을 몇 개 만들어 측량대 여성 동지들에게 먹였다. 먹지 않겠다는 것을 기어이 이불 속에 찔러 넣었다.

싼라이는 며칠에 한 번씩 업무 검열차 왔는데, 귀찮아하지도 않고 더위도 전혀 개의치 않는 눈치였다. 겨우 주제 파악을 했는지 대추는 벌레 먹어 땅에 떨어진 것만 주위 먹었다. 맛있게 대추를 씹으며 종종 걸음을 치거나 다전쯔 앞뒤로 까불까불 나대기도 했다. 이야기 나눌 상대가 간절했던 다전쯔, 가만히 홀로 있자니 답답해 죽을 지경이었다. 여기저기 왔다 갔다 하느라 피곤해지면 태양에 달궈진 깨끗한 하얀 모래 위에 몸을 옆으로 하고 누웠다. 따끈한 모래가 얼마나 편안한지 아아…… 기분 좋은 신음이 계속된다.

싼라이가 한쪽에 앉아 대추를 씹으며 뭔가 열 받은 듯 구시렁대다 보면 '바른 길'을 빗나가기 십상이다. 그중 한마디가 다전쯔를 정말로 화나게 했다. 옆에 놓인 나무 막대기를 날쌔게 집어 '픽', 그의 팔꿈치에 한 방 날렸다. 싼라이는 펄쩍 뛰어 일어나 팔꿈치를 어루만지며 다전쯔를 원망했다. "넌 아직 사상 해방이 부족혀!" 아무 대꾸 없이 나무 막대기를 꽉 쥐고 있는 다전쯔 옆에서, 싼라이는 아으 아으 통증에 신음하며 팔꿈치를 한참 어루만지더니 걸어서 가버렸다. 그의 뒷모습이 푸른 수풀 속으로 사라지는 것을 바라보다 다전쯔가 갑자기 목청껏 웃음보를 터뜨린다. 이윽고 그녀는 나무 막대기를 들어 잠시 허리 주위로 휘휘 돌려본 다음 두 손에 묻은 부스러기를 탈탈 털어내고 흡족한 표정을 지으며 막대기를 어깨에 둘러멨다.

3

싼라이는 이후 며칠 오지 않았다. 오히려 다전쯔가 슬슬 겁이 나기 시작했다. 뼈를 잘못 맞아 병원에 입원했나? 일찍 나가 늦게 돌아오는 측량대 여성 동지들에게 밤에 물어볼 얘기가 한 보따리다. 어떤 총각이 낮에 대추를 훔치러 왔기에 팔꿈치를 한 대 패줬는데 뼈가 상했을 수도 있을까? 측량대 처녀들이 웃으며 고개를 가로젓자 다전쯔는 겨우 안심했다. 날이 정말이지 빨리 간다. 대추도 나날이 부쩍부쩍 붉게 익어갔다. 해변의 대추가 온통 빨갛게 익을 때를 기다리며 며칠이 지나갔다. 다전쯔의 아버지는 측량대 인편에 부탁해 딸에게 쌀국수를 좀 보냈을 뿐 해변에 오지 않았다. 싼라이가 코빼기도 보이지 않는 것에 대해 다전쯔는 생각했다. 틀림없이 가을 농번기 생산대 일로 정신이 없는 것이려니……

그러던 어느 날 그녀가 숲에서 마른 자봉화 덤불을 만났다. 돼지 키울 때 얼마나 좋은 사료인지 모른다. 누가 여기다 팽개치고 갔을까? 마을에서 좀 먼 곳이라 기름진 사료거리가 이렇게 많은가 보다. 힘깨나 쓰는 누군가가 해변에서 뽑아다 놓은 것인 듯싶었다. 뉘 집 살림꾼인지…… 그녀는 감탄했다. 쨍쨍 내리쬐는 정오의 태양 아래 더위를 먹은 듯 수풀 속 대추나무가 꼼짝 않고 서 있는 가운데, 다전쯔는 나무 막대기로 가시덤불, 띠풀을 헤치며 앞으로 나아갔다. 갑자기 한 더미 한 더미 자봉화 덤불이 눈에 들어왔다! 둥그렇게 큰 눈으로 사방을 둘러보다가 저만치 수풀 아래 웃통을 벗은 사람 뒷모습을 발견한 다전쯔. 놀라 비명을 지르자 그 사람은 수풀 속으로 뛰어들어 몸을 숨겼다. 다전쯔가 화난 얼굴로 성큼성큼 쫓아가 수풀 속의 그 뒷모습에 대고 고함을 친다. "당신, 누구요?!" 천천히 뒤를 돌아보는 남자…… 아! 싼, 싼라이였다!

나선쓰는 노무시 자기 눈을 믿을 수 없었다. 늘 반들반들하던 싼라이 머리카락이 헝클어져 흙투성이였다. 머리카락 한 가닥, 한 가닥을 타고 얼굴 위로 흘러내리는 땀, 내놓은 팔뚝 피부가 얼룩덜룩 벗겨져 꽃처럼 점점이 돋아 있는 허물, 그 사이를 구르는 콩알만 한 땀방울…… 다전쯔는 기절초풍했다. 어찌 된 일인지 전혀 영문을 알 수 없는 상황에 놀라 손에 들고 있던 막대기를 바닥에 떨어뜨렸다. 싼라이가 살짝 말을 더듬는다.

"나…… 돼지풀 뽑으러……"

"어쩐지, 업무 검열 하러 오는 꼴을 못 보겠다 했네."

싼라이의 얼굴이 별안간 벌겋게 부어오르더니 더욱 말을 더듬었다.

"결정된 거여. 난…… 이제 아녀, 아니라고!"

다전쯔는 눈을 휘둥그렇게 떴다.

"너, 이제 생산대 대장님이 아니다 그 말이냐?"

"이제 아녀."

다전쯔는 말문이 막힌 듯 그 자리에 서서 그를 1, 2분쯤 똑바로 쳐다보았다. 이제야 알겠다. 일찍부터 새로 정해질 거라는 얘기를 듣긴 했지만 이렇게 빠를 줄 누가 알았겠나. 아버지도 집에서 틀림없이 기뻐하고 온 마을 사람들도 분명 좋아할 것이다. 먹는 것 밝히고 일은 게으른 싼라이를 싫어하는 사람들뿐이다. 멀쩡한 마을이 그런 싼라이 때문에 사실상 이상해졌다. 그녀는 싼라이가 라오훈훈과 그 모양으로 어울려 다니는 꼴에 화가 났는데 속이 좀 풀리는 느낌이었다. 한바탕 통쾌한 기분에 갑자기 절로 손뼉을 치며 말했다. 다행이네! 넌 애당초 가당치 않았다 그 말씀. 어차피 조만간 끝장이었어. 사람들한테 니가 좋은 일 한 거 있냐? 이제 생산대 대장님이 아니라니 다행이구먼 하하하…… 그녀는 호탕하게 고함치듯 떠들며 소리 높여 웃어댔다.

묵묵히 제자리에 서 있는 싼라이. 입을 다물려던 그녀를 순간 멍하게 했다. 그가 울기 시작한 것이다. 콩알 같은 눈물이 눈가에 맺혀 있었다. 다전쯔는 숨도 크게 쉬지 못하고 망연히 바라보았다. 아이구, 아유 아유, 왜 울어? 울 줄도 아냐? 남 우는 것만 보던 사람이!? 입술을 깨무는 다전쯔. 쌤통이다 싶고 웃기도 했다. 울어라! 울어! 흥, 너도 그런 맛을 알아야지. 몇 년 전 그 흰 홑저고리 차림으로 대로변에서 거들먹거리던 꼴이라고는! 꼭 시찰 나온 고위 간부처럼.

싼라이의 눈물방울이 누런 볼에 줄줄 흘러내렸다. 눈물의 작은 시내는 콧구멍을 지나 입가로 흘러들어갔고 하얀 모래 위의 발에도 흘러내렸다. 마치 몸 위의 수분을 쥐어짜는 듯했다. 허리가 구부정해지고 다리에 힘이 풀리는지 바닥에 주저앉는다. 다전쯔는 남자가 이렇게까지 우는 것을 처음 보는 터라 속으로 좀 떨리기 시작했다. 조금 전 자신의 고함과 웃음소리에 상처를 받았나 싶어 살짝 후회가 되기도 했다. 누군가에게 마음을 살짝 꼬집힌 느낌이랄까. 새삼 그의 얼굴을 바라보았다. 삐쩍 마르고 광대뼈가 솟은 거무튀튀한 얼굴, 풀 죽은 모습……여기저기 껄렁껄렁대며 떠돌기 좋아하던 남자가 육체노동을 좀 하고 나니 이 꼴이다. 그녀는 쯧쯧 혀를 차며 모래 위에 그와 나란히 앉았다.

싼라이가 눈물을 닦을 때를 기다려 다전쯔는 대화를 시도했다. 여러 날 해변에 오지 않았던데…… 덕분에 자기는 아는 사람이 하나도 없었지 뭔가…… 싼라이가 눈을 내리깔며 말했다. "생산대에서 보리 파종 때부터 '책임제'를 실시하는 바람에 틈이 없어서……" 다전쯔는 이 말을 듣자 예전에 그가 라오훈훈과 으스대던 모습이 떠올라 속으로 생각했다. 책임제, 좋지! 너하고 라오훈훈 외에 누가 그리 제멋대로 노닥거렸겠냐? 성인 남자면 부지런히 각자 노동 점수를 땄어야지! 이렇게 생각하면서도 입 밖에 내지는 않았다. 싼라이도 더 이상 말이 없다. 그렇게 한참을 있다가 낙선한 경과를 설명했다. 딱하게도 단 세 표를 얻었단다 ―해변의 대추 지킴이로 뽑히지 못한 것을 원통해하던 라오훈훈이 싼라이의 득표를 막았다는 것이다.

라오훈훈 얘기가 나오자 싼라이는 욕을 했다.

"배은망덕한 놈! 선거에 물먹은 그날 밤, 녀석이 찾아와 빌린 돈 3백 위안을 갚으라는 거여." 다전쯔는 놀라서 부르짖었다. "3백 위안? 거짓말!"

"한 푼도 어쩔 도리가 없는 사람한테, 받을 돈 받아야겠다 그거지!" 싼라이는 말을 마치자 심히 의기소침한 채 허리를 구부려 돼지풀을 수습해 큰 다발로 묶는다. 다전쯔는 아무것도 묻고 싶지 않았다. 그가 풀을 어깨에 지는 것을 도와주고 가는 모습을 배웅했다. 아이고······ 크기도 해라 돼지풀 짐. 싼라이 몸통의 반을 가리며 사람을 휘청휘청하게 만든다. 다전쯔는 풀짐을 짊어진 뒷모습이 한 걸음 한 걸음 수풀들 나무들 사이에서 흔들거리며 멀어져가는 것을 그 자리에 서서 물끄러미 바라보았다. 드디어 그 모습이 몇 번 흔들리더니 멀리서 다시 주저 앉는다. 가서 부축해주고 싶었으나 가까이 다가갈 명분이 없었다. 그는 스스로 바둥거리며 일어섰다. 건장한 젊은 남자가 돼지풀 한 단에 눌려 엎어지다니! 모두 그간 빈둥거리며 살아온 탓이다.

어렸을 때는 함께 풀베기를 하고 손으로 고기를 잡는 사이였다. 싼라이를 당할 자가 없었다. 거친 만큼 능력도 있었다. 몇 년 전부터 번지르르하게 말을 잘하는 사람이 이익을 보는 분위기가 되었다. 가르마 탄 머리를 하고 신통하게도 하나를 배우면 열을 아는 싼라이였지만 겉멋이 들면서 사람이 영 못 쓰게 되었다. 땅에 떨어진 멧대추를 주워 먹는 지경이 된 것도 무리가 아니다. 다전쯔는 벌레 먹지 않은 대추를 좀 더 따 먹이지 않은 게 후회가 되면서 마음이 통 편치를 않았다. 사정이란 게 변하자고 드니 참 빨리 변한다. 업무 검열을 하러 다니던 싼라이가 이번에는 돼지꼴을 채취하러 다니게 되었으니 말이다. 마음이 짠해진 그녀 입에서 다시 쯧쯧 혀 차는 소리가 났다. 다전쯔 마음 약한 것은 모르는 사람이 없다. 마을에서 영화를 볼 때 영화 속의 주인공이 고난을 겪는 장면이 나오면 발그레한 얼굴 위로 눈물방울이 굴러 내리곤 했다.

사흘째 되는 날 싼라이가 또 해변에 왔다. 다전쯔는 나무 막대기로 대추나무를 이리저리 들춰보며 적당한 대추를 찾아내 그에게 건네주는 가 하면 지난번처럼 그가 풀단을 어깨에 짊어지도록 거들었다.

4

이후 싼라이는 늘 해변에 왔다. 그것도 정오 한가한 시간을 틈 타서 왔다. 이제는 일할 때 제법 힘을 쓴다. 대추나무 들풀들 사이에 쭈그리고 있으면 등줄기에 흐르는 땀줄기를 타고 풀벌레들이 달라붙는데, 그는 고개도 들지 않고 잠시 뒤 큰 더미의 돼지꼴을 해놓았다. 원래 숫자 목표를 세우고 달성하기 좋아하는 것이 작업의 달인들이다. 그는 돼지를 두 마리 키우게 되었는데 봄 되면 꼭 녀석들을 살찌우겠다고 다전쯔에게 장담했다. 무슨 웅대한 뜻이라도 품은 듯한 기세였다.

싼라이는 다전쯔를 찾아 수다를 떨기보다 늘 혼자 수풀 깊은 곳에 들어가 일을 하곤 했다. 다전쯔 또한 그를 만나면 돼지꼴 수습을 거들었고 마지막으로 풀단을 짊어질 때 도움을 주었다. 한번은 풀짐을 지고 몇 발자국 가서 멈춰 서더니 고개를 돌리고 약간 미안한 듯 웃음을 보이는 싼라이…… 무거운 짐 때문에 얼굴에 열이 올라 빨갛게 상기된 모습이었다. 다전쯔는 그가 뭔가 거슬리는 '상스런 말'을 하려나 보다 싶어 막 자리를 피하려는데 그가 우물거리며 말했다.

"나…… 전에 대장 할 때, 니네 집에…… 아주 잘했다고는 못 하지!"

진짜…… 그 어떤 말보다 거북하다! 그녀는 막대기로 그 어깨 위 풀짐을 건드리며 말했다.

"빨랑 가! 풀짐이 덜 무거운가 보네. 그래서 어쩌라고?"

어느 날 정오, 다전쯔는 늘 그렇듯 싼라이의 돼지꼴 작업을 도왔다. 그런 다음 풀짐을 어깨에 지도록 거들어주려던 찰나, 마침 딸에게 쌀국수를 갖다 주러 온 아버지와 맞닥뜨렸다. 바삐 해변을 가로질러 오느라 온몸이 땀으로 흥건했다. 이 광경을 목격하자 그는 경악했고 손에 들고 있던 물건을 험하게 집어 던지며 큰 걸음으로 두 사람 앞으로 다가왔다. 큰 숨을 헐떡거리며 옷섶을 풀어 헤친 모습이다. 팍팍한 노인의 가슴팍이 들썩들썩했다. 다전쯔가 소리쳤다.

"아부지……!"

"기운이 세면 뭘 해도 좋다 그거냐? 손을 더럽혀도 상관없다 그거여? 에잇, 퉤!" 취유전은 잔뜩 화가 난 눈으로 딸을 노려보며 호통을 치고 험하게 발을 굴렀다. 풀짐을 진 채 두어 걸음 내디딘 차였던 싼라이가 이 호통 속에 몸의 균형을 잃고 휘청휘청하더니 오지게 쑤셔 박혔다. 그의 몸이 심하게 부들거렸다. 정맥이 도드라진 시커먼 손으로 미끄러져 쏟아지려는 풀단을 힘껏 부여잡고 일어나 다시 한 발짝, 한 발짝 걸음을 옮겼다.

멀어져가는 싼라이, 화가 머리끝까지 치솟은 아버지…… 다전쯔는 양쪽을 번갈아 보며 그 자리에 서 있었다. 아, 아버지의 주름 잡힌 얼굴 위로 근육이 덜덜 떨리고 푹 꺼진 눈이 무서운 빛을 발했다. 여태껏 다전쯔는 아버지 화내는 것쯤 대수롭지 않게 여기며 장난거리로 여겨왔었지만 이렇게 엄한 모습은 처음이다. 두근거리는 마음으로 불렀다.

"아부지……"

"이 어리석은 것아! 쓰잘데없는 것 같으니! 저리 가!" 손가락으로 한쪽을 가리키며 발을 구르더니 바닥에 쭈그리고 앉는다.

"내가 뭔 나쁜 짓을 했다구! 아니 대체 뭘 어쨌다는 거여유?" 다전쯔가 막대기를 끄는 자세로 서서 말했다. 반짝이는 눈물이 후드드득 가슴팍으로 쏟아진다.

"울어? 아직도 그럴 낯짝이 있냐?" 아버지가 일어섰다. "똥인지 된장인지 구분 못 하는 싼라이 같은 녀석이 뭐라고? 일찍이 잘나간다 싶을 땐 우리 집에 50위안이나 벌금을 멕이드니…… 이제 으스댈 게 없겄지. 마을에 녀석을 대단히 여기는 사람 없다! 너만 좋아라 하는 거여. 예서 풀짐 하는 거나 거들며 히히하하 대거리를 하다니!"

아버지의 질책에 다전쯔의 눈물 줄기가 더 빨라졌다. 울면서 통통한 손으로 눈을 비비자 눈물방울들이 풀 끝에 달린 이슬처럼 영롱히 빛나며 체크무늬 윗도리를 적신다. 어쩌나 슬피 우는지! 갑자기 그녀가 손에 쥔 나무 막대기를 거칠게 팽개치며 불같이 아버지 앞으로 달려들었다. 가슴을 꼿꼿이 펴고 눈물로 범벅이 된 얼굴로 소리쳤다. "아이고! 뭐 땜에 그러시나 했더니…… 그 50위안을 여태 기억하시는 거예유? 생산대 대장이란 자한테 실실 웃으며 담배를 건네시더니만, 다첸먼 담배! 이제 별 볼 일 없어졌다…… 면전에서 비웃고 비수보다 독한 독설을 퍼붓고. 아부지 이제 보니 권세 있는 자에게 빌붙는 사람이셨네유! 아이고……"

그녀는 속사포처럼 말을 쏘아댔다. 숨을 헐떡이며 어깨가 들썩거렸다. 취유전은 일어나 눈물범벅이 된 얼굴로 날카롭게 자신을 쏘아보는 딸의 기세에 몇 걸음 뒤로 물러서지 않을 수 없었다. 취유전은 얼굴이 벌게져 잠시 말문이 막혔다. "풀단 만드는 것 좀 거들어준 게 뭐 어쨌다고유? 어때서유? 실족해서 도랑에 빠진 사람 헤어 나오게 좀 잡아주면 안 되남? 그 정도도 못 하게 하시는 거예유! 세상에……" 한바탕 울고불고 난리를 친 다전쯔는 아버지를 내버려두고 혼자 오두막으로 돌아왔다.

그날 밤 다전쯔는 도무지 잠을 이루지 못했다. 노기등등한 아버지 얼굴이 눈앞에 아른거렸다. 좀 지나면 화가 풀리시겠지 하며 스스로 마음을 달래보지만, 사람 인심이 나이 들어서까지 그리 매정하다니 어떻게 우리 아버지가 그럴 수 있나 싶어 여전히 마음이 괴로웠다. 독한 사람들, 권세 있는 자에게 빌붙는 자들이 제일 싫다! 잘나가는 사람한테는 알랑거리고, 큰일 당한 사람을 만나면 대세를 따라 무시하고…… 우리 아버지는 그런 사람일 수 없어! 그럴 리 없다.

한편 쏸라이 생각도 났다. 그는 지금 얼마나 괴로울까! 무슨 재주로 라오훈훈에게 3백 위안을 갚을 수 있겠는가! 그녀는 자기도 모르게 쏸라이를 위해 이리저리 머리를 굴렸다. 만일 1년 노동 점수를 2백 점이 되게 해서…… 거기에 돼지 두 마리 키운 걸 더하면…… 1년 만에 갚을 수도 있겠다. 와~ 3백이네! 그나저나 싼라이는 그 3백을 뭐 하는 데 썼을까? 이 생각 저 생각 하던 그녀는 누워 있지 못하고 오두막을 걸어 나왔다.

바깥이 좀 쌀쌀해서 깨끗한 모래를 찾아 삐딱하게 누웠다. 동그란 쟁반 같은 달을 보며 그녀는 몸을 쭉 펴고 거친 숨을 들이쉬었다. 오늘의 이 속내, 어찌 된 건지 모르겠다. 늘 답답하고 안달이 나면 이루 말할 수 없이 괴로웠다. 한 젊은 새댁이 뻔뻔하게 이런 말을 했던 것이 기억난다. 몇 년 전 늘 답답하고 안달이 났는데 신랑을 찾으니 당장 낫더라! …… 다전쯔는 이 말이 떠오르자 얼굴을 붉히며 욕을 한마디 했다. 실은 누구에게 하는 욕인지도 모른다. 그 새댁인가? 아니, 싼라이에게 하는 욕이었을 것이다. 분발하지 않는 것, 라오훈훈에게 3백 위안을 독촉당한 것…… 머릿속 화제가 싼라이에 이르자 그녀는 갑자기 허물 벗은 그 몸통이 생각나 속으로 부르짖었다. 넌 일찍이 명예를 더럽혔기에 존중을 못 받는 거여! 게다가 여기저기 어슬렁어슬렁 빈둥거리며 살았으니 힘든 일은 못 하는 거고…… 진짜 딱해서 못 봐준다!

느릿하게 북풍이 불고 구령 소리가 실려 왔다. 해변에서 야간 그물을 당기는 소리다. 다전쯔는 그 구령 소리를 듣자 웃통을 벗은 채 일하는 사람들이 생각났다. 그 아저씨, 총각 들의 대춧빛 몸통, 각진 근육의 팔뚝…… 놀라 자빠질 지경이었다! 그 모습을 보고는 날 듯이 몸을 돌려 달아났었다. 그러나 지금 그녀는 퍼뜩 그 울퉁불퉁한 근육을 떠올렸다. 정말이지 기운 찬 모습들! 싼라이도 다 큰 총각이다. 힘을 쓰자고 들면 그런 근육이 생길 것이다. 너 싼라이! 아직도 '업무 검열' 하냐! 처녀들을 만나면 사족을 못 쓰니 온몸이 병이지! 젊은 나이에 체면을 구겼으니 딱하기 짝이 없네! 풀짐을 질 때처럼 고꾸라졌다 다시 일어날 수 있으려나?

　결국 다전쯔는 결심했다. 그를 도와야겠다…… 어떻게 돕지? 내일 돼지꼴 작업하는 걸 돕자, 그가 와서 지고 갈 수 있도록. 일이 없을 때는 그를 도와야지! 만일 아버지가 알고 못 하게 하면? 못 하게 하면…… 흥, 아버지 입안의 담뱃대를 뽑아 땅에 요란하게 패대기쳐야지…… 상상이 이쯤에 이르자 그녀는 홀가분해졌다. 몸을 솟구치듯 세우고 기쁜 일이 있을 때처럼 하하 굵은 목소리로 소리 내 웃었다. 그리고 무의식중에 가장 좋아하는 노래를 부르기 시작했다. "젊은 친구 만나러 오네—"

　해변의 구령 소리가 더욱 급해졌다. 그물을 걷는 모양이다. 구령 소리는 호방하고 거침없는 억양 속에 열정이 배어나고 명쾌한 리듬 속에 힘이 넘친다. 노래하는 다전쯔의 목소리와 먼 곳의 구령 소리가 어우러졌다.

　아!

　친애하는 친구들아,

　아름다운 봄빛은 누구 것인가

　내 것

　네 것……

　1980년대의 새로운 1세대—

　'새로운 1세대'라는 대목에서는 음을 길게 뺐다. 더할 나위 없이 흥이 오른 다전쯔…… 저절로 몸동작이 나온다. 두 손으로 나무 막대기를 치켜 올리더니 마치 창(矛)을 든 것처럼 노래 박자에 맞춰 앞으로 힘차게 찌르기 동작을 했다. 얼마나 코믹한 모습인지……!

　가서 잠이나 자자, 다전쯔.

하늘색 나막신

시골에는 시골의 분위기가 있고 마을에는 마을마다의 습속이 있
다. 예를 들어 루칭허* 강변의 처녀들은 나막신을 즐겨 신는다. 걸을 때
나무 밑창이 지면에 부딪혀 까딱까딱 소리가 난다 해서 현지 사람들은
'까딱판'이라고 부른다. 까딱판은 여름에서 늦가을까지 이어지는 이 고
장의 풍물이다. 여름밤, 미풍에 버드나무가 흔들리는 달밤, 엇박자가
제법 멋스러운 '까딱' 소리가 멀리서, 가까이서 울릴 때 시인 기질이 있
는 사람이라면 넘실대는 감흥을 느낄 것이다.

까딱판을 신으면 신발이 덜 닳는 데다 더운 날 시원하고 편하다.
더구나 뜻밖에 그것은 호신용 도구도 된다. 언젠가 처녀 몇 명이 룽커
우 대로 상점가에서 붉은 털실을 사 오던 도중 주먹을 멋대로 휘두르
는 남자 두 명을 만났다. 날쌔게 까딱판을 벗어 들고 일제히 달려든 처

---

* 루칭허(蘆青河): 룽커우(龍口) 지역의 강 이름, 본명은 용원허(泳汶河). 원래 상당히 큰
  강이었으나 기후 변화와 상류의 수리 공사로 좁아졌다고 한다. 작가 장웨이에게 각별
  한 의미와 영감을 주는 존재로 보인다.

녀들 덕분에 결국 그 두 사람은 큰 피멍이 든 채 황급히 달아나야 했다. 누구나 까딱판을 만들 수 있어서 따로 목수를 찾을 필요가 없었다. 일반적으로 굵은 오동나무 뿌리를 주워다 잘라 톱질을 해서 끈을 박아 넣으면 완성. 1년에 한 번 새로 만들고 낡은 것은 부엌 아궁이 속에 던져 넣는다.

그런데 샤오닝(小能)은 까딱판을 여느 동네 처녀들처럼 대충 만들지 않았다. 그녀의 까딱판은 대패로 반듯하고 매끄럽게 깎아낸 다음, 하늘색 유성페인트칠을 한 차례 하고 뒤축과 앞 절단면에는 빨간색을 발랐다. 게다가 무르지도 딱딱하지도 않은 노란색 고무줄을 연결 끈으로 쓴다. 처녀들이 길을 갈 때 온통 까딱까딱…… 똑같은 소리가 나지만 자세히 발 부분을 훔쳐보면 만듦새의 우열이 뚜렷하다. 출근길의 왕얼리(王二力)가 늘 샤오닝에게 이렇게 소리치는 건 당연한 일이었다. "어— 이, 그 까딱판 좀 빌려주라!"

왕얼리는 마을 전체에서 제일 먼저 장발을 한 총각이다. 또 출근할 때 바둑판무늬 셔츠를 갈색 허리띠 바지 속에 넣어 입는, 동네 유일의 멋쟁이기도 했다. 그의 고함 소리가 들리면 샤오닝은 소리 없이 좌우의 일행 처녀들을 쿡쿡 찌르며 웃다가, 걸음을 멈추고 양발의 까딱판을 교대로 허공에 던진다. 이른바 '까딱판 슈팅.' 왕얼리는 받아서 맞지 않는 자기 발에 간신히 끼워 신고 까딱까딱…… 비척비척 걸어가곤 한다. 왕얼리가 흔히 샤오닝의 까딱판을 받아 신곤 하는지라, 눈치가 있는 사람들은 그 둘 중 한 사람에게 다른 한 사람의 뒷담화를 하지 않았다. 교훈이 있기 때문이다. 왕얼리나 샤오닝, 일단 어느 한쪽이 알면 다른 한쪽이 곧 알게 된다는 것. 무선전화보다 신속하게 말이다.

왕얼리의 아버지는 인민공사 수리부품공장의 구매 담당이었는데 마을 유지에 속했다. 잘 먹어 비대한 몸, 손가락이 보통 사람 두 배는 될 만큼 투실투실한 아버지 유전자 탓인지, 왕얼리 역시 청년들 가운데 뽀얗고 뚱뚱하기로 유명했다. 누가 건드렸다 하면 그 굵은 손가락으로 상대방 이마에 줄무늬를 내놓는다.

샤오닝도 만만치 않았다. 원래 말싸움이란 '처녀대장부'들의 특징이지만 샤오닝의 그것은 특별했다. 살랑살랑 걸어가 상대방의 몸 주위를 돌며 얼굴을 쳐든다. 이어 까딱판이 소리 나게 디뎌질 때의 리듬에 맞춰 상대방을 집적거렸다. 까딱까딱…… 니가 사람이냐? 까딱까딱…… 본데없이 자랐으니! 까딱까딱…… 어린 게 뻔뻔하긴! ……

그런 이유로, 정도의 차이는 있을지언정 강변 마을 처녀 총각들 모두가 그 두 사람을 두려워했다.

그 마을에 다룽(大榕)이라 불리는 젊은 목수가 탁구대를 하나 제작하고 있었다. 그 비범한 내공의 나무 대패는 닿는 곳을 한결같이 매끌매끌하게 만들어놓는다. 작은 작업실에 틀어박혀 일하면서 드나들 때마다 꼭 문을 잠갔다. 딱 한 번 화장실에 가며 깜빡했는데, 돌아와 보니 목판 한쪽이 60센티미터 정도 잘려 나가고 없었다. 더욱 불행한 일은 그가 당장 범인 색출에 나섰다는 사실이다. 결국 저만치 목판을 끼고 달아나는 샤오닝을 발견했지만 쫓아가지 않았다(실은 감히 쫓아가질 못했다). 그 후 며칠이 지나도 화가 안 풀린 다룽, 그녀에게 몇 마디 따지지 않을 수 없었다. 몇 마디 한다고 뭐 그리 큰일 날 것 있으랴, 자칫 왕얼리 귀에 들어가면 약간 골치 아파지기야 하겠지만.

이튿날부터 다룽은 거리를 지날 때면 꼭 샤오닝의 까딱판이 자신을 따라오며 요란하게 소리를 내는 듯한 착각에 빠졌다. 그녀는 자주색 꽃무늬 원피스를 입었다(그녀 말고 누가 그런 원피스를 입겠는가!). 잘록한 허리춤에 한 손을 얹은 채 시큰둥하게 걷는 그녀…… 동그랗고 하얀 얼굴에 좌우 눈썹 끝이 처져 콧날과 거의 수평선이다. 높지도 낮지도 않은 목소리로 누가 목판 같은 걸 훔치겠냐며 투덜댔다. 어느 누가 훔쳐온 목판으로 까딱판을 만들어 '거지 같은 발가락'에 걸치겠냐는 것이다! 정말 눈이 삐었네, 젊은 목수가 눈이 삐었어! 다룽은 고개도 못 들고 곧 물러나 멀리서 훔쳐보며 생각했다. 그래, 온 마을에서 네가 제일 예쁘다! 최고 잘났다…… 그녀의 싱싱한 하얀 발이 까딱판을 끄는 걸 보며 저절로 작고 하얀 고양이의 발을 떠올렸다. 그 고운 발더러 "거지 같은 발가락"이라니.

다룽은 자신의 작업실로 돌아와 여느 때처럼 안에서 문고리를 채우고 대패를 들었다. 도톰한 굳은살과 단단하고 민첩한 두 손에 대패가 잡혀 있다. 삭삭삭 소리를 울리며 용감하고 날렵하게, 사정없이, 들쑥날쑥한 모든 곳을 고르게 매끈히 평정하는 중이다. 대팻밥이 대패 사이에서 솟아나와 여러 가지 꽃잎을 피워낸다. 방 안은 온통 선명한 리듬의 대패 소리와 나무 향기로 가득했다. 나무 덩어리 하나가 깎일 건 깎이고 반듯해질 건 반듯해져 조만간 하나의 유용한 물건으로 완성되는 것이다!

신기해라, 대패를 쥔 손, 숙련일까 천성일까? 숙련된 것이기도 하고 천부적인 것이기도 하다. 다룽은 당시의 많은 사람처럼 태어난 것이 죄였다. 지주 집안 출신이었기 때문이다. 실은 할아버지가 지주였지 그는 아닌데 말이다. 어쨌든 그 시절 이런 유의 사람들은 더 많은 특기와 재능이 있어야 살아남을 수 있었다. 삶 속의 압박과 스트레스는 다룽을 극단적으로 내성적인 성격, 다재다능한 손재주의 주인공이 되도록 내

몰았다. 다룽은 우선 훌륭한 목수였다. 또한 시계 수리 기술자이자 훌륭한 탁구선수이며 노래는 물론 얼후(二胡)*도 잘 탄다. 말수가 적고 사람 많은 곳에 가는 걸 좋아하지 않는다. 길을 갈 때조차 다른 사람보다 작은 보폭으로 살살 걸어 다닐 정도였다. 이 모든 것이 이미 몸에 배어 있었다. 그렇다 보니 최근 청년단조직 야간학교에서도 다룽은 늘 불빛 어두운 한쪽 구석에 앉아 있는 존재였다.

젊은 남녀들이 함께 모이면 반드시 애깃거리가 생기는 법. 인지상정이다. 처녀들은 마치 경쟁하듯 꽃무늬 옷을 입었고 총각들은 거의 수박을 썰 수 있을 만큼 칼같이 줄 세운 바지를 입었다. 누군가 한 처녀의 달달한 아명을 부르며 노래를 한 곡 청하기도 한다. "노래 한 곡 불러"가 아니라 "한 곡조 뽑아"라면서. 한번은 왕얼리가 모두를 압도하는 목소리로 소리쳤다. "샤오닝, 쌈빡하게 한 곡조 날려!" 샤오닝은 그가 자신에게 까딱판을 빌려달라고 할 때처럼, 말없이 좌우 처녀들을 찌르며 킥킥대더니 「알라알라」를 불렀다. 샤오닝은 최신유행가도 제법 알고 있다. 가사가 "알라알라"로 시작되는 노래…… 구석에서 묵묵히 듣고 있던 다룽이 생각했다. 거, 참…… 노래로 '날릴' 수 있다니!

다룽은 야간학교를 위해 탁구대를 만드는 중이다. 원래 하나 있었는데 망가져 못 쓰게 됐기 때문이다. 바로 그가 5년 전 의무 작업**으로 시멘트를 발라 만든 탁구대였다. 비바람 속 거리 청소, 폭염 속 물 기르기, 흙 나르기 등과 더불어 반동의 사상 개조를 위한 강제 노동의 일환

---

* 중국의 바이올린이라 불리는 전통악기로 호금(胡琴)이라고도 한다.
** 의무 작업(義務工): 공익을 위한 무임금 노동. 반동으로 분류된 사람들을 사상 개조의 명목으로 동원하곤 했다.

이었다. 모두들 참신한 목재 탁구대를 고대하던 참이었으며, 이 아름다운 기대가 다룽의 손을 통해 실현되고 있었던 것이다. 그는 대패질마다 정확함과 꼼꼼함을 기했다. 그저 목판 한쪽이 몰래 잘려나가 연꽃을 새겨 넣지 못하는 게 한일 뿐. 그래서 더욱 샤오닝을 용서할 수가 없었다. 샤오닝, 이 도둑 계집애! 옛말에 '무시하는 사람에겐 도둑질도 개의치 않는다'*더니 그런 건가? 다룽은 혼자 작은 작업실에서 대패를 밀다가 생각할수록 화가 나, 자기도 모르게 두보의 시를 끌어다 욕을 했다.

며칠 바쁘게 보낸 끝에 마침내 다룽은 탁구대 마무리 작업 단계에 이르게 되었다. 꽤 기분이 좋아졌다. 불쾌했던 기억은 잊고 저녁을 대충 몇 젓가락 뜬 다음 작업실로 달려가 페인트칠을 시작했다. 그런데 붓질을 막 몇 번 하고 난 찰나, 밖에서 까딱까딱 까딱판 소리가 났다. 다룽은 즉시 경계하며 녹색 페인트 듬뿍 먹은 솔을 꽉 쥐고 천천히 문쪽으로 걸어갔다. 탕탕! 발로 문을 걷어차는 소리가 났다.

"문 열어! 너 숨 쉬는 소리 다 들려……"

샤오닝이다! 견디다 못해 그는 문 틈새에 대고 소리쳤다.

"욕먹어도 가만 있겠다는디…… 뭐 어쩌자고?"

"큭큭, 그 일을 여태 기억하냐?" 샤오닝은 탕탕 문을 걷어차며 크게 웃었다. "문 열어! 좋은 소식 있어!" 참 기가 막혔다. 오전에는 까딱판 소리를 내며 한바탕 욕을 해대더니 이제 모든 것을 깡그리 잊자는 말인가! 다룽은 오른손에 솔을 든 채 왼손으로 조심조심 문고리를 젖혔다. 마치 '좋은 소식'이 아니면 그녀에게 페인트를 칠해버리겠다는 듯.

---

* 忍能對面爲盜賊: 두보 「모옥위추풍소파가(茅屋爲秋風所破歌)」의 일부. 남촌의 아이들 한 무리가 주인공이 늙고 힘없는 것을 업신여겨, 본인 보는 데서 거리낌 없이 띠풀(뻘기)을 도둑질해갔다는 내용.

문을 열자 까딱까딱…… 샤오닝이 방에 들어왔다. 입안에 뭔가 씹으며 이것저것 만져보고 둘러보고 새 탁구대를 두들겨보기도 했다. "진짜 재주 있네—!" 하면서 그 위에 폴짝 올라앉는다. 다룽은 영문을 모르겠다는 심정으로 쳐다보다가 빛나는 그녀의 머리칼을 발견했다. 막 감은 모양이다. 손수건으로 묶어 등 뒤로 늘어뜨린 모습이 말꼬리 같았지만 다룽의 마음에 아름답게 다가왔다.

샤오닝은 자기 머리칼을 쳐다보는 다룽의 눈길을 느끼며 기분 좋게 발차기를 한다.

"일 마치고 강가에 가서 목욕했어. 아— 시원! 집에 가 밥 먹고…… 크림 좀 바르고 나왔지."

과연 진한 콜드크림 냄새가 풍긴다. 샤오닝은 왜 너를 찾아왔는지 알겠냐고 묻더니, 대답을 기다리지 않고 탁구대에서 폴짝 뛰어내리며 스스로 답했다.

"이중창…… 야간학교에서 남녀이중창을 하는데, 여자는 내가 딱이고 남자는 니가 해야지. 청년단 지부에서 우리 둘더러 이 프로그램을 맡으란다. 너 데리러 온 거여. 갈 거지?"

싸우거나 따지기 좋아하는 샤오닝의 그 카랑카랑한 목소리, 노래를 하면 의외로 아주 일품이다. 그러나 다룽은 그녀와 '이중창'을 할 기분이 아니었다. 심장에 돌덩이가 하나 떨어진 기분으로 그저 솔질에 열중하며, 오늘 밤 안으로 일을 끝내야 하니 못 가겠다고 답했다.

"못 간다고?" 샤오닝은 다시 탁구대에 뛰어오르더니 외쳤다. "그럼 나, 노래 누구랑 하라고!"

그런 건 자기와 상관없다는 듯 다룽은 페인트칠을 계속할 뿐이었다. 곁눈질로 샤오닝이 또 뛰어내릴 때를 엿보다 그녀가 앉았던 쪽에 힘주어 두 번 솔질했다.

샤오닝은 도저히 다룽을 이 작업실에서 끌어낼 수 없다면 자기도 행사 참가를 포기하겠노라며 스스로 타협안을 내놓았다. "이중창 연습, 여기서 하면 되지 뭐!" 샤오닝은 까딱판을 벗어 엉덩이에 깔고 앉아 두 손으로 발가락을 감싸 쥐더니 "알라알라……" 노래하기 시작했다. 그녀의 독창 속에서 여전히 일만 하는 다룽. 혼자 부르기 지겨워지자 때때로 일부러 목청을 돋우며 질러대는 샤오닝. "아이구— 페인트 냄새로 내 코가 비틀어지네—"

음악 세포가 있는 사람이라면 도저히 이 부추김을 견디지 못한다. 다룽은 마음이 간질거렸다. 결국 따라 흥얼거리기 시작했고, 심지어 샤오닝이 틀린 대목을 몇 군데 고쳐주기까지 했다. 샤오닝은 좀처럼 잘못을 인정하지 않았다. "어드메 음치가 엉터리 노래만 한대유!" 말은 이렇게 하지만 결국 다룽의 음정에 이끌렸다.

두 사람이 이렇게 노래 연습을 하는 가운데 다룽은 탁구대 페인트 칠을 끝냈다. 한숨 돌리자 또 뭔가 할 말을 찾아야 했다. 한껏 흥이 오른 샤오닝은 딱히 제대로 할 말이 없자 되는대로 지어낸다. 입만 떼면 다룽에게 대여섯 가지 별명을 지어 불렀다. 다룽이 그건 무례한 일이라고 정중히 지적했더니 그녀는 깔깔대며 말했다. "그걸 누가 모르남! 그냥 장난치는 거지. 누가 밖에다 대고 그럴까…… 바.른.생.활!"*

이튿날 밤, 반들거리는 참신한 탁구대가 야간학교에 놓였다. 등불 아래 워낙 반짝거리는지라 사람들이 유리로 되어 있나 싶어 가서 한 번씩 만져볼 정도였다. 손가락을 대보고 코를 갖다 대며 냄새를 맡아보기

---

* 원문은 오강사미(伍講四美). 1980년대 초 중국의 대중계몽운동이다. 공중도덕, 매너, 위생, 질서, 윤리의식, 마음가짐, 언어생활, 행동, 환경 등 총 9개 덕목.

도 한다. 샤오닝은 품에 두 손을 찌르고 까딱까딱 새 탁구대 앞으로 걸어가 휙 돌아서선, 새 탁구대를 자기가 만든 것인 양 '문외한'이니 '무식하다'느니 하면서 사람들에게 반박했다.

이윽고 왕얼리 등장. 신경 써서 단장하진 않았으나 역시 특별히 눈에 띄었다. 그러니까 그 머리 모양…… 누가 그보다 더 튈 수 있겠는가! 이날도 늘 그렇듯 왜소한 청년들 두세 명이 곁에 붙어 있었다. 왕얼리처럼 필터담배를 꼬나물고 말이다. 왕얼리가 탁구대 앞으로 걸어와서는 아무렇지도 않게 담배를 꺼내 주위에 나눠줬다.

"한 대씩 피우라고들. 울 아부지가 난징(南京) 다녀오는 김에 가져온 거."

왕얼리는 자기도 한 개비 물고 불을 붙이더니 탁구대를 두드리며 말했다. "괜찮은걸!"

그에 맞장구치듯 너도나도 한마디씩 칭찬이 이어졌다. "대단하네!" "죽이는걸!"

여름밤의 바람은 가을바람처럼 상쾌하지 않고 겨울바람처럼 엄숙하지도 않다. 버드나무가 어떻게 흔들리는지 지켜보면 여름 밤바람의 부드러움을 알 수 있다. 이런 부드러운 바람은 루칭허 수면의 배를 한들거리게 하고 때때로 젊은이들의 마음을 취하게 만들기도 한다. 야간학교는 거대한 자석처럼 부단히 젊은 처녀 총각들을 잡아끌었다. 모든 까딱판이 이곳을 향하는 길 위에 울렸다. 멀리서, 가까이서 휘파람과 노랫소리를 거느린 채.

새 탁구대 주위에 젊은이들이 점점 많아졌다. 야간학교에 새로 근사한 체육기구가 하나 더해지자 모두가 평상시보다 더 즐거워 보였고 말수들도 많아졌다. 탁구대 주변이 재잘재잘 와글와글 붐볐다. 어떤 처녀는 탁구대 가까이 다가가더니 거기에 자기 얼굴이 비치나 시험해보다 슬쩍 총각들을 곁눈질하는가 하면, 평소 군것질에 관심 없던 총각들도 바지 주머니에 옥수수 튀밥을 넣어 와 눈치를 살피다 이 처녀에게 한 줌, 저 처녀에게 한 줌 건네곤 했다. 한동안 장내의 모두가 냄새를 풍기며 씹어 먹었다. 튀밥을 다 먹고 나서는 노래가 이어졌다. 여자들이 부르고 남자들이 부르고 같이 부르기도 하고, 결국 뭘 부르는지 모르게 뒤죽박죽…… 드디어 목소리 좋은 여자에게 독창을 시키기로 했다. 이쪽에서 "노래 한 가락!" 저쪽에서 "한 곡조 뽑아라!" 남자들의 요청이 쇄도했다.

왕얼리가 여느 때처럼 한껏 낭랑한 음성으로 소리쳤다. "샤오닝, 한 가락 날려!"

이처럼 '날려'라는 표현으로 거드는 자는 왕얼리뿐인 것 같다. 샤오닝 한 사람에게만 어울리는 말이기도 했다. 샤오닝은 킥킥대더니 자기를 향해 깜박거리는 눈들을 향해 시원스레 이마 위 머리칼을 한번 쓸어 넘기며 노래하기 시작했다. "알라알라ㅡ" 울림 있는 목소리, 쏟아지듯 이어지는 말랑말랑한 가사…… 그야말로 '날려'버리는 느낌이었다! 그런 그녀가 몇 마디 부르다 갑자기 노래를 멈추고 소리쳤다.

"다룽은? 어디 있남? …… 이중창 합시다!"

대답이 없다.

"이중창…… 칫, 망할 놈의 다룽, 안 왔나 보네!" 샤오닝은 실망한 듯 입을 삐죽이며 혼자 노래하는 수밖에 없었다. 노래하면서 천천히 흥이 났다. 목청은 굵어졌다 가늘어졌다 높아졌다 낮아졌다, 떨림이 있기도 하며 유장하기도 했다. 이렇게 한 굽이 돌고 저렇게 한 고비 넘어 끊임없이 이어지는 작은 물줄기 같았다. 그녀의 얼굴은 노랫소리에 따라 가볍게 방향을 바꾸고 맑은 물을 담은 듯한 두 눈이 반짝거렸다. 그야말로 샤오닝은 망아의 경지에서 노래했다.

왕얼리는 청중을 한번 쭉 둘러보더니 샤오닝에게 눈길을 준 채 뻐딱하게 서 있었다. 의기양양하게 양손을 허리에 차고 한쪽 다리는 노래 박자에 맞춰 흔들면서 입으론 응아응아— 흥얼대며 따라 넘어간다. 그러다 탁구가 치고 싶어졌던 모양이다. 왕얼리는 요술을 부렸는지 어디선가 탁구공과 채를 구해 와 탁구를 치기 시작했다. 콩닥콩닥하는 소리가 샤오닝 노래에 반주음이 되었다. 왕얼리를 보며 함박웃음을 짓는 샤오닝…… 물길 같은 노랫소리는 더욱 감동적이었다. '작은 물길' 그녀의 노래로 한참 기쁨의 물줄기를 풀어놓는 가운데, 돌연 큰 고함 소리가 울린다.

샤오닝 얼굴에 집중돼 있던 시선들이 당장 사방을 뒤졌다. 괴성의 주인공은 구석에서 튀어나왔다. 땀범벅에 벌겋게 상기된 얼굴로 단숨에 왕얼리 바로 앞으로 다가와서는 굵고 뻣뻣한 두 손으로 탁구대를 막아섰다.

"정지, 정지! 탁구대 망가져!! 치지 말라고!!!"

다룽이었다! 조금 전까지 혼자 구석에 숨어 노래를 듣고 있던 그가 허리를 활처럼 구부린 채 탁구대를 막아서는 모습에 다들 놀라며 우스워했다. 왕얼리는 무슨 일인지 영문을 몰라 하다가 상황을 파악하자 입에 금방 한 줄기 조소의 웃음이 떠오른다. 다룽은 탁구대에 눈을 바짝 갖다 대고 손가락으로 쓰다듬으며 탄식을 연발했다.

"여기…… 저기도…… 흠집이 났네! 어휴……"

"그래봤자 허접한 탁구대잖아. 뭐 그리 대단하다고?" 왕얼리가 비스듬히 내리깐 눈으로 다룽을 째려보며 일부러 탁구대를 몇 번 내리쳤다. 누가 들어도 묵직한 소리였다.

다룽은 손을 뻗어 탁구채를 잡으며 외쳤다.

"이거, 새로 만든 탁구대란 말이여!"

"하하하하하……" 왕얼리는 좌우를 보며 웃어댔다.

이 순간, 별로 상관하지 않고 있던 샤오닝이 앞으로 다가와 다룽에게 따졌다.

"왜 나하고 이중창 안 했냐? 너 안 온 줄 알았잖어."

다룽이 더욱 얼굴을 붉히며 살짝 말을 더듬었다.

"모, 못 들었어, 니가 나 찾는 소리……"

"못 들었다고?" 샤오닝은 깔깔대더니 얄팍한 양손을 마주치며 소리쳤다.

"웃겨—! 못 들었대. 하하하하 못 들었다네유! …… 흥, 같이 노래하기 싫다 하면 그만이지!"

"이 날라리!" 왕얼리가 굵은 손가락으로 다룽에게 손가락질을 하며, 옆에서 웃고 있는 왜소한 똘마니들을 향해 눈을 끔뻑, 고개를 끄덕했다. 그 청년 몇이 고개로 신호를 받으며 손을 뻗어 그에게 담배를 청한다. 왕얼리는 자기도 한 대 피우다 꽁초를 뱉더니 느긋한 어조로 말했다.

"다룽, 탁구대 망가지는 게 뭔 대수여? 니가 또 의무 작업 하면 되지……"

다룽은 '의무 작업'이라는 네 글자를 듣더니 온몸을 부르르 떨었다. 몇 년 전 거리 청소, 폭염 속, 눈비 속에서 물 지고 흙 지어 나르던 광경이 눈앞에 떠오른다! 아, 의무 작업, 의무 작업…… 젊은 내가 할 힘이 없어서 그러겠는가! 그것이 모욕과 연결되니 문제지…… 다룽은 분연히 고개를 흔들며 소리쳤다.

"이 탁구대는 '의무 작업' 아녀! 노동 점수*로 만들었다, 하루치 노동 점수!"

다룽이 쩌렁쩌렁 울리는 기세로 말하는 통에 사람들은 순간 어안이 벙벙했다. 이내 그가 거기 모인 모든 사람에게 하는 말임을 깨달았다. 샤오닝은 불만스러운 듯 왕얼리를 곁눈질하다 다룽을 힐끔 쳐다보았다. 등불 아래 그의 두 눈에 투명한 것이 번뜩인다.

잠시 멍해 있던 왕얼리가 이윽고 경멸하듯 중얼거렸다. "흥, 소지주……" 똑똑히 들리지 않을 정도의 희미한 발음이었으나 누구에게는 폭탄이나 다름없는 세 글자였다. 왕얼리를 꼼짝 않고 쏘아보던 다룽의 고개가 어느덧 천천히 수그러진다. 다룽은 묵묵히 몸을 돌리더니 옆에 서 있는 사람들에게 부딪치지 않도록 어깨를 비스듬히 하며 살그머니 사람들 속에서 걸어 나갔다. 다룽! 다룽! 샤오닝은 그의 뒷모습에 대고 큰 소리로 외쳤다. 웅성웅성대며 이런저런 갑론을박을 하기도 하고, 다룽을 위로하려는 듯 그의 이름을 부르는 사람도 있었다. 다룽은 대답 없이 혼자 걸어가 다시 저만치 한쪽 구석에 가 섰다.

샤오닝이 휙 몸을 돌려 왕얼리를 째려본다. 왕얼리의 얼굴에는 여전히 경멸조의 웃음이 가득했다. 이어지는 샤오닝의 분한 목소리…… "너, 어떻게 그럴 수가 있냐?"

"뭐 어쨌다고? 너도 그저께 다룽 욕했잖어!"

"난 '그런' 말은 안 한다!"

"그 말이 뭐 어때서? 흥!" 힘껏 담배를 한 모금 빠는 왕얼리를 노

---

* 노동 점수[工分]: 1950~1980년대 초까지 농촌 집단경제조직의 노동량과 임금의 계산 단위.

려보며 샤오넝은 말을 잇지 못했다. 별안간 "나쁜 자식!" 하더니 그의 발을 가리키며 소리쳤다.

"내 까딱판 벗어!"

워낙 쩌렁쩌렁하고 돌발적이었기에 왕얼리는 순간 멍한 채 주위의 눈빛을 돌아봤다. 터프가이를 연출하고 싶었으나 샤오넝의 이글거리는 눈을 마주치곤 금세 기가 죽었다. 하늘색 까딱판을 얌전히 벗어 돌려주자 샤오넝은 새침하게 받아 재빨리 바꿔 신고 까딱까딱 걸어갔다.

얼마 안 있어 야간학교 수업이 시작되었다. 강의는 '수수의 무작위 교배'라든가 무슨 '유전'이니 '우성'이니 하는 것들이었다. 지루하기만 한 샤오넝은 줄곧 다룽 쪽을 곁눈질하며 생각했다. 다룽도 틀림없이 아직 괴로울 것이다. 수업 내용 같은 건 귀에 들어올 리 없으리라.

강의가 겨우 끝났다. 왕얼리는 몇 명을 엮어 다시 탁구를 시작했고 장내의 거의 모든 사람을 탁구대 주변으로 끌어들였다. 마치 이 참신한 탁구대 위에서 공을 치면 어떤 맛일까 선보이겠다는 듯. 샤오넝은 떠들썩한 것을 좋아해 어디든 사람 많은 곳으로 달려가곤 하지만, 이날 밤에는 사람들과 떨어져 다룽과 함께 있었다. 다룽이 "가서 탁구 구경하지?" 하는데도 움직이지 않고 묵묵히 거기 서 있었다. 가끔 머리 위의 나뭇가지에서 나뭇잎이 장난을 쳤다.

바로 저만치 밝은 등불 아래서는 탁구 시합이 한참 요란하게 진행 중이다. 왕얼리가 한껏 기량을 뽐내고 있었다. 몇 판을 내리 이긴 참이다. 때마침 한 손으로 탁구채를 팔랑거리며 한 손을 허리춤에 차고 소리쳤다. "또 누구?" 샤오넝은 계속 바라보다가 입을 한 번 쓰다듬더니 갑자기 다룽을 끌어내 앞으로 떠밀었다.

"니가 나가!"

"내가? …… 싫어……" 다룽은 탁구대 쪽으로 눈길도 돌리지 않았다.

"왜? 왜 싫다는 거여? 샤오닝은 애가 타고 화도 나 발을 동동 굴렀다. "그럼, 저 인간이 널 찍어 누르는 게 마땅하다 그거냐? 그러고도 남자여? 다 큰 남자라는 게……!"

다룽은 천천히 일어나 난처한 듯 짙은 눈썹을 찌푸리며 샤오닝을 바라봤다. 여전히 발을 동동 구르는 샤오닝. 다룽은 결국 찬란한 불빛을 한 번 쳐다보고 침을 한입 꿀꺽 삼킨 뒤 걸어 나갔다. 샤오닝이 그를 불러 한마디 당부한다. "꼭 이겨!" 다룽은 말없이 그녀에게 눈길을 주고 걸어갔다.

샤오닝은 그대로 움직이지 않았다. 일부러 등불을 등진 채 있다가 사람들이 다룽에게 갈채를 보내고 환호하는 소리가 들리자 비로소 탁구대 쪽으로 뛰어갔다. 와— 다룽, 정말 대단하다! 저 셔츠 벗어 던진 것 좀 봐! 하얀 조끼 러닝셔츠 차림에 울룩불룩한 어깨 근육이며 팔뚝 근육을 드러내고 힘차게, 의젓하게, 멋지게 탁구채를 휘두르는 다룽! 반면, 왕얼리는 땀범벅이 되어 번번이 실점을 했다. 저 허당 뚱보…… 다룽의 가무잡잡한 피부와 비교가 되어 뒤룩뒤룩하고 창백한 팔뚝의 떨림이 두드러졌다. 충혈된 눈으로 자주자주 상대를 째려보며 이를 악물고 힘들게 막아낸다. 좋아서 깡총깡총 뛰는 샤오닝, 까딱까딱…… 탁구대를 한 바퀴 돌아 다룽 뒤에 와서는 구성지게 노래를 하기 시작했다.

"뒷걸음쳤다— 다가섰다— 스매싱— 정면으로 날려줘, 멍하도록— 랄랄랄라— 아— 당신 참 끝내주시네—!" 그녀는 노래하며 깡충거리기도 하고, 환희에 겨운 듯 멈칫 정지한 후 한 발 한 발 발꿈치를 들고 걷기도 했다. 상대방의 응원가에 절망을 느낀 왕얼리, 이 순간 갑자기 스매싱의 헛 제스처를 한 번 취하고 거칠게 탁구채를 내던졌다. 돌발 상황에 미처 피하지 못한 다룽은 날아오는 탁구채에 얼굴을 맞고 코피가 터졌다.

우왕좌왕하는 사람들 속에서 몇몇이 다룽을 부축했다. 식겁한 샤오닝은 뭐라고 고함을 치더니 쏜살같이 앞으로 달려 나왔다. 왕얼리 바로 앞에 멈춰 서서 그를 한참 쏘아본다. 눈빛에 점점 섬뜩할 정도의 독기가 오르고 심장이 벌렁대는 모습이었다. 그녀는 아랫입술을 꽉 깨물었다. 돌연 한 걸음 또 한 걸음 물러서더니, 왕얼리를 조준해서 한쪽 발을 맹렬하게 날려 발길질을 했다. 날아간 것은 당연히 온 힘이 담긴 '까딱판'이다. 공중에서 한번 뒤집기를 하고는 곧장 왕얼리의 이마로 날아갔다. 정말이지 누구도 예상치 못한 장면이었다! 왕얼리 이마에 곧장 피가 맺혔고 그는 손으로 상처를 만지며 성난 사자처럼 돌진해 왔다. 몇 명이 얼른 그를 붙들어 세워 말리는 가운데 샤오닝은 아랑곳없다는 듯 사람들을 밀치며 걸음을 옮겼다. 날아갔던 까딱판을 태연하게 주워 들고 손에 단단히 쥔 채 왕얼리에게 말했다.

"난 다룽 아닌디! 한번 해보시지?"

왕얼리는 그녀의 이 한 방에 진압되어 목석처럼 멍하니 서 있었다.

자주색 꽃무늬 원피스를 미풍에 나부끼며 가슴을 내밀고 한 손에 까딱판을 쥔 샤오닝의 위풍당당! 이때 누군가가 터져 나오는 감탄의 말을 소곤대기 시작했다. "우와— 저거 봐……"

샤오닝은 요조숙녀가 아니다. 이런 순간 역시 욕을 하고 있었다.

"이 자식, 니가 사람이냐! 남을 괴롭히니 좋냐, 좋아? 한번 해보시지……"

그녀는 상대방이 아무 말도 못 하자 까딱판을 신고 몸을 돌려 아직 코피가 흐르는 다룽에게 말했다.

"가자, 같이 강변에 가서 씻어!"

다룽은 그녀를 따라갔다. 조용해진 장내…… 모두 경외의 눈빛으로, 앞서거니 뒤서거니 걸어 나가는 두 사람의 뒷모습을 보이지 않을 때까지 주시했다. 야간학교에서 몇 걸음 안 되는 곳에 작은 강이 있다. 맑고 서늘한 강물에 앞뒤로 머리를 헹궜다.

잠시 후 피가 멎었다. 갈대밭에 앉은 두 사람. 샤오닝은 여전히 분해했다.

"그쪽이 감히 손찌검하면 너도 패! 꼭 패주라고!"

"…… 사람을 패는 건 범법이여."

"그쪽이 니 코피를 터뜨리는디 범법 안 하게 생겼냐? 찌질이!"

말 없는 다룽에게 샤오닝의 면박이 이어졌다.

"지금이 옛날도 아니고, 니가 다른 사람들보다 못한 게 뭐 있냐? 아무도 겁낼 것 없잖어!"

다룽은 고개를 들어 별이 총총한 하늘을 오래오래 바라봤다. 넋 나간 듯한 눈동자가 꼼짝도 하지 않는다. 고통스런 기억을 떠올린 것일까? 그는 오랫동안 잠잠했다.

한참 있더니 그가 손을 뻗어 다리 옆에 누운 갈대를 붙들며 혼잣말처럼 중얼거렸다.

"니 말, 나도 알아. 그치만 어찌 된 건지 배짱이 안 생겨. 샤오닝, 넌 내가 얼마나 두려운지 모르지? 사람들이 신나게 웃는 걸 보면 난 언제나 저렇게 신나보나…… 언제 저렇게 시원하게 웃어보나…… 하늘을 날아가는 새들을 보며 저 크고 파란 하늘, 새들은 모두 높디높게 나는구나, 자유자재로…… 그런 환상…… 이제 가능한디…… 그런 시대가 왔건만…… 애석할 뿐이다…… 묶인 날개…… 날아오르질 못해서 안타까워 죽었어. 나 자신이 원망스럽고."

샤오닝은 묵묵히 엷은 밤기운 너머로 그의 촉촉한 눈동자를 보았다. 다룽과 이렇게 가깝게 앉아 있기는 처음이고 그의 얘기를 이렇게 많이 듣기도 처음이다. 오늘 밤의 다룽은 옛날보다 훨씬 깊이가 있어 보였다. 그렇다, 사람은 좀 즐거워야 한다. 무슨 근거로 그럴 권리를 박탈한단 말인가! 빼앗아간 것은 돌려줘야 한다. 조금도 남김없이 온전히 돌려줘야 한다! 푸르른 하늘, 저 하늘은 모든 새의 것이어야 한다!

그녀가 중얼거렸다. "곧, 넌 곧 날게 될 거여!"

"그럴까……?"

"틀림없이!"

상쾌한 바람 속에 갈댓잎이 한바탕 노래를 한다. 그 소리를 들으며 이야기를 나누는 가운데 두 사람은 막혔던 것이 뚫리는 기분이었다. 샤오닝은 흙 도드라진 곳 위에 앉아 있어 꽃무늬 원피스가 땅을 동그랗게 덮었다. 연(蓮)잎처럼. 다룽이 부러운 듯 바라보며 말했다.

"넌 맨날 이렇게 이쁘게 차려입고……"

샤오닝이 입을 삐죽이며 "누가 너 같을라고? 촌티 구질구질! 왕얼리 봐, 바둑판 셔츠를 허리에 찔러 넣고……" 그녀는 아차 싶었는지 얼른 입을 다물더니 코를 찡그리며 말했다.

"너 차림새 좀 신경 써, 개보다 낫게 말여! 앞으론 할 수 있지?"

다룽은 픽 웃었지만 얼른 엄숙하게 고개를 끄덕였다.

깊은 밤, 두 사람은 강둑을 따라 걸어 돌아갔다. 앞서 걷는 샤오닝의 까딱판 소리가 깊은 밤 유난히 낭랑하게 울려 퍼졌다. 다룽은 이 소리를 들으며 그 까딱판의 아름다운 하늘색과 정교한 모양새가 떠올랐

다. 샤오닝, 얼마나 좋은 아이인가. 마음씨 좋고 솜씨 좋고…… 속으로
이런 생각을 하던 그가 마침내 한마디 칭찬을 했다.

"니 까딱판…… 진짜 좋더라."

샤오닝은 토라지며 큰 소리로 제지했다.

"그만! 그거 들먹이지 마!"

"어째서?"

"어째서긴! …… 이거, 니 목판 훔쳐다 만든 거라고!"

밤하늘에 갈매기 울음 소리가 들려왔다. 아주 높이 날아가는 모양
이었다.

음성

    루칭허 강변은 나무 천지, 일대가 엄청나게 큰 숲이다. 숲 안에 종횡으로 오솔길이 나 있어, 들어섰다 하면 십중팔구 헤매게 된다. 그래서 강변 각지의 어른들은 평소 자식들, 특히 처녀들에게 자주 타이른다. 일 없으면 절대로 숲 깊은 데 들어가지 말아라! 하지만 이런 말에 도통 신경 쓰지 않는 얼란쯔(二蘭子). 그녀는 늘 숲 깊숙이 들어가 쇠꼴을 해 왔다. 식구들이 걱정하면 "걱정 말아유. 연말이면 이제 열아홉 살인디!" 하며 큰소리를 쳤다. 엄마는 살짝 어두워진 얼굴로 대꾸한다. "열아홉 살이니 더 걱정이지……"

    얼란쯔가 허리에 새끼줄을 두르고 낫을 집어 들며 말했다. "저, 가유! 기필코 간다고유!……" 말투에 불평이 섞여 있다. 대학입시 준비에 바쁜 큰 동생과 우등생 반에 들어가려는 작은 동생이 있고, 집에서 유일하게 얼란쯔만 대접을 받지 못하며 안팎으로 바쁘다. 일 나가기 전 새벽부터 쇠꼴 베기까지 해야 했다. 얼란쯔네 집 소는 몸통 복부가 방앗간 맷돌보다 더 크다. 풀을 잔뜩 바닥에 펼쳐놔줘도 녀석이 몇 번만 혀를 널름널름하면 금방 없어진다. 얼란쯔는 학교를 며칠 못 다녀 '큰 대(大)' 자와 '클 태(太)' 자를 헷갈리고 '약간[一點兒]' 같은 완곡어법 부사는 자주 빼먹지만 쇠꼴 베기는 빼먹을 수 없었다. 그나저나 근처의 풀은 누가 전부 베어가 숲 깊숙이 들어가야 하는데…… 누가 이런 일거리를 원하겠는가! 정말이지, 딸자식 사정 안 봐주는 엄마다 싶었다.

다행히 아직까지 길을 잃어본 적은 없다. 태양이 떠오르고 햇살은 나무 틈으로 마치 길쭉한 검(劍)처럼 비쳐든다. 작은 새가 수다쟁이 소녀처럼 사정없이 조잘조잘…… 늙은 야생 닭은 성미가 느긋한지 한참 있다 겨우 한마디 꼬꼬댁! 얼란쯔는 마음속에 아무리 언짢은 일이 있어도 일단 숲속에 들어오면 기분이 좋아졌다. 늘 그렇다. 푸르고 울창한 숲! 얼마나 속이 탁 트이는지! 그녀는 목을 빼고 함성을 한마디 지른 다음 숲속에 울리는 자기 목소리를 들어보고 싶어졌다. 숲이 소리를 멀리멀리 전하며 길게 끌어주기 때문이다. 참 좋은 숲! 꾹 참고 풀을 베러 올 만하다. 발아래의 풀잎을 보며 걸음을 서둘렀다.

가는 길 양옆의 풀들이 말도 못하게 부드럽다. 한 무더기 또 한 무더기…… 이슬을 이고 반짝거린다. 얼란쯔, 풀 아직 안 베니? 그럼그럼! 그녀는 계속 앞을 향해 걸었다. 빼곡하게 듬뿍 나 있는 진초록빛 풀밭이 그야말로 거대한 융단처럼 이어졌다. 얼란쯔, 아직도 안 벨 거야? 그럼그럼! 여전히 앞으로 앞으로. 포플러나무 숲을 몇 개나 지나 잡목림에 들어섰다. 와— 이 정도라야 좋은 풀이라고 할 수 있지! 온통 푸르고 신선한 풀, 풀, 풀…… 넓은 이파리가 야무지게 길쭉한 게 꼭 초여름 보리 싹 같다. 풀 속에는 꽃도 피어 있었다. 빨간색, 노란색…… 얼란쯔는 우선 큰 송이를 한 줄기 따 머리에 꽂은 다음 새끼줄을 풀어놓고 낫을 높이 치켜들었다. 머리 위에서 재잘거리는 작은 새들……

맑고 달콤한 공기가 코 안으로 밀려들었다. 기분 최고!

　치켜든 낫 날을 노려보는 얼란쯔…… 반들반들 햇빛에 반사되는 낫이 눈부시다. 그녀는 발그레한 얼굴로 텅 빈 사방을 둘러보았다. 가슴이 뜨거워지더니 문득 자기도 모르게 곡조가 한마디 터져 나왔다. "큰 낫 오시네―! 작은 낫 오시네―!" 온 숲이 함성으로 가득하다. 얼란쯔는 자기 목소리 끄트머리가 아련히 꼬리를 빼는 듯한 소리를 들어보았다. 숲속이 한바탕 쏴쏴쏴 ― 울린다. 그녀는 눈을 감았다. 유난히 길고 숱 많은 속눈썹…… 눈을 감은 채 얼굴을 번쩍 쳐들고 헤실헤실 웃으며 다시 한 번 목청을 뽑았다. "큰 낫 오시네―! 작은 낫 오시네―!" 얼란쯔는 목청을 뽑은 후 숨을 죽이고 열심히 그 꼬리 음에 귀를 기울였다. 이번 음 꼬리는 특히 길었다…… 어? 그런데 이상하다. 소리가 마치 멀리 날아갔다가 꺾여 되돌아오는 것 같으니 말이다.

　돌아오는 함성은 이미 변해 있었다. 얼란쯔는 잠시 멍해졌다가 함성을 한 글자 한 글자 따져보았다. 웬 총각이 멀리서 내 소리를 받아 소리치는 건가? 어라, 아직도 들리네……

　"노처녀 오시네―! 어린 처녀 오시네―!"

　얼란쯔는 얼른 관목 수풀 뒤로 몸을 숨겼다. 그 목소리는 멀리 강변 서쪽으로부터 날아와 관목 수풀에서 걸어 나오는 느낌이었다. 두근두근 조마조마한 가슴을 안고 강변 저쪽 언덕을 바라보았다. 한 무더기또 한 무더기의 초록빛 덤불…… 갈대와 관목이 단단히 앞을 가리고 있으니 보일 리 없다. 그런데 이 음성이 의외로 나긋나긋했다. 가만히 발음을 들어보니 아무래도 표준어다. 빌어먹을! 얼란쯔는 작은 소리로 욕을 한마디 하고 허리를 굽혀 풀베기를 계속했다. 강 건너 저쪽에 들릴까 봐 겁이 나서 더 이상 크게 흥 소리 한번 못 냈다. 묵묵히 풀만 베다가 큰 묶음을 하나 둘러메고 숲속의 오솔길을 따라 집으로 돌아왔다.

　이후 아침마다 숲속에 들어와 막 풀을 베려고 하면 강변 저쪽에서 그 누군가의 노랫소리가 들려왔다. 소리쳐, 소리치라고…… 상대하는 사람이 이상한 거지 뭐! 얼란쯔는 속으로 중얼거리며 고개도 들지 않고 맹렬히 풀을 베었다. 낫을 움직이면 통통한 그녀의 손목이 푸른 풀숲에 가려졌다 드러났다 한다. 마치 뽀얗고 연한 연근을 한 줄기 씻어놓은 듯한 손. 그런 손으로 베고 또 베어 풀단이 작은 산을 이룬다. 얼란쯔네 소는 매일같이 배가 불룩해지도록 포식을 했다. 얼란쯔는 베고 또 베고…… 내리 열흘 풀베기를 했다.

　열흘간 열 번의 새벽, 그 숲속 작은 길의 이슬을 열 번 밟았고 강변 저쪽의 함성을 열 번 들었다. 소리쳐, 소리치라고! 낭랑한 목소리! 여자들이나 꾀게 생긴 달달한 음성! 얼란쯔는 슬슬 귀찮고 후회스러운 마음이 들기 시작했다. 다 큰 처녀가 뭐 하러 숲에서 쓸데없이 고함을 쳤담. 이 숲에서는 희한하게 목소리가 몇 배나 크게 울린다는 거 몰랐어? 그다음부터 얼란쯔가 풀을 벨 때 일부러 몰두한 것은 새 지저귀는 소리였다.

　겨우 그 총각의 음성이 잊혔다.

　그런데 그렇게 며칠이 지나면서 갑자기 이 큰 숲속에 무언가 빠진 것 같은 느낌이 들기 시작했다. 뭐가 빠졌지? 꽃도 있고 풀도 있고 새도 있고 손에 낫도 있는데…… 대체 뭐가 없는 걸까? 풀베기 작업에 민첩함이 사라졌다. 더 이상 풀베기에 의욕을 잃은 그녀는 묵묵히 큰 포플러나무에 기대서서 죽은 나무껍질에 손 가는 대로 낫질을 했다. 그러다 퍼뜩 떠올랐다. 그 총각의 함성이 빠져 있었구나! 강변 저쪽 어디 사람일까? 어디로 가버렸나? 요 며칠 내내 왜 소리를 안 내는 거지? 풀단을 지고 집으로 돌아오는 발걸음도 기운이 나지 않았다. 얼란쯔는 지독한 피로를 느꼈다.

이튿날 새벽 얼란쯔는 숲에 와 목청을 가다듬은 다음 강변 서쪽을 향해 구성진 가락을 뽑았다.

"큰 낫 오시네—! 작은 낫 오시네—!"

숲, 숲, 그녀의 목소리를 멀리 저쪽으로 전해주는 숲…… 여운 같은 메아리가 내내 잔잔하고 느긋하게 떨리며 사라지지 않는다. 가야금 같고 퉁소 같고 피리 같고 북소리 같았다. 얼란쯔는 무수한 잎사귀들이 내는 소리려니 했다. 어떻게 맨날 샤—샤— 물결치는 소리만 내겠는가. 그녀는 나무줄기에 얼굴을 반쯤 대고 강변 서쪽의 목소리를 기다렸다.

기다리다 기다리다 안달이 날 때쯤 소리가 들려왔다.

"노처녀 오시네—! 어린 처녀 오시네—!"

얼란쯔 얼굴에 빙긋 웃음이 솟는다. 쭈그리고 앉아 풀단 묶은 새끼줄을 풀더니 파랗게 반짝이는 낫을 휘두르기 시작했다. 과연 풀베기의 달인이다. 이날 밤 얼란쯔는 잠이 오질 않았다. 휘영청, 달빛이 너무 밝았던 탓도 좀 있다. 달빛을 받아 반짝거리는 나뭇잎들…… 그 숲속의 나무와 풀밭 생각을 하지 않을 수가 없었다. 창턱 위에 놓인 채 어둠 속에 빛나는 낫…… 그것을 응시하고 있자니 풀 베러 가고픈 충동이 일었다. 열여덟, 열아홉 살 처녀, 그것도 동네에서 둘째가라면 서러울 미모의 얼란쯔가 어찌 된 일인지 하필 쇠꼴 베기에 꽂힌 것이다.

일찍부터 가난한 마을이었다. 여느 집 딸들처럼 얼란쯔 역시 학교는 며칠 다니다 접고 농사일을 거들며 동네 처녀들과 들판을 누볐다. 하얀색 허리를 댄 남색 바지 차림에 맨발로 달리고 깡충거리며 놀았다.

50

나물을 캐어다 콩 비지찌개에 넣어 먹으면 무척 맛있는데 엄마가 맛있다고 칭찬하며 한번은 그러셨다. "어울려 다니는 처녀들이 모두 까만 머리칼에 큼지막한 눈, 꼭 한 틀에서 찍어낸 것 같아. 다들 커서 시집 잘 가겠네." 얼란쯔는 조금 더 크자 나물 대신 쇠꼴을 베러 다니게 되었다. "베자 베어, 시집갈 때까지!" 뭐 그런 마음으로.

잠 못 이루는 밤, 그녀는 숲이 그리워 이리저리 생각하다가 틀림없이 강 건너 서쪽에 좋은 풀이 더 많으리라는 생각을 하게 되었다. 그래, 이 동쪽 강변은 원래 풀이 많지 않고 연하지가 않잖아! 날이 밝자 그녀는 외나무다리를 건너 맞은편 강변의 숲으로 들어갔다. 정말 보드라운 풀이 많은 걸까? 봐도 잘 모르겠다 싶었으나 그녀는 호기심에 이끌려 소리 없이 낫을 뻗었다. 숲속의 새도 지저귀다 지쳤나 보다. 사방은 무척 조용하고 텅 빈 숲에서 삭삭삭 그녀가 휘두르는 낫 소리만 났다. 한참 풀을 베는데 멀지 않은 곳에서 누군가 외치는 소리가 들렸다. 그녀는 손이 떨려 풀숲에 낫을 놓치고 말았다. 자기도 모르게 그만 허둥댄 것이다. 그녀는 일어서서 당장 '큰 낫 오시네—! 작은 낫 오시네—!' 응답하고 싶었으나 손으로 입을 꾹 막았다.

몇 무더기의 관목을 돌아 나뭇가지 아래 엎드려 몰래 살펴보니, 쇠붙이처럼 거뭇한 피부의 느릅나무 아래서 강변 동쪽을 향해 힘껏 소리치고 있는 사람이 보였다. 그 사람이다, 그 사람! 얼란쯔는 속으로 부르짖으며 손 가는 대로 낫을 휘둘러 눈앞의 관목 덤불을 쳐냈다. 순간, 수풀 속에서 후드득하는 소리와 함께 그 남자가 몸을 휙 돌려 이쪽을 쳐다본다. 얼란쯔는 가까이서 보고 비명을 지를 뻔했다. 이게 무슨 총각이야! 작달막한 키에 홀쭉한 얼굴, 약간 움푹 들어간 눈, 윗눈꺼풀과 눈썹뼈 부근의 깊은 주름…… 몸을 꼿꼿이 세운 채 무슨 일인가 싶어 고개를 쑥 빼고 돌아보는 사내…… 꼽추였다! 주변의 늙어 구부정한 느릅나무와 별 차이 없는 남자라는 느낌에 얼란쓰는 크게 실망하고 말았다. 스물여덟아홉 살쯤 되었으려나? 그녀는 놀라 입을 딱 벌리고 속으로 외쳤다. 세상에, 세상에…… 꼽추였다니, 그 야들야들한 음성이? 거기다 표준어! 소리만 들었으면 '멋진 총각'이라 여겼을 것을…… 목소리로 사람을 속이다니!

꼽추 역시 얼란쓰를 보고 얼이 빠진 듯 할 말을 잃었다. 구부정한 느릅나무에 몸을 붙인 채 나무 몸통 뒤로 얼굴을 숨기고 있던 꼽추가 한참 만에 어쩔 수 없이 걸어 나왔다. 얼란쓰는 자신에게 다가오는 그를 향해 경계하는 태도로 물었다.

"왜 이래유?"

"쇠꼴 베느라, 쇠꼴……"

황망히 고개를 끄덕이며 얼란쓰 발밑에 쭈그려 앉는 꼽추. 얼란쓰는 뒷걸음질을 치고 나서야 생각이 났다. 저만치 자기가 서 있던 곳에 마(麻)로 꼰 새끼줄과 좁은 칼날의 소형 낫을 두고 왔다는 걸.

두 사람은 각자 쇠꼴을 베며 아무 말이 없었다. 꼽추는 나무숲에 숨어 감히 '노처녀'를 불러놓고는, '노처녀'가 정말 나타나자 수줍어 한쪽에서 홀로 풀만 베고 있는 형국이다. 얼마 못 가 수북이 쌓이는 풀…… 그의 풀베기 속도에 얼란쓰는 충격을 받았다. 놀라우리만치 재빠르게 풀단을 묶어 세우더니 그것에 기대앉는 꼽추. 이어, 작은 공책을 꺼내 들고 계속 뭔가 중얼중얼, 중얼중얼한다.

며칠이 지났다. 두 사람 모두 묵묵히 일만 했다. 얼란쓰 눈에 꼽추는 그런대로 착실한 사람이었으나 나이 면에서 자기와는 다른 부류의 사람으로 여겨졌다. 마음이 허전해진 얼란쯔는 결국 멋쩍음을 면하려고 말을 걸어보았다. 덕분에 그의 본명이 리쐉청(李雙成)임을 알게 되었다. 강 서쪽 마을 사람으로, 생산대의 세 마리분 쇠꼴을 책임지고 있단다. 얼란쯔도 자기 이름을 대며 이른 새벽 강변 동쪽에서 풀을 벤다고 말했다. 꼽추는 빛나는 눈으로 그녀를 보며 웃었다.

"목소리 아주 구성지던데…… 도무지 쇠꼴 베는 사람 같지 않았어. 웬 '창극가수'가 내공을 뽐내나 했지."

더위를 느낀 듯 앞섶을 풀고 얇은 잔꽃무늬 적삼을 드러낸 얼란쯔는 어깨에 낫을 걸친 채 웃으며 답했다. "나 창극가수 아녀유. 글자도 모르는걸……"

꼽추가 온화한 미소를 지었다. 그녀의 한 마디 한 마디에 고개를 끄덕이며 한 모금씩 침을 삼킨다. 그럴 때마다 턱 아래 목젖이 위아래로 한 번씩 움직였다. 마치 얼란쯔의 말을 빠짐없이 정확하게 알아듣고 기억하려는 듯, 가슴속에 채워두겠다는 듯한 모습이었다. 얼란쯔 역시 자기가 하는 말을 이렇게 열심히 들어주는 사람을 처음 만나보는 터라 속이 시원해져 말을 많이 하게 되었다.

만난 지 두번째 날, 풀을 베는 얼란쯔 옆에 꼽추가 서 있었다. 그녀의 풀베기 모습을 지켜보던 그는 속도가 더디다 싶었는지 그녀 손에서 낫을 빼앗아 들었다. 시범 동작을 보이려는 것이다. 쪼그려 앉아 있는 얼란쯔에게 잘 보이도록 그녀를 등진 채 시범을 보이겠다는 제스처를 취했다. 그는 오른쪽 다리를 땅바닥에 꿇고 왼쪽 다리를 쭉 편 채 상반신을 앞으로 숙이는 자세를 반복한다. 꼭 엎어질 것 같았다. 바로 이때 오른손의 낫이 뻗어 나오면 왼손은 풀을 거머쥔다.

낫이 움직이기 시작했다. 버리는 것도 잡아끄는 것도 아니고 노끼

질이나 칼 쓰기 동작도 아니었다. 마치 작은 원을 그리는 듯한 광경! 왼손의 보조가 절묘했다. 파르르 떠는 풀숲에 손이 닿으면 탁! 누르고 휙! 방향을 틀어 퍽퍽, 주섬주섬…… 마치 밀가루 반죽을 주무르는 것 같기도 했다. 푸르른 풀잎들은 바닥에 눕혀졌다 일제히 베어져 한 묶음 한 묶음 더미가 되어간다. 초록빛 풀숲에서 벌어지는 한바탕 무대 공연에 가까웠다. 온몸이 규칙적으로 흔들리며 고개를 숙였다 들었다 숙였다 들었다…… 태연하고 침착하게 앞으로 전진하는 것이 수영하는 모습을 연상시키기도 했다.

얼란쯔는 넋이 나간 듯 쳐다보다가 낫을 받아 들었다. 그가 한 것처럼 몸을 바닥 가까이 하고 조금 전 동작을 하나하나 흉내 내보았다. 그러나 손을 움직여 풀을 베려는 순간 도무지 힘이 들어가지 않았다. 속도가 나지 않을 뿐 아니라 하마터면 손을 벨 뻔했다. 살짝 낙심한 얼란쯔는 벌떡 일어나더니 일련의 동작을 다시 한 번 보여달라고 부탁했다. 이번에는 눈 한 번 깜빡하지 않고 지켜보았다. 뒷모습, 앞모습 꼼꼼히 살피던 그녀가 갑자기 무슨 비밀이라도 발견한 양 손뼉을 마주치며 소리쳤다.

"어쩐지! 자기 방식, 자기 혼자만의 방식이네유! 그 곱사등 덕분이었구먼!"

그녀는 이렇게 외치면서 좋아 난리였다. 별안간 꼽추가 휴! 숨을 몰아쉬며 일어섰다. 원망스러운 듯 그녀를 잠깐 노려본 후 쥐고 있던 낫을 휙 던지곤 자리를 떴다.

"아니, 왜유? 왜 그러는디?" 얼란쯔는 깜짝 놀라 얼른 뒤쫓아가며 물었다. 꼽추는 대꾸 없이 저 멀리 걸어가 아까 그 늙은 느릅나무 아래에 가서 멈췄다. 나무에 기대어 묵묵히 검은 나무껍질을 어루만지며 아무 소리도 내지 않는다. 얼란쯔 또한 자기 말에 그가 상처받았다는 걸 의식하자 아무 말도 하지 못했다. 발아래 풀들을 봤다 고개 들어 꼽추를 쳐다봤다 하다가, 약간 깊은 그의 눈에 뭔가 반짝하는 것을 발견했다. 그녀는 하릴없이 손을 뻗어 옆에 서 있는 홰나무 잎을 따 입술에 얹어 빨았다. 뿌—! 소리를 내고는 중얼거린다. "아으 진짜, 자존심하고는. 그렇게 안 봤더니……"

꼽추는 그녀에게 깊은 눈길을 던지고는 말없이 원래 있던 곳으로 작업하러 갔다. 이윽고 늘 그렇듯 그가 풀단 위에 앉아 작은 공책 같은 것을 읽고 있는 것이 눈에 들어왔다. 그녀는 신기한 생각이 들어 다가가 뭘 읽느냐고 물었다. 꼽추가 책장을 넘기며 고개도 들지 않고 답한다.

"별 거 아냐…… 그냥 책."

얼란쯔는 또 물었다. "꽃이나 사람 같은 거 그려져 있나유?"

"글자밖에 없어." 그가 고개를 가로저었다.

얼란쯔는 가소로운 듯 입을 삐죽거리며 과장된 어조로 말했다. "어머— 그럼 뭘 보나?"

이번에는 별안간 뭔가 생각난 듯 물었다.

"줄곧 여기서 쇠꼴 벤 거예유?"

"이제 막 한 달 반 됐어. 원래는 학교 선생……" 꼽추가 고개를 저으며 답했다.

"선생님?"

얼란쯔는 깜짝 놀랐다. 그가 고개를 끄덕이며 말을 이어간다.

"재건학교. 나중엔 사범학교 졸업생이 많아져 정리된 곳도 있지. 내가 바로 그런 경우."

그는 여기까지 말하곤 애석한 듯 손을 비비나 풀 너비를 선느려본다.

"지부의 서기님이 나더러 쇠꼴을 베라고 해서. 넌 뼈가 단단칠 않으니 먹고사는 법도 좀 수월하게…… 그러시길래. 그래서 쇠꼴을 베게 됐지."

얼란쯔는 그 말에 백배 공감했다.

"쇠꼴 베기, 얼마나 좋아유! 잠깐 새 이렇게 많이 베어내니 풀베기 얼른 한 다음 실컷 놀면 되고……"

꼽추가 이 말을 듣자 흥분해서 벌떡 일어난다.

"그럼 한평생 쇠꼴을 베라고!"

얼란쯔는 그런 그가 좀 우습다는 생각에 속으로 중얼거렸다. 쇠꼴 베는 것이 뭐 어때서? 나도 하는데! 꼽추는 이마에 땀이 맺히며 발그레하게 부어올랐다. 이윽고 새들새들 기운 없이 풀 더미 위에 도로 눕더니 길게 숨을 들이쉬며 말했다.

"인민공사의 공예제품 공장에 외국어 하는 직원이 필요해서 요즘 한창 사람을 찾는다던데…… 인민공사 공업 담당 장 서기님을 찾아갈 생각이야."

얼란쯔는 순간 멍해졌다. "외국어도 할 줄 알아유?"

꼽추는 고개를 저었다. "아직 할 줄 안다 할 수준은 못 되고……"

엄청난 흥미를 느낀 얼란쯔는 하나씩 차례차례 외치듯 물었다.

"낫은 뭐라 해유? 쇠꼴 베기는? …… 큰 숲은 뭐라 하나유?"

꼽추가 진지하게 하나하나 대답하자 얼란쯔는 웃으며 말했다.

"당최 뭔 말인지 못 알아듣겠지만 희한하게 듣기 좋네. 아유— 진짜 능력자셔! 어떻게 배우셨대유?"

꼽추는 두 손으로 베개를 만들고 바로 누워 하늘을 향해 있는 나무 끝을 바라보며 한참 말이 없다. 이윽고 느릿느릿 이야기를 들려주었다.

"쇠꼴을 베면서 시작했어. 매일 새벽 날 밝기 전 이 숲에 와서 단어 외우기, 발음 연습…… 이슬방울이 내 목덜미에 떨어지는 가운데…… 숲이 밝아오면 책 덮고 기지개를 켠 다음 쇠꼴을 베. 하루 새벽 공부를 마친 기쁨에 겨워 강변 동쪽에서 함성이 들려오면 화답을 하게 되더군."

"근데…… 화답할 거면 하는 거지, 뭐가 안 좋아서 굳이 노처녀라고 한담!" 얼란쯔가 토라진 척 한마디 하자 꼽추는 얼굴을 붉혔다. 몸을 한쪽으로 비틀어 그녀의 눈길을 피하며 말했다.

"진짜 어렵게 공부하는 중이거든. 하루 새벽 내내 외운 단어, 쇠풀한 단 베다 보면 다 까먹어. 울음이 나와…… 내 주제에 공부라니 안 될 말인가 싶어서. 그런 생각을 하기 싫지만…… 그저 나라는 인간, 각별히 끈기 있는 사람이긴 하지. 이걸 무기로 외국어 공부를 하는 셈이고. 야, 영어 단어! 너 진짜 다루기 어렵구나! 넌 대체 뭐로 만들어진 거냐? 쇠붙이? 돌? 금? …… 조금씩 갈아서 가루를 만들어주마. 숲속의 새가 저렇게 많고 엄청나게 기막힌 목소리도 있듯이 사람도 마찬가지. 나를 채용하게 하려면 그들보다 훨씬 더 특출나야 하거든."

얼란쯔는 그를 경탄의 눈으로 바라보며 고개를 끄덕였다.

"능력 있으니 공장으로 가면 되겠네유. 쇠꼴을 벨 사람은 아니시구면……"

꼽추가 눈을 둥그렇게 뜨고 굳은 얼굴로 그녀를 쳐다보았다. 한참 그대로 있더니 한마디 덧붙였다. "내일 인민공사 장 서기님 뵈러 가."

쾌청한 날씨의 이튿날. 얼란쯔는 그가 인민공사에 갔으려니 하며 혼자 숲에 머물렀다. 그러나 일찌감치 평소에 풀을 베던 원래 장소로 돌아왔다. 기운 없이 한나절 낫질을 했다. 어질러진 풀잎을 대충 수습한 뒤 그 위에 앉아 낫으로 촉촉한 진흙을 파며 놀았다. 정오가 다 되어갈 무렵 뒤쪽에서 샤샤샤 나뭇잎 소리가 났다. 꼽추였다. 얼란쯔는 보자마자 얼른 일어나 물었다.

"장 서기님이 허락하시든가유?"

꼽추는 말없이 얼란쯔가 막 정리해놓은 풀 더미 위에 기댔다. 잠시 뒤 꼽추가 말했다.

"장 서기님하고 직접 면담했는데…… 인재를 묻어둘 리 없다, 하지만 이미 신청자가 여러 명이다, 시험을 통해 두 사람을 선발할 거다, 그러시네."

"세상에, 겨우 두 명?"

"나도 응시할 거야!" 나직하지만 무척 힘이 들어간 어조였다.

얼란쯔는 말문을 닫았다. 왠지 모르게 그가 합격 못 할까 봐 걱정이 되었던 것이다. 꼽추는 풀단 위에 누워 풀줄기를 뽑아 깨물고 인상을 쓰며 쓴웃음을 짓는다. 나무들 틈 사이의 파란 하늘을 바라보다가 갑자기 물었다.

"얼란쯔, 넌 태어날 때부터 이렇게 예뻤냐?"

전혀 예기치 못한 질문에 얼란쯔는 얼굴을 붉혔다. 고개를 저쪽으로 돌리며 화난 듯 입가가 뾰로통하다. 꼽추는 그녀의 표정에 전혀 신경 쓰지 않는 듯 여전히 하늘을 올려다보며 하던 이야기를 계속했다.

"참 예쁘게 생겼어! 복도 많다…… 그래, 타고나는 거지, 돈으로 살 수 없다. 나? 태어날 때부터 이렇게 꼴사납게 생겨 비실비실해. 아버지가 나를 도랑에 던져 넣으려고 했는데 엄마가 끌어안고 놓지 않았대. 겨우 살아났어. 딱 죽었어야 했는데 말이야…… 아무튼 살아났으니 인간답게 살아야지! 그 혼란스런 세월을 보내면서 몸에 결함이 있는 인간이라 괴롭힘도 유별나게 많이 당했단다. 그 시절, 꿈속에서도 공부했어. 책에 나오는 위대한 사람들…… 엄마 말씀이, 애야 넌 그럼 안 된다. 너무 지기 싫어하는 거 안 좋아! 엄마한테 그랬지. 승부 근성이 있어야 하는 거 아닌가요?"

얼란쯔는 신기한 눈으로 그를 바라봤다. 무척 삐딱한 사람이라고 느끼며 혼잣말처럼 그의 말을 반복했다. "위대한 사람들을…… 꿈에서……!"

그는 울컥했는지 벌떡 일어나 왔다 갔다 한다. 좁은 이마에 땀을 줄줄 흘리며 얼란쯔에게 말했다.

"사람에겐 그런 게 중요한 거야. 왜 우리가 평생 쇠꼴이나 베며 살아야 하지? 우린 뭐든 해도 된다고! 쇠꼴 베기도 좋지만 다른 걸 해도 좋아. 관리 요원이 될 수도 있어!"

얼란쯔는 손에 풀을 한 주먹 쥐고 그것들을 엮으며 빙그레 웃음 띤 얼굴로 말했다.

"그쪽은 돼도 난 안 돼유. 글자를 모르는걸. 난 쇠꼴 벨 거예유, 시집갈 때까지."

꼽추가 이 말을 듣고 몸을 휙 돌리더니 그녀를 바라보았다. 경악과 연민, 심지어 억누를 수 없는 울분마저 깃든 눈빛이었다. 그는 이렇게 잠시 쳐다보더니 돌연 거칠하고 낮은 목소리로 외쳤다.

"네가 안 돼? 어이구, 팔팔한 열아홉이 안 될 게 뭐 있어! 네 목소리, 창극가수도 하겠던데. 봐, 네 큰 눈, 날씬하게 쭉 빠진 눈썹! 그 몸매! 길을 걸으면…… 쯧쯧, 어휴…… 내 참! 뭐라고? 평소 거울 안 보나?"

그는 무릎에 얹은 손바닥을 가볍게 털었다. 갑자기 그가 또 뭘 봤는지 얼란쯔 손에 있던 물건을 낚아채 눈앞으로 가져가 자세히 들여다본다. 약간 들어간 눈이 점점 커졌다. "세상에!" 그는 물건을 보고 또 보며 소리쳤다.

"보라고! 이게 그냥 아까 손으로 뚝딱 만들어낸 거야? 와— 풀잎으로 엮은 말(馬)이잖아! 손재주가 장난 아니구먼! '공예의 명인'이 돼도 좋겠네. 넌 자신을 모르고 있어! 뭘 해도 할 수 있겠는걸! 날 봐, 다시 널 보고…… 네가 어떻게 안 된다는 말을 할 수 있냔 말이야!"

꼽추는 간절하게 얼란쯔를 쳐다보며 어찌해야 좋을지 모를 만큼 흥분했다. 아래턱뼈가 계속 부들거렸고 손으로 힘껏 다리를 두어 번 비비더니 몸을 돌려 급하게 걸음을 옮기기 시작했다.

얼란쯔는 놀라서 멍하니 그를 바라보았다. 꼼짝 않고 그저 바라만 보다가 갑자기 어깨를 떨며 소리 없이 울었다. 투명한 눈물이 반짝반짝 얼란쯔의 볼을 타고 흘러내렸다. 손으로 닦아냈으나 눈물은 점점 더 솟아났다. 결국 엉엉 소리 내면서 울어 꼽추를 난감하게 했다.

"얼란쯔……" 꼽추가 불렀지만 얼란쯔는 듣지 못한 듯 울기만 한다.

"왜 대답이 없어……"

"흑흑……" 그녀가 울면서 두 손으로 얼굴을 가리고 힘주어 고개를 흔들었다. 올해 열아홉의 얼란쯔. 지난 19년, 그녀를 이렇게까지 중히 여기며 그녀를 감동시킨 사람이 있었던가? 없다! 그녀가 한평생 쇠꼴이나 베며 산대도 누구 하나 아쉬워하지 않을 것이다. 그녀는 순간, 옛날에 들고 다니던 거의 반쯤 해진 나물 바구니가 눈에 아른거렸다. 쇠고리로 된 쇠고삐, 19년간 닳도록 신고도 여태 아까워 못 버리는 크고 작은 천 신발들도 보인다. 하염없이 눈물을 흘리는 얼란쯔…… 눈물이 꽃무늬 적삼을 적셨다. 꼽추는 그녀의 실룩거리는 어깨를 또렷이 바라보다가 드디어 그녀가 뭣 때문에 우는지 깨달았다. 그녀 스스로 눈가의 눈물을 닦으며 이렇게 물어왔기 때문이다.

"나, 쇠꼴 베는 거 말고 다른 거 해도 되나유?"

"되고말고! 사람은 의지만 있으면 쇠몽둥이가 바늘이 되게 할 수도 있지." 꼽추는 힘차게 대답했다.

한참 지나서야 그들은 다소 평정을 되찾았다. 숲에 찬란한 햇빛이 쏟아지는 시간이 되었다. 나무의 몸통, 줄기 잎, 풀밭…… 온통 작은 은화가 뿌려진 듯 반짝거렸다. 숲이 바람 소리, 새소리, 멀리서 들리는 사람 소리 등으로 시끌시끌해질 때가 된 것이다. 꼽추는 흥분 끝에 피로를 느꼈는지 다시 풀 더미 위로 드러누웠다. 그의 얼굴에 떨어져 있던 나무 잎사귀에 햇볕이 어렸다. 꼽추가 최고로 근사하고 따스한 바리톤 음성으로 말했다.

"얼란쯔, 들어봐! 들어봐! 이 숲이 얼마나 즐거운 곳인지! 퉁소 같은 바람 소리, 가야금 타는 듯한 나뭇잎, 노래하는 작은 새들…… 교향곡이라는 느낌 안 드니? 난 쇠꼴을 다 베고 나면, 공부하다 피곤해서 쉴 때면, 이 숲속에 있을 어떤 사람을 생각했어. 묵묵히 눈감은 채 들었지. 뭘 듣고 있었냐고? 이 세상의 여러 가지 소리. 사람이란 부단히 자기 자신을 정확히 보는 것이 참 어렵구나, 그런 생각도 자주 했고. 우리가 이 숲에 소리를 더하면 안 되는 걸까? 우린 저마다 목소리가 있는데 왜 자신의 소리를 내면 안 되는 거냐고?"

얼란쯔는 초록색 숲의 그림 같은 풍경을 보며 그 풍경의 감미로운 효과음을 들었다. 그것을 진정으로 알아들었다는 듯 엄숙하게 고개를 끄덕였다.

두 사람은 이날 늦은 시간까지 오랫동안 얘기를 나누다 집으로 돌아갔다.

이후 닷새간 꼽추가 없었다. 닷새, 얼마나 긴 닷새던지. 얼란쯔는 혼자 쇠꼴을 베며 얼마나 그가 그리웠는지 모른다. 무척 쓸쓸할 때도 있었다. 그녀에게 깊은 인상을 남긴 그 늙은 느릅나무 아래 혼자 서서, 나무들 머리 꼭대기에 감긴 유백색 아침 안개를 바라보며 소리쳐 보았다.

"큰 낫 오시네— 작은 낫 오시네—"

매번 외치고 나면 속이 시원하고 한편 우습기도 했다. "이렇게 소리치는 거, 내가 발명한 거네!"

엿새째 되던 날 꼽추가 돌아왔다. 깔끔한 새 옷에 머리를 잘 빗어 넘긴 모습이었다. 얼란쯔는 이 모든 것에 특별히 신경 쓰지 않았다. 그저 벅찬 가슴으로 맞으러 갔는데 그가 "어, 어⋯⋯" 하며 뒷걸음질을 친다. 얼란쯔는 화난 듯 물었다. "어쩐 일로 말더듬이가 되셨나⋯⋯?"

꼽추는 머리를 긁적이며 "아, 아니" 하더니, 잠시 후 앞으로 걸어 나와 말했다. "얼란쯔, 나, 나 오늘⋯⋯ 쇠꼴 안 베!" 얼란쯔는 그제야 그가 아무 도구 없이 빈손으로 왔다는 사실을 깨달았다.

얼마 있다 꼽추가 옷 주머니를 뒤적이며 말했다.

"우리 함께 풀베기 한 지 얼마나 됐지? 기억이 잘 안 나. 아마⋯⋯ 꽤 됐을걸. 오늘 선물을 하나 주고 싶어서."

그는 뒤적뒤적하더니 빨간 실크스카프* 한 장을 호주머니에서 조

---

*   중국에서 빨간 실크스카프는 결혼식을 연상시킨다. 전통 결혼식에서 당일 신방에 들 때까지 신부는 얼굴이 보이지 않도록 머리에 빨간색 비단 천을 쓴다.

금씩 끄집어냈다. 얼란쯔가 날 듯이 한쪽으로 폴짝 자리를 옮기고 놀란 눈을 했다. 잠시 꼽추를 쳐다보고는 이제 알겠다는 듯 말했다.

"으매…… 나보다 나이가 한참 많다고 봤는데 요런 못된 생각을…… 난 필요 없어유!"

꼽추는 한 대 얻어맞은 양 세차게 몸을 한 번 떨고 그 자리에 서 있었다. 경건한 표정으로 그녀를 바라보는 꼽추, 그의 손바닥 위에서 실크스카프가 산들거린다. 그는 느릿느릿, 그러나 감동적인 어조로 말했다.

"얼란쯔, 넌 참 훌륭해! 자기가 얼마나 훌륭한지 본인만 모르고 있을 뿐. 내 눈에 너는 수정 같은 사람이야. 투명하게 빛나는, 한 가닥 더러움도 없는. 내가 어떻게 감히 못된 생각을 하겠니. 그저 나중에…… 아주아주 나중에…… 이 숲에서 아주 예쁜 처녀에게 빨간 실크스카프를 선물했었다…… 그런 생각이 났으면…… 그거지."

"이걸 어떻게 받아유……" 얼란쯔가 고개를 숙였다. 꼽추는 멍하니 그녀를 바라보다가 실망한 표정으로 바닥에 앉는다. 말없이 실크스카프를 얼굴에 쓴 채 가볍게 만지작거리다, 결국 정색한 얼굴로 무릎 위에서 착착 잘 접어 주머니에 챙겨 넣었다. 조금 전 불그레하던 관자놀이도 다시 누런색으로 돌아왔다.

한참 뒤 자리에서 일어난 그는 고개를 숙인 채 옷자락을 비비 꼬며 서 있는 얼란쯔에게 말했다. "나 오늘 작별하러 온 거야. 시험에 붙었거든. 내일 공장으로 간다." 얼란쯔의 눈이 반짝했다. "정말?" "정말!" 그는 더할 나위 없이 따스한 눈빛으로 이 풀베기 단짝을 쳐다보았다. 이어 깍듯이 고개 숙여 인사를 한 다음 아쉬운 듯 몸을 돌리고 멀어져 간다. 얼란쯔는 그 뒷모습을 뚫어져라 쳐다보며 배웅했다. 그가 울창한 초록빛 수목 속에서 완전히 사라지자 얼란쯔는 털썩 바닥에 주저앉았다. 너무나 외롭고 쓸쓸했다.

이윽고 간신히 일어선 얼란쯔. 어수선하게 눌린 자국의 풀을 바라보며 갑자기 더 이상 쇠꼴을 베러 오지 않을 것 같다는 느낌을 받았다. 어쩐지 저린 마음에 절로 그렁그렁 눈물이 솟는다. 그가 방금 자기에게 깊이 상처를 받았겠구나 생각하니 가슴이 미어졌다. 얼란쯔는 갑자기 뭔가 생각난 듯 부근의 관목을 헤치고 몇 걸음 달려갔다. 눈물범벅이 된 얼굴로 앞쪽에 대고 목청껏 외쳤다.

"큰 낫 오시네ㅡ! 작은 낫 오시네ㅡ!"

네ㅡ 네ㅡ 끝소리가 메아리쳤다. 응답해주려나? 아아, 그이에게 들릴까? 얼마나 멀리까지 갔으려나? 얼란쯔는 숨을 죽인 채 꼼짝 않고 거기 서 있었다. 그러다 결국 풀이 죽어 몸을 돌렸다. 막 앞으로 걸어가려는데 함성이 들려온다. 약했다, 강했다, 희미했다, 또렷했다…… 멀리서 전해오는 목소리! 아, 그가 멀리서 숲을 통해 보내오는 음성이었다.

"노처녀 오시네ㅡ! 어린 처녀 오시네ㅡ!!"

얼란쯔는 깊은 안도감을 느끼며 웃었다. 그 소리 속에 그녀는 눈물을 닦고 엄숙한 표정으로 생각에 잠겼다. 그이가 갔으니 나도 가야지. 그렇지만 어떻게 가야 하나? 숲속에 길이 그리 많은데. 가로로 세로로 수많은 오솔길, 오솔길……

그의 끝소리가 끊어지지 않고 유유히 끝없는 숲에서 메아리쳤다. 그 소리는 더 넓은 세계로 확장되는 듯했다. 떨어졌다 뒤흔들렸다, 하나의 힘 있는 메아리가 되는 듯…… 그윽했다, 고조됐다…… 마치 음악의 하모니 같기도 했다. 얼란쯔는 꼼짝 않고 주의 깊게 들었다. 살며시 입술을 오므리며 미소 짓는 얼란쯔. 구름을 뚫고 선 큰 나무들, 울창

한 초목 속에서 그녀는 점점 자신도 끝없는 초록빛과 한 덩어리가 되어
녹아드는 느낌이었다.

버섯이 자라는 곳

최근 시골에 한번 다니러 갔다가 우연히 아는 사람을 만나 옛날 일을 떠올리게 되었다. 시골이란 정말이지 좀 괴상한 구석도 있고 좋은 면도 있는 곳이다. 사촌 형님이 시골 강변에 살았는데 바다에서 멀지 않은 그 강은 놀기 좋은 곳이었다. 물고기, 자라, 게가 살았고 강변 일부가 갈대로 뒤덮여 있었다. 강 언덕은 온통 나무, 나무, 나무…… 버드나무, 너도밤나무, 포플러나무…… 뭐든 다 있는 잡목림이었다. 땅은 검은 진흙 대신 고운 모래, 그 위에 빽빽하게 녹색 풀이 자라고 있어 무척 깨끗해 보였다. 열 살 좀 넘어 형네 집에 갔을 때 강에서 두세 근짜리 대어를 잡은 짜릿한 경험 때문인지 항상 그곳이 그리웠다.

열여덟 살 되던 해 사회가 어수선했다. 반동으로 지목된 아버지 때문에 길거리의 '혁명' 청년들이 늘 내게 '교육'의 주먹을 날리던 시절이었다. 결국 어머니는 출구 없는 근심에 겨워 이렇게 말씀하셨다. "형네 집에 가 있거라. 여기 있다간 얻어맞기만 할 테니."

열여덟 살, 이미 선거권, 피선거권을 지닌 국민의 한 사람이었으나 집에 도움이 되지 않을 뿐 아니라 매를 맞아야 하는 처지였다. 이렇게 해서 나는 시골 그 강변 마을로 가게 되었다.

때는 초가을. 들판이 누르스름한 녹색으로 덮이고 1년 중 가장 높은 수위로 출렁대는 강, 루칭허(蘆青河)…… 강 언덕 숲속에는 종일 뭐가 뭔지 분간을 못 할 정도로 울어대는 온갖 새…… 형님은 농장에서 곧 과일들이 익을 거라고 했다. 기다려지는 먹을거리였다. 땅 위에는 파랗게 무성한 풀 사이로 옹기종기 갖가지 색깔의 작은 들꽃이 피어나고, 허리를 구부려 꽃을 꺾노라면 종종 풀숲에 있던 산토끼가 놀라 뛰어나오곤 했다. 이쪽을 향해 유리알 같은 눈알을 굴리다가 쏜살같이 멀리 튀어 가버리는 녀석들…… 이런 것들이 나는 재미있었다. 형님 말마따나 이곳은 해마다 귀찮은 일거리가 하나씩 있어서 그렇지, 좋은 곳 천지였다. 예를 들어 이 계절 다른 지역 사람들은 한가로이 먹고 쉬며 가을 농번기를 대비하는데, 이 고장에선 그럴 형편이 아니었다. 가을 장마 때문이다. 가을에 들어서면 물 내려갈 도랑을 파서 가을 논에 물이 차지 않게 해야 한다는 것이었다.

"루칭허가 있는데 왜 또 도랑을 파죠?" 형님에게 물었더니 이렇게 대답했다.

"루칭허는 제 속도 다 못 채우면서 가끔씩 바깥쪽으로 물이 불어나거든."

거 참 괴상한 일이다 싶었다.

나는 모두 밖에서 일하느라 바쁜 형님네 식구들 틈에서 한가로이 있기가 미안했다. 수로 건설 현장에 따라가겠다고 했더니 형님이 고개를 가로저었다.

"안 될걸. 너는 외지인이라 일을 해도 기록에 오르지 못해. 마냥 놀기 괴로우면 숲에 가서 버섯이나 따 오너라."

나는 작은 버드나무 광주리를 집어 들었다.

버섯을 따러 걸어서 숲속 아주 멀리까지 가기도 했다. 버섯이 꽃처럼 오색찬란하다는 것을 태어나 처음 알았다. 빨강, 노랑, 파랑, 자주, 하얀색, 회색…… 버섯들은 풀숲에서 자라고, 큰 나무의 허리춤에도 자라고, 작은 나무의 뿌리 위나 하얀 모래 속에도 나 있었다. 너도밤나무, 버드나무, 소나무, 홰나무…… 무슨 나무든 토실토실하고 보들보들한 버섯이 자라고 있었다. 알고 보니 버섯은 썩은 물건 위에서 자라는 것이었다. 무릇, 버섯 한 무더기가 있으면 그 아래에 썩은 나무뿌리나 썩은 풀줄기가 있기 마련이다.

끝이 보이지 않는 망망한 해변, 이 큰 대지 위에 수많은 종류의 나무, 새, 꽃, 각양각색의 버섯이 있었다. 나는 따고 또 땄다. 가져다 집 마당에 쌓아놓으니 작은 산이다. 그 옆에서 형님 내외가 말했다. 놀면서 이렇게 많은 버섯을 따 오는 사람은 처음 본다! 형님은 신난 듯 쇠스랑 같은 다섯 가닥 손가락으로 버섯을 헤집고 뒤적였다. 한번은 큰 손이 막 움직이다가 별안간 화들짝 놀라며 몸을 떨었다. 곱디고운 분홍색의 큼직한 버섯을 집어 들어 자기 눈앞에 가져가 살피더니, 조심스레 엄지손가락, 집게손가락으로 집어 들어 담장 밖으로 휙 집어 던졌다. "독버섯이구먼!"

마당 안의 버섯은 마을 사람들의 눈길을 끌었다. 밥그릇을 받쳐 들고 와서 떠먹으며 구경하는 사람들…… 버섯을 봤다 나를 봤다 하면서 한마디씩 했다.

"해변에 있는 버섯을 거의 몽땅 따 왔구먼."

"젊은 친구가 대단하네. 어디서 난 끈기여?"

그 순간, 인파 속에서 따지는 듯한 목소리가 들렸다. 젊은 아가씨 목소리였다.

"내가 작정하고 따면 저것보다 많이 딸걸. 이게 뭐 그리 대단해서 능력자 취급을 한담!"

목소리를 따라가 봤더니 콧잔등에 잔주름이 잡힌 그녀가 보였다. 같잖다는 표정, 코끝이 잔뜩 올라가 있었지만 예쁜 얼굴이었다. 사람들은 잠시 뒤 흩어졌으나 나는 '들창코의 그녀'가 기억에 남았다. "펑펑(捧捧), 대단한 입심이여!" 형님이 형수에게 하는 소리였다. 그녀의 이름이 '펑펑'이로구나⋯⋯ 밤에 이런저런 생각을 했다. 혹시 집안사람들에게 '펑'(捧), 즉 떠받들림을 받는 데 길들여져 이렇게 사람을 무시하나 싶었다.

이튿날 일찌감치 대문 입구에 꼬마들 여러 명이 몰려와 있었다. 그 부모들이 날 따라가 버섯을 따 오라고 시켰단다—일없다. 다 큰 청년더러 종일 꼬맹이들과 함께 버섯을 따러 다니란 말인가! 별안간 모욕당한 느낌이 들어 좀처럼 버드나무 광주리를 집어 들 생각이 나지 않았다.

결국 형님에게 말했다. "제가 대신 도랑 파러 갈 테니, 형님은 쉬세요." 여러 차례 부탁한 끝에 드디어 그 반질거리는 큰 삽을 둘러멜 수 있게 되었다.

해변 위 나무가 드문 곳에 수로를 만들기로 되어 있었다. 장차 빗물이 그 물길을 따라 바다로 흘러들어가도록 하는 것이었다. 도랑을 파는 일은 거의 젊은 사람들이 했는데 우두머리가 류란유(劉蘭友) 대장이었다. 마흔 정도의, 눈이 약간 깊은 남자였다. 내게 다가와 한참 훑어보고는 한다는 말이, "뭐가 이리 허옇게 생겼어!"

주위의 젊은이들이 모두 웃고 나는 얼굴이 빨개졌다.

"좀 허연 건 별 거 아녀. 내 젊었을 땐 아—주 하얬거든. 근디, 내 수하에서 일할라면 좀 규율이 있어야 혀. 계집애들처럼 굴면 안 되고!" 류란유의 말이었다. 난감해진 나는 이 능글맞은 대장을 원망했다. 순간 콜드크림 냄새가 나서 자세히 보니 류란유 대장 얼굴에 두툼하게 한 겹 발라져 있었다. 이날 집에 돌아와 그 얘기를 하자 형님이 흥을 봤다.

"그놈의 인간, 제 꼴은 생각도 않고 틈만 나면 폼 잡으며 사람 훈계나 하구…… 그래도 나쁜 인간은 아녀, 그냥 그런 작자지."

공사 현장의 사람들에게는 매일 파야 할 작업량이 정해져 있었다. 류 대장은 가죽 자를 하나 틀어쥐고 장차 완성될 수로를 직사각형의 격자로 하나하나 구분해놓았다. 사람마다 각기 하나의 격자 위에서 삽을 휘두르는 것이다. 내게도 한 칸이 배당되었다. 나는 하얀 석회가루로 그려놓은 격자를 내내 힐끔거리며 웃었다. 내 정도의 체격과 힘으로 이 작은 격자 하나 파내는 것쯤 아주 쉬운 일이라 여겼기 때문이다. 고쟁이 바람으로 일하는 류 대장, 지독히 마른 몸집이었으나 놀랍게도 힘은 장사였다. 삽이 나는 듯 움직이는가 싶더니 잠시 뒤 격자가 깊이 파져 있었다.

나는 문득 고개를 들어 주위를 돌아보았다. 모두, 심지어 처녀들조차 나보다 빨랐다. 얼마 파지 못해 아직도 땅 위에 있는 꼴인 나를 두고 류 대장이 말했다.

"저거 봐, 젊은 흰둥이가 섬 위에 올라앉았구먼!"

처녀, 총각 들이 웃어댔다. 유난히 요란하게 웃는 처녀가 있었으니 바로 펑펑. 그녀의 모습이 이번에 확실히 눈에 들어왔다. 늘씬한 키에 약간 운동선수 같은 몸매였고 건강미가 있었다. 여러 해 들일을 했을 터라 자연히 얼굴이 하얗지는 않았으나 매끄럽고 고운 피부였다. 그 살짝 들창코도 잘 어울렸다. 허벅지 역시 튼실해 보였다. 내가 자기를 훑어보는 걸 보자 당장 웃음을 멈추고 가볍게 얼굴을 쳐들었다. 작은 코 위에 또 잡히는 가느다란 주름……

　나는 온 힘을 다해 내가 밟고 선 '작은 섬'을 깎아낸 끝에 간신히 검은 진흙 부분에 도달했다. 이번엔 지하에서 물이 새어 나와 끈적한 진흙이 삽에 달라붙어 도무지 떨어지지를 않는다. 류란유가 크게 웃어댔고 나는 온몸이 화끈거렸다. 이때 펑펑, 그녀가 나를 보는 느낌이 들었다. 고개를 들었을 때 과연 빛나는 그녀의 두 눈과 마주쳤다. 따스한 눈빛이었다. 그녀는 자기 손에 잡은 삽 쪽으로 입술을 쫑긋 내밀며 '여길 잘 보라'는 신호를 보내더니 시범을 보이기 시작했다. 삽자루를 꽉 쥐고 퍽퍽 흙을 한 더미 파낸 다음, 웅덩이에 삽 머리를 한 번 적신 뒤 땅속의 진흙을 파냈다. 삽이 물에 젖어 미끌미끌한 터라 나중에 가볍게 한 번 털자 붙어 있던 진흙이 깨끗이 떨어져 나갔다. 나는 정신없이 바라보다가 그대로 따라 해봤다. 과연 엄청나게 일이 수월해졌다.

　휴식 시간…… 사람들은 여러 가지 방식으로 휴식을 취했다. 나이 많은 사람들은 해진 면 저고리를 깔고 드러눕는다. 그들은 야외 작업을 할 때 이 해진 면 저고리를 늘 가지고 다녔다. 아무 데나 깔고 누울 수 있고 날씨가 갑자기 바뀌면 우산, 우비 대용도 된다는 것이다. 젊은 이들은 해변을 이리저리 뛰어다니다 숲에 가서 시큼한 대추를 따고 해변에서 조개를 줍기도 했다. 숲속 나무에서 늦매미가 울고 있으면 펑펑을 부추겨 까치발로 살금살금 다가가 잡게 만들었다. 마치 숨바꼭질을 하는 분위기였다. 매미를 잡느라 살그머니 내미는 펑펑의 손…… 작고 통통한 것이 아기 손 같았다. 어떻게 이런 손으로 땅 파는 일을 그리 잘

한단 말인가!

그녀가 높은 곳에 있는 매미 한 마리를 잡지 못한 채 나를 돌아보았다. 기대하는 눈빛…… 나는 그쪽으로 걸어갔다. 농구할 때 도약하는 연습을 해본 적이 있어 덩크슛을 하듯 펄쩍 뛰어올라 나무 허리춤에 있던 매미를 잡아 내렸다. 몸을 돌려 매미를 건네줄 때 그녀가 넋을 잃고 발그레한 얼굴로 날 보는 것이 눈에 들어왔다. 그녀는 매미를 받자, 엄지와 집게손가락으로 날개를 집어 날려 보내며 말했다. "좋겠네— 얼마나 좋아, 날아가라……"

매미는 자유의 몸이 되어 푸른 하늘을 향해 높이, 아주 높이 날아갔다. 이상한 눈으로 바라보는 나에게 그녀는 샐쭉 웃고 공중의 매미를 쳐다본다. 한참 뒤 시선을 거두더니 혀를 내두르며 말했다. "워매— 엄청난 높이뛰기, 진짜!" 말을 마치고 저쪽으로 뛰어가는 그녀……

나는 줄곧 그 날씬한 뒷모습, 푸르른 숲속 깊숙한 곳으로 날 듯이 들어가는 그녀를 뚫어져라 바라보았다. 고개를 숙이다가 문득 발아래 한 무더기 보들보들한 버섯을 발견했다. 우와— 반가운 기분에 쪼그려 앉았다. 요즘 버섯을 한없이 따 모으는 동안 그것들에게 각별한 감정이 생겨나기 시작했던 것이다. 나는 버섯을 조심스럽게 따서 특유의 향기를 맡아본 다음 소중히 호주머니에 챙겼다.

작은 새가 사방에서 노래하고 숲속에서는 생김새도 빛깔도 제각각인 무수한 이파리가 샤샤샤 몸을 떨었다. 푸르른 하늘…… 까마득히 높게 날아가는 매! 나는 허리를 구부려 들꽃을 꺾어 들었다. 한 줄기, 한 줄기…… 결국 큰 꽃다발이 되었다. 뛰어오는 길에 작은 잔털로 뒤덮인 촘촘한 잎사귀의 풀을 손 가는 대로 움켜쥐는 등 장난을 치며 공사 현장으로 돌아갔다.

사람들이 사방팔방에서 걸어와 작업을 재개한다.

그런데 돌연 몸이 가려웠다. 손을 뻗어 긁어봤지만 가려움은 점점 심해졌다. 류 대장이 와 보더니 곧장 손뼉을 마주치며 소리쳤다. "허 허…… 독풀을 만났구먼. 어? 이봐, 손에 들고 있네!"

나는 얼른 손에 쥐고 있던 풀들을 내던지고 강가에 가서 손을 씻으며 생각했다. 이곳 모래사장은 희한하다. 가려워지는 독풀도 있고…… 집에 돌아올 때 손 위에는 물집이 두어 개 잡혀 있었다. 피곤하지 않냐고 묻는 형님에게 그렇지 않다고 답했다. 진심이었다. 난 정말 피로를 느끼지 않았다.

넓디넓은 해변! 관대하고 신비로우며 드라마틱한 색채로 가득한 곳…… 매일 얼마나 많은 날짐승, 들짐승이 날고 뛰어다니며 노래하고 추격하는지! 얼마나 많은 사람이 숲에서 뭔가를 찾아내고 따고 캐내는지! 해변은 너무나 광활하고 촉촉했다. 따스한 날씨 속에 매일 수많은 것이 썩어가고 또 수많은 꽃과 아름다운 버섯이 자라난다. 해변을 가로질러 작업 현장에 올 때 마음속엔 표현할 수 없는 흥분이 일었다. 여기는 소란스러우면서도 고요한 곳이로구나…… 문득 집 생각이 났다. 근심 걱정으로 일그러진 어머니의 얼굴…… 거기는 추웠다. 아버지의 존재를 이유로 내게 주먹과 몽둥이를 퍼붓던 곳. 나는 영원히 이 해변에서 살고 싶었다.

도랑 파기 공사장에서 나는 천천히 아는 사람을 만들어갔다. 젊은 이로서 외지의 새로운 세상을 알아야 했고 그러려면 그들과 사귀어 정을 쌓을 필요가 있었다. 펑펑의 동생도 공사장에 있었는데 이름이 라오 궈(老國)였다. 시커먼 생김새가 약간 그림책에 나오는 '군벌(軍閥)'* 같은 모습이었다. 열예닐곱 살밖에 안 된 게 몸집이 엄청났다. 그 뚱뚱한 엉덩이, 마치 커다란 세숫대야가 걸려 있는 듯했다. 그런 녀석이 펑펑의 동생이라는 것을 믿고 싶지 않았으나 분명한 사실이었다. 함께 앉아 시시덕거리며 라오빙(烙餠)**을 나눠 먹는 두 사람을 볼 때마다 이상했다. 혐오도 질투도 아닌, 그저 놀랍다는 느낌, 당최 어울리지 않는다는 느낌 때문이었다.

류란유 대장은 나에게 일부러 웅덩이가 얕은 부분을 맡겼다. 덕분에 힘이 많이 절약된 나는 감격한 나머지 처음 대면했을 당시의 좋지 않은 인상을 싹 잊었다. 그러고 보니 일할 때 떠들기 좋아하는 펑펑의 목소리가 들리지 않는 것 같았다. 그녀는 그저 힘껏 땅을 파고 삽을 휘두를 뿐이었다. 말수가 없어지고 열심히 일만 한다. 한번은 문득 그쪽을 봤다가 나를 바라보고 있던 그녀를 발견했다. 나와 눈길이 부딪치자 자신의 땋은 머리를 힘껏 털었다. 불타던 눈길도 함께 털려나갔다.

나는 나 스스로가 뭔가를 겁내는 듯한 기분이었다. 좀처럼 머리를 들지 못했으나 매우 집요한 이끌림으로 그녀를 틈나는 대로 훔쳐보았다. 심장이 급격히 뛰곤 했다. 그 리듬에는 유쾌하고 흥분되고 약간의 두려움이 포함된 것이었다. 삽질을 멈추고 가볍게 손으로 얼굴의 땀을 닦는다. 땀을 닦는 손이 한쪽 눈을 가렸지만 다른 쪽 눈으로 그녀의 뜨거운 시선을 보았다. 나를 향해 입술을 깨물며 웃는다. 수줍고 달콤한 웃음…… 은밀한 찬미라는 것이 이렇게 근사한 것이었던가! 그녀가 웃

---

* 청말 부국강병의 구호 아래 양성된 근대식 군대의 최고위급 군인. 지방 토호화 되어 신해혁명 이후 중화민국의 행정력을 무력화시키는 존재였다. 탐욕과 부패의 이미지로 통용되곤 한다.
** 밀전병.

을 때 나도 웃었다. 아마 아무도 몰랐을 것이다.

나 스스로가 '사내대장부'임을 느꼈다. 널찍한 어깨, 튼실한 근육, 해변에서는 사냥할 때의 용맹스러움을 지닌 나. 큼지막한 삽을 쥐고도 작은 주걱 삽을 든 것처럼 가벼웠다. 그 무거운 흙덩어리도 원래의 무게를 잃고 가뿐히 멀찌감치 털려나간다. 도랑에서 물이 스며 나오자 흙이음매며 발바닥 옴폭 들어간 부위며 곳곳이 물이었다. 삽을 진흙에 꽂아 파 보니 맑은 물이 즐겁게 솟아나 내 몸통과 얼굴에 튀었다. 이것이 도랑 파기? 이것이 노동? 이것이 해변에서 일하는 거라고? 아니! 그것은 시를 쓰고 노래를 짓는 일이었다.

정오에 모두 해변에서 밥을 먹고 쉬었다. 젊은이들은 이때를 이용해 바닷물 속에 들어가 목욕을 하거나 대합을 주우러 갔다. 나는 약간 늦게 뒤따라갔다. 바다에서 총각들은 고쟁이 차림, 처녀들은 좀 얕은 물에서 윗도리는 그냥 입고 바지 자락을 높이 말아 올린 모습이었다. 물속 발바닥 아래에 딱딱한 것이 짚이면 일반적으로 대합이다. 대합을 밟았다가 건져보고 작은 녀석일 땐 "꺼져!" 한마디 고함치며 팔을 크게 휘둘러 던져버렸다. "펑!" 멀리 깊은 바다로 떨어지는 소리가 난다. 처녀들은 대합을 밟을 때마다 신기한 듯 "우와―"를 연발하며 아무리 작은 녀석이라도 소중히 챙겼다. 펑펑 혼자만 처녀들 있는 곳보다 깊고 총각들 있는 곳보다 얕은 중간지대에 서 있었다. 대합을 아무리 밟아도 소리를 치지 않아 그녀가 얼마나 잡았는지 아무도 모른다.

나는 대합 줍기 대신 내내 수영만 했다. 배영, 횡영…… 부드러운 파도가 내 몸을 어루만져 따뜻하게 녹아드는 것 같았다. 나는 파도 사이사이로 펑펑을 바라보며 속으로 말했다. 대합 줍고 있는 거니? 너 진짜 잘해? 내 버섯 따기보다? 나는 어찌 된 일인지 그녀가 형님네 마당에서 한 말이 또 떠올랐다. 그 잔주름 진 들창코도 생각났다. 한참 그런 상념에 빠져 있는데 펑펑이 뭐라 소리치며 나를 향해 손짓했다. 서둘러 그쪽으로 헤엄쳐 갔다. 큰 대합을 하나 밟은 그녀가 물이 깊어 건져 올리지 못하고 도움을 요청한 것이었다. 나는 잠수를 해서 대합을 잡아주었다. 이때 포동포동한 작은 두 손이 물속에 내려오길래 황급히 대합을 손에 쥐어주고 멀리 헤엄쳐 갔다.

바다에서 놀다 보면 쉽게 노곤해진다. 사람들은 돌아와 부리나케 밥을 먹고 나무 그늘 아래서 낮잠을 잤다. 처녀들 대부분 깨끗한 비닐 포대를 깔고 저만치 그늘 아래 누워 자는 한편, 나는 라오귀 무리들 틈에서 낮잠을 청했으나 녀석의 드르렁드르렁 코 고는 소리에 잠을 잘 수가 없었다. 얼마 후 류란유 대장이 일어났다. 사람들을 깨워 작업을 계속하러 가려나 보다 했더니, 뜻밖에 깊이 잠든 처녀들 쪽으로 살금살금 걸어가 쭈그리고 앉아 잠시 훑어본다. 이윽고 그 묵직한 큰 손을 내밀어 그녀들의 뒷덜미 아래쪽을 힘주어 쓰다듬으며 으응— 스스로 기분 좋은 신음 소리를 냈다. 처녀들이 일어나 욕하고 때리고 모래를 뿌리는 가운데 킬킬거리는 류란유. 그러나 펑펑은 발로 가볍게 툭툭 치며 "작업 개시!" 말로만 깨운다. 감히 펑펑은 못 건드리는구나 싶었다.

저녁에 귀가하자 형님이 말했다.

"벌써 나 대신 여러 날 공사 일을 했는디, 이젠 내가 가마."

나는 다급하게 소리쳤다. "아뇨, 그러실 것 없어요! 제가 갈 거예요!" 너무나 다급하고 쩌렁거리는 고함 소리에 형님 내외는 놀란 눈치였으나, 이내 형님이 대꾸했다. "그려…… 가, 가! 가고 싶으면 가야지. 안 말려."

이날 저녁, 나는 노래를 부르고 싶은 심정이었다. 저녁 식사 후 마당에 나가 맑고 기분 좋은 공기를 한껏 들이마셨다. 한없이 촉촉한 바람…… 루칭허 강변에서 불어오는 바람이었으리라. 마당에는 내가 따다 놓은 버섯을 널어 말리는 중이었다. 버섯에 관해 노래를 하나 지을 수 없을까? 노래 첫머리는 아마 이쯤 될 것이다. "버섯이여, 버섯이여, 해변에서 자라네……" 유난히 밤이 길게 느껴지는 날이었다. 나는 잠들었다가 아직 어둑어둑한 시간에 깨어났다. 일어나 앉아 창밖을 내다보았다. 우선 눈에 들어온 것이 창 아래 놓여 있는 삽. 별빛에 반사되어 푸른색을 발하는 삽 머리를 보니 눈앞에 선했다. 해변가의 **빽빽한** 숲, 그 사이로 보이는 하늘, 가볍게 출렁이는 바닷물……

이튿날 공사장에 나갔다. 펑펑의 땋은 머리끝에 분홍색 들국화가 달려 있는 것이 첫눈에 들어왔다. 류 대장은 그녀의 등 뒤로 드리운 윤기 나는 머리칼과 꽃을 보더니 지그시 한쪽 눈을 감으며 말했다. "시골 아그들은 말이여, 일반적으로 크리무만 좀 발라도…… 금세 부르주아 사상에 물들 수 있다니께." 이어 주위에 있는 사람들에게 쏙쏙 손을 저으며 말했다. "일들 하라고, 일! 다 서서 뭐 해? 구경났어?"

펑펑이 날 힐끔 쳐다보고는 도랑 쪽으로 깡총깡총 뛰어가 손뼉을 치며 소리쳤다. "야호— 야호— 일해유, 일합시다—!" 참으로 한 마리 작은 새처럼 유쾌한 펑펑이었다.

그녀가 대합을 밟던 날 나에게는 달콤한 추억이 생겼다. 대합은 어떤 맛일까? 우리는 휴식 시간에 마른나무로 모닥불을 피워 막 잡아 온 대합을 구워 먹었다. 류 대장은 두세 개를 대합 더미에 던져 넣으며 말했다. "구워서 같이 먹어!" 라오궈는 엉덩이를 치켜들고 힘껏 입으로 불어 모닥불을 살렸다. 그 험상궂게 생긴 네모 얼굴이 온통 재 검댕이가 되었다. 대합이 하나 익어 우선 처녀들에게 던져주자 류 대장은 씩씩거리며 그녀들을 향해 말했다. "그려, 니들이나 먹어. 얼굴에 분칠이라도 하면 저놈들 그 향기에 죄 자빠지겠구먼!" 이번엔 고개를 우리 쪽으로 돌리고 역정을 냈다. "쳇! 싸가지 없이······"

굽다가 그만 내 실수로 불똥이 라오궈의 해진 면 저고리에 튀어 금세 연기가 났다. 나는 황급히 손으로 두드렸으나 결국 주먹만 한 구멍이 나버렸다. 라오궈는 그것을 보고도 무심히 불을 때는가 싶더니 갑자기 벌떡 일어났다. 모래를 한 줌 뿌려 불이 죽은 것을 확인하고는 나를 세게 나무랐다. 미안해서 얼굴이 화끈거렸다. 라오궈는 욕을 해댔고 점점 험한 욕이 나왔다. 나중엔 손으로 내 코를 잡아 비틀었다. 얼떨결에 사람들 가운데 그녀의 눈길을 찾는 나······ 그런데 나와 자기 동생을 바라보는 그녀의 얼굴은 무표정했다. 사람들 시선이 내게 쏟아지고 나는 견딜 수 없었다. 바로 이때, 류란유가 갑자기 고함쳤다. "씨름 구경났구먼!"

맹렬하게 내 허리를 잡는 라오궈의 몸통을 나는 짜증스럽게 비틀었다. 힘이 무지막지했으나 나만큼 민첩하지는 않았다. 시뻘게진 얼굴로 나를 덮쳐 그 솥뚜껑 같은 손으로 내 허리를 쥐자 마치 뭉툭한 집게에 집힌 듯한 느낌이었다. 수치심과 원망의 불길이 가슴에 타올라 나는 아무것도 돌아보지 않고 반격을 가했다. 모든 수단을 동원해 그 황소 같은 놈에게 대항한 것이다. 내가 그의 둔중한 몸뚱이를 푹 하고 땅에 넘어뜨렸을 때 주위 사람들, 특히 류란유는 짝짝 손뼉을 치기 시작했지만, 라오궈가 땅 위에 누워 여전히 거칠게 허공으로 발길질하는 모습은 '전투'의 끝이 아직 멀었음을 일깨워주었다.

그를 제압해서 올라타긴 했으나 그러고 나서가 문제였다. 어쩌나? 그냥 이렇게 있는 건가? 녀석을 몇 대 쳐줘야 할 것 같은데 어떻게 패면 좋을지 막막했다. 다급해진 나는 어린 시절 짓궂은 장난을 하다가 어머니께 엉덩이를 맞던 생각이 났다. 라오궈가 벗어 던진 신발 한 짝을 들어 퍽퍽 소리 나게 그의 엉덩이 옆구리를 때려주었다. 한 대, 두 대, 세 대…… 신발을 들어 네 대째 때리려는데 불쑥 펑펑의 날카로운 눈빛이 눈에 들어왔다. 그녀는 발딱 일어나 내게 손가락질을 해대며 한마디 내뱉었다. "파렴치!" 그녀가 내게 욕을 했다! 뭐라고? 나더러 "파렴치?"

그녀를 향했던 나의 미소, 바다에서 내게 전해졌던 그녀의 마음 때문이었을까…… 머릿속이 윙윙 울리며 치켜들린 손이 부들거렸다. 신발이 그대로 툭 떨어지고, 눈치를 보던 라오궈가 이때다 싶었는지 내 눈을 조준해 독하게 주먹을 날렸다. 일순간 나는 현기증으로 쓰러졌다. 한참 지나도 앞이 잘 보이지 않았다. 큰일 났다며 난리를 치는 사람들 가운데서 류란유가 일갈했다. "라오궈 이놈의 자식, 어쩌자고 사람 눈을 치냐!" 스스로 눈을 단단히 누르고 있는데 손가락 사이로 눈물이 멈추지 않았다. 누군가 "운다, 울어!" 하자 류 대장은 홍! 하더니 대꾸했다. "눈이 상했는디 그럼 안 아프겠냐?" 욱신욱신 아팠으나 그 때문에 나온 눈물은 아니었다. 정말이지 마음이 아팠던 것이다. 남들 눈에 보였을 리 없다.

이날 돌아와 형님에게는 길 가다 잘못해서 나무를 들이받아 눈을 부딪쳤다고 말했다.

"덜렁쟁이!" 형님은 전혀 의심하지 않았다.

내가 수로 공사 현장에 가지 않겠다고 하자 당장 물었다.

"왜?"

"너무 힘이 들어서……"

"내가 진작에 그랬지? 조만간 힘들어 손들 거다……" 형님은 형수를 보고 웃더니 다시 나를 돌아보며 말했다.

"넌 그냥 버섯이나 따 오너라."

나는 다시 그 작은 버드나무 광주리를 집어 들었다. 하루 종일 해변의 밀림을 뒤졌다. 마치 불길한 꿈을 꾼 듯 내 마음은 불안하게 뛰었다. '파렴치.' 이 세 글자가 줄곧 눈앞에 어른거린다. 소리 없이 자문했다. 펑펑…… 나에게 달콤한 미소를 보냈고 따뜻한 손을 내밀었잖아! 내 마음속에 그리도 아름답고 봄날 물오른 가지를 흔드는 남풍처럼 부드럽던 너! 해진 면 저고리 하나 때문에, 내가 라오궈와 싸움 한 번 했다고 별안간 이렇게 싸늘해지다니…… 대체 왜? 나는 번뇌와 고통 속에 기분전환을 하느라 착실하게 나무와 풀숲에서 버섯을 뒤졌다. 피곤도 잊은 채 따고 또 땄다. 빠른 속도로 한 광주리, 한 광주리 버섯을 집에 져다 놓았다. 형님네 집 마당에 신선한 버섯이 또 한 더미 쌓였다.

'파렴치……' 지방마다 어휘 뉘앙스는 다를 수 있으므로 내가 생각하는 것만큼 나쁜 뜻이 아닐 수 있다는 생각도 했다. 그래서 몰래 형수에게 물어봤다. 등불 그림자 아래에서 신발바닥을 덧대던 그녀는 송곳으로 머리를 두어 번 긁적이더니 얼굴을 붉히며 말했다. "나도 잘은 모르는디…… 아마 '깡패'란 뜻하고 비슷할 걸유."

나는 깜짝 놀랐다.

해변…… 새들이 구슬프게 노래하고 나뭇잎은 바람에 가볍게 한들거리며 나직한 화음을 넣었다. 밤낮없이 흐르는 루칭허에서 아련한 서러움을 부추기는 물결 소리가 들려왔다. 따자, 따…… 형님, 산더미가 되도록 따다 드릴게요. 해변의 버섯을 몽땅 따가지고 올게요!

그런데 이날 집에 돌아와 보니 형님 안색이 전 같지 않았다. 그는 마당에 쌓여 있는 버섯을 보며 말했다. "이렇게 많이 따서 어디다 쓰냐? 그냥 집에서 놀아라!"

나는 의아해서 물었다. "이게 얼마나 좋은 버섯인데 그러세요?"

형님은 나를 힐끗 보더니 몸을 돌려 집 안으로 들어간다. 밥을 먹고 나서 그는 종이 담배를 말면서 내게 말했다.

"다 들었다. 류란유가 전부 얘기하더라. 뭐? 나무에 부딪혀?"

말없이 내 심장만 쿵쿵 뛰었다. 형님은 형수를 잠시 보더니 성난 듯 나를 쏘아보았다.

"이런 일 땜에 처자들한테 욕이나 얻어먹고…… 그래서 쓰겠냐? 나이도 어린 것이 제대로 된 건 안 배우고 말이여. 너 또 그러면 여기 못 있는다."

그날 밤 나는 방 한쪽 침상 구들 위에 누워 고통스럽게 떠올리고 또 사색했다. 그녀는 자기 동생을 무척 예뻐하나 보다. 그렇지만 그것도 우리의 우정을 가로막을 수는 없지! 하긴, 이런 걸 두고 '파렴치'라 여기려나? 그녀는 이것을 '염치없는 우정'이라고 여길지 모른다. 그래서 이렇게 쉽게 내팽개친 걸까? 생각이 여기에 이르자 머릿속에 별안간 번개가 스치듯 뭔가가 분명해지는 것 같았다.

나는 형님의 그 침울한 얼굴을 떠올리자 두려워졌다. 형님이 사실을 알았으니 이 집은 이제 결코 이상적인 피난처가 아니다. '깡패'는 달갑지 않을 것이다. 여기서 계속 지내기 어려워진 게 분명했다. 그렇지만 어디로 간단 말인가? 나는 일어나 앉아 창틀에 엎드려 밖을 내다보았다. 창가에 세워져 연푸르게 빛나던 그 철삽이 또 보였다. 밖으로 나갔다. 아아, 온 하늘이 별…… 밝기도 해라!

조가을 밤 북직한 물안개가 담장가의 포플러나무 위에 간간이 물방울을 떨어뜨리고 있었다. 마당 한가운데 높이 쌓인 버섯에서는 상큼한 향기가 솔솔…… 나는 쭈그리고 앉아 손을 뻗어 버섯들을 어루만졌다. 풀숲 하나하나에서 뒤지며 찾고 따내던 광경을 상상했다. 얼마나 즐겁게 얼마나 조심스럽게 따 모았던가! 나는 이 버섯들과 작별을 해야 했다. 가볍게 쓰다듬고 쓰다듬고 하다가 결국 버섯 더미를 끌어안듯 엎어지고 말았다. 눈물이 멈추질 않는다. 끝내 두 손으로 얼굴을 덮고 울기 시작했다. 돌아가자, 부모님 계신 집으로! 이렇게 생각하니 그 수모와 치욕, 높이 치켜든 몽둥이와 주먹들이 떠올랐다…… 그러나 이런 것들이 날 맞이한다 해도 역시 돌아가야겠다. 마치 이 큰 해변에 몽둥이와 주먹보다 더 무서운 뭔가가 있는 것처럼 느껴졌다.

떠나기로 결심이 서자 곧 출발했다. 나는 형님에게 작은 쪽지를 하나 남긴 채 별빛을 받으며 귀갓길에 올랐다. 날 밝기 전 현청 소재지에 가서 차를 타기 위해 발걸음을 서둘렀다.

이후 십 수년이 훌쩍 지났다. 내 나이 서른 몇, 결혼해서 아이도 하나 있다. 나는 시골의 사촌 형님과 그곳 사람들이 무척 그리웠다. 형님네를 한번 보러 가기로 했다. 10년 만의 시골행, 역시 가을이었다.

나를 놀라게 한 것은 마을에 들어서서 제일 먼저 마주친 사람이 바로 펑펑이었다는 사실이다. 그녀는 길목에 서서 아이를 안고 햇볕을 쬐고 있었다. 날 보자 어리둥절하더니 곧 더없이 친절한 태도를 보였다. 옛날 일은 거의 잊은 듯했다. 내가 오히려 여러 가지 일을 들먹였다. 그녀는 여전히 아름다웠고 수줍음을 탔다. 몸에 감도는 남다른 분위기도 여전했다.

사촌 형님이 버섯 요리로 나를 대접해주었다. 모양새 좋은 분홍색 버섯만 모아 만든 요리였다. 나는 그가 엄지와 집게손가락으로 버섯을 집어 올리던 광경이 떠올라 말했다.

"독버섯 아닌가요? 내다버리시죠."

형님이 웃으며 말했다. "아녀, 옛날엔 이렇게 이쁘게 생기면 무조건 독버섯인줄 알았더니 아니더라고." 하나를 내 코앞에 내밀며 권했다. "향기 좀 맡아봐라, 무지무지 신선하다!"

밥 먹으면서 얘기가 끊이지 않았다. 형님 내외는 내가 남에게 눈을 얻어맞아 다쳤던 일을 잊은 모양이었다. 나도 거론하지 않았다. 다만 그때 파낸 도랑은 어찌 됐나 물었더니 형님이 웃었다.

"못 써 못 써, 헛수고였어! 물이 드니까 마찬가지. 소용없더라고……"

"속담에, '물이 차면 도랑이 된다'*고 하지 않았던가요?" 내가 웃으며 묻자 형님은 쓴웃음을 지었다.

"때와 장소를 봐야지. 거긴 모래흙이 너무 많어. 바람 한번 부니 팠던 게 죄 메워지더라고!" 모래흙이 너무 많다…… 나는 속으로 한 글자 한 글자 되뇌어보았다.

특별히 류란유 대장에 대해서도 물어보았다. 형님 말씀이, 아직도 그가 대장이란다.

"늙었지만 잘 있어. 늙으면 병치레가 많은 법인디 그자는 아직 안 그려. 아주 유능하고……"

형수도 옆에서 맞장구를 쳤다. "그래유, 그렇더라고유."

해변에 아직도 그렇게 버섯이 많은가 묻자 형님은 끄덕였다.

---

* 수도거성(水到渠成): '조건만 갖춰지면 일이 성사된다'는 의미의 상용 속담. 여기선 반어적 농담이다.

"어째 없을 수가 있겠냐? 여긴 기후가 좋고 물안개도 짙어서 뭐든 빨리 썩거든. 버섯이 잘 자라기 딱 좋제."

그렇다, 썩지 않으면 새로운 것도 나지 않는다. 그 신선하고 보드 랍고 아름다운 버섯이 어떻게 자라나는지 잘 연구해볼 필요가 있다.

형님에게 해변으로 버섯 따러 한번 같이 가자고 했다. 그는 "좋지, 좋아"를 연발하며 승낙했다.

밤꾀꼬리

시골의 7월 밤, 망망한 들판. 한 곳 또 한 곳 밝은 불이 들어오며 별하늘을 불그스레하게 비춘다. 이곳은 촌민들이 새로 지은 탈곡장. 대낮의 더위를 피해 밤에 보리를 탈곡하는 곳이다.

등불을 찾아가 보면 눈앞에 펼쳐지는 뜨겁고 활기찬 삶의 현장을 발견하게 된다. 야간 탈곡…… 농가에서는 보리 파종 이래 최대 행사다. 사람들은 휘황한 등불 아래서 윙윙대는 기계 소리 속에 베틀의 북처럼 왔다 갔다 바쁘기 그지없다. 마치 길고 긴 농가 서사시의 일부 피날레를 맞이하는 느낌이다. 탈곡장 사람들의 작업이 얼마나 꼼꼼한지! 알곡을 벗겨 무게를 달고, 껍질을 날리고, 다시 조심스럽게 거적으로 덮는다. 보리 짚은 수북하게 쌓였다가 초가집 형태의 보리 짚가리가 된다. 그 하나하나에 얼마나 신경을 쓰는지 모른다. 짚가리의 벽은 가지런히 칼로 깎은 듯하고 머리 부분에 걸쳐놓은 풀 다발이 마치 생선 비늘 같다. 짚가리는 사각형도 있고 원형도 있는데 미관에 상당히 공을 들인 모습이다. 보통 길가의 나무 옆에 자리 잡는다. 농촌의 풍물이자 눈부신 지혜와 기술이 아닐 수 없다.

'팡셔우(胖手)'라 불리는 처녀가 이 짚가리들을 특히 좋아했다. 지난 해 보리타작을 하던 밤, 그러니까 그녀와 '얼라오판(二老盤)' 영감이 보리 짚가리를 만들 때의 일이다. 거구의 짐승 같은 탈곡기가 큰 입으로 보리 이삭을 먹어치운 다음 한편에서 부드러운 보리 짚을 토해놓았다. 보리 짚은 한참 뒤 '작은 산'을 이룬다. 사람들이 영차영차 함성을 올리며 '작은 산' 하나를 탈곡장 서북쪽 큰 포플러나무 아래로 옮겨놓으면, 팡셔우와 얼라오판은 쇠스랑으로 긁어모아 착착 높이높이 보리 짚가리를 쌓아올렸다. 짚가리가 사람 키 높이쯤 되면 탄성이 생겨 다리를 움직일 때마다 출렁출렁한다. 짚가리의 높이에 팡셔우는 덩달아 흥이 나고 팡셔우가 신나면 얼라오판도 함께 신이 났다. 짚가리 높은 곳에서 쐬는 서늘한 바람…… 팡셔우는 그날 밤을 늘 그리워한다. 아쉽게도 이런 밤은 1년에 단 며칠뿐이라서 팡셔우는 그 며칠을 무척 소중하게 여겼다. 이번 여름의 야간 탈곡 날이 돌아왔을 때 그녀는 짧은 소매의 자주색 꽃무늬 셔츠를 골라 입고 탈곡장에 왔다.

탈곡장에서는 윙윙거리는 기계 소리, 왁자지껄하는 사람들 소리 때문에 무슨 얘기를 좀 하려면 둘이 가까이 다가가 사람들로부터 멀어져야 겨우 알아들었다. 팡셔우는 탈곡장에 오자마자 얼라오판을 찾았다. 멀리서 그가 탈곡장 구석 포플러나무 아래 쭈그리고 앉아 있는 것을 보고 달려갔다. 얼라오판이 그녀를 향해 소리친다. "짚가리요! 짚가리!" 팡셔우는 웃는 얼굴로 짚더미를 하나하나 펄쩍펄쩍 뛰어넘으며 그를 향해 화답했다. "짚가리요! 짚가리!" 두 사람이 나란히 쭈그리고 앉자 팡셔우가 얼라오판의 귓가에 대고 소곤거렸다. "우리, 지난해 그때 같아유!" 얼라오판이 고개를 끄덕였다.

이때 옆으로 지나가는 젊은이에게 팡셔우가 소리쳤다. "진쫭(金牡)!" 즉시 멈춰 선 진쫭에게 팡셔우가 걸어가며 손짓을 몇 번 했지만 진쫭이 이해를 하지 못한다. 그녀가 낮게 힘준 목소리로 "지난해 그때 같다고!" 하자 진쫭은 알아들었다는 듯 고개를 끄덕였다. "지난해 그때 같구먼!" 말을 마치고 두 사람은 헤어져 각자 걸어갔다. 팡셔우는 다시 얼라오판 곁으로 돌아온다.

탈곡기가 소리를 내면서 뒤로 보리 짚을 쉴 새 없이 쏟아내고, 더미가 쌓이면 쇠스랑을 꽂아 새끼줄을 걸친 다음 여럿이 구령을 넣으며 탈곡장 구석으로 끌고 갔다. 팡셔우와 얼라오판은 보리 짚이 어느 정도 쌓여야 비로소 짚가리 세우기 작업에 들어간다. 그러기 전까지 한가했다. 팡셔우는 느긋하기 그지없고 즐거워서 입이 다물어지지 않는 모습이었다. 빛나는 쇠스랑을 안고 일부러 흔들리는 전등 아래 가서 놀았다. 유난히 까맣고 유난히 빛나는 팡셔우의 머리칼…… 저녁 보리타작장에 일하러 오기 위해 그녀가 일부러 머리를 감는다는 걸 사람들은 전혀 상상을 못 한다. 등불 아래 서 있는 그녀의 얼굴이 발그레해 보였다. 검게 빛나는 눈은 이쪽을 봤다 저쪽을 봤다 하며 긴 속눈썹을 깜박거렸다. 모든 것이 신기하다는 눈치. 이제 막 열아홉 살, 아직 약간 어린아이 같은 천진스러움을 풍긴다. 보통 처녀들보다 통통한데 옷소매 안의 토실토실한 팔뚝은 특히 귀여웠다. 보고 있으면 웃음이 절로 나온다.

팡셔우는 쇠스랑을 짚고 서서 탈곡기 알곡 출구의 작은 자루를 신기한 듯 쳐다보았다. 그것이 휘적휘적 작동할 때마다 신기한 듯 와와 소리치며 웃었다. 자루를 담당한 새댁 몇 명이 옆에 서 있는 팡셔우에게 다가와 예쁘다며 여기저기 쓰다듬어주었다. 잔뜩 목덜미를 움츠리고 웃는 팡셔우…… 누군가 반복해서 그녀를 건드리면 아예 그 사람

품에 찰싹 달라붙는다. "팡셔우는 눈썹이 이뻐!" "팡셔우는 뒷덜미 살이 포동포동 귀여워!"…… 그런 말에 본인은 전혀 대꾸하지 않고 있다가 사람들이 잠잠해지면 입술을 잔뜩 오므린 채 손가락으로 입가를 가리키며 물었다. "보이지유?" 새댁 몇 명이 일제히 들여다본다. 결국 입가의 작은 보조개를 발견하고 까르르 웃어댔다.

팡셔우는 또 한참 노닥거린 다음 탈곡장의 큰 포플러나무를 향해 달려갔다. 팡셔우와 얼라오판 두 사람은 나무 가까이에 짚가리를 쌓아 올리기 시작했다. 얼마나 큰지 집 두 채쯤 앉혀도 될 정도. 얼라오판이 말했다. "좀 커도 괜찮여. 올해 보리가 좋으니께 좀 커야지. 나중에 지붕이 서지 않으면 사방에서 좀 뽑아내고 말여."

두 사람은 그 큰 짚가리 위에 서서 아주 느긋해 보였다. 아래쪽에서 보리 짚을 던져 올리고 팡셔우와 얼라오판은 위에서 쇠스랑으로 천천히 풀어주기만 하면 된다. 짚가리가 높아질수록 짚가리 아래에서 짚단을 위로 던져주기 어려워지지만 짚가리 위에서 짚을 정리하는 사람은 점점 한가해진다. 팡셔우가 얼라오판에게 "우린 하나도 힘들지 않구먼!" 했더니 얼라오판이 맞장구를 쳤다. "그려, 하나도 안 힘들어. 담배를 못 피워 그렇지."

"담배 피우는 게 뭐 좋다구? 나라면 안 피우겠네."

"니가 뭘 알어."

얼라오판의 핀잔에 팡셔우는 그만 기분이 상해 혼자 저만치 떨어져 짚가리 작업을 했다.

더미가 점점 높아졌다. 팡셔우는 높다란 짚가리 위에서 탈곡장의 등불과 탈곡장에서 부산하게 움직이는 사람들을 바라보다 문득 뭔가 생각난 듯 얼라오판에게 다가가 말했다.

"이번 짚가리, 좀 크게 된 것 같아유. 우리가 무대 위에 있네, 고위 간부처럼!"

"난 그렇지만 넌 안 그려. 진중함이 부족해서." 얼라오판이 이렇게 대꾸하자 팡셔우는 또 한 번 토라졌다.

한바탕 바람이 불어 기막히게 좋은 냄새가 났다. 팡셔우는 이 향내가 어디서 오는지 안다. 탈곡장의 동남쪽에 큰 채소밭이 있었다. 빨간 토마토, 줄줄이 나란히 세워진 버팀대에는 연한 오이가 달렸다. 탈곡장 서남쪽에 있는 큰 과수원에는 때 이른 살구, 이미 맛이 든 사과…… 팡셔우는 그 과일들 모습을 생각하니 마음이 간질거렸다.

그녀가 돌연 얼라오판에게 소리쳤다. "아직 담배 피러 안 가유?" 얼라오판은 쇠스랑을 꽂아놓은 채 포플러나무 가지를 타고 짚가리를 내려와 안전한 곳으로 담배를 피우러 갔다. 팡셔우는 당장 짚가리 구석의 다른 포플러나무로 달려가 아래를 내려다보았다. 불을 등지고 있어 아무것도 보이지 않았다. 같이 놀 사람이 없나 싶어 아래쪽으로 몇 마디 외쳐보고는 실망한 듯 돌아섰다.

팡셔우는 짚단을 합쳐 큰 짚단을 만들어 중심을 향해 힘껏 던졌다. 던졌다 하면 아주 멀리 던진다. 길고 통통한 팔뚝이 부끄럽지 않은 솜씨였다. 한참을 던지고 막 손을 뻗어 이마의 땀을 닦자 문득 짚가리 구석에서 나뭇가지 부러지는 소리가 났다. 그녀가 뭐라고 고함을 치려는데 그 포플러나무에서 뛰어내려 오는 사람이 있었다. 진챵이었다. 그는 짚가리 가운데로 달려와 하늘을 보고 드러누웠다. 팡셔우 역시 쇠스랑을 꽂고 그 옆에 누웠다. "작업은 얼마나 했남?" 그녀가 묻자 진챵은 호주머니에서 오이 몇 개를 꺼내놓았다. "오이가 연하구먼. 실컷 먹어!

팡셔우와 진좡이 푹신한 짚가리 한가운데 털썩 눕자 그 탄성을 받은 주위의 짚들이 뒤덮을 기세였다. 두 사람은 우적우적 오이를 깨물어 먹으며 하늘의 별들을 바라보았다. 진좡이 말했다. "달이 어두울 땐 채소밭 지키는 어르신 동지도 전혀 몰러. 우리들 몇이서 땅바닥 풀에 납작 엎드렸다가 앞을 더듬어 손에 닿는 걸 호주머니에 넣는 거지." 팡셔우가 웃었다. 왜 웃냐는 진좡에게 그녀는 "그 말본새에 웃었다 왜. 남의 오이 훔쳐놓고 '어르신 동지'라는 거 봐!" 진좡도 웃는다. 팡셔우의 말이 이어졌다.

"오이 먹는 소리, 돼지 같어."

"너도 마찬가지여." 진좡은 더 이상 할 말이 없었던지 짚가리에서 고개를 빼 사방을 둘러보고 다시 드러누우며 말한다. "짚가리, 진짜 크네. 아주아주 큰 침대 같구먼." 팡셔우가 대꾸를 하지 않자 또 한마디 했다.

"우리 둘이 침대에 누워 있네……"

팡셔우의 반응이 없자 진좡은 손을 뻗어 그녀의 포동포동한 팔뚝을 잡아 자기 눈앞에 갖다 댔다.

"진짜 '팡셔우'*구먼!" 하면서 그 손을 베개 삼는다. 어두운 그림자 속에 빛나는 그녀의 눈을 응시하며 말했다.

"나중에 우리…… 사이좋아질 거여."

"아니, 안 좋아져!" 팡셔우는 팔을 빼고 발딱 일어나 앉아 쏘아붙였다.

진좡도 일어나 말을 잇는다.

---

* 胖手: '살찐 손'이라는 뜻.

"내가 갖다 준 오이를 그렇게 많이 먹어놓고 아직 안 좋아!"

"오이 좀 얻어먹었다고 좋아야 하나? 겁나서 누가 또 먹겠어?"

진쨩은 풀이 죽어 드러누웠고 팡셔우도 누운 채 불만스럽게 구시렁 댔다.

"지난해까지만 해도 이 수준은 아니더만. 사람이 진짜……!"

진쨩은 잠시 더 누워 있다가 떠나갔다.

얼라오판이 포플러나무를 타고 짚가리로 올라왔다. 노인들은 담배 를 피우면 기운이 몇 배나 좋아지나 보다. 얼라오판이 올라오자마자 소 리쳤다. "으매— 짚가리가 이렇게 높아졌네!"

"그럼유, 이렇게 높아졌지유!" 팡셔우가 맞장구를 쳤다. 두 사람이 힘껏 주변에 쌓인 보리 짚을 중앙으로 풀어 헤쳐놓았다. 높다란 보리 짚가리는 한층 더 높아진다. 팡셔우가 다리로 힘주어 밀자 짚가리 몸체 사방이 적당한 탄성을 증명하듯 흔들렸다. "이제 됐네!" 그녀는 즐겁게 웃었다. 얼라오판도 다리로 힘껏 밀어보더니 되뇌었다. "이제 됐구먼!"

작업을 멈춘 팡셔우는 쇠스랑을 짚가리에 꽂아놓고 널찍한 짚가리 위에서 이리저리 뛰어다니기 시작했다. 잠시 후 물구나무서기를 하더 니 좀 있다가는 공중제비를 넘었다. 흔들흔들 탄력 있게 몸통을 움직이 는 짚가리…… 그녀는 너무나 편안하고 너무나 재미가 났다. 탈곡기의 쇠 이빨에 씹혀 보드랍게 변한 보리 짚이 마치 고운 벨벳 같다. 놀다 지 친 팡셔우는 하늘을 보며 큰대(大)자로 누웠다. 세상에 이렇게 크고 편 안한 침대는 다시없을 거라는 느낌이다. 짚가리가 가볍게 흔들리며 지 익지익 소리를 냈다. 몸을 한껏 들었다가 풀썩 떨어뜨렸다. 힘차게 지 익 지익 울리며 스프링 침대 같은 짚가리가 점점 더 탄력을 받는다! 팡셔우는 그렇게 한참을 놀았다. 그러다 갑자기 멈칫한다. 포플러나무 위에서 새소리가 들렸기 때문이다. 귀를 즐겁게 하는 소리였다.

하나 또 하나…… 새들이 노래를 한다. 세상에! 어찌나 심금을 울리는지! 어머나, 어머나, 그 절묘한 입, 너희들 어떻게 소리를 내는 거냐! 그녀는 놀란 얼굴로 일어나 앉아 그 포플러나무를 열심히 바라보았다. 듣고 있자니 목청이 간질거렸다. 평상시 들일 할 때 늘 노래를 하던 팡셔우였다. 그럴 때면 모두가 일손을 놓고 쳐다본다. "거 참 팡셔우, 창극 가수 해도 되겠네!" 팡셔우는 사람들에게 칭찬받으면 쑥스러워 얼굴이 붉은 비단처럼 발그레해지곤 했다. 실은 부를 줄 아는 노래가 많다. 옛날 노래, 최신 노래, 한 단락 배울 때마다 곧 외워버렸다. 마치 작은 자루를 채우듯 가슴에 기록하는 것이다. 그 작은 자루가 잔뜩 부풀어 한번 쏟아놓아야 할 상황이긴 했다. 짚가리가 마치 하나의 무대였다. 너무 높아 밑에 있는 사람들에게 보이지도 잘 들리지도 않았지만 말이다. 그래서 팡셔우는 오히려 더 마음 놓고 신나게 노래를 부르기 시작했다. 손을 뻗어 창극 배우처럼 몸동작도 하면서…… 한쪽에 앉아 있는 얼라오판도 흠뻑 녹아들었다.

얼라오판은 대단한 창극 애호가이지만 제대로 무대에 설 기회를 가져보지 못했다. 한번은 마을에서 작은 창극회가 열려 몰래 간사를 찾아갔었다. 무조건 통사정해서 허락받은 역할이 '병졸.' 얼굴에 무늬를 그려 넣은 분장을 하고 붉은 천을 동인 채, 때가 되면 소리치며 무대 위를 한 번 지나가기만 하면 되는 역할이었다. 이조차 마누라에게 들켜 엄청 소리를 들었다. 그렇다고 문화 예술을 사랑하는 마음이 아주 사라질 리 없어 얼라오판은 기회만 오면 신나게 나선다. 그런 사람인지라 노래하고 춤추는 팡셔우를 보고 있자니 그냥 앉아 있기가 거북해졌다. 일어나서 출렁출렁 흔들리는 짚가리 위를 걸어 팡셔우 가까이 다가간다.

"창극에 출현했을 때 말여…… 동작을 이렇게 하더라고……"

팡셔우는 다리를 뒤로 들어 올리는 얼라오판의 동작을 신기한 듯 쳐다보며 말했다.

"그게 뭔대유?"

"그게 뭔대유? 허허……!" 얼라오판은 무시하듯 힐끔 그녀를 보더니 대꾸했다.

"「수호지」의 무송(武松)*이지. 등장할 때 이렇게 하거든."

"무송이 맨손이어유?"

팡셔우의 질문에 얼라오판은 대꾸 없이 몸을 돌려 쇠스랑을 잡은 채 허공에 대고 춤을 추기 시작한다. 잠시 뒤 심하게 헐떡대고 비 오듯 땀을 흘리고 나서야 겨우 그만두었다. 그가 땀을 닦으며 말했다. "봐, 창극이 쉽지 않어. 짚가리 만들기보다 힘들다니께!"

이렇게 팡셔우, 얼라오판 두 사람은 높은 짚가리 위에서 동작을 하며 노래를 했다. 목청이 점점 높아졌지만 탈곡장 기계 소리가 윙윙대고 왁자지껄한 사람들 소리에 아무도 눈치채지 못했다.

한참 노래를 부르다 몸을 빙그르르 돌려보니 짚가리 가장자리에 다시 보리 짚이 쌓여 있다. 할 수 없이 두 사람은 가서 짚을 끌어모아 펼치는 작업을 이어갔다. 짚을 끌어모으면서도 여전히 노래 생각이다. 얼라오판이 "날은 덥고 목도 마른디 수박이나 한 덩이 먹으면 좋겠네!" 말하다 보니 다시 '멋대로 각본'의 노래가 나왔다. "더운 날 노인네, 수박 생각 간절한데— 애석해라— 입안에 이빨이 없구나—!" 끄트머리를

---

* 삼국지와 더불어 중국인들에게 친숙한 수호전(水滸傳)의 주요인물로 식인 호랑이를 때려잡은 영웅적 이미지의 주인공.

팡셔우가 이어 부른다. "이빨이 없네— 이빨이— 수박을 잘게잘게 썰어 드리리—!"

팡셔우는 노래하며 열심히 보리 짚 펼치는 작업을 계속해나갔다. 보리 짚단을 힘껏 던지는데 갑자기 안에서 손잡이 빠진 쇠스랑 떨어지는 소리가 나더니 날카로운 쇠스랑 날이 그녀의 다리 옆을 휙 지나간다. 쇠스랑을 주워 드는 그녀의 놀란 가슴이 콩닥거렸다. 그러나 그때뿐, 다시 웃으며 노래를 흥얼거린다. "위험, 위험, 진짜 위험— 쇠스랑에 다리가 잘릴 뻔했네—" 이번엔 얼라오판이 이어 불렀다. "쇠스랑 두 동강, 끝이 아니여— 집에 가서 반년은 요양해야지—"

끝내 팡셔우가 웃으며 털썩 주저앉아 소리쳤다. "아이고 웃겨 죽겠네. 너무 웃겨서 일 못하겠어유……!"

바로 그때, 탈곡기 굉음이 멈췄다. 휴식 시간이다. 탈곡장은 즉시 조용해지고 등불이 아까보다 밝게 빛나는 듯했다. 불빛 휘황한 탈곡장에 금빛 찬란한 보리 알곡이 작은 산을 이루고 있다. 땀을 닦는 어른들, 마당을 뛰어다니는 아이들…… 팡셔우와 얼라오판은 짚가리 지붕 가장자리에 앉아 탈곡장 마당의 정경을 바라보았다. 갑자기 노래하던 새가 생각난 팡셔우, 포플러나무를 가리키며 물었다. "아까 노래하던 새소리, 들었어유?" 얼라오판이 눈을 가늘게 뜬 채 반문했다. "휘파람새 아녀?" 팡셔우가 고개를 끄덕이자 얼라오판이 말을 이었다.

"들었지, 보기도 했고. 노래하며 춤추고 짚가리 위에서 공중제비도 넘던걸?

"에이에이에이!" 팡셔우는 혀를 내밀고 그를 향해 코를 찡그려 보이더니 잠잠해졌다. 좀 있다가 그녀가 탈곡된 보리알을 가리키며 "이게 바로 풍년"이라고 중얼거리자 얼라오판은 여전히 실눈을 뜨고 말했다.

"이 짚가리에도 아직 많이 붙어 있네. 짚이 많으면 알곡도 많은 법. 이 보리 짚가리를 보라구!"

탈곡장에서 사람들 모두가 모여 앉아 담소를 나누는데 열여덟아홉 살 돼 보이는 젊은이 혼자 길목의 버드나무에 기대어 서서 인상을 쓰고 있었다. 그것이 높은 곳에 앉아 있던 팡셔우와 얼라오판의 눈에 띄었다.

"저거 얼환(二環) 아닌감? 어디 아픈가……?"

"대학에 들어가 '류 한림(劉翰林)'이라네유. 방학도 했겄다, 오늘 밤 지 엄마 대신해서 야간 작업하러 온 거겠쥬 뭐."

얼라오판이 자세히 뜯어보더니 중얼거렸다. "병난 거지, 그럼."

팡셔우는 자기가 한번 가보겠다며 짚가리 한쪽의 큰 포플러나무로 뛰어가 나뭇가지를 타고 내려갔다. 묵묵히 나무 아래 서 있는 '류 한림 학사'는 부르는 소리도 못 들은 모양이다.

"얼환, 너 정말 어디 아픈 거여?" 팡셔우가 화난 듯 그를 밀치자 상대방은 잠깐 멍하더니 곧 웃었다.

"팡셔우로구나! 깜짝이야. 아프긴 무슨…… 그저 고민 좀 하고 있었지."

"탈곡장에 와서 뭔 고민?" 팡셔우가 믿기지 않는다는 듯 묻자, 고개를 끄덕끄덕 '고민 중'이라는 말을 반복하며 얼환이 물었다. "내게 무슨 볼 일이라도?"

"뭔 볼 일이 있을 리 있남!" 팡셔우는 웃음 띤 얼굴로 버드나무 아래 쭈그리고 앉아 꺾어진 버드나무 가지에서 떨어진 잎사귀들로 혼자 장난을 친다.

한참 뒤 그녀가 물었다. "너 큰 학교(大學) 다니지? 정말 크냐?"

얼환이 웃는 얼굴로 하늘의 별을 바라보며 대답했다.

"당연히 크지. 체조하는 곳도 이 마당보다 커!"

팡셔우는 놀라움인지 감탄인지 모를 우와—!를 연발했다. 류 한림이 물었다.

"안 믿는 거냐?"

"감히 안 믿을 수가 있었어!" 팡셔우는 반문하면서 주워 모으던 버드나무 잎을 하늘에 대고 뿌렸다. 허공에 너울대는 잎사귀들을 바라보던 그녀가 다시 묻는다.

"대학에선 뭘 배워? 억세게 어렵나?"

"억세게 어렵지." 대학생 류 한림은 이렇게 답하고 말을 이었다.

"옛날 과목도 있어. '지지위지지 부지위부지 시지야'* 어때 알아듣겠어?"

얼환을 바라보며 혀를 차던 팡셔우가 대꾸했다. "알긴…… 외국말 같구먼!"

얼환의 말이 계속된다.

"외국에 벨린스키, 체르니솁스키라고 있어. 아아 억세게 억세게 어려운 책들이야! 책에 그렇게 써 있지. "아름다움, 그것이 삶이다."

팡셔우가 실눈을 뜨고 웃으며 그를 향해 말했다. "아름다움, 그것이 삶이다…… 무지하게 듣기 좋구먼. 뭔 스키, 스키 하는 거보다 듣기 좋아!"

이미 얼환에게 대단히 경탄하고 만 그녀는 속으로 중얼거렸다. 너 대단하다! 참 대단한 녀석이야! 그렇게 줄줄이 문자를 쓰다니…… 알아듣진 못 해도 듣기 좋아. 넌 무엇을 얼마나 배우는 거냐? 팡셔우는

---

* 知之爲知之 不知爲不知 是知也:『논어(論語)』「위정(爲政)」편. "아는 것은 안다, 모르는 것은 모른다고 하는 것이 앎이다."

기분이 좋아져 토실토실한 손을 뻗어 얼환의 팔을 잡아끌었다. 어리둥절한 얼환이 "어쩌자고?" 허둥대며 묻자, 높다란 짚가리를 가리키며 올라가간다.

"나하고 얼라오판하고 쌓은 건디, 무지무지 높고 놀기도 좋아. 위에 서서 다리로 밀치면 온 짚가리가 출렁거리거든. 눈을 감으면 완전 구름 위에 있는 기분이여." 그녀의 말에 얼환은 "그게 뭐 재밌어!"라며 잡힌 손을 뿌리쳤다. "나, 저 위에서 춤도 춘다!!" 다급해진 팡셔우가 그만 비밀을 털어놓고는 부끄러워 냉큼 입을 다물었다. 만일 얼라오판이 들었으면 크게 나무랐을 것이다. 두 사람만의 비밀이니까. 류 한림은 무슨 뜻인지 못 알아듣고 "뭐라고!" 하며 몸을 돌렸다. 그가 못 알아들어 천만다행이다. "칫, 안 가면 그만이지, 안 가면! ……" 그녀는 혼자 높다란 짚가리를 향해 뛰어갔다. "얼환, 아픈 거 아니네유!" 팡셔우의 첫마디에 얼라오판은 다행스러워했다. 마을에서 모처럼 대학생이 하나 나왔는데 아프면 어쩌나 걱정이라며, 안심한 듯 짚가리 가운데로 몸을 옮겨 하늘을 보고 드러누웠다. 팡셔우도 누웠다.

팡셔우가 반짝거리는 하늘의 별을 보다가 돌연 웃기 시작한다. 왜 웃냐고 묻는 얼라오판에게 그녀는 얼환 때문에 웃었다고 답했다. 처음 듣는 얘기를 많이 해줬는데 재미가 있었다나. 얼라오판이 길게 잡아 빼는 어조로 물었다. "무슨— 처음 듣는 얘기—?"

"다 까먹었어유."

"기억력 하고는!" 얼라오판이 실망한 듯 핀잔을 주었다.

"근데 한마디는 생각나유."

"뭔디?"

"아름다움, 그것이 삶이다……"

얼라오판은 몸을 한 번 뒤척이곤 중얼거렸다.

"어이구, '아름다움이 뚝뚝 떨어지는 삶' 그거야 좋을 수밖에……"

팡셔우는 깔깔대느라 숨도 제대로 못 쉴 지경이었다. 얼라오판이 또 왜 웃냐고 묻자 팡셔우는 바짝 다가앉아 그의 귓가에 대고 한 글자 한 글자 또박또박 말했다.

"아. 름. 다. 움. 그. 것. 이. 삶. 이. 다!"

알아들었는지 못 알아들었는지 얼라오판에게서 대꾸가 없다.

팡셔우와 얼라오판은 한참 누워 있다 짚가리를 딛고 섰다. 팡셔우가 옆으로 걸어가다가 퍽 하는 소리와 함께 뭔가에 걸려 넘어졌다. 짚가리 속에서 사람이 하나 빠져나온다. 진쫭이었다. 그를 떠밀며 팡셔우가 말했다. "언제 혼자 기어올라온 거여? 지하공작원마냥!"

"너 방금 얼라오판 아저씨한테 뭐랬는지 나 다 들었어."

진쫭이 은근히 그녀를 쿡 찌르고 웃는다. 팡셔우는 믿지 않았다. "니가 듣긴 뭘 들어?"

"아. 름 .다. 움. 그. 것. 이. 삶. 이. 다…… 맞제?"

진쫭의 대답에 팡셔우의 말문이 막혔다. 의기양양하게 그녀를 보던 진쫭, 포플러나무 바로 앞까지 다가가 줄기를 타고 내려가기 시작했다. 팡셔우는 나무 몸통 위의 시커먼 그림자를 보며 말했다. "들었으면 들었지! 들었으면 들었지! 누가 겁날 줄 알고?"

달이 천천히 솟아올랐다. 아 둥그런 달, 맑고 밝은 달이었다. 나무 끝이 미풍 속에 가볍게 흔들리며 보리 알곡 향기와 과일 향기가 한꺼번에 진동했다. 문득 팡셔우는 포플러나무의 그 새가 생각났다. 왜 이제 안 울지? 기계 소리에 잡아먹혔나? 그녀는 새의 보들보들한 노랫소리가 너무나 다시 듣고 싶었다. 달빛과 불빛이 어우러져 탈곡장을 휘황하게 비추고 땅 위에선 보리 이삭 하나하나가 다 반짝거렸다.

　쉬는 시간이 끝나간다. 사람들은 다시 일을 시작했다. 하얀 부직포 작업복을 걸친 기사가 기계 옆에서 분주하게 움직이며 그 커다란 기계를 가동시키려는 중이었다. 팡셔우는 한껏 향기로운 공기를 심호흡했다. 발아래 짚가리가 크게 출렁거리자 기분이 들뜬다. 마음속에서 들려오는, 비록 무슨 말인지는 잘 모르겠지만 신기하고 듣기 좋은 그 말을 곱씹었다. 이때 갑자기 멀리서 새 한 마리가 또 울기 시작했다! 아, 날아가지 않고 아직 포플러나무 위에 있었던 것이다. 팡셔우는 그 새가 자신에게 들려주기 위해 노래를 부른다는 느낌, 자기와 '만담 이중창〔對歌〕'을 하려고 기다린다는 느낌이었다. 만담 이중창? 그녀는 등불과 달빛으로 가득한 탈곡장을 바라보며 울컥! 충동에 못 이겨 달달한 목소리로 한마디 외친다. 내 목소리가 이렇게 예뻤던가! 지금 고함치고 있나? 아니, 그녀는 자신이 노래하고 있다는 느낌이었다…… 막 배운 노래.

　이 신선한 함성 속에 이리저리 두리번거리던 사람들의 눈길이 일제히 높다란 짚가리 위로 쏠렸다. 짚가리 위의 팡셔우와 얼라오판. 바로 이때 별안간 누군가 조금 전 팡셔우가 외친 대로 한 글자도 틀리지 않게 따라 외쳤다. 사람들이 몸을 돌려 찾아보니 진챵이다. 양 뺨은 불그스레하게 달아 오른 채 그가 짚가리를 향해 소리치고 있었다. 팡셔우는 높은 곳에 서서 미소 지으며 그를 위해 또 한 마디…… 탈곡장이 조용해지더니 일순, 두 사람 주고받는 함성만 하늘에 울렸다.

　달빛, 불빛, 사람 목소리, 기계 울림……

　여름밤 그 새가 또 한껏 노래하기 시작했다. 노랫소리 속에서 모든 것이 새로운 여명을 맞고 있었다.

어느 맑은 연못

해변의 모래가 새하얗다. 정오의 태양이 모래사장을 덥히고 작은
풀과 수박 묘목, 사람까지 뜨끈하게 덮혔다. 수박밭 모든 것이 기운 없
이 축 늘어진 상태다. 잎은 새들새들 처져 있고 수박은 줄기에 붙들려
어쩔 수 없이 밭이랑 사이에 졸린 듯 누워 있었다.

성미가 판이한 두 노인이 이 수박밭을 지킨다. 라오류거(老六哥)*는
원두막 돗자리 위에 누워 더위를 식히는 반면, 쉬바오처(徐寶冊)는 굳이
정오의 수박밭을 왔다 갔다 하며 살핀다. 작달막한 키에 통통한 몸집의
쉬바오처는 검붉은 웃통을 드러낸 채 하얀색 허리선을 넣은 검은 명주
반바지를 입었다. 허리띠가 따로 없는 고무줄 바지. 수박을 지키는 것
이 마치 곤히 자는 아이의 머리통을 관찰하는 분위기다. 늘 싱글벙글,
때때로 허리를 굽혀 수박을 두드려보는가 하면 다리를 뻗어 뿌리에 모
래흙을 북돋아 눌러준다. 뜨겁게 달궈진 하얀 모래 위를 맨발로 걸어

---

* '라오(老)'는 경칭 내지 애칭. 류거(六哥)는 여섯째 아들로 태어난 사람을 형님 또는 오
라버니로 대접해 부르는 것.

다니다가 데이기도 한다. 발바닥을 지지는 이런 포락지형(炮烙之刑)*을 누가 견디겠는가! 이를 오히려 일종의 즐거움으로 여기는 사람은 아마 루칭허 강변 양쪽에서 쉬바오처 한 사람일 것이다.

한바탕 느릿한 남풍이 홰나무 숲에서 불어오자 쉬바오처는 씨익 웃으며 고개를 들어 바람을 쐬었다. 기분이 끝내준다. 수박밭 남쪽의 홰나무 숲, 짙은 초록빛 속이 보이지 않을 만큼 깊은 숲이었다. 늘 숲 깊숙한 데서 선선한 바람이 불어온다. 쉬바오처는 숲을 잠시 쳐다보다가 갑자기 흥 하고 짜증을 냈다. 꼭 필요하지도 않고 더운 것도 겁나지 않는데 이런 숲은 뭐 하러 있나 싶어서였다. 그 숲에 항상 수박 도둑이 한두 명 숨어들어 사람을 귀찮게 하기 때문이다. 흔들흔들 나부끼는 나무들…… 아름다운 나무 그늘이지만 그 아래 수박 도둑이 숨어 있지 않으리란 장담은 절대 못 한다. 하지만 수박 농사 짓는 사람이 수박 도둑을 무서워해서 쓰나! 쉬바오처는 수박 도둑에 대해 줄곧 이런저런 대책을 세웠지만 라오류거는 별 동조를 하지 않을 때가 많았다.

한낮, 쉬바오처가 뜨거운 모래 위를 한 바퀴 돌고 있으면 아무도 감히 수박밭에 접근하지 못했다. 반면, 라오류거는 원두막에서 아예 큰 잠을 자버렸다. 달 없는 밤이면 수박 도둑들이 홰나무 숲에서 빠져나온다. 동쪽에 하나, 서쪽에 하나 쭈그린 채 수풀 더미와 하나가 되어 있다가 기회를 틈타 수박을 안고 가버리는 것이다. 상황이 좀 골치 아프다. 한번은 열 받은 쉬바오처가 화약을 채워 엽총을 요란하게 쏘아 쫓아낸 적도 했다. 날이 밝은 뒤, 쉬바오처와 라오류거는 밭 가장자리를 따라 큰 수박 몇십 개를 주워 왔다. 모두 수박 도둑들이 급하게 허둥지둥 도

---

* 중국 은나라 주왕 시절, 죄인을 기름칠한 구리 기둥 숯불 위를 지나가게 하던 형벌.

망가던 중에 내던지고 간 것들이다. 라오류거가 불만스럽게 말했다.

"뭘 그렇게까지 정색하나! 훔쳐가겠다면 훔쳐가라지. 어차피 내 것도 아닌걸. 다 도둑 맞으면 우리가 편하잖아. 자네 총에 사람이 안 다쳐 그나마 다행이지. 혹시 사람이 다치면 경찰서 끌려가는 거 피할 수 있겠나?"

쉬바오처가 그저 웃으며 말했다. "총을 쏠 때 사람 맞지 않게 총구를 반 자쯤 높게 쏜다우! 크— 그게 위풍당당하기도 하고 말여."

라오류거가 너그러운 성격이라는 것을 해변 마을 사람들 모두가 알고 있었다. 그래서 누구나 수박 원두막에 와서 다리를 쉬어갔다. 이럴 때면 바오처 역시 자기도 모르게 살짝 인심이 좋아진다. 한번은 라오류거가 뽕나무잎 한 통을 태워 데운 물을 들다가 어떤 털북숭이 뱃사람 때문에 엎지른 적이 있다. 라오류거는 껄껄 웃으며 뒤처리하러 가는 김에 수박밭으로 가 겨드랑이에 농익은 수박을 하나 끼고 왔다. 돌아와서도 여전히 너털웃음을 섞어 말했다.

"어쨌거나 마을 전체의 수박이니 드시고 싶으면 드시구려. 밤에 훔쳐가지만 않으면 되는 거여." 그러자 바오처가 한마디 했다. "끓는 물 뒤집어써놓고 얌전히 수박이나 따다니 위풍 다 날아가네!" 그는 크게 웃으며 라오류거가 가져온 꽃무늬수박을 자기 둥근 배 위에 받아 탁자 위에 얹어 손으로 깨뜨렸다. 탄력 있게 몇 조각 난 수박의 붉은 속살빛이 육고기처럼 선연했다. 모두들 앞다퉈 한 조각씩 집어먹었다.

샤오린파(小林法)라고 불리는 열두세 살짜리 사내아이가 있었다. 수박밭 원두막에 자주 놀러 왔는데, 생김새가 특이했다. 까만 피부에 몸통이 가늘고 길쭉할 뿐 아니라 구부리면 바닷속 뱀장어처럼 아주 유연

했다. 샤오린파는 매번 북쪽 바다 쪽에서 걸어왔다. 바다 목욕 후 속잠 방이만 입고 팔뚝에 윗도리를 걸친 채. 벗은 웃통에 한 송이 또 한 송이 소금꽃이 피어 있고 소금물로 수축된 온몸의 피부가 팽팽했다. 탱탱한 얼굴에 까맣고 큰 눈, 약간 도톰한 입술은 약간 뒤집어져 잔주름에 밴 소금기로 인해 하얀 줄무늬가 잔뜩 나 있다. 뜨거운 모래 때문에 발바 닥이 아픈지 까치발을 하고 폴짝폴짝 뛰듯 걸어오며 가볍게 식식거린 다. 이런 샤오린파를 보면 쉬바오처는 기분이 좋아져 원두막에 누운 채 느물느물한 목소리로 고함을 쳤다.

"샤오린파—! 샤오린파—! 이리 오너라."

종종 몇 걸음 마중 나가 샤오린파를 원두막 바깥에서 붙잡아 바닥 에 넘어뜨리기도 했다. 맨몸이 뜨겁도록 장난을 치는 것이다. 아이고 아이고 비명을 지르며 모래 위에 뒹구는 샤오린파…… 낄낄거림과 원 망의 아우성이 어우러진다. 그런 그에게 쉬바오처는 한쪽 발을 다른 쪽 다리에 얹어 단단한 발의 굳은살을 보여주며 말했다.

"넌 멀었어! 녀석아 날 봐라, 이런 살이 뜨겁다고 아프겠냐?"

샤오린파는 원두막에 오면 자기 집에 온 기분이었다. 돗자리 위에 누워 두 다리를 바오처의 미끌미끌거리는 서늘한 등짝 위에 얹는다. 대 책 없이 쾌적했다. 바오처가 담뱃대를 집어 들어 그의 입에 쑤셔 넣으 면 눈 감은 채 한 입 들이마시다 사레가 들려 콜록콜록……

"하여튼 쓸모없기는……" 한쪽에서 라오류거가 핀잔을 주며 샤오 린파에게 말했다.

"내가 너만 할 땐 담뱃대 입에 문 지 벌써 3년이었다!"

이내 샤오린파는 바오처의 등에서 걷은 다리로 라오류거의 한쪽 다 리를 누르며 가볍게 대들었다. "아저씨, 그렇게 쓸모 있는 사람이면 나하고 바다에 헤엄치러 갈 자신 있어유? 난 갈 때까지 가거든. 자신 있어유?" 찍소리 못 하는 라오류거, 당연히 당할 자신이 없다. 샤오린파는 생김새도 뱀장어 같지만 물속에서의 내공도 뱀장어 수준이었다. 한참 놀고 나면 이제 수박 먹자고 조른다. 이럴 때만은 쉬바오처와 라오류거가 완전 의견 일치, 조금도 망설이지 않고 수박밭에 가서 각자 하나씩 큰 수박을 안고 왔다. 샤오린파는 허겁지겁 한 덩이를 먹어치우고 느긋하게 또 한 덩이…… 배가 둥그렇게 불러오면 원두막을 벗어나 수박밭 중심부로 걸어간다.

거기 맑은 연못이 하나 있었다.

수박에 물을 주기 위해 판 것이었다. 평평한 수면 위로 미풍이 불면 예쁜 물무늬가 진다. 무척 맑아서 물속의 수초며 하얀 모래가 또렷하게 보였다. 얼마나 사랑스런 연못인지 모른다. 샤오린파는 늘 여기서 몇 바퀴 헤엄쳐 돌며 몸의 소금기를 씻어냈고 쉬바오처와 라오류거는 연못가에서 실눈을 뜬 채 쭈그리고 앉아 지켜보았다. 샤오린파는 물속에서 태어나 자랐나 싶을 정도였다. 헤엄치는 것을 멀리서 보고 있자면 큰 물고기 같다는 느낌이 들었다. 숨도 별로 들이마시지 않고 물속에 뛰어들어 평영을 한참 하다가 가슴팍을 위로 한 배영을 한다. 두 손을 지느러미처럼 너울너울…… 몸을 비틀며 때때로 흥에 겨워 돌고래처럼 솟구쳤다 떨어지기도 했다. 그럴 때면 연못 전체에 하얀 파도가 일며 연못가의 두 노인에게 물보라가 튄다.

샤오린파가 물에서 나올 때면 불룩하던 배도 쏙 들어가 있었다. 또 수박을 먹는다. 얇은 껍질만 남기고 알뜰하게 먹어치웠다. 라오류거가 말했다. "요 꽈모(瓜魔)!"* 쉬바오처도 동의하듯 고개를 끄덕이며 "꽈모, 꽈모!" 되뇐다. 이후 언제부턴가 두 노인 모두 샤오린파를 그냥 '꽈모'

라 부르기 시작했다. 본명은 아예 잊어버린 듯했다.

꽈모는 숙부집에 입양된 고아였다. 본인이 공부에 별 흥미가 없고 숙부도 교육에 별 관심 없었던지라 대여섯 살 때부터 바닷가에서 놀며 자랐다. 그는 수박밭에서 결코 수박을 공짜로 먹지 않았다. 늘 물 주는 일이나 갈퀴질을 도왔다. 일을 무척 즐거워했다. 햇볕이 뜨거워도 일을 한번 시작했다 하면 반나절, 쉬바오처는 그런 꽈모가 사랑스러워 "꽈모— 그만 쉬어라—!" 원두막에서 소리쳐 부르곤 했다. 이럴 때마다 라오류거는 늘 담배를 물고 실실 웃다가 그를 흘끔 쳐다보며 말했다. "아, 하게 냅둬! 수박으로 먹여 살리는 좋은 일손인디!"

꽈모는 정말로 지치면 해변에 가서 놀았다. 돌아올 때 반드시 등 뒤에 물고기가 두어 마리 숨겨져 있었다. 그것도 드물게 보는 대어들. 어린애가 혼자 맨손으로 어떻게 그런 큰 고기를 잡을 수 있는지 두 노인은 불가사의했지만 물어본 적은 없다. 역시 꽈모가 물고기와 비슷하다는 느낌 때문이었다. '큰 물고기'가 '작은 물고기'를 잡는 것, 그게 뭐 그리 어렵겠는가! 두 사람은 직접 부뚜막을 만들어놓고 꽈모가 가져온 재료로 맛있는 탕이며 어묵이며 물만두를 만들었다. 게를 들고 올 때도 있고, 바다 가물치, 문어, 소라 같은 것들을 들고 오기도 했다. 있을 건 다 있었다. 언젠가 같이 밥을 먹고 나서 꽈모에게 어떻게 그런 허리띠처럼 가늘고 긴 물고기를 잡을 수 있냐고 물어보았다. 꽈모가 동작을 곁들여 설명했다. "굵은 철사줄만 하나 주우면 그만이어유. 물고기란 해안 쪽으로 헤엄치길 좋아하는디…… 조준을 했다가…… 이렇게…… 확! 백발백중!" 두 노인이 웃으며 따라했다. "백발백중!"

* 수박 귀신.

쫘모는 며칠에 한 번 왔고 쉬바오처와 라오류거는 먹고 남은 생선들을 버드나무 줄기에 꿰어 말렸다. 이 작은 수박 원두막이 자석처럼 쫘모를 끌어들였다. 그가 오면 쉬바오처와 라오류거는 기꺼이 제일 큰 수박을 땄다. 두 영감은 그 여위고 왜소한 아이가 어떻게 한 자리에서 그렇게 많은 수박을 먹어치우는지 이상히 여기다가 차차 그저 재미있어 하게 되었다. 며칠 보이지 않는다 싶으면 쫘모 타령을 했다. 하루는 태양이 서편으로 막 기울었을 즈음 쫘모가 왔다. 어두워졌는데도 모처럼 돌아가지 않고 그냥 원두막에서 잤다. 쉬바오처는 마누라를 가져본 적이 없어 당연히 집적거릴 아들도 없다. 한밤중 늘 손을 뻗어 쫘모의 따끈한 배를 더듬곤 하는 것이 큰 낙이었다. 진작에 결혼했다면 지금쯤 이만큼 컸으리라……

라오류거와 교대로 수박밭 불침번을 서는데, 쉬바오처는 자기 당번 날 쫘모를 불러 함께 야외 부뚜막에서 먹을 것을 만들었다. 먹을거리 모두 쫘모가 캐거나 찾아온 것들이다. 조그마한 애고구마, 물집 크기의 땅콩알…… 시시해 보이지만 소금을 치고 좀 끓여주면 꽤 맛있었다. 바닷바람이 한바탕 비릿한 냄새를 보내온다. 쉬바오처와 쫘모는 모닥불 옆에 앉아 있었으나 짙은 밤기운으로 옷에 습기가 찼다. 총총히 반짝이는 별들…… 별들과 상당히 가까이 있다는 느낌이 든다. 영원히 그치지 않을 물결 소리…… 아련하면서도 언덕을 치는 파도보다 훨씬 묵직했다 그것은 광대무변(廣大無邊)한 바다가 지구와 부대끼는 소리였다. 그윽한 밤 밀물, 썰물 소리, 하늘에 깜빡이는 별, 저만치 숲속 나무들의 물결치는 소리…… 모두가 신비스럽기 짝이 없는 세계를 만들어 낸다. 밤마다 부리나케 망망대해를 향해 달려가는 루칭허…… 그 맑고 낭랑한 강물 소리는 밤을 지키는 두 사람을 부단히 위로하고 격려해주었다.

꽈모가 쉬바오처 몸에 기대어 저만치 솟아오른 반달을 바라보다 문득 이렇게 말했다.

"바오처 아저씨, 내년부터 와서 아저씨들하고 정식으로 일할래유. 이 일이 좋아유. 전 불침번 서면서 꾸벅거리는 일 없을 거고……"

쉬바오처가 쇠솥에서 고구마를 건져 입안에 넣고 씹으며 고개를 저었다.

"왜유?"

"바다에 나가 고기 잡는 걸 배워야 싹수가 있지! 늙으면, 우리 나이쯤 되거든 다시 오너라."

꽈모는 시무룩해졌다. 이윽고 해안에서 아련하게 밤 그물 끄는 구호 소리가 들려온다. 잠시 귀를 기울이던 꽈모가 벌떡 일어섰다. "가서 생선 몇 마리 얻어 올게유!"

꽈모는 삼치 몇 마리를 들고 돌아와 솥에 넣어 끓였다. 쉬바오처가 담뱃대에 불을 붙여 몇 모금 피우곤 옛날얘기를 들려주겠다고 했다. 솥 밑에서 숯불 타는 소리를 들으며 꽈모가 졸랐다.

"해주세유. 어르신 열명 가운데 여덟은 얘깃거리를 무진장하게 가지신 거 같아유."

쉬바오처는 넓고 헐렁한 반바지를 끌어올리며 말했다. "그해 호박을 심었지, 바로 집 뒤꼍에. 나중에 어찌 됐나 맞혀봐…… 고구마가 한 다발 열렸지 뭐여."

꽈모는 배를 잡고 웃더니 떠들어댔다. "한 해는 강냉이를 심었어유. 어떻게 됐게—유? …… 아주까리가 났더라고유!"

"헛소리!" 쉬바오처는 단호하게 말을 끊더니 담뱃재를 털었다. "엉터리로 뭘 꾸며내!"

"아저씨도 엉터리로 꾸며냈으면서……"

"난 아녀……" 쉬바오처가 고개를 저으며 말을 이었다.

"우리 이웃집 어린 녀석이 나 몰래 고구마를 심었던 게지…… 그래서 그렇게 된 거여."

꽈모는 소리 없이 킬킬대다 몸을 한번 굴리더니 수박밭으로 갔다. 수박을 하나 따 와 먹으며 계속 수다를 떨었다.

"얘깃거리가 하나 생각났어유. 전혀 꾸민 게 아니라 제 눈으로 직접 본 거유. 언젠가 루칭허가 불었는디 듣자 하니 강물에 고기가 무지 많아졌다는 거예유. 사람들이 저더러 강에 들어가 고기를 잡으라 꼬시더라고유. 그 몇 년 전 난 그저 맨 잠잘 생각뿐이었는디. 어디든 머리만 갖다 댔다 하면 그냥 눌어붙어 일어나기가 싫고……"*

"얘들이 다 그렇지 뭐." 쉬바오처가 수박을 한 조각 떼어내 한입 베어 물고 대꾸하자 꽈모는 부인했다.

"다 그런 건 아니쥬. 무슨 병 같아유. 우리 아저씨 말로도 뭔 병이라던디."

꽈모는 한 손으로 바닥을 받치고 몸을 반쯤 세운 채 자기 얘기를 했다.

"그날 큰 안개로 루칭허가 온통 희뿌연 안개였어유. 아이고 엄청난 안개…… 집에서 강변으로 걸어가는디 옷이 다 젖었어유. 고기 잡는 사람들은 얼마 없드라고유, 모두들 안개가 겁나서…… 딴 사람들이 안

---

* 영양실조로 인한 졸음증.

볼 때 물귀신이 물속으로 끌어들인다나. 전 겁내지 않고 쭈욱 헤엄쳤어유. 강 입구 바다로 이어지는 물굽이까지……"

계속 게슴츠레해 있던 쉬바오처가 눈을 번쩍 크게 뜨고 끼어든다. "삼복더위에도 차갑다는 그 물굽이?" 꽈모는 고개를 끄덕였다.

쉬바오처가 다시 실눈을 뜨고 덧붙였다. "거기 상어가 많다던디……"

꽈모는 고개를 저으며 말했다. "거기서 엄청 큰 고기를 잡았어유. 지느러미로 제 종아리를 후려치길래 열 받아서 주먹으로 머리통을 박살 냈더니 얌전해지더라고유. 어린 애기 안듯 끌어안고 강 언덕에 올라왔는디 몸부림을 치며 물로 돌아갈 생각만 하는 거예유. 녀석을 꼭 끌어안고 걷다가…… 나중에 지쳐 쉬면서 깜빡…… 잠에서 깨어 보니 물고기가 안 보였어유. 배 위에 비늘 몇 장뿐."

"어디 갔을까?" 쉬바오처는 몸을 일으켜 세우며 궁금한 목소리로 물었다.

"누가 알아유! 지금도 몰라. 그치만…… 그 이튿날 룽커우 어시장에서 한 어린 처녀가 파는 생선이…… 볼수록 제가 잡은 그 녀석 같던디유……"

쉬바오처는 대꾸를 않고 있다가 담뱃대를 빨기 시작했다. 이야기가 여기쯤 이르자 피곤했는지 꽈모는 몸을 누인다. 손을 뻗어 먹다 남은 고구마를 집어 입에 넣었는데 씹는 소리가 나지 않았다. 별이 총총한 하늘을 그저 홀린 듯 바라보고 있었던 것이다. 밭이랑에서 우는 여치 소리에 작은 곤충들이 저마다 천태만상의 소리로 화답했다. 푹푹 김을 뿜는 쇠솥에서 진한 생선 냄새가 전해진다. 쉬바오처는 불에서 쇠솥을 내려 질질 끌면서 옮겨왔다. 라오류거가 소리 없이 모닥불 옆에 쭈그린 채 추운 듯 불에 손을 쬐고 있었다. 남겨진 수박 껍질을 보더니 손을 뻗어 꽈모의 배를 치며 말했다. "진짜, 수박 귀신이구먼!" 요리한 생선을 세 사람이 함께 먹었다. 한 끼의 풍성한 식사이자 일상적인 야식이다.

이튿날 쉬바오처와 라오류거가 수박을 따 모았다. 작은 산처럼 수북이 쌓이자 생산대 경운기를 불러 처리했다. 수박을 실어 나갈 때 검은 가죽에 하얀 무늬가 난 큰 수박을 하나 발견하고 원두막 아래에 감춰두었다. 그러고 보니 지난해에도 이런 수박이 있었다. 잘랐을 때 향기가 진동하고 한입 베어 물면 달콤함에 온몸이 녹아드는 듯했다. "뒀다가 꽈모 오면 같이 먹자고!" 쉬바오처의 말에 라오류거도 고개를 끄덕였다. "그려, 같이 먹자고."

연이틀 꽈모가 오지 않았다. 챙겨둔 수박이 오두막 아래서 굴러 나오자 쉬바오처는 다리를 뻗어 들이밀며 말했다.

"꽈모 요 녀석이 우리 두 늙은이를 잊었나……?"

"꽈모 녀석, 우리는 잊어도 수박은 못 잊을걸!" 라오류거가 대꾸했다.

쉬바오처가 고개를 끄덕이며 말했다. "바다도 못 잊었지. 이 녀석은 그야말로 물고기의 화신이여! 우선 바다에 나가 고기 잡는 법을 배워야지. 나이 들면 우리 쫓아 이 일을 하더라도."

쉬바오처의 마지막 한마디에 라오류거는 마침 생각이 났다.

"듣자 하니 마을 땅, 나중에 책임도급제가 된다던디…… 수박밭은 어찌 될라나?"

쉬바오처가 웃었다. "도급제, 아 뭣이 겁나? 도급은 우리 두 사람일 아닌감? 남이 함부로 이 수박밭을 거두진 못할걸. 이것도 솜씨가 있어야 하니께!"

라오류거는 고개를 주억거리며 말했다. "그렇고말고, 때가 되면 우리 둘이 눈을 부릅뜨고 누가 와서 못 덤비게 하자고."

유난히 더운 어느 날 한낮에 꽈모가 팔뚝에 윗도리를 걸치고 바다에서 올라왔다. 쉬바오처는 원두막에서 멀리 내다보다가 흐뭇하게 소리쳤다. "허, 너 이 녀석, 요 며칠 어디 갔었냐?"

꽈모가 고개를 쳐들고 걸어온다. 웃는 듯 마는 듯 실눈을 뜨고 꼭 술 마신 사람처럼 몸이 흔들흔들했다. 뭔가 노래를 흥얼대며 비틀비틀 걸어와 원두막에 드러눕더니 소리쳤다.

"수박, 수박!"

"요놈 수박 귀신!" 쉬바오처는 밭에 있는 라오류거를 손짓해 부르고 원두막 아래 숨겨놨던 큰 수박을 굴려 꺼냈다…… 끝내준다! 어느 누가 이런 수박을 먹어봤을까! 수박을 실컷 먹고 기분이 최고조에 달한 꽈모는 원두막에 누워 몇 번 뒹굴뒹굴하더니 연못에 목욕을 하러 갔다. 쉬바오처와 라오류거도 수박밭으로 일하러 갔다. 가는 길에 연못을 지나며 각자 잡히는 대로 한 주먹씩 모래를 뿌려 넣자 꽈모는 물속에서 툴툴거렸다.

마을에서 사람이 와 쉬바오처와 라오류거에게 저녁에 책임도급제 건을 상의하는 회의가 있으니 참가하라고 일렀다. 이 소식은 반나절 내내 두 노인을 흥분하게 만들었다. 쉬바오처가 회의에 가겠다고 하자 라오류거는 말린다. "자네, 결정적인 순간에 말이 느려서 걱정이여. 내가 가야지." 옥신각신한 끝에 결국 라오류거가 참가하는 것으로 결정이 났다.

쉬바오처는 이번 일이 예사롭지 않다고 여기며 머리를 잘 굴릴 필요가 있다는 생각을 했다. 이리저리 궁리하고 일일이 당부하는 통에 라오류거는 지겨울 지경이었다. 쉬바오처가 가지치기를 하며 말했다. "예를 들어 이 가지치기…… 예년만큼 많이 안 자랐어. 수박 묘목이 튼실하질 않구먼! 그렇지, 화학비료를 많이 썼으나 날은 덥고 쉴 새 없이 물을 주다 보니…… 결과적으로 비료가 다 땅속으로 파고들어가버렸다 그거여…… 이런 내용들을 죄다 높은 분들께 말해서 도급제도 만만치 않은 일이라는 걸 알려야 한다고."

라오류거는 들으며 속으로 웃었다. 말하지 않고 있었다뿐 자기도 다 생각한 내용이다. 오늘 자기 수완이 과거보다 뛰어날 것 같은 느낌도 들었다. 큰 수박을 하나 통째로 삼킨 듯 속이 묵직했다. 그는 수박밭 넓이를 보폭으로 측정하다가 홰나무 숲 가까이서 걸음을 멈췄다. 만일 도급제가 시행되면 자기 밭처럼 되는 것이다. 그럼 이쯤에 가시나무 울타리를 치고 수박 도둑을 막는 것이 최고다 싶었다.

저녁에 라오류거가 마을 회의에 참석했다가 자정 무렵에야 돌아왔다. 라오류거의 연신 웃는 모습에 쉬바오처는 일단 마음이 놓였다. "류거, 도급 우리한테 준다지?" 라오류거가 고개를 끄덕이며 대꾸했다. "우리한테 주지 않으면 누가 감히 이런 기술로 일을 하겠나? 내가 한마디 했더니 회의에서 누구 하나 토를 못 달더라고. 자네와 상의 없이 내가 대신 손도장 찍었네. 확실할 거여. 우리 연말엔 각자 최소 5백 위안은 벌 수 있을걸?"

신이 난 쉬바오처는 라오류거 허리를 부여잡고 "여쌰! 여쌰!" 소리치며 그를 들었다 놨다 했다. "수박 귀신이 귀신인가? 자네가 '귀신'일세, 영명한 귀신! 손가락 마디 좀 주물러주니 책략이 쏟아지네…… 좋았어! 이번 도급, 이거 누가 만든 정책인가? 나, 이 바오처가 찾아가 술 한잔 올려야겠구먼!"

라오류거가 작은 쇠솥을 옮겨 오더니 말린 생선을 찾아 넣고 끓였다. 같이 앉아 담뱃대를 빠는 두 영감…… 아무도 먼저 자러 갈 생각이 없었다. 라오류거가 담배를 피우며 손을 뻗어 쉬바오처의 반바지를 붙들어 두어 번 끌어당기며 말했다. "이 봐! 바지 꼴 하고는……"

쉬바오처가 잔뜩 삐친 얼굴로 째려보며 그의 손을 제쳤다.

"이게 다 마누라 없는 탓이여. 마누라만 있었으면 일찌감치 좋은 거 하나 해줬을 터인디." 라오류거가 킬킬거렸다. 쉬바오처는 고개를 들어 먼 달빛 아래 까만 홰나무 숲을 바라보며 우물우물 대꾸했다.

"그야…… 꼭 그런 건 아니지."

"흐흐흐흐……" 라오류거가 박장대소를 한다.

쉬바오처도 웃었다. 웃음소리가 곧장 멀리 밤하늘을 울리다가 어느덧 홰나무 숲으로 사라졌다.

날이 밝자 두 사람은 즉시 홰나무 숲 근처에 가시울타리를 설치하는 일에 착수했다. 꽈모가 가시나무를 베어 오는 등, 와서 거들었다. 도급이 맡겨졌으니 수박밭은 자기 것이나 다름없다는 쉬바오처 얘기에 꽈모는 좋아서 어쩔 줄 몰라 했다. 고개를 숙이고 울타리를 엮던 라오류거가 이때 꽈모를 말없이 흘끗 쳐다본다. 그의 등 뒤로 가서 등허리를 가볍게 한 번 누르는 꽈모. 그런데 이게 웬 일인가, 라오류거가 갑자기 손안의 물건을 내던지고 눈을 치켜뜨며 일갈하는 것이다.

"너 이놈, 사람을 치는 데 대중이 없어! 어딜 함부로 쳐!"

라오류거의 무서운 반응에 쫘모는 깜짝 놀라 펄쩍 뒤로 물러섰다. 쉬바오처도 이상한 눈으로 라오류거의 허리를 바라보며 말했다. "그 정도도 못 하남……?"

라오류거는 아무 소리 없이 상기된 얼굴을 숙이고 일만 했다. 세 사람이 꼬박 하루 오전을 들인 끝에 가시울타리가 세워졌다. 점심으로 어묵, 옥수수가루부침, 군만두를 만들었지만 쫘모는 조금밖에 먹지 않고 원두막에 올라가 누웠다. 얼굴을 위로 하고 몸을 비틀던 쫘모는 노래를 흥얼거리며 쉬바오처의 벗은 등판에 발을 올려놓았다. 라오류거는 계속 인상을 쓴 채 담배를 피우다 고개를 돌리고 말했다.

"못되먹은 놈! 종일 일해 피곤해 죽겠는 사람 등짝에 발을 얹어? 고얀 놈!"

쫘모는 전에도 곧잘 이런 자세를 취하곤 했으나 라오류거의 시퍼런 정색에 슬그머니 발을 내려놓는다. 밥을 먹은 다음 언제나처럼 수박을 먹을 차례였다. 쉬바오처는 라오류거가 움직일 생각이 없는 걸 보고 자기가 밭에 가서 두 개를 따 왔다. 수박을 먹는 동안에도 라오류거는 담배만 피웠다.

쫘모가 돌아간 뒤 쉬바오처는 라오류거의 어깨를 젖히며 묻는다.

"류거, 어디 몸이 안 좋으신가?"

담배만 뻐끔대는 라오류거. 쉬바오처가 그의 얼굴을 응시한 채 꼿꼿하게 말했다.

"암 말 안 해도 내 다 안다고. 류거는 손가락 관절만 주무르면 좋은 생각이 솟아난다는 거, 걱정거리가 있는디 말을 안 할 뿐이라는 거!"

라오류거는 담뱃대를 두드리며 얼굴을 돌리고 느릿느릿 대꾸했다.

"쫘모 녀석, 사람을 집적거리면 못 쓰지. 반듯한 녀석은 아니라고."

쉬바오처는 흥 하더니 고개를 꼬며 말했다. "꽈모는 좋은 녀석이여!"

"좀 보라고!" 라오류거는 꽈모가 늘 오는 방향을 고개로 가리키더니 말했다. "착실한 녀석이 그런가? 까맣게 뺀들뺀들하게 생겨가지고…… 물에 들어가면 물고기 같고, 수박을 먹었다 하면 사방 군데 튀겨 범벅을 만들고……"

쉬바오처는 분해서 다리를 풀고 일어나 말했다. "할 말이 있으면 직접 하시구려, 그렇게 비비 돌리지 말고. 아니, 꽈모 녀석이 자네한테 뭘 어쨌다고! 어유어유, 정말로 '귀신'이 돼버린 게 누군디!" 두 사람에게 이런 껄끄러운 순간은 처음이었다. 이날 하루 내내 말 몇 마디 하지 않고 그저 각자 자기 일에 바빴다.

나중에 꽈모가 오자 라오류거는 멀찍이 앉아 있기만 했다. 가져온 생선에도 흥미 없다는 눈치였다. 꽈모가 연못에서 목욕할 때 쉬바오처 혼자 보러 갔다. 쉬바오처는 꽈모를 등지고 라오류거를 향해 소리쳤다.

"류거, 속이 좁아터졌구먼! 큰일 하는 사람답지 않게시리!"

라오류거 역시 한마디 되받아쳤다. "나도 자네 무슨 큰일 하는 거 못 봤구먼!"

꽈모가 며칠 발길을 끊었다. 쉬바오처는 늘 바다 쪽을 바라보았다. 멀리 해안 위에 줄줄이 그물 걷는 사람들 외에 거의 아무것도 보이지 않는다. 밤에 그는 혼자 작은 쇠솥에 불을 붙이기도 하고 혼자 수박밭에 다녀오기도 했지만, 도무지 뭔가 빠진 기분이었다.

하루는 아침에 눈을 뜨고 라오류거에게 말했다. "어제 막 잠들었을 때 꿈에 꽈모가 와서 수박밭 남쪽에 쭈그리고 있더구먼. 가시울타리 있는데 말이여. 나랑 생선찌개를 끓였지."

라오류거는 고개를 끄덕이며 달랑 한마디 대꾸했다. "끓이라고들."

쉬바오처가 멍한 눈빛으로 울타리를 바라보며 말했다. "생선찌개를 다 끓인 다음 담배를 달라 하더라고…… 안 줬지."

"줬어야지!" 라오류거는 빈정대는 웃음을 띠며 말했다.

"안 줬어……" 쉬바오처가 고개를 저으며 말했다. "꿈에 그 녀석 화난 것 같았어, 앞으로 다신 안 온다며……"

라오류거는 입가에 조롱의 웃음을 띠웠다.

어느 날 쉬바오처가 한참 수박에 물을 주고 있는데 고개를 드니 바닷가에서 누군가가 멀리 이쪽을 바라보고 있는 것이 보였다. 실루엣으로 보아 꼭 꽈모 같았다. 그는 물통을 팽개치고 앞으로 몇 걸음 나아가며 소리친다.

"꽈모냐? 너 이 녀석! 어째 안 오는 거여―? 꽈모―꽈모―!"

분명 꽈모였다. 쉬바오처는 꽈모라는 것이 확실해지자 연이어 이리 오라는 손짓을 했다. 꽈모는 멈춰 선 채 움직이지 않았다. 그저 한참 이쪽을 보더니 흔들흔들 멀어져갔다…… 쉬바오처는 멍하게 서서 두 손으로 자신의 뚱뚱한 허벅지를 틀어쥔다. 라오류거가 말했다.

"다시는 그 녀석 부르지 마. 이제 안 올 거여. 한번 자네 없을 때 녀석이 원두막에 앉아 수박을 먹더라고. 하나 먹고 또 먹는대서 내가 말렸지. 화를 내며 가버리더구먼."

쉬바오처는 얘기를 들으며 '뭐라고?' 하며 눈을 부릅뜨고 라오류거를 뚫어져라 쳐다본다. 라오류거가 살짝 허둥대듯 몸을 옮기며 그의 눈을 피했으나 쉬바오처의 눈길은 여전했다.

한참 뒤 쉬바오처가 제일 큰 수박을 찾아왔다. 배 위에 이고 원두막으로 돌아와 탁자를 겨냥해 험하게 내던진다. 그는 부들부들 떨리는 두 손으로 산산조각 난 수박을 한 조각 집어 먹었다. 수박 살이 그의 볼에 단물 칠을 한다. 수박을 먹고는 돗자리 위에 누워 잠이 들었다. 라오류거는 이 모든 것을 보고 있었으나 감히 뭐라 말하지 못했다.

쉬바오처가 잠에서 깨어났다. 그는 북쪽의 해안선을 응시하며, 가까이 앉아 있는 라오류거 들으라는 듯 말했다. "내 진작에 알았어, 자네가 그 수박 몇 개를 아까워한다는 거! 왕창 벌겄다 그거지. 말하지 않아도 다 안다고! 꽈모가 평소 여기 와서 얼마나 일을 많이 거들었수? 생선을 얼마나 가져다줬고? 그런 선 전혀 생각 안 하나?"

그날 오후 쉬바오처는 바다로 꽈모를 찾으러 갔다. 꽈모는 바닷속에 있었다. 해안으로 기어올라 오더니 쉬바오처 옆에 앉아 울었다. 마르고 까만 손으로 흐르는 눈물을 묵묵히 닦아낼 뿐이었다. 쉬바오처가 다시 원두막에 놀러 오라고 하자 그는 고개를 젓는다. 표정이 상당히 단호했다. 결국 쉬바오처는 긴 한숨을 짓고 탄식을 하며 돌아올 수밖에 없었다.

두 영감은 이전처럼 매일 수박밭에 물을 주고 가지를 쳤다. 밤에는 종전처럼 불침번을 섰다. 그러나 더 이상 즐겁게 할 얘기가 없었고 웃을 일도 없었다. 쉬바오처는 늘 시무룩했고 갑자기 기운이 없어진 듯했다. 드디어 어느 날 라오류거에게 말을 꺼냈다.

"류거, 내가 참다 참다 오늘 말하리다. 나 수박밭 일 더 안 할라오. 다른 사람 구해보슈. 진짜여…… 계속 참았는디 더는 못 참겄네. 우리가 함께 여러 해 수박 농사를 지었지만 오늘 떠나겄소. 미안하우, 양해

해주시구려!"

라오류거는 놀라 입안의 담뱃대를 꽉 문 채 쉬바오처를 쏘아보더니 겨우 중얼거렸다.

"자네, 자네 미쳤구먼……!"

쉬바오처가 말했다. "나, 정말 갈 거외다. 오늘 마을로 돌아갈 거여."

그의 결심이 굳다는 것을 깨달은 라오류거는 실망한 나머지 땅바닥에 주저앉았다.

쉬바오처가 말을 이었다. "류거, 언젠가 말 잘했소. 우리는 두 갈래 길을 달리는 수레다. 같은 길을 가는 것이 아니다!"

라오류거는 떨리는 목소리로 추궁했다. "언제여? 이런 소리 할 맘이 생긴 게!" 두어 방울 꺼먼 눈물을 떨어뜨리는 라오류거…… 벌떡 일어서더니 고개를 수그리고 손을 저으며 말했다. "가, 바오처…… 어려우면 다시 이 류거를 찾아오고!"

쉬바오처는 떠났다. 보름 뒤 다른 사람과 바다 모래사장 포도원 일에 손을 댔다. 포도를 지키러 과수원으로 간 것이다. 꽈모는 포도원으로 그를 찾아가 놀았다. 두 사람은 옛날처럼 초가 원두막에서 자고, 한밤중에 불을 붙여 생선찌개를 끓여 먹었다.

어느 날 밤 쉬바오처와 꽈모 두 사람이 얼굴을 위로 하고 원두막에 누웠다. 꽈모는 다리를 쉬바오처의 미끌거리는 등 위에 얹었다. 까칠한 목소리로 뭔가 노래를 하는데 소리가 점점 가늘어지더니 결국 들리지 않는다. 이윽고 꽈모가 쉬바오처에게 말했다.

"진짜 그 수박밭이 그리워유……"

쉬바오처는 픽 웃으며 면박을 줬다. "수박이 먹고 싶은 거냐? 요 수박 귀신아!"

수박 귀신 꽈모는 일어나 앉더니 아련한 별빛을 바라보며 고집스럽게 고개를 저으며 말했다.

"그 연못이 그리워유…… 진짜, 그 연못의 맑은 물!"

쉬바오처의 대꾸가 없다. 청량한 밤이었다. 바람이 포도덩굴 위로 쏴쏴 불어오는 가운데 쉬바오처는 낮고 느릿한 목소리로 중얼거렸다.

"포도원도 연못이 필요하다. 난 여기다 하나 팠으면 좋겠는디……"

꽈모의 눈이 빛났다.

"그 연못, 여러 사람이 와야 팔 수 있는 거 아녀유? 우리 둘이 할 수 있나유?"

쉬바오처가 고개를 끄덕이자 꽈모는 웃었다. "정말로, 그 연못 맑은 물이 보고 싶어유……"

어느 날 새벽, 영감 하나, 소년 하나가 정말로 공터를 찾아 연못을 파기 시작했다. 아마도 흙이 단단해서 허리를 아주 낮게 구부린 채 주홍색 노을빛 속에 열심히 삽을 놀렸을 것이다.

흑상어 바다

1

라오치슈(老七叔)*가 어선을 하나 장만했다. 차오망(曹莽)은 배를 같이 타자는 라오치슈의 말을 들을지 말지 망설이는 중이다. 아직 더운 날씨에 속잠방이 차림이라 검붉고 통통한 다리가 길쭉하게 드러나 있다. 올해 열아홉 살, 얼굴은 우락부락하고 검붉은 빛깔이었다. 차오망의 풋풋한 야성미가 전부 두 다리 근육에 갇혀 있는 듯하다. 확실히 눈길을 끄는 다리였다. 라오치슈도 차오망의 이 다리를 높이 산 것이리라.

라오치슈는 큰일을 잘 벌여 경솔하다는 인상을 주기도 했지만, 매번 일이 지난 다음 사람들은 그가 매우 지혜로웠다는 생각을 하곤 했다. 나중에 자세히 생각해보면 모든 것이 사전에 냉철히 계산된 것이었

---

* '라오(老)'는 경칭 내지 애칭, '라오치'는 일곱째 아들로 태어난 사람의 통칭, 애칭이다. '치슈(七叔)' 하면 '일곱째 숙부'라는 뜻이 되지만, 주인공 차오망에게 '라오치슈'는 실제 친척 아저씨일 수도 있고 아닐 수도 있다.

다. 이렇게 좀처럼 실패하지 않는 라오치슈이지만 새로 장만한 배를 두고는 말들이 많았다. 사람들 결론인즉 "필시 실패하리라." 이 배를 사느라 몇 천 위안을 썼고 필수적인 어획 장비, 특히 제조가 비싼 신식 그물을 추가해 모두 1만 위안 가까이 들어갔으며 그중 많은 부분은 빚이었다. 신식 그물이 참으로 일품이긴 했다. 이 그물을 바닷속에 심어 넣으면 미궁을 하나 세워놓은 것이나 다름없다. 대어를 기다렸다 끌어 올리면 되는 것이다! 물론 혼자 이렇게 많은 돈을 들여 파도치는 바다로 들어가는 것은 말도 못하게 위험한 일이었다. 그렇지만 어쨌거나 새로 장만한 배가 이 해변가에서 십 수년 이래 처음 보는 '신품 배'라는 사실이 중요했다.

이전엔 당연히 배가 많았으나 모두 인민공사 소속이었다. 고기를 좀 잡아 오면 사람도 몇 명 죽어나갔다. 좋은 농작물을 심을 수 있는 해변 들판을 놔두고 굳이 바다로 나가려는 사람들 때문에 상급 간부들이 난감해했었다. 한번은 고기잡이배가 유명한 흑상어 바다〔黑鯊洋〕일대에서 조난당해 몇 사람이나 죽었다. 그중 한 명이 건장하기로 이름난 차오망의 아버지 차오더(曹德)였다. 이 사건으로 결국 사람들은 정신이 번쩍 났고 다시는 고기잡이를 하지 않으리라 맹세하게 되었다.

해변 마을 사람들은 농사짓는 것 말고도 꽤 재미있는 일을 만들어 냈다. 산자 열매를 하얀 설탕에 묻혀 판다든가 쑥을 비벼 새끼처럼 꼬아 팔고 모래사장 위의 멧대추도 팔아 돈을 벌었다. 그러나 라오치슈는 전혀 그런 소소한 돈벌이에 눈을 돌리지 않고 배를 사들인 것이다. 모두의 눈이 묵묵히 그를 주시했다. 라오치슈 혼자 절대 부리지 못할 규모의 배라고 다들 속으로 확신하면서.

라오치슈는 바다의 달인이었다. 아들이 두 명이지만 둘 다 못 써

먹는다. 비쩍 마른 체구의 아들들 이외의 누군가를 그는 기필코 끌어들여야 했다. 그걸 지켜보며 사람들은 저마다 내심 굳게 스스로 경계했다. "절대로 엮이지 말아야지!" 만일 그가 어떤 생각을 하는지 알았다면 그 정도로 경계할 필요가 없었을 것이다. 라오치슈는 생각 없이 남을 끌어들이는 사람이 아니다. 그런 그가 딱 찍은 사람이 바로 차오망이었다. 이 소문을 듣고 마을 사람 모두 길게 탄식했다. 재수 없이 거액의 빚을 같이 짊어지게 될 것이다, 파도에 휩쓸려 들어가 함께 비명횡사할지 모른다 등등. 차오망은 겨우 열아홉 살, 장가도 가지 않은 건장하고도 풋풋한 젊은이였다. 사람들의 말에 따르면 그야말로 그를 만만히 봤기에 끌어들였다는 것이다.

정작 차오망 본인은 그렇게 생각하지 않았다. 사람들이 수군대는 가운데 말없이 태연자약하게 큰길을 거쳐 집으로 돌아가곤 했다. 거무스름하게 드러난 다리로 탄력 있게 걸으면 발바닥 닿는 곳이 움푹움푹 파인다. 그는 내심 라오치슈가 자기를 무척 잘 본 거다 싶으면서도 당장 합류하겠다고는 대답하지 않았다. 잘 생각해보겠노라고 답했을 뿐이다. 라오치슈 역시 당장 응답하라고 다그치지 않았다. 중대사가 아닌가!

차오망은 제법 속 깊은 친구였다. 집에 돌아와 구들에 누워 손베개를 하고 누워 진지하게 생각했다. 그렇게 훌쩍 몇 시간이 지났는데도 결론이 나지 않았다. 마침 달 밝은 밤, 누르스름한 달빛으로 가득한 집 안에서 차오망은 진퇴양난의 기분에 빠졌다. 구들을 내려와 방을 왔다 갔다 했다…… 나막신 끄는 소리가 '딱딱' 바닥을 쳤다. 참으로 휑한 느낌의 집이다. 차오망은 상의할 사람이 좀 있으면 좋겠다 싶었다. 어머니의 죽음은 생각나지 않지만 아버지가 흑상어 바다 암초에서 비참하게 죽은 것은 기억한다. 그때부터 이 삭막한 집에서 홀로 밥을 해 먹으며 살아왔다. 짬을 내 찾아와 말 상대를 해줄 사람도 없고 별 할 말도 없다.

배를 타야 하나? 말아야 하나? 골치 아픈 문제를 만났다는 생각이 들었다. 배를 타겠노라 승낙하면 남은 한평생을 바다에 내주는 셈이다. 차오망은 상의할 '그분'을 찾아가보기로 결심했다. 평상시 거의 찾는 일이 없던 사람이다. 실은 가깝게 지내야 정상인 이 사람을 어쩌다밖에 못 찾아가는 이유는 그저 무서워서다. 바로 아버지 차오더의 절친, 그래서 차오더 사후 차오망의 최고 후견인 격인 라오거(老葛), 거 아저씨였다. 몇 년 전 수산부 소속의 큰 배에서 퇴직했다. 그 배의 선장이었다가 중풍이 들이 돌아온 상태였다. 한평생을 바다에서 보냈기에 성미도 모습도 좀 특별해서 차오망은 그 앞에 서면 이유 없이 주눅이 든다. 반신불수에 말소리도 분명치 않은 노인이었으나 배나 바다는 물론 해변 마을에서 가장 발언권이 센 사람이다. 차오망은 아버지가 안 계신 지금, 노선장 라오거의 조언을 들어야겠다고 생각했다. 그가 하라고 하면 어찌 됐든 할 작정이다.

날이 밝자 차오망은 또 새삼 망설임에 빠졌다. 라오거를 찾아갈 것인가 말 것인가……

결국 찾아가보기로 했다.

라오거는 마침 누운 채 책을 읽던 중이었다. 책표지를 보니 고래잡이에 관한 책이었다. 베갯머리에 놓인 책은 제목에 모르는 글자가 들어가 있고 표지에 우람한 권투 선수 두 명이 그려져 있었다. 라오거는 누가 찾아온 것을 보시 못한 듯 넉 장 더 넘기더니 그 권투 책으로 바꿔 들었다. "거 아저씨!" 차오망이 부르자 그제야 천천히 일어나 앉았다. 야윈 몸에 목 넓은 하얀 적삼 차림, 단단한 자줏빛 가슴살을 드러내놓고 있었다. 치아가 거의 없어 움푹 꺼진 입 때문에 한층 완고한 인상이다. 그러나 누렇긴 해도 아주 빛나는 눈으로 차오망을 응시했다. 송곳으로 찌르는 듯한 눈빛이었다.

"거 아저씨…… 랴오치슈가 저더러 배를 타자는데…… 저, 저는 겁이 나유…… 아저씨가 하라시는 대로 할게유." 차오망이 말했다.

"뭬야?" 라오거는 우선 열심히 귀를 기울이며 불분명한 소리로 고함을 쳤다.

"라오치슈가 저더러 배를……" 조금 전 했던 말을 차오망이 되풀이한다.

"너…… 쿨럭쿨럭……" 라오거는 기침을 심하게 해서 얼굴이 자홍빛으로 부어올랐다. 얼굴 위의 흉터가 부들부들 떨린다. 가까이 서 있다 그 모습을 본 차오망이 기겁하고 한 걸음 뒤로 물러섰다.

기침 소리에 묻힌 라오거의 목소리는 더더욱 거의 한마디도 알아들을 수가 없었다. 차오망은 멍하니 그 움푹 꺼진 입속의 반 토막 남은 이빨 두 개를 바라보았다. 라오거의 눈길이 줄곧 차오망의 눈에 꽂혀 있다. 차오망은 그 송곳 같은 눈빛에 찔려 좀 괴로웠다. 라오거가 별안간 화난 듯 가슴살을 들썩거리며 요란하게 발작적인 기침을 해댄다. 차오망은 아무것도 알아들을 수 없었다. 겁도 좀 났다. 결국 그는 얼굴이 뻘게져 몇 마디 얼버무리고 그곳을 빠져나왔다. 못 올 데를 왔구나 싶었다.

바다 위에서 라오치슈가 두 아들과 새 어선을 둘러싸고 있다. 차오망이 걸어가 보니 라오치슈가 친근하게 인사하며 그를 뱃전에 앉게 했다. 정말 새 배였다. 온통 오동유 냄새가 진동한다. 라오치슈의 두 아들은 웃통을 벗은 채 고개를 숙이고 작은 틈새를 기름 찌꺼기로 메우고 있었다. 라오치슈가 담뱃대를 빨며 말했다.

"오너라 차오망, 바다에 들어가는 첫 배여. 걱정할 것 없어."

차오망은 손으로 뱃전을 쓰다듬으며 말이 없었다.

"니 아부지 생각할 필요 없다, 그런 일은 생길 리 없으니. 일기예보가 있겠다, 배도 새 것이겠다…… 1년 후에 기계도 달 거여. 거짓말 아니라고!" 라오치슈는 차오망을 뚫어져라 쳐다보며 말했다. 두 말라깽이 아들도 소리쳤다. "오세유, 형! 배, 나일론 그물, 끝내준다께!"

그러나 차오망이 물었다. "좀 더 생각해봐도 되나유?"

2

라오치슈는 끈기 있게 차오망의 승선을 기다렸다. 해안 위에 새로 지은 어포*에서 자며 자신의 '사랑스런 배'를 지키는 나날이었다. 배를 보러 온 마을 사람들은 멋지다고 감탄하면서도 불길한 물건이라는 느낌을 받았다.

차오망은 끝내 오지 않았다.

일단, 그물을 설치하기로 결심한 라오치슈는 두 아들과 얕은 바다

---

* 어포(漁鋪): 중국 북방 해안 지역 풍물의 하나. 반지하로 지어진 가설 건물로, 각종 고기잡이 도구를 간수하는 창고이자, 바다의 상태를 살피며 생활하는 가난한 어부들의 간이 숙사.

로 나가 그물을 풀어놓았다. 셋이서 출항한 것이다. 매혹적인 쪽빛의 얕은 바다…… 물무늬는 너무나 부드럽고 노를 저으면 물거품이 몸에 튀겼다. 쾌적하고 느긋한 기분이었다. 수초 한 가닥 한 가닥, 갈매기 한 무리 또 한 무리…… 갈매기가 배 바로 위를 날아 지나갈 때 그 하얀 뱃가죽을 볼 수 있다. 무척 쾌활한 성격의 두 아들이 볼을 크게 두드리며 갈매기를 향해 울음소리를 흉내 낸다. 라오치슈는 첫 출항에 특별히 신경을 쓰면서 마음속 흥분을 애써 억누르는 중이었다. 아들들의 어린애 같은 모습을 보자 기분이 살짝 언짢았다.

"그물 내려!" 라오치슈가 소리치자 아들들이 그물을 던졌다. 힘껏 배를 저으며 바닷물 위 노 끝에 소용돌이가 치고 하얀 물거품이 뿜어지는 것을 바라보았다. 큰 바다는 평온하기 이를 데 없었다. 마치 음험함을 감춘 채 미소 짓는 사람 같기도 했다. 라오치슈는 묵묵히 자기 일을 하며 생각했다. 십 수년 배를 타지 않아서인지 오늘의 여러 가지 느낌이 그다지 실감은 나지 않았다.

굼뜨게 그물 벼리를 잡아당기느라 한껏 등을 구부린 작은아들의 등골이 도드라졌다. 끊어지려는 낡은 활 같다. 손으로 둥둥 뜨는 그물을 들어 올려 그물 다리에 감긴 쇠고리를 벗기느라 애를 먹고 있었다. 형이 도와주러 와서 엉덩이를 한껏 치켜세우자 해진 반바지가 아버지 얼굴에 닿았다. 큰 녀석 다리는 아무리 태워도 검어지질 않는다. 허벅지 뿌리부터 가느다랗게 타고 내려온 한 줄기 파란 정맥……

"좀 느슨하게 댕겨라! 파도가 그물 고리를 가지런히 해줄 거여!" 라오치슈는 이렇게 고함치며 또 내심 두 아들 녀석을 힘들게 하는구나 안쓰러운 생각도 들었다. 여태껏 생선 몇 마리 제대로 못 먹어보고 컸으니 말이다. 담 작은 아버지를 만나 아들들이 바닷가에 태어난 덕을 못 봤다 싶기도 했다. 한번은 그가 루칭허 지류에서 미꾸라지를 몇 마리 잡아 끓여줬다가 어린 형제들 간에 싸움이 났었다.

라오치슈는 아들에게 향하던 눈길을 배 뒤로 따라오는 한 줄기 예쁘장한 플라스틱 낚시찌로 옮겼다. 그들은 그물을 풀어놓은 뒤 장대를 꽂아 작은 검은색 깃발로 표시해놓고 배를 저어 돌아왔다.

바다가 썰물을 맞았다. 얕은 곳은 내려서 배를 밀어야 했다. 라오치슈와 두 아들은 배를 해변으로 밀어놓은 뒤 뭍에 오를 생각은 하지 않고 잠시 얕은 물에 눕는다. 고운 금색 모래를 몸에 끼얹어주는 물결…… 태양은 모든 것을 덥혀놓았고 따끈한 바닷물이 그들의 몸과 몸을 어루만졌다. 마치 부드럽게 가볍게 만지고 지나가는 손바닥 같았다. 라오치슈에겐 아주 오랜만의 체험이었다. 수염을 움직여 콧구멍 안에서 분출된 공기가 얼굴 위에 퍼져 있는 물과 모래를 쓸려나가게 했다……

그의 눈빛이 동북쪽을 향하더니 금세 얼굴이 굳어졌다. 자욱한 물안개 뒤에서 희미하게 검은 그림자가 보였다. 하늘에 떠 있는 검은 구름 두 조각이 바다에 떨어진 것 같았다. 점점 커지는 검은 그림자는 수면 위로 드러난 암초. 마치 좌초한 큰 상어 같은 모양이었다. 라오치슈는 눈을 감았다. 혼잣말을 하는 것 같기도 하고 아들들에게 말하는 것 같기도 했다.

"차오망 아부지가 바로 저기서 죽었다. '흑상어 바다'…… 자고로 위험한 곳이고 큰 물고기들이 많이 출몰하지. 여러 사람 죽었어…… 물에 빠져 죽고, 얼어 죽고, 놀라서 죽기도 하고…… 난 언젠가 거기다 내 어망을 심고 싶었다."

두 아들은 아버지 얼굴을 응시하며 아무 말도 하지 못했다.

저녁 무렵 그물을 걷으러 가게 되었다. 밀물에 바람도 강해지기 시작하고 배가 요동치자, 두 젊은이는 곧바로 나가떨어져 팔과 다리에 퍼런 멍이 들었다. 라오치슈는 물방울투성이가 된 어두운 얼굴로 노를 저었다. 어린 아들이 배에 엎어져 있는 것을 보자, 한 손으로 쇠갈고리를 들어 그의 허리에 채우고 당기며 말했다.

"이제 날씨 괜찮아졌다. 이 녀석들, 아무래도 고기잡이는 못 되겠구먼 쯧쯧."

어망 위에 묶인 작은 검은색 깃발이 바람에 나부껴 마치 그들의 배를 부르는 것 같았다. 두 아들은 깃발을 보자마자 토하기 시작했다. 날씨가 별안간 썰렁해지며 소름이 돋고 온몸은 움츠러든다. 갈매기 한 마리가 머리 위에서 크게 웃었다. 통쾌한 웃음이었다.

라오치슈는 두 다리가 갑판에 붙박인 듯 서 있었다. 십 수년 전 바다 위에서 있었던 일이 생각났던 것이다. 건장하고 겁 없는 대장부였던 그에게 그것은 마지막 바다행, 거의 영원히 남을 유감의 바다행이 되었다. 그해 겨울 새벽, 라오치슈는 나이 지긋한 일벗 두 명과 함께 '마지막' 그물을 거두러 갔다. 솜옷 위에 비옷을 입고 있었다. 파고가 높았지만 위험스러울 정도는 아니었다. 물보라가 사방으로 흩어지며 으하하…… 흐흐흐흐…… 바닷물에서 웃어젖히는 소리가 들리는 듯했다. 뱃사람들은 보통 이런 바다의 냉소에 익숙해서 아무렇지도 않게 앉아 있는다.

이윽고 그물을 빼기 시작했다. 그 후 오래지 않아 집 안 구석에서 삭아버린 그 그물…… 아무튼 이것이 최후의 바다행이 되어버렸다. 당시 맥없이 일하고 있던 그들은 흑반점 몸통의 거대한 녀석을 별안간 낚았다. 아무런 준비도 안 된 상태에서 손발이 갈팡질팡, 몽둥이를 찾지 못했다. 라오치슈는 그 큰 녀석이 뱃전에서 몸부림치던 모습을 기억한다. 손바닥만 한 비늘을 몇 장이나 떨어뜨리며 난폭하게 날뛰던 모습…… 얼마나 높이 펄쩍대는지 정말 기함할 정도였다. 그물에 휘감겨 있지 않았다면 틀림없이 곧장 도로 바다에 뛰어들었을 것이다! 라오치슈는 두 손으로 녀석을 찍어 누르듯 안았다. 뚱뚱한 인형을 안은 느낌이었다. 그러나 늙은 녀석이라는 것을 알고 그물을 풀어주었다. 녀석의 흉포한 눈, 입에서는 이빨 앙다무는 소리가 들렸다. 입을 벌리자 역한 비린내…… 두 동료를 소리쳐 부르는 순간, 녀석이 라오치슈의 품을 뿌리치고 사람을 갑판에 쓰러뜨리며 결국 바다로 되돌아갔다. 그날 그 마지막 출항…… 재수 없는 바다행이었다고 하지 않을 수 없다.

라오치슈는 아직도 십 수년 전의 그 일을 후회하고 있다. 나중에 실패의 원인을 따져보며 그 '끝 손' 한 번이라는 생각이 잘못된 것이었음을 알게 되었다. 일을 하다 보면 이런저런 '마감일'이 있게 마련이지만 '마지막 그물 걷기 오늘 일은 이것으로 끝', 이렇게 안이하게 대처하지 말았어야 했다. 그래야만 열 손가락 위에 모든 총기를 응집시킬 수 있고, 아무리 더 우악스러운 녀석이라도 놓치지 않는다.

"검은색 깃발…… 어망에 도착했나유!" 작은아들이 큰 소리로 묻자, 라오치슈가 눈을 휘둥그레 뜨고 배 뚜껑을 열라고 소리쳤다. 그는 노를 내려놓고 두 다리로 갑판 위에 섰다. 그물이 천천히 거둬졌다. 꽁치, 넙치, 삼치…… 그물에 입을 물고 꼬리를 퍼덕인다. 세 사람은 좋아서 어쩔 줄 몰랐다. 라오치슈의 입에서도 감탄사가 절로 터져나왔다. 고기를 집어내며 중얼거렸다.

"꽁치는 콕 끼여서 죽고, 넙치는 넙죽 걸려서 죽고…… 이놈 입은 갈고리처럼 생겨서 그물에 걸리면 못 도망가지! 봐라, 이게 검은 갈치여. 성깔이 대단한 녀석이라 그물눈에 한번 부딪히면 지랄발광을 하지…… 그 어름치 조심해라! 입이 거칠어……" 신바람 난 라오치슈의 수염에 생선 비늘이 묻어 반짝거린다.

그는 지금 물고기 크기 따위가 눈에 들어오지 않았다. 그저 최초의 수확에 감동해서 눈이 돌아갈 지경이었다. 두 형제는 생선을 주우며 그물을 다시 바다에 놓았다. 작은아들은 다리를 쩍 벌리고 서지만 뱃머리에 서 있지를 못 한다. 늘 넘어져서 물고기가 그 틈을 타고 도망가기도 했다. 라오치슈는 초조와 흥분이 뒤섞인 목소리로 소리쳤다. "여쌰! 여쌰!" 그물이 뱃전에 붙어 위로 미끄러진다. 마치 그물이 배 밑바닥에서 생겨나는 듯했다.

이때 검은 물체 하나가 물속에서 천천히 솟아 나왔다. 마치 바람을 팽팽히 넣은 검은 고무 타이어같이 번들번들하고 탱글탱글했다. 놀라 비명을 지르는 두 아들…… 알고 보니 커다란 물고기의 등이었다! 물에서 벗어나자 번뜩거리는 흰 뱃가죽을 하고 꾸꾸 소리를 내며 몸부림쳤다. 라오치슈는 당장 덮칠 기세로 몸을 앞으로 뺐으나 배가 격렬히 요동치는 바람에 넘어지고 말았다.

"손가락으로! 팔 쓰지 마……" 그는 기어서 일어나며 소리쳤다. 형제 둘이 팔로 물고기를 꽉 끌어안았고 주먹으로 앞머리를 쳤다. 그러나 라오치슈가 몸을 일으켰을 때 대어는 이미 작은아들의 살갗을 찢고 노기등등하게 파도 속으로 돌아간 뒤였다.

"손가락을 써야 한다!" 라오치슈는 갑판에 쭈그리고 앉아 나직이 살갑게 말했다. 물론 상당히 애석했다. 새삼, 이 배에는 차오망 같은 일꾼이 있어야 한다는 생각이 들었다. 나중 일이지만, 차오망은 최초의 바다행에서 이미 손가락을 쓸 줄 알았고 몇 초 내에 나무 몽둥이로 물고기의 머리통을 명중시켰다.

그렇다, 이 배에는 정말로 차오망 같은 사람이 필요하다……

3

차오망은 모처럼 한잠 잘 자고 일어나 개운했다. 벌써 며칠째 잠을 제대로 못 잤기 때문이다. 잠에서 깨어나면서 바다의 물결 소리가 들리는 순간 금방 그 배를 떠올렸다. 라오치슈와 그 두 아들이 새 배를 가지고 바다에 나갔다는 것을 알고 불면에 시달렸다. 잠 못 이루며 늘 라오거를 생각했다. 그날 중풍 걸린 라오거의 발음이 불분명한 데다 쉴 새 없이 기침을 하는 통에 거의 알아듣지를 못했으나 불그레하게 부어오른 얼굴, 부들부들 떨리는 얼굴 전체의 흑반점을 똑똑히 보았다. 라오거는 분명 화나 있었던 것 같은데 그 이유를 모르겠고 감히 묻지도 못했다. 만일 차오망에게 이 바닷가에서 아직 무서운 사람이 있다면 그것은 이 노선장 라오거뿐이다. 아버지도 무서워했지만 아버지는 이미 세상에 안 계시니까……

라오거가 퇴직하고 돌아왔을 때 마을의 간부는 차오망에게 그와 함께 살 것을 권유했었다. 애당초 차오망은 라오거를 무서워하면서도 자기 아버지처럼 생각했기에 찾아가 함께 살자고 했다. 그러나 라오거는 절대로 자기 집을 떠나려고 하지 않았다. 웅얼웅얼 소리치며 검은 산초나무 지팡이를 짚고 '턱도 없는 소리 말라'는 듯 힘껏 손을 휘저었다. 차오망은 단호하고 결연한 거절 의사를 확인하고 그냥 집으로 돌아왔다. 듬직하고 썰렁한 자기 집으로.

라오거는 참으로 성미가 고약했다. 마을 사람들이 감히 가까이 하지 못했고 본인도 마을 사람들과 친해지려고 하지 않았다. 그는 혼자 채소를 조금 키우며 한가할 때에는 누워서 책을 읽었다. 사람들 말로는 한평생 마누라가 없었단다. 바다를 오가는 사람인 데다 성미도 고약하니 당연한 일이다. 다만 아버지 차오더와의 특수한 관계를 봐서 차오망은 예의 바르게 라오거를 찾아뵈어야만 했다. 그런데 이것이 차오망을 모두 이상한 눈으로 바라보게 만드는 계기가 되었다. 감히 그런 노인과 내왕을 하는 젊은이니 틀림없이 약간 괴팍한 사람일 것이다, 뭐 그런 분위기였다. 실제 차오망과 라오거 사이에 애틋한 감정상의 교류는 없다. 같이 얘기 나누고 싶은 생각이 없기는 피차 마찬가지였다. 설사 가끔 몇 마디 한다 해도 노선장의 말을 알아들을 수가 없었다. 명절 때 닭이나 사과를 보내면 지팡이로 창턱을 가리키며 거기 놓으라고 지시할 뿐.

차오망은 목하 삶의 기로에 서 있다고 할 수 있다. 근래 들어 마을에 아주 활기가 도는 참이었다. 사람들이 모두 야심만만하게 돈 벌 궁리들을 하게 된 것이다. 그러나 차오망에게는 아직 무엇을 해야 할지 개념이 서지 않았다. 배를 탈 것인가 말 것인가는 확실히 중대사였다. 그는 라오거의 조언을 받아 곱씹어볼 필요가 있었고 더욱 필요한 것은 자기 생각이었다. 이제 열아홉 살 아닌가!

다음 날 아침 차오망은 막연히 목적 없이 집에서 나와 길을 걸었다. 아직 이른 시간이라 사람들도 길가에 서 있었다. 그는 일부러 머리를 숙이고 발만 쳐다보며 한참을 걷다가 고개를 들었다. 우락부락한 차오망의 얼굴에 햇볕이 쏟아진다. 모두가 반항아적인 분위기를 알아보았다. 그때 갑자기 누군가 한마디 하자, 사람들의 눈길이 일제히 한 방향으로 쏠렸다. 노을빛을 등에 지고 걸어가는 사람이 눈에 들어온다. 잘 보이지 않았으나 자세히 보니 라오치슈였다. 어깨에 탄성 좋은 기다란 대나무 장대를 메고 있었는데, 장대 끝에 살찐 농어가 두 마리 달려 있었다.

라오치슈는 일부러 장대 뿌리 부분을 어깨에 멘 상태였다. 생선 달린 장대가 우스꽝스런 반원을 그리고 있다. 차오망은 그저 멍하니 너울대는 농어를 바라보다 그것이 라오치슈가 잡아 온 것임을 깨달았다. 길거리 양편의 사람들이 선망의 눈길로 생선과 그 주인을 바라보는 가운데 라오치슈는 대나무 장대를 꽉 누른 채 앞만 보며 걸었다. 차오망을 못 본 것 같았다. 빨려드는 듯 그 뒤를 쫓는 차오망…… 골목 몇 개를 지나 작은 집 앞에 섰다. 이리둥절했다. 라오거네 집 아닌가! …… 차오망은 라오치슈가 손으로 생선을 높이 치켜들며 문을 열고 들어가는 모습을 뚫어져라 바라보았다.

노선장 라오거는 드물게도 누워 책을 읽고 있지 않았다. 뭔가 예상하고 있었던 것 같은 분위기랄까, 마당 한가운데 큰 풀덤불 위에 반듯하게 앉아 있었다. 뒤로는 거친 피부의 위엄 있는 느릅나무가 서 있다. 생선을 받쳐 들고 들어간 라오치슈를 보자 그는 기분 좋게 수중의 산초나무 지팡이를 만지작거렸다.

"선장 어른! 이 라오치가 바다에 나갔었습니다유…… 농어 두 마리…… 인사로 부족합니다만!"

반쯤 쭈그리고 앉은 라오치슈의 모습이 꽤나 엄숙했다. 노선장은 미소 띤 얼굴로 고개를 끄덕이며 라오치슈에게 생선을 자기 옆에 놓게 했다.

"옛날엔 개인이 배를 살 수 없었으나 지금은 가능합니다. 뭘를 겁내겠어유? 제가 꼭 이 배를 끌고 바다에 나가서……" 라오치슈의 말에 라오거는 누런 눈동자를 둥그렇게 뜨고 몸을 움직이느라 힘을 썼다. 상당히 감동한 분위기였다. "음, 음, 자네가?"를 연발했다. 말을 하다 큰 기침이 나 얼굴색은 자홍빛으로 부어오르고 주름 한 가닥 한 가닥과 흉터가 부들거렸다. 줄곧 입구에 서 있던 차오망은 이때 자기도 모르게 집 대문 안에 발을 들여놓았다. 라오치슈가 반갑게 차오망에게 인사를 건넸으나 라오거는 그를 못 본 것 같았다. 라오거가 라오치슈에게 같이 술 한잔하자고 말하자 라오치슈는 승낙하며 생선을 보관하러 가는 길에 지나가는 말로 한마디 했다. "이리 오너라! 차오망, 너도 같이 술 한잔하자!"

누가 알았겠는가, 이 한마디에 노선장이 일어섰다. 그는 힘들게 앞으로 한 걸음 내딛더니 지팡이로 차오망의 다리를 친다. "거 아저씨!" 기겁한 차오망이 비명을 질렀으나 아랑곳하지 않았다. 라오거는 계속 지팡이로 차오망의 두 다리를 쳤다. 정색을 하고 치긴 하는데 힘을 준 건지 안 준 건지는 가늠이 안 됐다. 아무래도 차오망의 허벅지에서 무릎까지 뭔가 검증하려는 듯한 눈치였다. 이윽고 라오거는 지팡이를 거두며 짜증스럽게 소리쳤다.

"너……! 쿨럭쿨럭쿨럭……"

"거 아저씨, 저기요……" 차오망은 날카로운 눈빛을 누런 흰자위의 라오거에 꽂고 대담하게 소리쳤다. 돌기둥 같은 두 다리…… 발아래에는 진흙이 묻어 있었다. 노선장도 차오망을 마주 쏘아본다. 입을 벌리자 그 반 토막 난 채 기를 쓰고 서 있는 이빨이 드러났다. 얼굴의 심한 주름은 꿈틀거렸다. 목덜미에서 가슴팍까지 사선으로 그어진 흉터, 부들거리며 빛나는 그 상처는 차오망도 처음 보는 듯했다. 차오망은 황망히 한 걸음 물러서서 식식거리며 얼굴을 저쪽으로 틀었다.

농어를 든 채 그 자리에 뻘쭘히 서 있는 라오치슈…… 차오망은 온몸이 땀범벅이 되어 자리를 떴다.

해안으로 갔다. 그 배가 또 차오망 눈에 들어왔다. 두 형제가 웃통을 벗고 뭔가를 부수고 있었다. 그는 배를 피해 멀찌감치 떨어진 곳으로 가 옷을 벗었다. 바다에 뛰어들어 멀리 깊은 데까지 헤엄을 친 다음 언덕 위로 올라가 온몸에 모래를 묻혔다. 태양이 온몸을 말려주면서 피부 표면에서 기름 비슷한 것이 배어나와 반짝거린다. 그는 얼굴 위에 손을 얹었다. 눈물이 손가락들 사이를 타고 흘러내린다. 거칠게 눈물을 닦고 일어나 앉아 동북쪽의 검은 바다를 바라보았다. 신비롭게 안개에 휩싸인 한 덩어리의 흑사초(黑鯊礁)…… 그는 이를 악물고 노려보았다. 아버지가 죽은 곳이 바로 그 '흑상어 암초'의 바다였다.

차오망은 아버지의 모습을 기억한다. 마르고 왜소한 체구, 누르스름한 얼굴빛에 낮은 음성의 사나이였다. 인민공사 선박 팀의 총지휘자로, 두 말 하지 않는 사람이라 '작은 패왕(覇王)'이라 불렸다. 그가 어린 차오망을 바다로 데리고 다닌 덕분에 반년 후 차오망은 배에서 꽤 멀리까지 헤엄칠 수 있게 되었다. 한번은 어린 차오망이 작은 나룻배를 타고 어망을 찾으러 나갔다가 배가 풍랑에 뒤집혀 실종된 적이 있다. 사흘 뒤 아버지는 작은 암초에서 그를 찾아내고는 호언장담했다. "이 녀석은 절대 익사하는 일 없을 것이여!" 어린 차오망이었지만 막연히 이 한세상 이미 저 큰 바다에 내준 인생이라는 느낌이었다. 과연, 공부에는 관심이 없었고 그저 일찌감치 해변으로 갈 생각만 했다.

라오거는 키가 크진 않으나 온몸이 근육이다. 젊은 시절 해적들과 격투를 벌인 끝에 세 명이나 처치한 적이 있다. 아버지는 매번 라오거를 배웅하며 고개를 돌려 차오망에게 말하곤 했다. "온 마을의 영웅이시다." 그러나 나중에 차오망은 라오거를 원망하게 되었다. 어느 해 가을 아버지가 익사하고 얼마 되지 않았을 때다. 라오거는 바다에서 돌아와 눈을 붉히며 차오망의 집에서 잤다. 다음 날 매운 고추를 몇 개 찾더니 그것을 안주 삼아 차오망의 아버지가 남긴 술을 몽땅 마셔버렸다. 밤에 차오망은 아버지가 그리워 훌쩍거렸고 잠에서 깬 라오거가 차오망에게 주먹을 한 방 날린다. 라오거가 해적을 세 명이나 죽인 사람이라는 사실을 깜빡한 차오망이 작은 표범처럼 맹렬하게 달려들었다. 결국 더 심하게 한 대 얻어맞고 구들에 엎어지고 말았다. 아홉 살 때의 일이다. 라오거는 술이 깬 뒤 간밤의 일을 뉘우쳤으나 차오망의 마음에는 아직도 앙금이 남아 있다.

라오거는 다시 출항하기 전날 밤 차오망에게 엄하게 당부했다. "앞으론 절대 울면 안 된다. 알겠냐? 열심히 공부해라. 적어도 고등학교는 가야지! 비용은 내가 매달 보내주마. 먹는 거, 쓰는 거, 다 대준다. 내가 니 아버지인 셈이여!" 라오거는 과연 말한 대로 했다. 라오거에 대해 여전히 일말의 원망하는 마음이 있었으나 알 수 없는 두려움이 더 많아졌다. 아마도 아버지가 죽은 그날부터일 것이다.

차오망은 해변 마을 사람들처럼 바다를 멀리하기 시작했다. 바다를 멀리하면서도 바다를 잊는 못했다. 물결 소리가 밤낮으로 울리는데 어떻게 잊을 수 있겠는가! 바다는 풀리지 않는 수수께끼였다. 큰 바다는 영원히 길들일 수 없는 사나운 말 같기도 했다. 불굴의 사나이, '경골한'이던 아버지가 흑상어 바다에서 죽었다. 라오거는 비록 중풍으로 무너졌고 입안엔 반 쪼가리 이빨 두 개뿐인 노인네지만, 흉악한 해적을 세 명이나 죽인 적이 있으니 역시 불굴의 사나이라 하지 않을 수 없다. 차오망은 자라나 키가 훌쩍 컸으나 자기가 이 두 사나이를 능가할 수 있을지 자신이 서지 않았다. 라오치슈의 배를 탈지 말지 망설이는 이유, 사실은 이것 때문이었다.

목하, 차오망의 억울함은 노선장 라오거의 말을 알아들을 수 없고 그가 자기에게 심하게 성질을 부린다는 사실이다. 첫번째 출항…… 엄청난 유혹이었다. 그는 노선장의 부들거리는 입술에서 그가 해줄 말이 많다는 것을 안다. 그런데 그 괴팍한 성질 탓에 주로 막무가내식 횡포로 나타났다. 그럴 때마다 차오망은 어린 시절 얻어맞은 독한 주먹이 떠오른다.

파도가 언덕에 철썩거렸고 포말이 몸에 튀었다. 어깨를 들쑥날쑥 삐기듯 무수히 언덕 쪽에 부딪히는 큰 파도…… 차오망은 힘껏 손안의 모래를 쥐고 자신의 튼실한 다리를 힘껏 치며 일어나 옷을 입은 뒤 성큼성큼 앞으로 걸어갔다. 별안간 좀 분한 생각이 들었다. 왜 꼭 라오거의 조언을 듣기 위해 그 말을 알아들으려고 용을 써야 한단 말인가? 벌써 열아홉인데…… 내 자신의 생각은? 차오망은 몸을 돌려 해변 모래사장 위에 줄줄이 난 깊은 발자국을 바라보며 생각했다. 앞선 두 명의 대장부—아버지와 라오거—를 넘어설 순 없겠지만 '제3의 대장부'는 될 수 있지 않을까?

4

라오시슈의 배에 느디어 자오망이 합류했다. 이 초가을은 오랫동안 해변 사람들의 기억에 남을 것이다. 그들이 십 수년 전 배와 작별하면서 마음에 맺혔던 욕망과 서글픔을 신품 배 한 척이 다시 헤집어놓았다. 라오치슈와 황소같이 강건한 차오망이 뭉쳐 배를 이끌면서 이 배는 가공할 만한 생기를 띠며 사람들 삶 속에 파고들었다. 몇 년 이래 살짝 수줍음 타는 젊은 새댁처럼 되어 있던 마을 사람들이 과감한 남성적 용맹스러움을 목격한 것이다. 그 경이감은 예삿일이 아니었다.

라오치슈의 두 아들은 배에 오른 차오망을 보고 라오치슈보다 더 좋아했다. 차오망은 고개를 수그리고 말이 없었으나 그 우람하고 불그스레한 얼굴이 보는 이에게 힘을 주었다. 차오망은 파도를 겁낼 리 없는 사람으로 보였다.

일단 예전처럼 얕은 바다에 그물을 놓았다. 수확은 매번 그저 그랬다. 대어가 많지 않았고 갈치처럼 값나가는 생선은 거의 없었다. 겨우 물개와 장어를 두 마리 잡았는데, 이틀 뒤 배 밑창에서 또 꺼내봤더니 아직도 꼬리를 움직이고 있었다. 생명력 최강의 물고기! 대구는 영원히 실눈을 하고 웃는 모습이다. 갑판으로 잡혀 올라와 여전히 흥분한 듯 앞머리를 흔들어댔다. 수수한 모양새의 농어도 없고 잡힐 때 꼭 큰 칼 같은 흑색 반점의 삼치도 보이지 않았다. 라오치슈는 그물을 거둘 때마다 유감스러운 듯 고개를 저었다. 시험 삼아 촘촘한 그물을 치기도 했으나 끌려 올라오는 것은 쪼그마한 잡어나 해초뿐. 이것들 대부분은 바다로 되돌려 보냈다.

결국 라오치슈가 말했다.

"그물을 저쪽에 심자. 몇 천 위안이나 쓴 그물, 큰 놈이라도 꼼짝 못할걸…… 그래도 이 그물, 큰 바람은 못 견뎌. 6~7급 풍속이면 걷어야지. 귀찮아 죽겠네……"

차오망은 눈앞에 펼쳐진 검은 바닷물을 보며 말이 없었다. 착 깔린 라오치슈의 목소리가 이어졌다. "대어를 잡을라면 거기로 가야 혀……"

차오망이 고개를 끄덕이며 대꾸했다. "내일 새 그물 싣고 거기로 가유!"

이튿날 돛을 올리고 정말로 그 검은 바다로 달려갔다. 흑상어의 바다──흑사양(黑鯊羊). 물결 하나 없이 짙푸른 신비의 해역! 투명하고 녹아들 듯 농밀한 녹색의 결정 같았다. 물결도 일으키지 않고 배는 부드럽게 빛나는 물융단 위를 미끄러져갔다. 이곳의 숨결은 해안가 얕은 바다의 짭조름하고 비릿한 맛 대신, 특이할 정도의 맑은 향기가 있었다. 저만치서 미소 짓는 태양이 다가오려고 한다. 이곳의 태양은 지글거리지도 않고 까맣게 그을린 어부들의 등가죽을 벗겨놓을 리도 없을 것만 같았다.

이곳의 살랑거림은 확실히 9월의 바닷바람처럼 배를 뒤흔들지 않았다. 가는 길에 차오망도 라오치슈도 모두 말이 없었다. 그의 두 아들도 서로 마주 보며 가슴속 흥분을 힘껏 억누르고 있었다. 금세 그 상어처럼 생긴 괴석 암초가 눈에 들어왔고 바람이 상쾌하게 불기 시작했다. 암초에 떨어진 갈매기가 날카로운 울음소리를 냈다. 선체에는 늘 알 수 없는 미묘한 진동이 있어서 익숙한 뱃사람은 해류의 급물살을 느낄 수 있다.

이윽고 닻을 내리기 시작했다. 이 커다란 쇠닻이 바로 새 그물의 뿌리였다. 큰 바람이 불면 그물을 걷어 올려 뿌리만 남겨두었다가 바람이 지난 다음 재빨리 이 뿌리 위에 도로 묶는 것이다. 라오치슈는 텅 빈 담뱃대를 물고 일했다. 용건이 있으면 담뱃대를 꽉 문 채 코로 킁킁거리듯 말했다. 마침 그가 담뱃대로 저쪽 바다를 가리켰다. 새로 심어놓은 그물 옆을 지키는 세 젊은이 옆에 작은 상어가 수줍은 듯 헤엄쳐 왔다……

차오망은 묵묵히 일만 했다. 하루 종일 굳은 얼굴로 닻을 내리고 입술을 깨물며 숨을 억누르는 소리가 다였다. 그의 다리가 뱃전을 디디고 서자 그 바람에 배가 흔들렸다…… 네 사람은 쉬지 않고 반나절 넘게 일했다. 태양이 서쪽으로 기울 때쯤에야 그물 심기를 끝냈다.

라오치슈의 배가 흑상어 바다 수역으로 다가가자, 마을 사람들은 놀라 서로 얼굴만 쳐다보더니 금세 이구동성으로 경탄하기 시작했다. 참신하기 이를 데 없는 배가 하얀 돛을 부풀리고 동북쪽으로 쑥쑥 달려가 미로 같은 그물에 걸린 물고기를 쉴 새 없이 배 밑창에 끌어 담을 것이다! 그야말로 신기할 뿐이었다. 조만간 큼지막한 검은 등짝의 삼치, 조기, 백갈치…… 모두 얌전히 해안으로 운반되겠구나! 마을 사람들은 분분히 입방아를 찧었다. 이 네 사람이 어떤 분투를 벌이고 있는지는 알 턱이 없었다.

배가 흑상어 바다 수역으로 들어섰다……

네 사람의 붉은 등줄기가 태양 빛에 반짝거렸고 그물에서 떼어낸 고기도 갑판 위에서 반짝거렸다. 필사적으로 팔딱거리는 생선들…… 날카로운 이빨로 네 사람의 발등을 물기도 했다. 큰 녀석은 깜짝 놀랄 만큼 힘이 세다. 특히 그물에 막 걸린 경우는 떼어낼 때 보면 꼭 죽자 사자 겨루는 격투에 가까웠다. 빈 담뱃대를 문 라오치슈 바로 앞에 차오망의 건장한 두 다리가 기둥처럼 서 있었다. 물이 뚝뚝 떨어지는 그물이 쉴 새 없이 다리를 휘감아 움직일 수 없는 상태였다. 꼭 살아 있는 두 쇠기둥 같았다. 차오망은 허리도 한번 펴지 않고 열두 군데 그물을 단숨에 뽑아냈다. 대어가 꼬리로 그의 얼굴을 찰싹 때리면 그는 엄지와 집게손가락으로 아가미를 단단히 움켜쥐고 갑판 위에 찍어 누른다. 줄칼 같은 이빨을 험하게 비비대지만 차오망이 두 손가락으로 아가미를 꿰어 입을 앙다물지 못하게 했다. 그가 갑판 위로 녀석을 힘껏 패대기치면 녀석은 곧 죽어라 다른 대어의 복부를 깨문다. 차오망은 두 형제의 탄성을 들으며 대어를 배 밑창에 처넣었다.

갑판 위는 온통 생선의 피, 비늘, 끈적한 체액투성이였다. 라오치슈의 작은아들이 넘어지며 뱃전에 부딪혀 이가 빠졌다. 라오치슈는 당황한 나머지 순간직으로 담뱃내를 바나에 집어 넌지고 말았다……

중추절까지 계속 농사일이 있어서 그물을 걷으러 몇 번 가지도 못했다.

중추절 이후 바람이 서늘해지고 파랑도 커지자 그물을 걷고 바람을 피하는 횟수도 잦아졌다. 네 사람은 허리가 끊어져 나갈 듯 일을 해서 모두 눈에 띄게 수척해졌다. 라오치슈마저 그물 치는 것을 좀 쉴까 생각했을 정도다. 그러나 바람이 지나자 그들은 역시 닻에 그물을 매었다. 많은 어부처럼 더 많은 대어를 기대했지만 그들을 기다린 것은 한바탕 재난이었다.

이날 예보에 별다른 일기 변화는 없었다. 어포 바깥의 방수지에 비스듬히 기대 담배를 피우던 라오치슈가 담뱃대를 털면서 하늘을 힐끔 쳐다보니 괴괴한 구름이 자욱했다. 얼른 일어나 차오망과 두 아들에게 그물을 걷으러 가자고 소리쳤다.

그물추기가 거의 끝나간다. 날은 아직 어둡지 않았다. 그러나 라오치슈가 서북쪽 하늘이 자줏빛으로 변하는 것을 보더니 손을 부들부들 떤다. 남은 그물 하나를 끌어올리지 못한 상태였다. 급류가 언제부턴가 갑자기 견고한 그물 기둥의 위치를 옮겨놓아 암초에 걸린 것이다! 라오치슈는 이 모든 것을 파악했고 얼굴 위에 금세 식은땀이 배어났다. 잠시 망설이더니 얼굴의 땀방울을 닦으며 말했다. "그물을 찢어야겠다……" 그 비싼 그물을 반 토막 내다니 독하기도 하지! 차오망은 고개를 절레절레 흔들었다.

황혼이 내릴 무렵 두 형제가 말했다. "형, 이제 더 못 가. 바람이 몰려올 거여!"

차오망은 입술을 깨물고 검게 변한 바닷물을 노려보며 어두운 얼굴로 말했다. "몰려오라지!"

라오치슈가 펄쩍 뛰며 야단쳤다. "이 깜둥이 녀석아, 망하자는 소리냐!"

차오망의 얼굴은 여전히 어두웠다. 라오치슈가 눈짓하자 두 아들이 갑자기 그의 허리를 잡으며 끌어안았다. 순간, 차오망은 격분한 소리로 고래고래 소리치며 두 사람을 쓰러뜨리더니 바닷속으로 뛰어들었다. 얼마나 지났을까…… 그가 물속에서 머리를 내밀고 외쳤다.

"우리 아부지, 여기서 죽었어유! 바로 여기서!" 말을 마치자 까만 머리칼이 물속에서 번뜩하더니 사라진다. 라오치슈의 두 아들은 울기 시작했고 입 닥치라는 라오치슈의 고함 소리가 울렸다. 그 후 차오망은 다시 두 번 물 위로 얼굴을 드러냈지만 배에 오르진 않았다. 그가 다시 한 번 잠수했을 때 수면에 한 줄기 핏물이 떴다. 라오치슈가 얼른 물속으로 뛰어들었고 두 형제는 비명을 질렀다. 공포감이 묻어나는 목소리였다.

잠시 후 다시 떠오르는 차오망…… 온몸의 상처 때문에 주변 물이 금세 뻘게졌다. 라오치슈도 떠올랐다. 두 형제와 라오치슈는 차오망을 배로 잡아끌어 갑판 위에 뉘었다. 온몸이 크고 작은 상처투성이였고 군데군데 아직 피를 흘리는 곳도 있었다. 두 형제가 그 피투성이 다리를 펴니 왼쪽 발가락에 물린 자국이 있었다. 시커멓게 움푹 들어간 자국…… 라오치슈가 눈물을 흘리며 잠긴 목소리로 소리쳤다. "그물을 찢고 떠나자!" 차오망은 벌떡 일어나 앉으며 필사적으로 그물을 찢지 못하게 저지했다…… 그는 두 형제에게서 칼을 빼앗으려다 끝내 의식을 잃었다. 그물이 살리고 배가 회항하는 가운데 라오치슈가 두 아들에게 말했다. "그물이 진짜로 암초 위에 걸려 있더라. 차오망의 몸 상처는 암초 끝에 긁혀서 생긴 거고. 상어를 만난 건지도 모르지."

황혼이 찾아오고…… 큰 파도가 연이어 나타났다. 라오치슈는 쉬지 않고 두 아들을 향해 고함을 쳤으나 넓은 바다의 울부짖음이 그 목소리를 집어삼켰다. 선체가 높은 파도 사이의 좁은 골목길에 떨어진 모양이다. 물의 장벽은 부드럽지만 무시무시했다. 수시로 무너져 내리는 물의 장벽 사이에서 그들의 배는 격투를 벌여야만 했다. 배의 뼈대가 끼긱거리는 소리를 낸다. 어쩔 수 없이 바다에 그물을 버리고 흔들리는 배를 붙들고 있었다.

저 멀리 강 언덕 위에서 누군가가 그들을 위해 큰 불을 놓았다. 조난당한 배에게 안내 역할을 하는 봉화였다. 불빛 덕분에 언덕에서 왔다 갔다 하는 사람들 그림자가 보였다. 필사적으로 노를 젓는 두 아들 옆에서 라오치슈는 악을 썼다. "눈 똑바로 떠—! 배가 가로놓이지 않

게 해—!" 언덕 위의 봉화가 2백 미터 정도의 거리로 다가왔고 두 형제
는 해안을 향해 미친 듯 소리쳤다. 갑자기 꼼짝 않고 갑판에 엎드려 귀
를 기울이던 라오치슈는 "우—푸—!" 소리를 듣더니 탄식했다. "해변
에 큰 파도가 있구먼…… 큰일 났다! 해안에 못 대겠어……"

5

라오거의 병이 며칠째 심해져갔다. 그를 찾는 사람들은 크게 헐떡
거리는 노인의 모습을 보곤 했다. 라오거는 사람을 좋아하지 않지만 이
미 찾아온 사람을 쫓아낼 기운도 없어진 상태였다. 이날 저녁 무렵 드
물게 큰 바람이 일고 물결 소리가 유난스러웠다. 사람들은 갑자기 라오
치슈의 어선이 생각나 해변으로 달려가 멀리 내다보았다.

라오거는 혼자 작은 집에 웅크린 채 몽롱히 잠들어 있었다. 꿈속에
서 거대한 상어와 싸움을 했다. 이기긴 했지만 다리 하나가 잘리는 위
험한 승리였다. 깨어난 뒤 자기 다리를 힘껏 젖혀 보니 움직이지를 않
는다. 중풍에 걸린 이후 마비된 다리였다. 그는 상어가 자신의 다리를
물어뜯었다는 생각이 들었다. 그 흉포한 녀석을 주먹으로 때려눕힌 바
있다. 머리통을 깨부순 것이다! 라오거는 힘들게 입을 벌린 채 숨을 쉬
다가 어둠 속에서 혼자 웃었다.

갑자기 기괴한 소리가 들린다. 무척 크게 들렸다 안 들렸다 들렸다
안 들렸다…… 열심히 한참을 들어보니 바다의 포효였다. 그는 속으로
말했다. 이 녀석, 또 성질이 났군! 또 고함이야! 그는 어떻게든 일어나
앉으려고 했으나 도무지 뜻대로 되질 않는다. 몇 번을 쓰러진 뒤 간신

히 일어나 앉았다…… 휑한 집에 사람들이 또 다녀갔었다. 문득, 사람들이 배에 대해 이러쿵저러쿵 얘기하더니 일제히 우르르 달려 나가던 생각이 난다. 라오거는 결국 '처마파도'의 울부짖음을 들었다. 처마처럼 휘어 치솟는 무시무시한 파도였다. 손을 뻗어 더듬더듬 검은 산초나무 지팡이를 찾았다. 몸을 움직였다가 육중하게 침대 아래로 나뒹굴었지만 더듬더듬 기어서 일어났다.

해안 언덕에서 사람들은 열심히 불쏘시개를 던져 불꽃을 살렸다. 날이 점점 밝아오는데 라오치슈의 배는 아직 기슭에 대지 못하고 있었다. 하룻밤을 필사적으로 버틴 네 사람이 아직 바다 위에 있다! 수시로 큰 파도에 쓸려갈 뻔했으나 끝끝내 포기하지 않고 선체가 가로로 놓이지 않도록, '처마파도'에 휩쓸리지 않도록 사력을 다하고 있었다. 배가 깊은 파도의 계곡에 파묻히면 끝장이다.

사람들의 고함과 왁자지껄한 소리와 더불어 해안은 점점 더 공포와 초조로 뒤덮여갔다. 그런 가운데 천천히 불더미 쪽으로 다가오는 검은 그림자가 있었다. 누군지를 확인하고 사람들은 모두 크게 놀랐다. 왕년의 선장 라오거! 반신불수의 몸으로 몇 시간 걸려 해안까지 걸어온 것이다. 사람들은 믿기지 않는다는 눈으로 바라보고 뒷걸음질 치며 놀라 소리쳤다. 조금 전까지 침대에 누워 헐떡거리던 사람이 어떻게 혼자 해변까지 걸어올 수 있었단 말인가! 이건 정말 신력(神力)의 도움이다! 할 말을 잃은 사람들은 그저 눈만 둥그렇게 뜨고 바라볼 뿐이었다. 라오거가 두 손으로 검은 산초나무 지팡이를 쥐고 힘들게 조금씩 조금씩 앞으로 움직인다. 누렇게 빛나는 눈빛이 사람들을 놀라게 했지만 라오거의 시선은 오로지 파도와 몸부림치는 배에 꽂혀 있었다.

그를 앞으로 부축해주자 자리를 정한 듯 더 이상 움직이지 않았다. 다시 그를 좀 끌어당기려고 하다가 매서운 일갈에 물러섰다. "너! 으어어…… 쿨럭! 쿨럭쿨럭……"

라오거가 바다를 향해 길게 부르짖었다. 평소의 목소리 같지 않은 엄청난 성량이다. 자홍빛 얼굴, 풀어 젖힌 앞섶 안으로 길죽한 흉터가 다 보였다.

배 위의 라오치슈는 언덕을 향해 필사적으로 소리치고 있었다. 라오거—! 선장님—! 선장님—!

거의 천둥소리 같은 라오거의 호통에 그 주변에 서 있던 사람들 몇 명이 기겁하고 물러났다. 드디어 라오거가 으르렁거리며 두 손으로 지팡이를 높이높이 들어 올렸다가 자기 가슴 쪽으로 확 잡아당겼다. 배 위의 라오치슈는 라오거의 몸 신호를 읽으며 두 아들에게 명령했다.

"그물을 뽑아, 그물을 배로 끌어올려!"

라오거가 고함을 지르며 발을 동동 굴렀다. 지팡이를 힘껏 머리에 이더니, 왼쪽 어깨 앞으로 기울어지게 한 다음 다시 오른쪽으로 거세게 밀어붙인다. 배 위의 라오치슈가 다시 아들에게 명령했다. "빨리, 배꼬리를 약간 북쪽으로 빼! 노를 써— 힘껏—!"

라오거는 다시 손으로 지팡이 뿌리를 꽉 잡고 서쪽으로 한 걸음 자리를 옮겼다. 고함을 치며 지팡이를 짚은 채 온 힘을 다해 서쪽으로 움직였다. 숨죽이고 그를 바라보는 사람들…… 그저 경탄과 흠모의 눈으로 바라볼 뿐 뭐라고 고함을 치는지, 몸 신호는 무슨 뜻인지 아무도 이해하지 못한다. 바다 위의 배가 서쪽으로 비스듬히 파도를 누르며 어렵게 어렵게 움직이기 시작했다. 노선장 라오거도 누군가에게 업혀 서쪽으로 이동했다. 드디어 배는 루칭허 후미*에 이르러 멈춰 섰다. 해안을 향해 덮치는 파도라도 강 입구, 즉 해안 여울의 저항만 만나지 않으면 의외로 이렇게 별것 아닌 것이다! 모두에게 번개처럼 전달된 깨달음이었다.

라오치슈는 아들들을 지휘해 간신히 배를 언덕 쪽으로 몰았다. 배는 강과 바다의 교차점을 향해 거슬러 온 것이다. 더 가까이 다가오자 청년 몇 명이 뛰어들어 배 밀어 올리는 것을 도왔다. 순간 라오거가 검은색 산초나무 지팡이를 놓치며 강변에 쓰러졌고, 라오치슈는 피투성이가 된 차오망을 안은 채 그 옆에 엎어졌다. 선장님! 라오거! 사람들이 너도나도 두 가지 호칭을 연발했다. 눈을 굳게 감은 채 하늘을 향해 누워 있는 라오거. 사람들은 처음으로 다가가 그의 흉터를 보았다. 빛깔이 제각각인 크고 작은 흉터들……

여전히 으르렁대는 파도 소리 속에서 차오망이 눈을 떴다. 그는 쓰러져 있는 라오거를 보고 라오치슈 품에서 기어 나왔다. 마침내 라오거가 눈을 뜨더니 차오망의 피 묻은 다리에 손을 얹으며 가느다란 목소리로 뭐라 뭐라 웅얼거렸다. 차오망의 눈에서 두 줄기 영롱한 눈물이 흐른다. 라오치슈가 차오망의 부상 경위를 설명하자 라오거는 입가에 희미한 미소를 띠우며 고개를 끄덕이고 또 끄덕였다.

"차오망! 선장님 눈에…… 니가 대장부라신다." 라오치슈는 차오망을 향해 라오거의 말을 전했다. 눈물을 닦는 차오망, 이때 돌연 번뜩 라오거를 이해할 수 있을 것 같았다. 이전에 그에게 들었던 말들도 비로소 이해가 갔다.

---

* 바다와 강이 만나는 길목.

차오망은 고개를 돌려 오래오래 흑상어 바다를 바라보았다. 그리고 물기슭에서 새것처럼 빛나는 배를 바라보았다…… 저 배도 언젠가 파도에 부서지리라. 하지만 두번째, 세번째 배가 있을 거라는 생각이 들었다. 라오치슈는 노선장 라오거를 둘러업었다. 작은아들을 시켜 차오망을 업게 하고 큰아들에겐 노인의 지팡이를 들게 했다. 나머지 사람들 모두 그들을 따라 걸었다……

해변의 눈〔雪〕

1

해변에 쌓이는 눈이 차츰 두께를 더해갔다. 어포*들은 하나같이 겨울을 따뜻하게 나기 위해 모래흙에 반쯤 묻힌 반지하 형태를 띠고 있다. 온통 하얀 눈으로 뒤덮인 어포 지붕들…… 뱃사람들이 까놓은 대합 껍질은 작은 산을 이루고 있더니 어느새 눈에 파묻혀버렸다. 하늘에서 하염없이 눈송이가 날아온다.

바닷물은 아주 조용하지만 파도가 철썩철썩 모래언덕을 치고 있었다. 긴 털장화를 신은 발이 한 발 한 발 눈 쌓인 해변에 첫발자국을 낸다. 까욱까욱 다소 초조한 갈매기 울음소리…… 등이 심하게 구부정한 영감이 얼굴을 들어 갈매기를 올려다보다가 다시 고개를 숙이고 걷는

---

* 어포(漁鋪): 중국 북방 해안 지역 풍물의 하나. 반지하로 지어진 가설 건물로, 각종 고기잡이 도구를 간수하는 창고이자, 바다의 상태를 살피며 생활하는 가난한 어부들의 간이 숙사.

다. 그는 어떤 약간 큰 어포 앞에 멈춰 서서 발로 문을 걸어차며 뭐라고 뭐라고 고함을 쳤다. 입에서 분출되는 거친 김……

어포 쪽문은 굳게 닫혀 있었다. "진바오(金豹)—! 이놈의 바오!" 그가 욕을 하며 호통을 치자 안에서 투박하고 낮은 음성이 대꾸한다. "라오강(老剛)인가?" 이어, 쿵 하는 소리와 함께 문이 열리고 문밖에 서 있던 사람이 안으로 들어갔다. 모든 어포가 그렇듯 지면 위로 솟은 부분은 겨우 사람 키 정도 높이지만 안이 의외로 널찍하다.

어포는 고량 짚과 해초를 이어 만든다. 두 칸으로 되어 한쪽 칸에 침대 격인 흙방이 있다. 구들 위는 두툼한 보리 싹과 반 토막 돗자리가 깔려 있고 아래쪽에 난 두 개의 구멍 안에는 둘둘 말아놓은 어망과 새끼줄, 바닥에 깔린 짚 돗자리 군데군데 모래땅을 드러낸 곳에는 게 다리와 생선뼈 같은 잡동사니…… 방수지 냄새, 비린내와 눅눅한 기운이 한꺼번에 코를 찌른다. 뱃사람들의 간이 숙사, 어부들에게 색다른 아늑함을 주는 곳, 자고로 바닷가의 어포란 이런 모습이다. 바다 위에서 파도와 싸우는 사람들에게 가장 그리운 것이 바로 반쯤 흙 속에 파묻힌 이런 어포, 이런 냄새들 속에 누워 있는 일이다.

진바오는 마침 구들 위에서 편히 자는 중이었다. 다리가 이불 밖으로 삐져나온 채였고, 실은 방금 누운 상태에서 현관문 버팀목을 밀쳐내 손님을 들어오게 한 것이었다. 안으로 들어온 라오강이 두 손으로 그의 다리를 꽉 쥐고 힘껏 잡아끌자 진바오는 일어나 옷을 입지 않을 수 없었다. 모래 묻은 윗도리를 털며 말했다. "항복, 항복! 밤에 거룻배를 좀 들어 옮겼더니 엄청 피곤하구먼. 에이, 나도 이제 일흔이여……" 진바오는 웃통을 벗은 채 추위에 아랑곳하지 않고 꼼꼼히 모래를 털며 말했다. 문 곁에 철난로가 있어 오두막 안이 그리 춥지는 않다. 확실히 늙었다. 몸통이 수척하고 갈비뼈가 드러났다. 그래도 근육은 아주 힘이 있고 손발도 꽤 민첩하다. 진바오는 금세 옷을 제대로 걸쳐 입었다.

라오강이 오두막 모래 속을 더듬어 절반쯤 담긴 담배 상자를 찾아낸다. 담배를 하나 꺼내 화로에 갖다 대고 빨며 말했다. "어제 큰 눈이 내리더니 여태 내리는구먼."

"어?" 진바오도 한 개비 피워 물고 신발을 신으며 묻는다. "그렇게나 폭설인감?"

"엄청나. 반 자는 쌓였을걸."

진바오는 바깥으로 몸을 내밀어 휙 둘러보고 자세를 원상태로 하며 말했다. "좋네! 허, 좋아!"

두 사람은 어포에서 겨울을 나는 '어포 영감'들이다. 해안을 따라 있는 어포들은 대체로 살림살이를 제대로 갖추고 있지 못해 대부분 엄동이 오면 짐을 꾸려 돌아간다. 라오강과 진바오 두 노인만 남은 것이다. 온종일 몹시 적적했다. 매일 함께 잡담을 해서 이제 할 얘기도 거의 없다. 라오강은 진바오가 무슨 뜻으로 이런 폭설을 칭찬하나 생각하며 말없이 담배만 태웠다. 너울대는 화로의 불꽃 그림자에 얼굴의 검은 주름이 펄럭거리고 오두막은 컴컴했다.

라오강이 담배꽁초를 잃어버리자 담배 상자를 열심히 찾으며 투덜거렸다.

"오두막에 창문이 없어 대낮에도 한밤중 같으니 요 모양이지."

진바오는 힘주어 한 모금 빨고 출입문을 바라보며 말했다. "잘됐네 그려, 좋았어!"

라오강이 참지 못하고 묻는다. "뭐가 좋아?"

신바오가 화로 속의 불을 집어내면서 대답했다.

"눈 오는 날 대어 한 마리 삶아 먹자고. 문 닫고 종일 술 마시면 좀 좋아?"

"조오치!" 라오강이 웃으며 맞장구를 쳤다.

"취해야 혀. 날이 추우면 한기가 심장을 공격해온다고. 요 한기라는 놈이 아주 고약하거든. 작은 벌레처럼 다리와 손목을 타고 심장으로 기어올라온다니께……"

이 말과 동시에 진바오는 몸을 돌려 모래 속에서 술을 한 병 꺼내 라오강 앞에 놓았다.

"어떤가? 바다에 나간 친구들이 보내온 거. 자네, 그 안경 낀 아들 놈은 아무것도 안 가져다 주었지만."

라오강의 아들, 그는 근처에 있는 석탄 공장의 보조 엔지니어로 일하는데 아버지를 거의 잊고 산다. 남이 자기 아들 얘기를 하면 라오강은 민망해한다. 속내를 감추려는 듯 큰 소리로 콜록거렸다.

진바오는 다시 술병을 모래 속에 찔러 넣었다.

바깥은 쥐죽은 듯 조용했고 두 사람 각자 담배를 피운다. 할 말도 다 했다. 오늘처럼 새벽부터 이렇게 말을 많이 하기는 오랜만인 것 같다. 모두가 폭설 때문이다. 한참 담배를 피우고 그들은 허리를 구부려 오두막을 빠져나왔다. 두 어포 영감이 각자 담배를 꼬나물고 하늘에 잔뜩 흩날리는 눈송이를 바라보았다. 이번 겨울바다의 첫눈이다. 신기해라, 해변 이 안쪽으로까지 날아오다니! 며칠 전 아침에 나가봤을 때 널브러진 잡초뿐인 울퉁불퉁한 바위 해변이었는데 지금은 온통 하얗다. 지독히 청결한 백색 천지. 눈송이가 헤살거리며 그들의 얼굴 위, 손 위에 떨어져 금세 녹아버렸다. 얼굴, 손이 간질간질해지는 느낌…… 무척 기분 좋다.

한참 서 있다가 자신의 어포로 돌아가려는 라오강에게 진바오는 두 시간 뒤에 다시 오라고 했다. "생선 큰 놈이 하나 대령해 있을 거여!"

2

눈송이가 진바오의 얼굴과 손 위에 떨어져 금방 녹았다. 얼굴과 손이 간질간질했다. 그는 키 높은 고무장화를 신고 시커먼 손에 그물을 쥔 채 파도 자국을 따라 앞으로 걸어갔다. 마음에 꼭 드는 작은 그물, 이것으로 세 자짜리 살찐 자리돔을 잡은 적이 있다. 그 불그레하고 독하게 생긴 눈을 지금도 기억한다.

바닷물에 하늘빛이 어려 어두침침했다. 물고기라곤 찾아볼 수 없어 진바오는 실망하고 말았다. 자리돔 찌개가 무척 먹고 싶었는데 이 녀석이 먹히기 싫어 멀리 숨어버렸나 보다. 약이 오른 진바오는 파도 가장자리를 밟으며 왔다 갔다 하다가 결국 어포까지 돌아와 그물을 내팽개쳤다.

작은 화로가 훨훨 한참 신나게 타고 있었다. 자기 집에 머무는 듯한 편안함이다. 진바오에게도 그런 집이 하나 있었다. 지금도 늘 생각나는 사라진 보금자리…… 그는 라오강이 다시 올 거라고 생각하며 문을 나섰다. 허공에 흩날리는 눈송이 속에서 저 멀리 라오강네 어포의 뾰족지붕을 바라보았다. 갈매기가 불안하게 운다. 바다는 누군가의 함성을 전하는 듯했다. 한평생을 바다에 바친 '어포 영감'이라야 이런 귀를 갖게 된다. 바다의 잡다한 소리 속에서 가느다란 사람 소리를 구분해내는 능력. 놀라 바다로 달려가 살펴보니 두 사람이 힘껏 작은 나룻

배를 젓고 있다. 해안에서 이미 몇 리나 멀어져 있었다. 진바오는 생각했다. 이제 고기잡이로 돈을 벌 수 있게 된 시대, 죽는 게 두렵지 않은 사람들이 생긴 것이다! 아무리 그래도 그렇지, 이런 날씨 속 바다에서 대체 뭘 할 수 있단 말인가!

진바오는 눈밭에 서서 그 작은 배를 바라보며 라오강을 기다렸다. 어포에서 화롯불 타는 소리가 쉴 새 없이 들려온다. 그는 화로 위에 자신이 큰소리 친 대어가 없어 라오강이 오면 실망하려니 싶었다. 정말 우습다. 혼자 앉아 있을 때는 라오강과 얘기 좀 했으면 싶다가도 정작 그가 오면 할 말이 없어지니 말이다. 라오강은 정말 괴상한 존재였다. 어쨌든 여기서는 라오강 없이 못 산다. 한참을 기다리다 진바오는 욕을 하며 그를 찾아 나섰다. 라오강의 어포가 점점 또렷해지자 진바오는 오지 않는 그를 기다리던 날이 생각났다. 그의 어포에 쳐들어가 보니 혼자 문 앞에서 대합 껍질로 작은 탑을 쌓고 있었다. 순전히 어린아이 장난 같은 놀이였다.

라오강의 어포 안에서 사람 말소리가 들린다. 이상하다 싶어 문을 열고 들어가 보니 라오강이 남자 두 명과 얘기를 나누고 있었다. 그중 한 사람이 라오강의 안경잡이 아들이다. 엽총이 놓여 있는 것으로 보아 사냥하러 왔다는 것을 알 수 있었다. 엽총 두 자루가 아주 근사했다.

"눈이 정말 대단해요. 오늘도 그치질 않네……" 안경잡이가 들어온 진바오에게 끄덕 인사를 하며 말하자, 한쪽에 있던 마르고 까만 청년이 장단을 맞췄다. "그치질 않네요!" 콜록거리는 라오강을 보며 진바오는 그의 얼굴이 좀 불그스레하게 부어올랐다고 느꼈다. 어쩐지…… 아들이 와서 못 온 거로군. 이런 '밥맛없는' 아들놈이 왔다고 오랜 친구를 잊다니! 진바오는 분한 마음에 지그시 눈을 감았다.

'안경잡이'가 추운 듯 손을 비비기 시작했다. 점점 빨리 비벼댄다. 진바오는 안경잡이의 희고 야들야들한 삼치 뱃가죽 같은 손을 째려보았다. 정말 보기 드문 손인 것 같다.

"우라질 날씨! 추워 죽겠네…… 술 있어요?" 안경잡이가 물었다.

"없어. 술도 없고 안주도 없고……" 라오강이 어두운 얼굴로 대답했다.

"생선이나 한 마리 있으면 되죠 뭐!" 안경잡이가 말라깽이 청년을 쿡 찌르며 눈을 끔뻑했다.

"생선 같은 거 없다!" 노기 띤 어조로 대꾸한 라오강은 살짝 의기양양하게 진바오를 힐끔 쳐다보더니 넛붙였다. "너, 니 아부지 술버릇 나쁘고 입 걸다고 싫어하잖냐!"

진바오는 이 안경잡이가 얄밉다. 녀석이 눈을 찡긋하는 것도 얄미웠다. 해변에서 어떻게 이런 엽총을 멘, 늙은 아비를 나 몰라라 하는 인간이 태어났나 이해가 안 간다. 일찌감치 이곳 분위기가 지겨워진 진바오는 코웃음을 치며 구석에서 일어섰다. 마른 얼굴 위에 조롱의 웃음이 가득하다. 안경잡이 보조 엔지니어는 영문을 모르겠다는 듯 "바오 아저씨!" 하며 아버지 쪽으로 약간 옮겨 앉았다. 진바오가 빈정거렸다. "뽀얗고 살찐 것이 잘—생겼다! 물고기 뱃가죽처럼 고운 손이구먼. 우리 손은 흉터투성이, 홰나무 껍질 같은디. 고기 잡다 긁힌 자국…… 너, 우리를 거들떠보지도 않다가 얼어 죽겠다 싶으니 이 오두막에 기어들어와 술을 마시겠다 그거지, 흐흐……"

안경잡이가 얼굴을 붉히며 입술을 깨문다. 진바오의 말이 이어졌다.

"니 아부지 사는 데 보이냐? 문 들어설 때 꺾어져라 허리를 구부려야 되고 오두막 안은 온통 모래여. 그래도 괜찮지 뭐, 마실 술이 있으니께. 근데 잔이 깨져서 대합 껍질에다 부어 마신다. 잔 하나 선물해라."

시커멓고 비쩍 마른 청년이 재미있다는 듯 웃었다. 안경잡이가 약간 분개한 듯 말했다.

"우리 아버지랑 마시려는 거지 아저씨하고가 아녜요!"

이내 진바오 얼굴에 웃음기가 사라지더니 거친 대사가 흘러나왔다.

"니 아부지에 관해서는 내 말이 법이여, 알어? 넌 누구 아들이냐! 니가 이 어포에 들어와? 눈밭으로 꺼져야지!"

당황한 라오강이 일어나서 크게 콜록거리며 아들과 진바오 사이에 끼어들었다. 안경잡이 보조 엔지니어는 분해서 몸을 부들부들 떨었다. 이렇게 분개해본 일이 거의 없는 모양이다. 손으로 안경을 밀어 올리며 고집스럽게 말했다.

"기필코…… 여기 있으렵니다!"

진바오는 가슴을 펴고 손바닥을 주물렀다. 일부러 근육과 뼈를 움찔거리는 것 같더니 안달이 난 듯 말했다. "가라고, 가!" 하면서 손으로 중간에 있는 라오강을 밀쳤다. 그의 얼굴은 술에 취해 불그레했고 주름 하나하나가 무섭게 움직인다. 마른 청년이 총을 주워 들고 안경잡이의 손을 끌어 문밖으로 떠밀었다. 안경잡이는 몸을 돌리고 뭐라 뭐라 고함을 치며 눈밭으로 사라졌다. 라오강이 뒤쫓아가 뭐라고 하는 것 같았는데 한마디 내뱉더니 바닥에 주저앉았다. 진바오는 저만치 가는 두 사람의 검은 그림자를 분하게 노려보며 말했다. "그런 아들놈, 없어도 그만이여. 그냥 둘라면 아들 노릇을 하게 하든가!"

라오강이 기운 없이 물었다. "안주할 고기는 잡았남?"

진바오는 고개를 저으며 바깥의 하늘빛을 보더니 말했다. "온몸의 근육과 뼈가 맨날 쑤셔. 이게 다 우리가 그 거룻배를 둘러멘 탓이구먼. 니 아들놈하고 한판 하고 나니 좀 가뿐해지네……"

라오강이 우는 얼굴로 씩 웃었다.

그들은 문을 걸어 나가 진바오의 어포를 향해 걸었다. 바다는 회색빛, 하늘도 회색빛, 천지가 어두운 회색빛으로 음침하고 해변에 눈이 두툼하게 쌓여 있다. 떨어지던 눈송이가 잦아들더니 굵은 우박이 날리기 시작했다. 두 사람은 찍찍 발아래 밟히는 소리를 내며 걸었다. 어둠 속 해면에 희미하게 작은 배가 하나 보인다. 진바오가 말했다. "이런 날 바다에 나가는 사람이 있구먼. 젊은 놈들일 거여. 젊은 것들이 항상 이런 위험한 짓을 하지." 이렇게 말하고는 라오강의 아들 생각이 나서 절로 크게 욕이 한번 나왔다.

라오강은 이상하다는 듯 쳐다보며 물었다. "누구한테 하는 욕인가?"

진바오가 고개를 흔들며 말했다. "젊은 것들이 노인네를 무시한다 그 얘기여. 노인네가 지들하고 감히 못 싸울 거라 그거지. 우리 늙은이, 뭐가 무서워! 근육도 뼈도 아직 단단하구먼."

라오강은 대꾸가 없었다.

3

오두막에 이르자 두 사람 모두 숨이 찼다. 진바오가 헐떡거리며 구석에서 생선절임을 한 종지 들고 와 모래 속을 더듬어 술병을 꺼냈다. 진바오와 라오강은 묵묵히 술을 마셨다. 손을 떠는 진바오…… 손에 쥔 술잔에서 술이 튀자 한숨을 쉬었다.

"우린 늙었어, 이젠 손도 떨리네."

"나는 아녀!" 라오강이 부인했다. 오래된 생선절임은 딱딱하고 짜다. 씹느라 용을 쓰는 두 사람…… 잘 익은 술을 데워 마시니 콧잔등에 땀방울이 솟는다. 라오강은 가볍게 한탄하며 말했다. "자네, 결국 생선찌개 조달 못 했구먼. 인간들이 영악해지니깐 물고기도 영악해지는겨."

진바오가 고개를 끄덕이며 대꾸했다. "사람들 수완이 좋아졌어. 지난해에 어업 하청 팀을 짜는디 나이 많은 사람 싫어하더라고."

"그래도 자넨 그 나이에 하청 팀에 들어갔잖여."

진바오가 술을 크게 한입 삼키고 입가를 닦으며 말했다.

"누가 나한테 비하겠나? 나 같은 이런 전문가를 그자들이 못 당하지!"

두 사람은 바깥의 바람 소리를 듣자 술잔을 놓고 걸어 나갔다. 펄펄 날리는 눈송이가 기를 쓰며 옷깃과 소매로 파고든다.

"구름이 이렇게 낮은 걸 보니……"

라오강이 중얼거리자 진바오가 실눈을 뜨고 자세히 보며 말을 받았다.

"눈이 멎질 않고 바람까지 부는 걸로 봐서, 해변에 틀림없이 눈회오리가 휘돌아가겠구먼."

둘은 다시 오두막으로 돌아와 계속 술을 마셨다. 딱딱하고 짠 생선절임을 힘들게 씹으며 잠시 그 준비 못 한 생선찌개를 잊었다.

정오 무렵 하청 팀 사람이 폭설을 무릅쓰고 담배와 술, 말린 비상식량 등을 보내와 두 노인을 기쁘게 했다. 그들의 입을 통해 현재 바다 위에 떠 있는 그 작은 배는 샤오펑(小峰) 형제의 대합잡이라는 것도 알았다. 대합을 잡아 룽커우(龍口) 읍내에 내다 팔면 하루 50위안을 벌 수 있다는 것이다. 라오강은 혀를 차며 술을 들이부었다.

진바오는 줄곧 말이 없었다. 그는 필사적으로 돈을 모으는 샤오펑 형제들 때문에 옛날 일이 생각났다. 자신의 '작은 집'……

그 작은 집은 마누라가 병이 나 팔아야 했다. 마누라와 사별할 때 그의 나이 겨우 마흔이었다. 집이 없어지자 마을에서 집을 짓도록 도와주려고 했지만 사양했다. 결국 해변의 어포에 와 살게 되었고 '작은 집'은 영영 필요 없어졌다. 그러나 사람에게 집 한 칸 없다는 것은 말이 안 된다. 사실 진바오는 잠시도 그 작은 집을 잊지 못하고 꿈에 그리며 묵묵히 돈을 모았다. 모으고 또 모았다. 아담하고 튼튼한, 문 하나, 창문 하나 있는 작은 집을 지을 준비를 해온 것이다. 늘 붙어 다니는 라오강도 몰랐다, 돈이 베개 틈새에 끼워져 있다는 것을. 잠들 때마다 생각하곤 했다. 내 머리가 '작은 집' 한 채를 베고 자는구나. 진바오는 부지불식 간에 자신의 '작은 집'을 감시하게 되었다. 라오강이 자신을 쳐다보자 그제야 얼른 눈을 구들의 베개 위에서 술잔으로 옮긴다.

두 사람 다 아무 말도 하지 않았다. 별말이 필요 없는 사이이기는 하다. 진바오는 라오강이 잔을 자꾸 권하면 담배가 당기는 것임을 알고 그에게 한 개비 던져준다. 한편 라오강은 진바오가 까만 생선 등가죽 살을 발라내고 있으면, 기름기 많은 별미의 꼬리 부분을 친구에게 남겨주는 것임을 안다. 덕분에 여유 있게 생선 꼬리를 먹곤 했다.

두 사람은 술을 반 병 넘게 마셨다. 바람 소리가 윙윙 어포를 울렸다.

어포 벽 틈으로 휘돌아쳐 들어오는 눈송이를 노려보던 라오강이 중얼거렸다.

"에이, 이놈의 바람…… 그새 또 눈을 휘젓는구먼. 그 녀석들, 해변가에서 길을 잃겠네."

이렇게 말하며 화로의 불을 들쑤시는 라오강을 보고 진바오는 잔을 내려놓았다. 그가 사냥 나간 아들이 걱정스러워 신경 쓰고 있다는 것을 안다. 허옇게 턱수염 자란 얼굴로 말없이 앉아 있는 라오강…… 아비 된 자의 어쩔 수 없는 모습이었다. 아무리 못된 아들이라도 자식은 자식이다.

확실히 바람이 점차 강해졌다. 용케 어포를 파고들어온 잔모래가 술잔에 날린다. 거룻배 생각이 난 진바오는 라오강과 걸어 나갔다. 바닷속 용솟음이 거세지며 해안의 물결도 눈처럼 하얗게 힘껏 철썩거렸다. 두 사람은 거룻배 닻줄을 더 단단히 매고 닻이 없는 배를 해안 쪽으로 더 끌어올렸다. 작업을 마친 다음 진바오와 라오강은 작은 배 위에서 담배를 피우며 바다를 보았다. 어느 해 겨울이나 늘 눈이 왔지만 이번 눈발은 좀 유별나다.

멀리 동북 방향에서 뭔가 떠밀려 오는 것이 눈에 들어왔다. 물체는 점점 더 커지고 또렷해졌다. 계속 응시하던 진바오가 옆에 있는 라오강 귓가에 대고 말했다. "부—자 되겠네!" 큰 바다에서 뭔가 흘러들어오면 먼저 발견하는 사람이 임자다. 천천히 확인해 보니 하나는 굵고 하나는 가는 통나무였다. 굵은 것은 집 대들보를 할 만한 굵기. 진바오는 미래의 '작은 집'이 떠올라 흥분했다. 배에서 뛰어내리며 어포에 가 새 끼줄과 기다란 고리를 가져오라 소리쳤고 라오강은 물건을 가지러 달려갔다.

잠시 후 서북쪽에서 샤오펑 형제의 배가 다가왔다.

진바오와 라오강은 통나무를 바다 기슭까지 끌어다 놓았다. 두 사람의 젖은 반바지가 얼어붙어 서걱거린다. 진바오는 기뻐 소리쳤다. "집에 대들보가 생겼구먼!" 그 말뜻을 이해할 턱이 없는 라오강은 웬 뜬금없는 소리인가 싶었다. 서북쪽에서 온 작은 배가 해안에 닿자 뛰어 내린 사람들은 과연 샤오펑 형제였다. 샤오펑이 통나무를 두고 소리를 질렀다.

"날로 먹으려 드시네! 심해 지역에서부터 우리가 찍어둔 거라고요. 통나무를 계속 따라왔는데 그걸 채가시다니!"

라오강이 당황하며 진바오를 힐끗 바라보았다. 진바오는 바지를 비 틀어 물을 짜내고는 앉아서 담배를 피우며 라오강에게 일렀다. "좀 쉬 어, 숨 좀 돌린 다음에 끌자고."

눈앞으로 껑충 뛰어와 "놋 가지고 간다"는 샤오펑에게 진바오가 실 눈을 하고 말했다.

"흥, 난 반평생을 어포에서 살았으나 눈에 모래 안 들어갔다. 통 나무는 동북쪽에서 흘러왔는디 서북 방향에서 온 니들이 그걸 어떻게 봐!"

샤오펑은 시뻘게진 얼굴로 소금꽃이 핀 통나무를 뚫어져라 쳐다보 더니 험악하게 고함을 치며 다가왔다. 피우던 담배꽁초를 집어 던지고 단단한 주먹을 허리에 차는 진바오. 입술을 물고 눈에 힘을 주자 앞이 마 주름은 한층 두툼하고 깊어졌다. 라오강이 귓가에다 뭐라고 소리를 쳤지만 하나도 들리지 않았다.

샤오펑은 동행에게 눈짓을 하더니 허리를 굽혀 통나무 한쪽을 안아 들었다. 진바오의 주먹이 샤오펑의 이마를 한 대 올려붙였다. 나가떨어 진 샤오펑은 교묘하게 타이밍을 봐 진바오를 다리로 밀어 넘어뜨렸다. 믿기 어려울 정도의 광경이 벌어졌다. 진바오는 나뒹굴었던 몸을 뒤집어 솟구쳐 일어나 통나무를 붙잡았으나 그것을 두 형제가 함께 지고 달아났다. 진바오는 말없이 갈고리를 집어 들고 구부정한 허리로 뒤를 쫓는다. 라오강은 진바오가 날 듯이 달리는 모습을 보고 놀라 할 말을 잃었다. 몇 걸음 뒤까지 바짝 쫓아간 진바오는 매서운 기세로 갈고리를 휘휘 원을 그려 돌리더니 통나무에 꽂아 붙들었다. 갈고리가 꽂힌 것은 가느다란 쪽이었다. 나머지 하나를 메고 달아나던 형제 중 한 명이 멀리서 소리쳤다.

"이놈의 늙은이, 언젠가 오두막을 불 질러 태워 죽여버릴 테다!"

진바오는 온몸의 근육을 부들부들 떨며 놀랄 만큼 우렁찬 목소리로 욕을 했다.

"이놈들— 도둑놈 심보! 난 안 타 죽는다—!!"

4

두 노인은 조금씩 조금씩 통나무를 끌고 돌아와 어포 오두막 지붕 위에 두었다.

"서까래 받치는 도리 노릇을 하겠구먼." 진바오가 힘없는 목소리로 한마디 중얼거렸다. 어포 안으로 들어가 둘둘 말아놓은 시커먼 그물 위에 누워 눈을 꼬옥 감았다. 라오강은 다가와 깊은 주름과 검은 반점으로 가득한 친구의 얼굴을 찬찬히 뜯어본다. 문득 진바오의 속눈썹이 듬성듬성하다는 것을 깨달았다. 반쯤 잘려나가기도 하고 뻣뻣하게 솟아 있는 속눈썹이었다. 진바오가 급한 숨을 헐떡이며 힘을 주니 콧구멍이 크게 벌어졌다. 평소 라오강은 두 개의 검은 동굴 같은 진바오 콧구멍을 들먹이며 농담을 하곤 했지만 지금은 감히 그럴 수 없었다.

"놈들이 젊음을 앞세워 내 대들보를 빼앗아갔어!" 진바오가 분한 어조로 말하자 라오강이 맞장구를 쳤다.

"빼앗아간 거네."

"바다를 지키는 사람이 바다에서 남한테 물건을 도둑맞다니…… 노인을 우습게 본 거지. 보라구, 내 하루에 싸움을 두 번이나 했는디 다 젊은이들이여." 진바오는 일어나 그 단단하고 검은 주먹을 들어 올렸다. 라오강에게도 또렷이 보였다. 휘어진 손가락 두 개. 손가락 뿌리에서부터 휘어져 있다. 옛날 부러졌던 손가락이려니 했다. 얼마나 아팠을꼬! 절로 이를 악물며 라오강은 그런 생각을 했다.

"흐흐, 혈기 넘치는 젊은 녀석들! 노인네 중에도 싸움 잘하는 이가 있다는 걸 알려줘야 혀." 진바오는 이렇게 말하며 생선절임을 찾아 화로 위에 올려 데웠다. 이어서 잔 두 개에 술을 가득 채운다. 바깥엔 윙윙 바람이 불고 눈송이가 어포 안으로 삐져 들어왔다. 따스한 오두막…… 작은 화로는 훨훨 소리를 내며 타오른다. 분위기에 흥이 오른 두 노인, 주거니 받거니 대작이 이어졌다.

어포에 연기가 가득해져 두 사람은 계속 콜록거렸다. 연기 틈새로 라오강의 어둡고 썰렁한 얼굴이 진바오 눈에 들어왔다.

"라오강, 뭔 생각을 그리 하나?"

진바오가 묻자 라오강이 의외로 가벼운 목소리로 답했다.

"내 이 한평생을 생각하고 있지……"

진바오는 말문이 막혔다. 라오강의 일생이 바다 위에 있었음을 잘 안다. 자기도 마찬가지. 라오강에게 아들이 하나 있고 자기는 없다는 것만 다르다. 이 한평생 큰 바람, 큰 산 같은 파도와 싸웠고 죽을 뻔했다가 끝내 살아 돌아오기도 했다. 결국 라오강이나 자기 역시 큰 바람과 파도에 밀려 해안으로 쫓겨났다. 해안에 올라 파도를 그저 바라보는 수밖에 없어졌다. 진바오의 긴 한숨 소리를 들으며 라오강이 말했다

"우린 늙었어. 정말 잠깐이구먼!"

진바오가 말을 받는다.

"한평생을 한번 되돌아보라고. 늙었지…… 배 몇 척을 썩히기도 하고, 파도에 몇 척 부숴먹은 적도 있고. 아주 새 배를 바다에 내던지곤 혼자 맨몸으로 뭍에 기어올라오기도 하고…… 어느 해 겨울엔 광주리 하나에 의지해 20리를 떠다녔는디 얼어 죽지 않았어!"

옷소매를 털던 라오강이 아래턱으로 힘껏 가슴뼈를 누르며 말했다.

"이 생에서 고기를 얼마나 잡았나 몰러……"

진바오가 고개를 끄덕이며 대꾸했다.

"그 시절엔 정말로 고기가 많아 해변에 수북했는디. 사러 온 사람이 돈 몇 푼 던져주고 맘대로 한 짐 지어가고…… 어릴 땐 그물 건진다는 소식을 들으면 해안 기슭으로 달려갔지. 아부지가 오두막에서 하얀 김이 무럭무럭 나는 싱싱한 삼치를 담아 들고 나오면서 그러셨어. 야, 생선은 많이 먹고 비상식량은 적게 먹어라. 암튼 난 바다 안 떠난다! …… 그 시절엔 고기가 엄청났는디 말여."

"모두 생선을 먹고 자라지 않았는가…… 그 시절 옥수수떡을 보면 먹고 싶어 침을 흘렸는디. 허허, 지금은 이런 얘기 아무도 안 믿겠지만. 난 처음으로 바다에 나가 낚시를 하다가 큰 갈치에게 엄지손가락을 잘릴 뻔했잖여. 그저 젊은 거 하나 믿고 몸에 상처가 나 피를 철철 흘려도 상관 안했지. 겨울 바다에 뛰어든 게 한두 번이 아녀. 바닷물 얼음에 살이 에이는디 이를 꽉 물고…… 꺼먼 먹물 같은 바다에 큰 파도가 겁나

게 쳐서, 바다 어느 구석에 떨어지는 건지도 모르면서…… 그냥 죽나 보다 싶었지. 그런데 그렇게 죽기는 너무 일러 괴롭더라고…… 안 죽었다는디 굳이 죽으라고 하면 그거 진짜 괴로운 거여." 라오강이 낄낄거리며 몇 마디 했다.

"난 이 생에서 풍랑 속을 비집고 살다 보니 바람도 파도도 없는 곳에 '작은 집' 하나 짓고 싶다는 생각을 한단다." 진바오가 쓴웃음을 지으며 말을 이어갔다. "난 어포에서 태어난 인간이라 튼실하게 지은 '작은 집' 하나가 간절했거든. 해방*되고 나서야 한 채 생기고 마누라도 생겼지. 그 몇 년은 내 다음 생에도 못 잊을 것이여…… 마누라가 좋은 물건이었어…… 어느 해 병에 걸려 농어가 먹고 싶다 하더라고. 농어가 얼나나 구하기 어려운가 자네도 알지. 한 노인네가 어디서 한 마리 해가지고 와서 내 그물하고 바꾸자는 거여. 흥정을 하는디 뭔 말을 해도 소용이 없어. 안 된다, 그물이라야 한다! 난 다급해져서 빼앗아 도망가며 잡히는 대로 5위안을 던져줬지."

라오강이 끼어들었다. "그러고 보니 자네도 남의 물건 빼앗은 적 있구먼."

진바오는 고개를 끄덕이며 말했다. "그려 맞어. 난 그때 젊었고 그 노인네 물건을 가로챈 거네, 샤오펑네처럼. 사람들은 젊을 때 모두 뭔가를 가로채고 싶은 건가…… 한번은 쌍다오**에서 이런 일도 있었지. 가뭄 해갈을 위해 우리한테 배로 물을 운반하게 했는디, 점심에 말린 비상식량을 먹다가 목이 메였어. 촌의 간부가 가방에서 작은 보온병을 꺼내 마시더라고. 한 모금 달랬더니 안 주길래 빼앗아버렸지 뭐. 자네

---

* 1949년, 중국 공산군이 국민군과의 내전에서 승리하고 중화인민공화국을 수립했다.
** 쌍다오(桑島): 산둥(山東)성 옌타이(煙臺) 룽커우(龍口)시의 작은 어촌.

도 들었을걸, 나중에 그 작자가 트집 잡은 거. 내가 배를 하나 못 쓰게 만들려고 한다며 지휘부에다 일주일간 가둬논 거 말여 흐흐……" 진바오가 힘껏 자기 다리를 두드리며 계속 말했다. "일이 공교롭게 됐지. 나중에 그자가 내 배를 탔길래 그쪽은 날 몰라봤지만 손 좀 봐줬어. 얼굴색이 노래지도록 토하더라고. 보아 하니 이 작자가 한자리 하는지 호주머니에 만년필이 세 자루나 들어 있더구먼…… 내 평생 남의 것 가로채기도 하고 가로채이기도 했으나 가슴에 손을 얹고 물어봐도 천륜, 인륜을 저버린 적은 없네."

오두막 안이 어두침침해졌고 두 사람은 화로 위에 기름등을 켰다. 진바오가 담배를 피우며 자기 다리를 노려보다 길게 한숨을 내쉰다. "샤오펑 형제가 어쩌다 이렇게 됐냐고. 또 자네 그 귀한 아들이 어떻게 등에 엽총을 메게 됐냐 그거여." 라오강은 고개를 떨어뜨리고 아무 말도 하지 못했다. 오두막에 앉아 있다 보니 후덥지근해진 두 사람은 밖으로 나가 다리 운동을 좀 했으면 싶었다.

눈 덮인 컴컴한 들판…… 거대한 눈폭풍이 몰려왔다. 바람은 거침없이 으르렁대며 땅 위의 눈을 쥐어 비트는 모습이었다. 날이 완전히 어두워지려고 한다. 그들은 더 이상 서 있지 못 하고 몸을 돌려 어포로 돌아왔다. 진바오는 다시 화로에 손을 덥히며 중얼거렸다.

"이런 고약한 날씨엔 술을 마시는 수밖에. 에이에이 역시 늙었어. 혈기가 없으니 어디 눈바람을 견딜 수 있나!"

라오강이 여전히 눈보라의 포효에 귀를 기울이며 말했다.

"이번 눈, 멎기는 할까 몰러. 며칠 있어봐, 바다에 온통 얼음 조각이 떠다닐 터이니."

진바오가 시커먼 손을 화로 입구에 갖다 대며 한숨을 쉬었다. "아이고 늙었네, 늙었어……" 이어, 생선절임을 굽는 양 손바닥을 이리저리 뒤집으며 말한다. "눈처럼…… 즐겁게 내려 조만간 녹아버리듯……"

라오강이 끄덕이며 되뇌었다. "눈처럼……"

진바오는 오두막 문 위의 시커먼 유리를 바라보며 중얼거렸다. "그래도 뭍이 좋네그려. 하늘에서 눈송이가 회오리치며 내려와 두툼하게 쌓이면 사람이 밟게 되고, 해가 비치면 녹아 물이 되고…… 그렇게 일생을 보내는 거잖여."

"사람도 마찬가지. 다 땅에서 다른 사람한테 시커멓게 밟히지." 라오강의 목소리가 약간 떨렸다. 그의 눈이 너울거리는 등불을 응시하는데 눈꼬리에 뭔가 반짝거렸다.

진바오는 천천히 담배를 피우며 반병쯤 남은 술을 다시 모래 속에 꽂아 넣었다. 그러고는 팔뚝을 움직이고 쑥쑥 허리를 펴며 영차, 영차 소리를 낸다. 편하게 내는 소리였다. "내 이름 '바오'는 아부지가 지어주신 거여. 성깔이 '바오즈'* 같다고. 아까 두 번이나 싸움을 했으니, 노인네니께 '라오바오즈'!** 흐흐흐……" 크게 웃어대는 진바오를 보며 라오강은 이 친구가 취했구나 싶었다.

---

* 표범.
** 늙은 표범.

눈보라에 가로막혀 라오강은 진바오네 어포에서 잘 수밖에 없었다. 두 노인이 나란히 누워 눈을 감고 각자 근심사를 떠올린다. 라오강은 아들을 생각했다. 상념에 빠진다…… 어느 날 아들이 엽총을 메고 집에 돌아와 있었다. 작지만 아주 아담하고 따뜻한 집이었다. 이렇게 얼어붙은 몸을 덥힐 수 있는 집. 라오강의 며느리는 깍쟁이 도시 여자였다. 두 번밖에 보지 못했지만 대번에 알 수 있었다. 자세한 사정은 모르나 아들이 성내에서 어쩌다가 그 여자에게 낚여 엽총을 두 자루 메고 다니며 아비를 나 몰라라 하게 된 것이다.

밖에서 뭔가 까악까악 하는 소리가 들렸다. 라오강이 불안한 듯 일어나 앉자 진바오가 누운 채 말했다. "뭔가 바람에 부대끼는 소리지 뭐. 바닷가에선 원래 이런 거잖여. 어느 해였던가, 누가 그러더라고. 밤에 맨날 웬 여자가 다리야 내 다리야 하며 소리를 치는디, 나가서 해변 쪽으루 한 발 내딛으면 그 소리도 한 발 멀어지고…… 물에 빠져 죽은 귀신, 예서 죽을 때 다리가 부러진 귀신일지 모른다나. 난 믿지 않았지만 나중에 살펴봤더니 허! 파도가 배꼬리를 미는 소리였어. 배 위에 나무 두 개가 비비는 소리. 째지는 소리긴 해도 여자 소리는 아니었지…… 그만 자자고!"

드러누운 라오강 옆에서 정작 진바오 자신은 잠을 이루지 못했다. 그 '까악' 소리가 사람을 초조하게 만들었다. 그는 모로 누워 담배를 피우며 조용히 바깥 소리를 들었다. 파도 소리가 어쩌나 무시무시하게 큰지 해안을 치는 파도의 높이를 짐작할 수 있었다. 이때 해안에 쌓여 있던 눈 더미가 요란하게 밀려들어왔다. 엄청난 파도 소리에도 익숙하게 단잠을 자는 진바오이지만 오늘 밤엔 잠이 오지 않았다. 이 설야에 뭔가 공포스러운 것이 그를 향해 천천히 다가오는 듯했다. 도무지 잠을 이룰 수 없었다. 한참 있다가 담배꽁초를 던지고 해진 솜저고리를 걸친 뒤 오두막을 빠져나왔다.

막 문을 나오자 한 줄기 회오리 눈보라가 그를 넘어뜨린다. 진바오는 욕을 하며 일어섰다. 정말 나무둥치처럼 단단한 눈보라 기둥이다. 눈이며 귀며 모두 눈발로 막힌 채 머리까지 부딪혀 약간 띵했다. 진바오는 '헉' 놀라 주위를 둘러보고 자기 눈을 의심했다. 파도와 눈보라가 함께 울부짖는 모습이 마치 목쉰 곰 같았다. 해저에는 거대한 지진, 하늘에 쌓여 있던 구름이 쏟아지며 바다 전체가 뒤흔들리는 느낌이었다. 진바오는 눈 위에 엎드려 천시에 가득한 '북소리'를 듣고 있자니 심장이 쿵쿵 울린다. 그는 갑자기 낮에 옮겨놓은 거룻배가 생각났다. 닻줄을 더 단단히 감아놨으나 안전하리라 보장 못 한다! 그는 뭔가에 쏘인 듯 몸을 돌려 라오강을 소리쳐 부르며 어포로 돌아갔다.

눈가루의 미끌거림을 이용해 그들은 거룻배를 해변 더 안쪽으로 밀어놓았다. 서로가 보이지 않고 거친 숨소리만 들릴 뿐이다. 두 사람은 오두막으로 찾아 돌아오기 힘들까 봐 작은 배를 더 멀리 밀어놓지는 못했다. 미친 듯한 하늘과 바다…… 진바오가 말했다. "종일 술 마신 덕분이네그려. 술이 정말 좋은 거라고." 라오강은 헐떡거리느라 말이 나오지 않았다. 힘껏 밧줄을 끌며 여싸! 여싸! 하는 소리가 맞장구인 셈이었다. 한 번 잘못 끌어 발아래 솜털 같은 눈 위에 미끄러져 한참 만에야 겨우 일어났다.

이윽고 두 사람은 손발이 마비될 만큼 얼어붙어 더 이상 어쩌지 못

하고 어포로 돌아오는 길을 더듬더듬 찾기 시작했다. 진바오는 쉬지 않고 라오강을 소리쳐 불렀다. 대답이 들리지 않으면 손을 뻗어 그를 더듬어 잡아당겼다. 라오강 코에 얼굴을 부딪히기도 했다. 손을 귀에 갖다 붙인 채 뭔가에 귀 기울이는 모습이 보였다. 라오강은 정말로 뭔가 이상한 소리, 해변지기 '어포 영감'만이 들을 수 있는 소리를 듣고 있었다. 한참 듣더니 입을 부들부들 떨며 울음 섞인 목소리로 외쳤다.

"세상에…… 바다 위에 사람이 있구먼!"

진바오도 라오강처럼 귀를 기울여본다.

"으아—악—사람—살려—!" 절망적인 울음소리와 고함이었다.

진바오가 벌떡 일어나 벽력같은 소리로 외쳤다.

"샤오펑 형제! 육지에 못 올라오고 있네그려!"

라오강이 몸을 떨며 외쳤다.

"소리가 멀지 않은디!" 그는 이를 딱딱 마주칠 정도로 덜덜 떨고 있었다.

진바오가 발을 동동 구르며 말했다.

"파도에 머리를 얻어맞고 회까닥했나? 두 인간이 돈벌이에 눈이 멀어서! 샤오펑—샤오펑—!"

파도 앞에서 고함치는 진바오를 파도가 덮쳐 몸을 흠뻑 적셨다. 라오강도 한바탕 고함을 지르고는 마침내 절망적인 목소리로 중얼거렸다.

"글렀어…… 우리 소리가 들린대도 어쩌지 못 해, 저 두 사람 글렀어……"

진바오는 팔을 벌려 그 무서운 주먹으로 뭔가를 위협하는 자세를 취했다. 달리며 고함치며 몇 번을 나뒹굴었는지 모른다. 넘어진 채 손을 뻗어 눈가루를 마구 휘젓기도 했다. 진바오는 불쏘시개를 찾아 큰불을 낼 결심을 했다. 파도에 머리를 얻어맞아 멍해진 사람은 불을 봐야 정신을 차릴 수 있다. 그는 바다를 제압할 방법을 생각해냈다. 바로 샤오펑 형제를 위해 길 안내 봉화를 올리는 것이었다.

그런데 두툼하게 쌓인 폭설 속에서 도대체 어디 가서 불쏘시개를 구한단 말인가! 결국 그는 말문이 막혀 라오강 옆에 서 있었다. 1분쯤 서 있다가 진바오가 문득 툭 한마디 내뱉었다. "어포에 불을 붙이자고!" 그 큰 손이 라오강의 어깨를 꽉 잡는다. 라오강은 뼈가 아플 정도였다. 이 방법밖에 없고 이전에 이 방법을 써본 사람이 있다는 것 또한 잘 안다. 그러나 진바오의 어포는 당장 쓰지 않는 그물 도구나 잡다한 것들을 잔뜩 보관하는 곳이었다. 그들 하청 팀의 전 재산인 셈이다. 리오강은 떨리는 목소리로 끄덕이며 밀했다. "빨랑빨랑 물건을 옮기세. 자넨 안쪽, 난 바깥……"

라오강의 두 손이 두툼한 눈 속에서 그물을 찾다가 둘둘 말아놓은 나일론 줄에 걸렸다. 그는 대판 욕을 해대며 벗겨내느라 용을 쓴다. 손목에 감긴 것을 빼내면서 피가 맺힐 정도였다. 그는 필사적으로 몸부림치며 쥐어짜는 소리로 친구를 찾았다. "진바오! 진바오!"

아무런 기척이 없다. 밖으로 물건을 안고 나가는 것도 못 봤는데 어찌 된 일일까? 라오강은 어포 안에 들어와 둘러보고 놀라 멈춰 섰다.

진바오가 물건도 빼지 않은 채 화로의 불을 끌어다 어포에 불을 지르려 하는 것이다. 어느 틈엔가 꺼져 있던 화로에 떨리는 손으로 성냥을 긋고 있었다. 라오강은 손으로 진바오의 성냥갑을 쳐서 떨어뜨리며 외쳤다. "나가자, 너 이놈 진바오!"

진바오는 입술을 깨물고 고드름 맺힌 수염을 떨며 충혈된 눈으로 친구를 바라보더니 철통같은 주먹을 뱅글히 날렸다. 벅 하는 소리와 함께 뭔가 깨지는 소리…… 라오강은 어포 문밖으로 쫓겨났다. 눈밭 위에 엎어져 거의 혼절했다가 지직 지지직, 불타는 소리 속에서 겨우 기어 일어났다.

큰불이 났다! 바람이 불자 거센 불길은 주위에 눈을 허락지 않았다. 나일론 그물은 불속에서 번질번질한 녹색빛을 발한다. 하늘을 나는 눈송이가 붉게 비쳤고 눈 덮인 땅은 먼 곳 가까운 곳 할 것 없이 고운 주홍색이었다. 광폭한 눈보라…… 이 큰불이 별것 아니라는 듯한 모습이었다.

라오강은 큰불에 온몸을 데었다. 통증을 느끼면서도 내달리며 진바오를 소리쳐 불렀다. 그러나 불 쪽에 그의 그림자가 보이지 않았다. 진바오는 일찌감치 파도 속에 뛰어들어 있었던 것이다. 물속의 검은 그림자를 노려보며 다가가보니, 널빤지를 껴안고 출렁이는 샤오펑이었다. 진바오는 샤오펑을 질질 끌어 옮기다 큰 파도에 넘어졌다. 기어서 일어나는데 라오강도 한 사람을 끌고 가는 것이 보였다. 그들은 샤오펑 형제를 큰불 옆에 안아다 놓았다. 샤오펑 형제의 옷은 파도에 거의 다 찢겨 있었다. 미끌거리는 피부가 불빛 아래 붉게 물들며 수증기를 발한다. 머리통 위엔 번들거리는 머리카락이 착 달라붙어 있었다. 동그란 것이 보기는 좋았다.

한참 불을 쪼이자 두 몸뚱이가 꿈틀대기 시작했다. 바로 이때 진바오와 라오강은 큰불의 다른 한편에서 이상한 소리를 들었다. 달려가 보고는 놀라서 말문이 막혔다. 눈 속, 검은 밤 깊은 곳에서 굴러 나오는 두 개의 눈덩이…… 눈덩이들은 큰불 앞에까지 굴러와 쫙 펼쳐졌다. 사람이었다. 고개를 숙이고 살펴보던 라오강이 황망히 그중 한 사람의 손을 잡으며 소리쳤다.

"아들아!"

라오강의 아들 일행은 망망한 들판에서 헤어 나오지 못하고 사방 천지가 눈인 가운데 길을 잃은 상태였다. 샤오펑 형제처럼 좌충우돌 끝에 이 설야에서 얼어 죽게 되었다고 생각했는데 기적을 만난 것이다. 생명의 불길은 멀리서 극적으로 타올라 눈부신 빛을 발했다. 그들은 눈물을 흘리며 눈밭을 굴러 여기까지 온 것이었다!

불길이 점점 약해지더니 어느덧 숯불처럼 귀여운 모습으로 변했다. 샤오펑 형제는 일어나 앉아 잦아드는 불을 보았다 멀리 검은 바다를 쳐다보았다 하더니, 진바오와 라오강을 부르며 대성통곡했다. 두 젊은 사냥꾼은 엽총을 어디다 내팽개쳤는지 들고 있지 않았다. 온몸의 고드름 덩어리가 녹아 모래에 스며든다.

"아버지…… 바오 아저씨……" 안경잡이 보조 엔지니어의 떨리는 목소리였다. 이들 일행과 샤오펑 형제는 두 노인 앞에 꿇어앉았다. 우비와 솜저고리를 걸치고 서서 꼼짝하지 않는 두 노인…… 잦아든 불꽃이 그들의 꼿꼿한 그림자를 눈 위에 아로새겨 비춰주었다.

6.

진바오와 라오강은 네 명의 젊은이를 라오강의 오두막으로 보냈다. 날이 이미 훤하고 눈보라 기세는 확실히 약해져갔다. 뭔가에 쫓기듯 두 사람은 서둘러 불탄 어포 자리로 돌아갔다. 불은 완전히 꺼져 있었고 섬은 샛너미뿐이었다. 신바오와 라오상은 잿더미 위를 노려보며 눈도

꿈쩍하지 않았다. 도급 하청 팀에서 피땀 흘려 마련해온 전 재산이었다! 두 사람 모두 왠지 두려워졌다. 더구나 진바오는 심장을 에이는 듯한 고통을 느껴야 했다. 깜빡하고 말았다. 다급한 나머지 '작은 집' 한 채를 숨겨둔 베개를 까맣게 잊었던 것이다! 자기 손으로 '작은 집'을 태워버린 셈이다. "탔어, 불 한 방에 깨끗이 탔어……" 라오강이 중얼거렸다. 진바오는 두 손으로 자기 머리를 감싸고 말이 없다. 반평생 감춰온 비밀, 자기 손으로 불태운 '작은 집' 얘기를 오랜 친구에게 얼마나 하고 싶었는지 모른다. 그러나 끝내 참았다. 그저 어둠 속에서 소리 없이 울었다.

눈이 천천히 멎었지만 바람은 여전했다. 땅 위의 눈가루가 날아올라 잿더미를 덮으려고 했으나 결국 완전히 뒤덮지는 못했다. 쭈그리고 앉아 있던 진바오가 문득 뭔가 생각난 듯 잿더미로 걸어가 열심히 뒤진다. 온몸에 잿가루를 묻힌 채 찾아낸 것은 술병, 타서 이미 여기저기 금 간 술병이었다.

해가 떴다. 끝없는 백설이 눈부시게 빛나고 푸른 하늘은 정말 아름다웠다. 많은 사람이 쌓인 눈을 밟으며 해변으로 왔다. 연이틀씩이나 바다를 잊고 살 수 없는 법이다. 그들은 눈보라가 지나간 다음 자기도 모르게 해변으로 걸어 나온 것이다. 눈이 두껍게 쌓여 있고 눈 더미가 줄줄이 가로놓여 있었다. 모두들 힘든 발걸음이었지만 들뜬 듯 걸음을 옮겼다. 며칠 전 환하게 빛나던 큰불…… 타버린 어포를 보러 온 사람들이 큰 잿더미를 보며 상상을 펼쳤다.

하청 팀에서는 서둘러 새 어포를 지어주었다. 당연히 옛날 것과 똑같이 생긴 어포였다. 지붕 위에 덮여 있던 그물이 없을 뿐이다. 상황은 더할 나위 없이 명백했고 두 노인을 탓하는 사람은 없는 분위기였다. 촌 정부에서 나와 조사한 뒤 경제적인 지원을 결정했으며 위기 상황하에서 보여준 '불굴의 정신'을 표창했다. 감동한 진바오가 말했다. "아니 뭐 이 정도를…… 우린 그저 성냥 한 가닥 그었을 뿐인디!" 이후 두 노인을 칭찬하는 사람이 있으면 라오강도 같은 말을 했다. "아니 뭐 이 정도를…… 우린 그저 성냥 한 가닥 그었을 뿐이구먼!"

진바오는 속으로 자문해본다. 성냥 하나 그었을 뿐이라고? 고통스럽게 고개를 젓는 진바오. 그렇게 많은 물건을 태웠고 내 집을 한 채 태워먹지 않았던가! 그는 샤오펑에게서 빼앗아온, 미래의 '작은 집' 서까래용 통나무도 함께 타버린 것을 똑똑히 기억한다. 연기를 피우며 약간 쑥스러운 모습이더니 나중엔 붉은 혀를 날름거리며 신나게 타버렸다. 그는 할 말이 있다며 특별히 라오강을 붙들어 새 어포에서 자고 가게 했다. 나란히 눕자 또 아무 할 말이 없어진다. 그는 천장을 보고 누워 썰물 소리를 들으며 많은 옛일을 떠올렸다. 눈을 감으면 돌연 할 말이 잔뜩 차오른다. 라오강에게가 아니라 자기 자신에게 할 말. 가슴 바닥 저만치서 울리는 나직한 목소리…… 진바오는 자문자답했다.

'이제, 늙은 건가?'

'늙은 것 같아. 근육도 뼈도 늘 아프니……'

'요즘, 죽음을 생각하나?'

'아니, 하지만 죽어야 한다면 겁은 안 나……'

'자네 작은 집은?'

'탔어……'

'탔다고?'

'……'

'아니······ 짓기 시작해서 한평생 지었지. 며칠 전 밤엔 기왓장 한 장 더 얹었고······'

자기 자신과 애기를 나누다 피로해진 진바오는 어느덧 위안의 미소를 띤 채 잠이 들었다.

아주 오래오래 잤다.

잠에서 깨어난 두 사람은 설레는 마음으로 눈을 밟으며 고기를 잡으러 나갔다.

고기를 잡아 와 요리를 했다. 진바오의 생선찌개 솜씨가 일품이다. 두 사람은 술을 잔뜩 마셨다. 참으로 오랜만에 맛보는 달뜬 기분······ 어포 안이 좀 더워 나중에 나란히 바깥의 눈밭을 걸었다. 순백의 들판에 발자국 몇 개가 나 있었다. 바닷바람 몰아치는 해변의 높지막한 언덕에도 나 있다. 바다로 나간 사람들이 밟고 지나간 길이었다. 눈밭 위에 남겨진 가난한 고기잡이들의 진흙 발자국······ 눈밭 속의 원래 모래흙이 그 발자국에 밟혀 드러나 있었다.

진바오가 바닥을 보며 말했다.

"또 몇 명이 배를 몰고 바다에 나갔구먼. 뱃사람의 배짱인 게지. 늘 내 배짱도 바다에 들어가 시험해보고 싶은디 말여······ 젊은이들에게 안 밀릴걸. 며칠 전 두 번이나 싸움이 났을 때 한 주먹에 샤오펑을 때려 눕혔잖어, 자네도 알다시피."

라오강은 엄숙하게 고개를 끄덕였다. 문득 발아래 눈 녹은 자리에 자라는 한 포기 여린 싹을 발견하고 신기해하며 진바오에게 가리킨다. 진바오에게도 보였다. 한 포기 푸릇푸릇한 풀······

흥분이란 무엇인가

1986년, 가을의 농촌은 자유롭고 산만했다.

오전 8시의 태양이 후끈하게 들판을 비치고 지붕 위에 늘어놓은 땅콩을 내리쬔다. 버드나무 광주리를 목에 건 예쁘장한 소년 네 명…… 느릿느릿 마을을 빠져나와 말라붙은 도랑을 따라 앞으로 걸어갔다.

가을이, 갈수록 이상해져 간다. 옛날 같으면 바빠서 죽다 살아나는 계절이었다. 학교가 가을방학을 하고 소년들은 일하느라 햇볕에 그을려 피부 허물이 거의 다 벗겨지곤 했다. 그러나 요즘에는 토지를 하고 싶은 대로 한다. 아무것도 하고 싶지 않으면 그냥 잡초가 자라게 내버려둔다. 소년들은 모여서 신나게 실컷 놀았다. 포커의 최신 3종 게임을 배우고 심지어 최근엔 담배도 배웠다.

아침 9시의 태양이 눈부시다. 소년들은 넓은 들판으로 나갔다. 콩깍지 줍기가 명분이었다. 황금색 잔털로 덮인 콩깍지들…… 콩깍지를 주워 모을 때면 각자의 두 손이 현란하게 움직인다.

녹색 뱀 하나가 구불구불 미끄러져 왔다. 소년들은 고함을 지르며 뱀을 둘러싸고 깡충거리고 화들짝 물러나고 옆으로 피하고 발을 동동 구르고…… 멈칫했던 뱀은 재빨리 달아났다. 나중에 녀석이 머리를 쳐들고 네 명의 소년을 향해 꾸벅 절을 하자 소년들은 길을 내 지나가게 해주었다.

10시의 태양은 사람 등짝을 데이게 할 정도로 뜨겁다. 네 개의 광주리가 거의 가득 차자 소년들은 태양을 등지고 앉아 뭘 하고 놀 것인가 상의했다. 쳐우후(瞥虎)가 바지 주머니에서 작은 담뱃대를 꺼내자 일제히 환호. 그 담뱃대는 도토리나무 껍질로 만들어진 꽤 정교한 물건이었다. 그러나 담뱃잎이 없다. 좀 생각을 하더니 누군가 제일 누런 콩잎을 몇 장 비비기 시작했다.

흡연이 시작되었다. 한 사람에 한 모금, 코로 연기를 뿜어내는 친구도 있고 못 피우는 친구도 있다. 피우다 쿨럭쿨럭 기침을 하는 징둥(京東)이 말하기를, 자기 아버지도 이렇단다. 징둥 아버지 얘기는 들먹이지 않는 것이 좋다. 얘기를 꺼냈다 하면 쳐우후가 성질을 낸다. 징둥네 붉은 고구마를 훔쳐 구워 먹었다가 그 꼰대에게 귀싸대기를 얻어맞은 일이 떠오르기 때문이다.

"고 짠돌이!" 쳐우후는 새삼 욕을 했다.

쳐우후가 누구 욕을 하는 건지 모두 알고 있다. 아무 말 하지 않는 것뿐이다. 잠시 있다가 징둥이 말했다.

"'짜다'는 것은 '인색하다'는 뜻이지."

이어서 마을에서 흔히 통용되는 표현과 표준어 단어를 하나하나 대응시켜보았다. 예를 들어 짜다＝인색하다, 진짜 더럽다＝비위생적이다, 올빼미＝부엉새…… 하나하나 대조해보니 무척 재미났다.

나중에는 누군가 '흥분'의 동의어는? 하고 소리치자 모두 어려워했다. 그렇다, '흥분하다'가 뭐지? 징둥이 '열 받다'는 뜻이라고 주장하자, 장유취안(張有權)이 말하기를 '가슴을 친다'는 뜻이란다. 옥신각신하다가 결국 모두 멍한 얼굴로 담배를 피우기 시작했다.

소년들은 말라붙은 도랑을 따라 앞으로 걸었다. 머리 위에 부엉새가 한 마리 멈칫하다가 날개를 한쪽으로 기울여 미끄러지듯 날아간다. 하얀 구름은 먼 곳에서 한 점 한 점 피어나 뭉게뭉게…… 분노한 증기 같았다. 새파란 하늘, 향기로운 공기였다. 누군가 손가락으로 앞쪽에 보이는 큰 모래언덕을 가리키자 모두 환호하며 달려갔다. 아주 오래된 모래언덕. 대자연의 신비한 힘이 쌓아올린 것이다. 위에는 야생 등나무와 큰 나무가 가득해서 멀리서 보면 거무스름해 보인다. 이 밋밋한 들판을 통틀어 수수께끼들이 숨어 있는 곳은 여기뿐이다. 여기서 가끔 아이들이 꽃무늬 새알을 줍는다. 총각들은 빨간 여우를 잡은 적이 있는가 하면 노인들은 새하얀 도깨비를 보기도 했다.

모두 언덕까지 달려가서는 숨을 헐떡거렸다. 얼굴을 드니 나뭇잎 위에 영롱한 이슬이 하얗게 반짝반짝한다. 가시나무 안에서 여치가 울고 작은 메뚜기는 이리저리 날아다녔다. 날카로운 소리로 지지대던 까치가 언덕 아래로 달려온 네 소년을 보자 입을 닫고 훨훨 모래언덕 저편으로 날아갔다. 그들은 언덕에 기어오르기 시작했다. 발아래 깨끗한 모래흙 길, 그 위에서 유쾌하게 고함치며 뛰고 기고 뒹구는 소년들……

간신히 정상에 도착. 쳐우후가 손나팔을 하며 목청껏 외쳤고 나머지 세 명은 아득히 멀리까지 울리는 그 소리에 귀를 기울였다. 드디어 버드나무 몇 그루를 돌아 숲으로 내달리기 시작했다. 수풀에서 나올 때 저마다 손에 멧대추나 잔털이 송송한 작은 복숭아를 들고 있었다. 작은 더덕 세 뿌리를 발견한 장유취안은 아버지께 술을 담가드리겠단다.

모래언덕 정상에서 둘러보면 멀리 들판이 보인다. 일하느라 쭈그리고 앉아 있는 사람들을 볼 수 있었다. 각기 자기 집 위치를 알아봤을 뿐 아니라 손을 뻗어 가리키며 "아부지—!" 소리쳐 부르기도 했다. 쳐우후는 멀리서 웅크리고 있는 작은 까만 점 하나를 향해 소리쳤다. 얼굴이며 목덜미가 상기되어 발그레했다. 저쪽에선 당연히 들리지 않는다. 쳐우후, 리난(李南), 장유취안, 징둥 모두 외쳤다. "아부지—!" 어느 까만 점이 자기 아버지인지도 모른 채.

너무나 놀기 좋은 모래언덕이었다. 언덕 높은 곳에 서 있던 네 소년은 신나게 꼭대기로 올라갔다. 학교의 구속도 가을 노동의 고단함도 전부 개나 줘라, 그런 분위기다. 그들은 네 개의 버드나무 왕관을 머리에 쓰고 빛나는 모랫길을 따라 언덕으로 달려 올라갔다 미끄러져 내려왔다. 데굴데굴 구르다 공중제비를 넘으며 곤두박질치기도 했다.

또 뭐 할까?

키 작은 징둥이 아이디어를 냈다. 매우 참신한 놀이였다! 바지를 살짝 내려 엉덩이를 깐 다음 그 상태로 제일 먼저 언덕 아래까지 뛰어 내려가기. 모두 홍조 띤 얼굴로 일제히 호응하더니 진짜로 바지를 내리고 넘어지듯 아래로 내달렸다.

누가 이런 놀이를 할 수 있겠는가! 수풀 그림자가 어린 하얀 모래언덕, 그 위에서 노는 그들의 모습은 아무에게도 보이지 않는다. 여자애들은 저 멀리 뚝 떨어진 곳에 있고, 선생님도 어른들도 멀리서 엉덩이 까고 노는 녀석들을 보고자 할 이유가 없다. 그들은 뜀박질하고 도약하는 자세를 취하기도 했다. 네 미소년은 엉덩이를 내놓은 채 낄낄대고 소리치며 서로 공격했다가 반격을 당하기도 했다.

그렇게 모랫길 끝나는 곳까지 오고 보니 정말 대책이 서지 않았다. 코며 귀며 온통 모래, 모래…… 그들은 모래언덕 아래의 드넓은 햇빛 속에 하늘을 보고 드러누웠다. 땀방울이 줄줄 흐르는 얼굴들…… 다들 크게 헐떡대며 손가락 사이로 뜨거운 태양을 바라보았다. 이때야 좀 창피한 생각이 들었다. 그러나 아무도 바지를 끌어올리지 않았다. 장유취안은 제일 먼저 손을 얼굴에서 떼며 세 친구에게 말했다.

"우리, 아까 진짜 '홍분'한 거 맞지?"

"엉, 진짜 '홍분'했어!" 징둥이 눈을 가리고 말했다.

리난은 일어나 앉더니 모두에게 주의를 줬다. "아무도 이 '홍분'을 남에게 얘기하기 없기! 들었냐?"

아무도 말이 없다.

잠시 후 처우후가 착 가라앉은 목소리로 웅얼대듯 말했다.

"이걸 '홍분'이라고 할 수 있을라나……?"

리난 외 나머지 세 소년도 일어나 앉았다. 처우후는 친구들을 둘러보며 단호히 부정했다.

"이 정도 갖고 '홍분'이라 못 하지!"

모두 가볍게 탄식했고 징둥이 작은 소리로 물었다. "대체 '홍분'한다는 게 뭐여?"

처우후는 코를 한 번 훔치더니 말했다.

"나도 모르지. 암튼 이건 '홍분' 아닌 것 같아. 이보다 천만 배 심해야…… 비로소 '홍분'이지."

"음……" 징둥이 도로 드러누웠다. 모두 다시 드러누워 '홍분'에 대해 진지하게 생각하기 시작했다.

큰 개구리 한 마리가 폴짝거리며 다가왔다. 입 아래 늘어진 피부를 리드미컬하게 팔딱거리며 가만히 네 소년을 응시한다. 아무도 상대를 하지 않는데 녀석은 끈기 있게 기다렸다. 얼마나 되었을까…… 개구리가 드디어 역동적으로 펄쩍 뛰어 쏜살같이 멀리 튀었다.

장유취안은 격렬한 태양 광선을 살짝 피해 푸른 하늘을 보고 있었다. 뭐가 '훙분'일까? 저만치 하늘의 구름이 뭉게뭉게 피어오르며 격렬하게 폭발하는 연기 덩어리 같았다. 저 구름 덩어리가 '훙분'한 것인지도 모르겠다. 구름 때문에 장유취안은 마을에서 피어나던 하얀 연기 생각이 나 화들짝 일어나 앉았다. 어느 봄날 오후의 일이었다. 핏빛처럼 붉은 태양이 나무 꼭대기에 붙어 있을 즈음 어디에선가 거대한 폭발음이 들려왔다. 온 마을 사람들 모두 고개를 빼고 이게 뭔가 하는데 곧 허공에 하얀 연기가 피어올랐다.

"당면공장에서 폭발이 났다ㅡ!"

황망한 고함 소리와 함께 누군가가 두 손을 쳐들고 골목으로 달려왔다.

나중에 밝혀진 바에 따르면 실은 어떤 사람이 몰래 화약을 놓은 것이었다. 마을 사람들은 왠지 모르게 뒤숭숭해져 자기 집 문 앞에서 바라볼 뿐 가보지는 않았다. 당면공장은 온 마을의 최대 수입원이다. 몇 년 전 어떤 사람이 공무원에게 연줄을 대어 손에 넣었는데 정말 큰돈을 벌었다. 그런데 대체 누가 폭탄을? 위에서 당장 사람을 보내와 여러 사람이 불려가 조사를 받았다. 두 달이 지나도 범인을 잡지 못하자 상부에서는 일단 덮을 수밖에 없었다. 누가 폭탄을 터뜨렸을까? 그러니까 누가 '훙분'한 것일까? 그 정도는 돼야 '훙분'이라고 할 수 있는 거겠지? 장유취안은 하늘가의 구름을 보며 '찍' 침을 뱉더니 중얼거렸다.

"감히 폭약을 놓은 사람, 얼마나 '훙분'했으면 그랬겠냐……"

무슨 말인지 알아들은 리난이 반박했다. "그건 파괴라고."

"파괴지. 그렇지만 '흥분'하기도 한 거여."

징둥이 손으로 제 주변의 모래를 두드리며 장유취안의 말에 동의했다.

"그런 사람이 있었지…… 누구라고 말은 안 하겠는디, 진짜 못된 인간. 알지만 아무도 어쩌지 못했던 거여. 앞부분, 너희들 그 앞부분 얘기 들었냐?"

나머지 세 사람 모두 얼굴을 징둥 쪽으로 돌린다.

"울 아부지 말로는, 그자 욕심이 엄청나대. 해삼 든 자루가 이—만 하고 칼라테레비는 열 대나 된단다. 모든 사람이 몰래 선물로 갖다 바친 거……"

"우와—! 칼라테레비 열 대……" 장유취안은 부럽다는 듯 혀를 내둘렀다.

"자다가 오밤중에 이불 속에서 빠져나와 손으로 하나하나 테레비들을 눌러 장난 삼아 켜놓는다더라. 열 대를 다……"

듣고 있던 세 명이 이렇게 주거니 받거니 하는데 쳐우후가 천천히 고개를 한쪽으로 돌리고 아무 말이 없다. 나머지 세 사람은 그냥 놔두는 수밖에 없었다.

모래언덕을 너무 뛰어다닌 탓인지 모두 허기를 느꼈다. 모닥불을 피웠으나 콩을 구워 먹고 싶진 않았다. 하얀 털이 난 들복숭아, 대추, 심지어 장유취안의 더덕까지 모두 불에 넣었다. 한참 굽는데 징둥이 뭔가 생각해낸 듯 몸을 일으켜 콩잎 속을 헤치더니 누런 콩벌레를 대여섯 마리 찾아냈다. 소년들은 어른들과 가을걷이로 바쁘던 광경을 떠올렸다. 반나절 일을 하면 아주 지친다. 모두 숨을 몰아쉬며 자리에 앉아 천천히 모닥불을 지피고 콩벌레를 굽는 것이다. 잘 익힌 콩벌레는 기름기가 잘잘 흐르는 것이 얼마나 고소한지 모른다.

징둥은 벌레를 불에 놓았다. 천천히 타들어가며 모닥불 속에서 뭔가 탁탁 터지는 소리가 난다. 리난은 불씨를 좀 솟구치게 만들기 위해 막대기로 불쏘시개를 뒤적거렸다. 모닥불 앞에 앉아 있던 장유취안이 격자무늬 바지가 반쯤 흘러내려 귀찮았던지 아예 벗어 작은 참나무에 걸었다. 정확히 무엇이 익는 것인지는 몰라도 굽는 냄새가 났다. 징둥이 막대기를 뻗어 불 속을 뒤적여 노르스름한 콩벌레와 거품을 머금은 야생 과일을 하나하나 불 바깥으로 던진다.

모두 고개를 돌리고 처우후를 부르며 뜨거운 과일을 위로 치켜들었다. 역시 콩벌레가 제일 맛있지만 복숭아와 대추도 별미였다. 더덕은 구워지자 거죽이 오그라들어 까만 새끼 뱀 같았다. 장유취안이 한쪽에서 더덕을 들어내며 말했다.

"이게 인삼하고 거의 비슷한 보약이여. 많이 먹어도 안 되고. 울 아부지 말이, 젊은이가 많이 먹으면 코피 난단다."

"어메— 진짜, 향기 좋네!" 징둥이 더덕을 씹으며 말하자 장유취안도 말했다.

"모름지기 '삼(蔘)'자 들어가는 건 다 천연 보양식이지. 해삼, 인삼, 현삼…… 또 '당(黨)삼.' 공산당원이라야 먹을 수 있는 삼."

모두 어리벙벙해하며 그를 쳐다본다.

잠시 뒤 리난이 "그 그지 같은 해삼, 자루에 잔뜩 담아놓고 있겠지?" 하더니 고개를 끄덕이며 말했다. "해삼 한 근에 백 위안 넘어!"

"헤……!" 징둥이 혀를 쑥 늘어뜨렸다.

"그 인간, 대체 돈이 얼마나 많은 거여?"

장유취안은 고개를 저으며 말했다. "많지 않아. 사람들 말로는, 몇 만 위안 정도라나."

"야, 몇만 위안이 많지 않은 거면 죽어야지!"

"마을에 어떤 이는…… 내 누군가 말은 않겠지만 지금 10만 위안 짜리 부자여."

"히―!" 소년들이 동시에 썰렁한 기운을 들이마시는 소리를 냈다.

11시, 더욱 느리게 움직이는 태양…… 사람을 더워 안절부절못하게 만들더니 천천히 작은 홰나무 뒤에 숨는다. 한참 동안 아무도 말을 하지 않았다. 사방은 고요하고 바람 한 점 없었다. 어디에선가 기어오는 벌레 한 마리…… 쳐우후는 말없이 집어 들어 모닥불에서 먼 수풀에 풀어줬다. 모두 손을 뻗어 불을 쬔다. 잠시 뒤 리난이 물었다.

"그자들…… 어째 그리 돈이 많은 거여? 겁나네, 10만 위안이라니……!"

장유취안이 고개를 숙이고 사방을 몇 번 힐끔힐끔 보며 낮은 목소리로 말했다.

"그 당면공장 몰라? 듣자 하니 주식의 반이 그 사람 거라더라. 본인이 나서진 않고 다른 사람이 대신해서 암암리에 돈을 챙겨간다 그거지."

리난이 흥! 하더니 말했다. "내가 도급 받으면 그자 안 끼우고 내가 다 한다."

"누가 이 지역에 공장을 할라면 반을 그자에게 줘야 하니…… 수지가 안 맞지. 마을의 여러 사업에 그 사람이 다 주식을 갖고 있어. 생각해봐라, 그자가 10만 위안 만드는 게 어렵겠냐?"

장유취안의 목소리가 점점 낮아지더니 결국 잠잠해졌다. 쳐우후는 나뭇가지를 가져다 긴 가지를 잘게 여러 개로 똑똑 부러뜨렸다. 징둥이 리난의 귀에 나직이 속삭였다.

"봐봐, 쳐우후가 '훙분'했어!"

뜻밖에 쳐우후가 듣더니 손안의 가지를 턱 내려놓는다. 곧장 멀리 멀리 던져버리고 말했다.

"이게 무슨 '훙분'이냐! 니가 '훙분'을 몇 번이나 봤다는 거여, 지금?"

징둥은 몇 마디 되받아주려고 했으나 쳐우후 눈에 눈물이 반짝이는 것을 보고 얼른 입을 다물었다. 그는 조용히 쭈그리고 앉아 모닥불을 뒤적이는 척하며 한편으로는 조심스럽게 쳐우후의 기색을 살폈다.

쳐우후는 말을 마치곤 몸을 저쪽으로 돌려 11시의 태양을 본다. 강한 빛에 눈을 뜰 수가 없으면서도 그는 기어이 눈을 부릅떴다. 곧 망막을 찌르는 듯한 햇살을 피해 손으로 눈을 가리며 고개를 숙였다. 빙그르르 몸을 돌리는데 큰 눈물방울이 손가락 사이로 흘러넘쳤다. 장유취안, 징둥, 리난 모두 그를 뚫어져라 바라보았다. 모두 꼼짝하지 않았다. 쳐우후가 입술을 깨물며 오래오래 모래언덕을 바라보더니 한 글자 한 글자 토하듯 말했다.

"나, 가을부터…… 학교 못 가!"

모두 놀라 의아한 눈초리로 그를 쳐다보았다.

"아부지가 못 가게 하신다. 돌아와라, 같이 먹고살 궁리를 하자…… 그러시네."

쳐우후는 여기까지 말을 마치자 배가 아픈 듯 몸을 웅크리며 쭈그려 앉았다.

"엄마는 기어이 날 학교에 보낸다고 하다가…… 아부지 주먹 한 방으로 구들 구석에 나가떨어지셨어. 아부지는 마냥 술이고…… 한 병을 몽땅 다 마시는 걸 봤지. 엄마가 술병을 빼앗으면 비어 있는 다른 손으로 머리, 얼굴을 막 치고……"

세 친구는 계속 놀란 눈이었다.

"봄이 오면 아부지가 작은 방앗간을 하실 생각이었어. 마을에 이런 식으로 1만 위안 넘게 저축한 사람이 있거든. 좋은 사람인디, 울 아부지한테 그렇게 하라고 권했다더라. 아부지는 엄마를 보내 마을의 어떤 사람이랑 상의를 하게 했는디…… 니들 알지? 무슨 일이든 그 사람 허락이 떨어져야 하는 거. 그자가 좋다, 해라! 그래서 울 아부지, 자기 허벅지를 막 비비며 좋아하셨어. 한데…… 요 몇 년 바다에 가서 조개 줍고 새끼줄을 만들어 팔아도 선물 살 돈은 안 되고…… 수심에 차서 매일 밤 담배만……"

계속 미간을 찌푸리고 있던 징둥이 끼어들었다.

"물건이 얼마 안 돼서 그랬을 거여. 나도 그런 거 알어."

쳐우후는 이를 꽉 물며 말했다.

"울 아부지도 그렇게 생각했지. 아부지가 선물 더 보낼 궁리를 이리저리 하며 방 안에서 왔다 갔다 하는디…… 엄마는 구들 위에서 우시더라. 나중에 엄마가 구들에서 뛰어내려와 아부지 다리를 부여잡고 공장 하지 말아유 제발! 당신 선물은 쳐다보지도 않잖아. 그쪽에서 받을 리가 없다고유, 받을 리가……! 결국 아부지가 열을 받았지. 그 정도로 엄청나게 화내시는 거 첨 봤네. 엄마 멱살을 잡고 천둥 같은 목소리로 개새끼! 그자들이 대체 뭘 원하는디? …… 엄마가 미친 사람처럼 부들부들 떨며 아부지 귀에 대고 울부짖더라고. 원하는 게…… 나예유!"

리난은 징둥을 보고 징둥은 장유취안을 보았다. 이게 뭔 말이래……?

쳐우후가 눈물을 닦으며 말을 이었다.

"아부지는 엄마 말을 듣더니 눈을 감으셨어. 한참 만에 눈을 번쩍 떴는데 온통 핏발, 피같이 뻘건 눈…… 붙드는 엄마를 뿌리치고 나가시더니 마당의 큰 곡괭이를 들고 방앗간으로 가서…… 때려 부수는 소리가 몇 번 났지. 그런 다음 또 전동기를 부수러 가시더군. 엄마는 마당에 꿇어앉아 있고…… 아부지는 그날 내내 술…… 병이 비니까 벽에다 획…… 깨진 유리 조각이 구들을 뒤덮고 엄마 손에도 막 박히고…… 아부지가 웃통을 벗은 채 비틀거리며 큰길로 뛰어나가니, 사람들이 에워싸 그 뻘건 가슴팍을 쳐다보더라. 엄마는 내 손을 끌고 뒤쫓으며 소리쳤어. 니 아부지가 미쳤구나, 사람 죽이겠다! 난 믿지 않았지만 놀라서 막 울었다…… 사람이 점점 많아져 아부지한테 다가갈 수가 있어야 말이지. 그저 아부지 혼자 사람들 무리 속에서 고함치는 소리만 들렸어. 다 깨부쉈다. 다—깼다! 박살 냈다—! 난 이제 거칠 것 없네! 어차피 가난뱅이…… 여러분, 내가 방금 그 물건들을 다 깨부쉈어유. 남에게 빌린 돈, 한 푼도 모자라지 않게…… 병신처럼 죽어도 다 갚을라고…… 째지는 목소리로 고함을 치는디, 뭔 말인지 알아들을 수가 있나! 또 술병 소리가 나길래 고함치며 술 드시나 보다 했지……"

세 소년은 추위를 느낀 듯 모닥불 가까이 다가앉았다. 불씨가 잦아들자 몸을 돌려 풀잎을 몇 줌 찾아 가볍게 위에 얹었다. 불꽃이 위로 솟구친다. 검은 재가 날리기 시작했다. 불 속에서 뭔가 펑 하는 소리가 나더니 쳐우후 귀로 삭 스치고 지나가는데도 쳐우후는 꼼짝하지 않았다.

"쳐우후……" 징둥이 그의 손을 잡아 불 가까이로 끌었다.

계속 뭔가 생각에 빠져 있던 리난이 쳐우후에게 말했다.

"만일 너 진짜 그렇다면…… 그니까, 진짜로 학교 못 다니게 되면 우리 셋이 도와줄게. 선생님 얘기하신 거, 돌아와 다 말해주는 거지!"

징둥이 얼른 반기며 말했다. "맞어, 한 사람이 한 과목씩. 그렇게 하면 되겠다…… 근데 배운 거 전해줄 때 집에서 빠져나오는 게 제일로 좋잖여. 바로 여기 이 모래언덕이 최고! 작은 담뱃대 가져오는 거 잊지 말고. 수업하며 담배도 피울 테니."

쳐우후가 얼굴을 천천히 돌리며 고개를 끄덕였다.

징둥이 손을 뻗어 쳐우후의 호주머니에서 담뱃대를 꺼냈다. 콩잎을 부숴 넣어 피우기 시작했으나 연신 콜록거렸다. 모두 한 모금씩 돌아가며 빨았다. 콜록콜록 사레들려 눈물이 나오면서도 기분은 좀 풀렸다. 들떠서 고함을 치기도 했다. 한 사람이 한마디씩 '그 인간' 욕을 해보기로 했다. 상당히 절묘했다.

"그자를 좀 손봐줄 방법을 생각하는 게 좋겠다. 그 인간 짚가리에다 불을 지른다든가!"

이렇게 말하는 징둥에게 당장 쳐우후의 눈길이 날아갔다. 리난이 말했다. "그건 범법이지……" 장유취안은 앉아 두 손을 다리 위에 얹더니 리난을 조롱하듯 쳐다보며 코를 높이 치켜들고 말했다. 일부러 말꼬리를 잡아 빼는 설교조였다.

"사람이 화를 못 내면 큰일 못 한다, 들었냐? 나폴레옹이라는 어떤 외국의 황제가 화가 나 힘껏 발을 구르자 신발 끈이 전부 끊어졌어. 이튿날 러시아로 출병해 거의 먹을 뻔했단다…… 쿠두조프라는 러시아 총사령관도 화가 났지…… 허나, 다른 사람은 몰라. 그이가 화나면 큰 백발의 팔자수염이 조금씩 움직이며 꼭 콧구멍으로 들어가는 것 같다는 거."

징둥은 웃었고 쳐우후와 리난은 장유취안을 뚫어져라 쳐다보았다.

그가 교과서 이외의 책을 상당히 읽고 제멋대로 이야기를 꾸며 팔아먹기 좋아하는 녀석임을 모두 잘 안다. 반신반의하면서도 듣고 있으면 아주 재미있다.

결국 장유취안이 리난을 힐끗 보더니 말했다. "사람이라는 게 딴 것도 아니고 화를 못 낸대서야 쓰나. 화를 못 내면 어떻게 큰일을 하냐? 너 조조가 83만 대군을 이끌고 강남에 가서 단번에 8만을 죽였다는 얘기 못 들었어? 피가 큰 강을 붉게 물들이며 콸콸 흘렀다지! 누르하치 또한 열 받아서 화살을 쐈다 하면 기러기 9백여 마리를 쏴 떨어뜨렸다잖어."

다들 웃으며 크게 한숨을 쉬었다.

"암튼 화 못 내고 큰일 하는 사람 있단 말 못 들어봤다!" 장유취안은 도전하듯 하나하나를 둘러보며 말했다. 아무도 반응이 없다가 한참 뒤 징둥만 인상을 쓰며 고개를 주억거렸다.

"그건 그려. 정말로…… 내가 얘기 하나 할게. 아마 니들도 들어봤을걸. 아닌가? 몇 주 전 저기 강 건너 서쪽에서 일어난 일. 그 새댁 사건 말인디……"

나머지 소년들은 정말 처음 듣는 이야기여서 진지하게 귀를 기울였다.

"서쪽에서 그 사건 모르는 사람 없어. 세 살배기 어린애도 알걸. 그 새댁이 말도 못 하게 예쁘게 생긴 미인이었거든! 부부가 마을의 공장에서 일을 했지. 공장 주인은 작은 공장을 경영해서 기름기 잘잘 흐르게 부자가 된 사람이었는디, 10만 위안을 벌었다나 백만 위안을 벌었다나. 아무튼 서쪽에 부자가 많아. 기를 쓰고 일하는 사람도 있고 아닌 사람도 있지만. 그자가 성내에서 경영하는 큰 공장 관리 업무를 맡은 친척 얘기로는, 1년 만에 그렇게 불렸다나 봐. 집에 열 몇 명 직원을 고용해 밤낮 없이 공장을 돌린 거지. 돈이 쌓이면 남자 주인은 은행에 갖다 넣고…… 고용원들 중에 여자가 적지 않았는디 여자들에게 돈을 많이 줬다나 봐. 한 사람 한 사람에게 다……"

장유취안이 코웃음을 쳤다. "그자가 바보냐?"

"바보 아니지! 그렇지만 돈을 주는디 누가 그자한테 잘하지 않었냐? 여공들 가운데 미인도 있고 박색도 있지만 다들 '좋아, 다 좋아' 그렇게 된 거지. 그네들 집안 식구들은 모두 모른 척하고. 그런 여공들을 미워하던 주인 마누라가 어느 날 밤 트집을 잡아 대판 싸움이 벌어졌어. 남자가 같이 안 산다 으름장을 놓자 결국 두 번 다시 남편은 못 건드리고 부지깽이로 문제의 여공들을 지져놨다더라. 나중에 그 공장에서 화상 물집이 생기지 않은 건 그 미녀 새댁뿐이었어. 새댁은 남자 주인에게 넘어가질 않았던 거지. 그녀를 아끼는 남편도 내 마누라는 그런 여자 아니다, 하면서 여주인을 안심시켰고."

"그 새댁, 참 좋은 사람이네!" 리난이 칭찬했다.

"끝까지 들어봐…… 하루는 사장이 은행에 갔어. 그자가 은행 가는 통로는 원래 아무도 모르는 비밀. 아 근디, 이날 옥수수밭이 좍 펼쳐진 곳에 이르자 웬 남자가 복면을 하고 턱 나타난 거여. 오금이 저리게 놀란 사장은 그저 손으로 돈자루만 막았어. 복면 쓴 괴한의 손이 무지무지 길게 확 뻗어와 돈자루가 찢어지니, 어메— 땅 위에 10원짜리 지폐가 좌—. 괴한은 허리를 굽혀 한 장 한 장 주워 옥수수밭으로 뛰어들었지. 그자가 사라지자 놀라 주저앉아 있던 사장이 말하길, 잘 아는 놈의 소행이다, 잘 아는 놈……"

처우후, 장유취안, 리난 모두 놀라서 눈을 둥그렇게 떴다. 리난이 물었다.

"왜 복면을 벗겨보지 않았을까?"

징둥은 리난을 흘겨보며 핀잔을 줬다.

"저리 가 있어, 암것도 모르면서. 그야 당연히 못 벗기지!"

"왜!"

"왜? 복면이 얼굴에서 떨어지든 벗겨보든 바람에 날리든, 어쨌든 그 얼굴이 드러나는 순간 본 사람은 끝장이니깐."

"어떻게 끝장?"

"죽음!" 징둥이 코웃음을 치며 내뱉자 모두 불가사의하다는 듯 그를 응시했다

"그가 복면을 한 건 잘 아는 사람이란 뜻이잖아. 벗겨져 정체가 밝혀지면 죽이지 않는 게 이상하지. 나이 좀 있는 사람들은 다 안다. 복면 쓴 사람이 위협하는 상황에 부닥칠 때 절대 얼굴 덮은 천을 건드리면 안 된다는 거…… 우리 역시 나중에 그런 일 생기면 마찬가지여."

모두 숨을 토하며 징둥을 경탄의 눈으로 쳐다봤다.

징둥이 쳐우후를 향해 손을 벌리며 말했다. "한 대 피우자! 나, 완전 중독!"

쳐우후가 마지못해 담뱃대를 꺼냈다. 징둥이 담배를 피우며 천천히 느긋하게 얘기를 계속했다.

"그 사장이란 작자는 돈을 빼앗기고 집에 돌아와 병이 나 드러누웠지. 그렇게 하루 낮밤을 누워 있다가 구들에서 벌떡 튀어 올라 쫓아나와 고발했어. 범인은 그 새댁 남편이다! 사람들이 증거 있냐고 물으니 그자 말이, 자기가 은행 가는 건 이제껏 아무도 모르는 비밀이었다! …… 원망을 하자면 자기 자신이 웬수. 자신의 못된 행실로 꼴좋게 된

거 아닌감? 새댁과 자면서 비밀이 새 나간 거였잖어. 은행 가는 비밀 통로를 아는 사람은 하늘 아래 자기와 그 새댁뿐이었다. 그 여자가 자기 남편에게 알려 며칠 못 가 털렸다, 그 얘기여. 그날 마을 입구에 사람들이 삥 둘러 모여 있고 새댁은 남편을 뒤쫓으며 울부짖는데 목이 다 쉬었더라고. 남편 말이, 너 진짜 그 인간하고 잤냐? 말해! 말하라고! 암 말 않는 거 보니⋯⋯ 억울한 거지? 그런 거지? 넌 그런 여자 아니잖어! 고래고래⋯⋯ 눈을 이―렇게 부라리면서. 근데 누가 알았겠냐! 그 순간 새댁이 대성통곡, 자기 가슴을 치며 하는 말이, 나 그런 년이다! 진짜로 양심 찔리는 짓 했다! 자기가 당신을 망쳤네, 가난하게 살고 싶지 않았네, 평소 돈을 주길래 거기 의지하게 됐네⋯⋯ 돈 벌어 당신 마고사 하나 새로 해줄까 해서⋯⋯ 새댁이 울고불고 난리 치는 옆에서 남편은 다 듣기도 전에 기절해버렸지."

모두 묵묵히 귀를 기울였다

"결국 남편은 잡혀가고 새댁은 먹지도 마시지도 않은 채 완전 산송장. 여공들이 다 찾아와 권해도 소용없었어. 3일째 오전에 새댁이 말하길, 돈은 좋은 거지만 자기는 돈이 원망스럽다⋯⋯ 그러더니 바로 그날 밤 사장을 죽이고 새벽녘에 독약 먹고 자살했단다. 강 서쪽 사람들 모르는 이가 없는 얘기여."

징둥은 얘기를 마치자 담뱃대를 털며 기침을 했다.

"단언컨대 그 새댁, 연사흘 계속 '흥분'했구먼." 쳐우후가 말했다.

불이 점점 잦아들었다. 모락모락 피어오르던 푸른 연기는 맥없이 북쪽으로 꺾이고⋯⋯ 여치 한 마리가 노래했다. 피로감이 몰려왔다. 소년들은 하늘을 향해 드러누워 손으로 눈을 가렸다. 반들거리는 아랫도리가 햇볕에 드러난 채 반짝거린다.

이번엔 꺼칠한 쳐우후 목소리였다. "난 그 새댁 땜에 무지 슬프
다…… 자살하면 쓰나…… 그 남편이 나중에 감옥에서 나왔을 때 마
누라가 없는 거잖어!" 나머지 세 사람은 한숨을 쉬며 아무도 토를 달지
않았다.

햇볕이 따사로워 하반신이 간지러웠다. 다들 몸을 뒤집었으나 하반
신은 여전히 가려웠다. 이 가을! 사람을 간질이는 가을……

리난은 잠시 뒹굴뒹굴하다 물었다.

"눈병신 '홍분'한 거 본 적 있냐?"

"맹인이라고 불러야지." 장유취안이 정정했다.

"응, 맹인. 맹인 '홍분'한 거, 니들 본 적 있어?" …… 묵묵부답.

리난이 하품을 하고 이야기를 시작했다.

"어느 날 어떤 맹인이 삼현금을 타며 마을에 들어왔단다. 이야—
이야— 거의 하루 종일 노래해서 돈 통에 3마오*를 모았지. 계속 노래
를 했더니 통 안으로 또 동전 세 개가 날아왔고. 날이 저물어 머물 곳을
구하자 총각 몇 명이 킬킬대며 맹인을 이끌어 데려갔어. 어깨에 문설주
까지 짊어진 채 입을 막고 쿡쿡대면서. 드디어 큰 강변에 이르러 맹인
에게, 다 왔습니다! 문설주를 반듯하게 붙들어 세워 문지방을 넘어 지
나가도록 한 다음, 혼자 이 방에서 쉬세유, 우린 갑니다! 슬쩍 문설주를
놓고 물러난 거여. 맹인은 수없이 감사 인사를 하며 앞을 더듬더듬하더
니 하는 말, 엄청 큰 집이구먼! …… 그때 누군가 낄낄거리기 시작하
니까 맹인은 속았다는 걸 알았지. 강물 소리를 듣고 벌컥 화를 내며 두
손이 시퍼레지고 움푹 들어간 눈가에선 뭔 액체가 흘렀어. 그 색깔은?

---

* 毛: 위안의 $1/10$.

…… 비밀!" 아무도 웃지 않았다.

잠시 침묵이 흐른 뒤 새로운 질문이 나왔다.

"구걸하는 어린애들이 '흥분'한 얘기, 들어봤냐?" 다들 이구동성으로 없다고 했다. 쳐우후의 얘기가 시작되었다.

"애들이 하나같이 키는 훌쩍 큰데 비쩍 말라 뼈와 가죽뿐이고, 머리카락을 만지면 푸스스 부서질 정도. 대체 어디서 온 아이들인지 말을 해도 알아들을 수가 없는 발음…… 맨날 읍내의 음식점에 얼씬거리며 남은 국이나 밥을 얻어먹었단다. 한번은 그중 한 아이가 식탁 위에 반남은 잡탕을 먹고 있는디 종업원이 와서 바닥에 음식을 확 쏟아부은 거여. 애들은 작은 밥통을 들고 일제히 소리를 질렀지. 혈색 싹 가신 입술을 하곤 앞쪽으로 우르르…… 이빨을 허옇게 드러내고 울부짖는 애들 땜에 음식점에서 밥 먹던 손님들이 죄다 놀라 멍 — 손안의 젓가락을 떨어뜨렸어."

리난은 받아서 외쳤다. "6개월짜리 애도 '흥분'하니 녀석들도 할 수 있겠지 뭐. 본 적 있어. 어떤 작은 애기 녀석이 구들에 누워 몸을 데굴데굴…… 작은 발가락을 한데 모으고 주먹을 쥔 채 뒹굴며 소리 지르더니 쉬— 구들에 오줌을 싸더라고." 모두 웃었다.

"도깨비도 '흥분'할 수 있단다." 리난은 모두의 경악한 얼굴빛을 보며 확신하듯 말했다.

"진짜로 도깨비도 '흥분'한다더라. 어르신들께 들었어. 귀신이 밤에 나와 돌아다닌다는 거. 사람을 해치지 않고 사람이 해치지도 못한다는 거. 건드리면 열 받지. 화났다 하면 장난 아녀. 물러섰다 앞으로 튀어나와 양어깨를 나란히 수평이 되게 올리고선, 뛰어올랐다 떨어졌다 뛰어올랐다 떨어졌다…… 삐걱삐걱하는 소리를 내는디…… 뼈 마찰하는 소리. 흐—!"

마지막 "흐—" 소리가 유난히 크게 울려 나머지 세 사람이 기겁을
했다. 리난은 다시 드러누웠다.

12시의 태양이 높다랗게 정남쪽 하늘에 걸린 채 지글지글 소리를
내며 작열했다. 벌겋게 달아 오른 쇳덩이를 천천히 물속에 넣을 때 나
는 소리에 비유하면 된다는 것을 네 소년 모두 잘 안다. 바구니 네 개가
한쪽에 놓여 있고 안에는 금빛으로 반짝거리는 콩깍지로 가득했다.

웬 향기가 콧구멍에 닿자 장유취안은 태양열에 익어 땅에 떨어진
과일들 냄새려니 싶었다. 방금 들은 이야기들이 머릿속에 맴돌며 그를
충동질했다. 그런데 장유취안은 이들 이야기에 아직 뭔가 좀 빠진 듯한
느낌이 들었다. 당연히 '흥분'이 아니라고 딱 잘라 말할 수는 없다. 그
렇다고는 못 하겠다. 그러나 더욱 진실된 '흥분'을 본 적이 있는 것 같
다. 그것이야말로 진정한 '흥분'이었다.

역시 어느 가을날의 일이다. 12시의 태양이 빛나던 어느 가을
날…… 여치를 한 마리 잡았다. 여치의 더듬이가 기다란 머리카락 같
았다. 장유취안이 가볍게 손을 뻗는데…… 바로 이때 멀지 않은 곳에
서 무슨 소리가 들려 자기도 모르게 손을 움츠렸다. 나무 사이로 사람
이 보였다. 장유취안은 쿵쿵대는 심장 소리를 들으며 조용히 모래 위에
엎드렸다. 저만치서 버드나무 아래 기대 있는 한 쌍의 처녀, 총각……
열예닐곱쯤 돼 보이는 처녀는 촉촉하고 발그레한 얼굴이었다. 그 옆의
총각은 그녀보다 나이가 많고 손발이 우람했다. 그녀의 귓가에 대고 뭔
가 속삭이자 그녀는 두 손으로 자기 가슴을 친다. 총각의 머리가 수그
러지더니 처녀 품에 박혔다. 그들은 그런 상태로 조용히 붙박이가 된

듯 꼼짝하지 않았다. 숨도 쉬지 않는 것 같았다.

얼마나 지났을까…… 그녀가 흑흑 울었다. 점점 심하게 울며 총각의 손을 잡는다. 얼굴을 들자 분홍빛 뺨엔 눈물 두 줄기…… 총각은 멍하니 바라볼 뿐이었다. 그녀는 울음을 그치고 총각의 아래턱에 입을 맞췄다. 까만 수염 자국에 모래가 묻어 있었다. 총각은 그 우람하고 긴 팔뚝을 휙 뻗더니 두 줄기 떨리는 쇠사슬처럼 그녀를 결박하듯 꼭 끌어안았다. 그녀의 몸이 자주색 꽃무늬 옷 속에서 바들바들 떨고 있었다. 잠시 후 총각은 그녀의 귀에 입김을 불어넣으며 달래듯 조르듯 속삭였다. "음? ……" 한동안 말이 없던 그녀가 한참 만에야 고개를 들어 그를 바라보고, 총각의 왼손은 조심스럽게 앞으로 이동해 처녀의 잔꽃무늬 윗도리 옷섶에 이르렀다.

장유취안이 당시 두 눈으로 직접 목격한 내용이다. 지금껏 아무에게도 말하지 않았다. 그는 감춰둔 이 이야기야말로 진정한 '흥분'이라고 속으로 고개를 끄덕인다.

이글거리는 12시의 태양…… 장유취안의 얼굴도 후끈 붉어졌다. 가볍게 몸을 돌려 안쪽의 작은 나무를 향해 걸어가는 장유취안. 나뭇가지에 걸어두었던 체크무늬 바지를 걷어들고 저만치 누워 있는 세 친구를 흘끗 바라보곤 옷을 챙겨 입기 시작했다.

삼상(三想)*

깊은 가을, 시끌시끌한 시가지로부터 35킬로미터 떨어진 라오둥산**
에 혼자 왔다. 공무로 한동안 머물기 위해서다. 1940년대 초부터 군사
봉쇄지역이었던 이곳은 원시적 대자연의 세계가 이루어져 있다. 이르
는 구석구석마다 온통 울창한 삼림이었다. 나뭇가지와 바위를 휘감는
칡과 등나무 덩굴…… 여기저기 솟아났다 가라앉는 야생동물들의 함
성……

이곳에 온 사람이면 말을 잃은 채 거대한 자연의 화폭에 탐욕스럽
게 빠져들게 된다. 가끔 혼자 산골짜기 깊은 곳에 찾아와 홀린 듯 뭔가
를 찾곤 했다. 부대에서는 굳이 어린 병사를 보내, 여기는 야생동물 천
지라며 주의를 주었다. 얼마 전 시설 작업 중에 어쩌다 늑대를 한 마리

---

* 불교에서 말하는 세 가지 욕망―욕심(欲想), 화내는 마음(嗔恚), 남을 해하려는 마음
(害想)―을 가리킨다.
** 라오둥(老洞)산: 산시(山西)성 리청(黎城)현에 소재하며 산시성과 허베이(河北)성을 가
르는 타이항(太行)산맥의 일부다. 타이항산맥은 고대 이래 중원 지역으로 통하는 군사
적 요충지였고 항일전쟁기에는 대표적 격전지가 되었다.

죽게 만들었는데, 나중에 늑대들이 부대의 양을 한 마리 물어 죽여 본 때를 보이더라는 것이다. 그 소식을 접한 나는 반가움과 모험심이 어우러져 나도 모르게 '권고 사항'을 잊어버렸다. 산에 한번 들어가면 죽치고 있기 일쑤였다. 때때로 산비에 온몸을 적시기도 했다.

현지 병사들은 나를 '괴상한 도회인'이라 불렀다.

홀로 산에서 지내는 것이 좋았다. 모처럼의 독거. 주위는 인파나 차량의 소음 대신 들짐승들의 울음과 골짜기의 울림이 있었고, 이름을 알 수 없는 나무와 과일 들로 가득했다. 그런 기이한 아름다운 과일들을 본 적이 없다. 맛도 기가 막혔다. 여러 차례 길을 잃었지만 그때 엄습한 것은 공포가 아니라 골싸기에 익숙하다는 일종의 자부였다. 그곳에서 헤어 나오지 못할 수도 있다는 것이 나로선 믿기지 않았다. 오로지 그런 자신감으로 태연히 등나무 줄기를 헤치며 향기로운 과즙 향기 속에 하나 또 하나, 바위를 건너다녔다. 어떤 바위는 틈에서 물이 흐르고 주위가 이끼였다. 매끌매끌한 이끼는 각별히 조심해야 한다. 얼룩덜룩 짙고 옅은 것이, 털갈이하는 점박이 동물 가죽과 약간 비슷한 이끼…… 지나가면서 잠시 심취해 있곤 했다.

이곳의 바람과 각종 냄새 그 모든 것은 사람을 안정시키고 심령의 최심부를 한바탕 격동시킨다. 심령의 가장 깊은 곳에 오랫동안 방치되어 있던 한 가닥 현(絃)이 이제 천천히 튕겨져 울리는 것이리라. 이 텅 빈 골짜기에서 절절하게 멀리 있는 가족과 친구, 자신의 어린 시절을 그리워했고 연인과 함께 보낸 아름다운 시간을 떠올렸다. 그 순간 느낀 것은 그 어떤 서운함이나 결핍감 없이 오로지 아련히 회상되는 갈망과 희열뿐이었다. 전에 읽은 아름답고 심오한 책들을 추억해 곱씹으며 일종의 광휘를 느끼기도 했다. 나는 이것이 인생의 한 절묘한 타이밍 혹은 일종의 기회라는 것을 알고 있다. 난해한 것은, 그게 왜 하필이면 곳곳이 짙은 그늘로 뒤덮인 자연 산야에서 더 많이 출현하는가이다.

그날 나는 또 기꺼이 길을 잃었다. 여느 때와 다른 점이라면 큰비가 내렸다는 것이다. 비를 그을 장소를 찾아 조용히 거기 서서 안개비기운이 어떻게 깊은 산에 한 발 한 발 접근하는지를 지켜보았다. 태어나 처음 보는 광경…… 하얀 안개가 산꼭대기에 흩어지고 높은 곳의 녹색을 뒤덮자 큰 산이 단번에 어두워졌다. 다급하게 달려온 번개에 눈부신 빛 고리가 거석을 둘러싸며 요동쳤다. 하얀 안개는 천천히 산허리와 산기슭으로 쏠리고 곧이어 큰비가 후드득 쏟아졌다. 번개와 안개의 작용으로 큰 산은 진동하는 듯했다. 온 산, 온 들판이 흔들거리며 길게 읊조리는 모습이었다. 급하게 비 그을 곳을 찾는 온갖 새…… 잠깐 사이 이리저리 뛰어가는 산토끼 세 마리……

이 순간 온 산의 식물과 생명체가 기뻐하는지 원망하는지 판단할 방법이 없었다. 그들의 진짜 심경은 알 수 없고 그저 상상할 뿐이다. 각종 동물이 이 순간 대체로 나처럼 비를 피하고 나처럼 큰비를 응시했다. 우르릉대는 우레가 멀리서, 가까이서 쉬지 않고 울려댔다. 요동치듯 진동하고 씻어 내리는 것, 일종의 경계 없이 두루 퍼져 있고 측량할 수 없는 힘이 그 자신의 일을 수행하고 있었다. 산과 들판의 온갖 생물도 이 모든 것을 관망하며 때로는 나처럼 틀림없이 난해함을 느낄 것만 같다. 모두 함께 견디고 함께 걱정하며 또 마찬가지로 무력했다.

나는 이때 큰 산의 한 작은 주름 틈새에 숨어 비를 피했다. 아무에게도 보이지 않았고 한없이 미미한 존재였다. 망망한 운무, 층층의 숲들, 까만 칡과 등나무 덩굴, 빗속에서 쉬지 않고 울부짖는 동물들도 있었다. 이 모든 것이 내겐 전혀 공포로 느껴지지 않았다. 천지의 모든 것이 그토록 자연스럽게 어우러져 있었다. 도시의 지인을 떠올렸다. 지금 뭐 하고 있을까? 좁은 집 안에서 차 마시며 날씨 탓을 하고 있을까? 우산을 쓴 채 전차를 기다리려나? ― 30여 킬로미터 밖의 시끌벅적한 도시, 그곳에 있는 무수한 사각의 작은 방들, 그중 두 칸이 내 것이다. 그곳의 쾌락과 고통 속에서 재미있고 또 재미없는 날들을 보냈다. 그러나 나는 지금 다른 세계에 있는 것이다.

라오둥산의 세계는 사람을 거부하고 대자연의 은혜에 기대어 천천히 요양을 한 끝에 비로소 지금과 같은 윤택한 모습이 되었다. 이는 실로 나를 비할 바 없이 경악하게 만드는 또 하나의 진실이다. 이 산은 40여 년간 봉쇄되어 있었다. 덕분에 초목과 각종 동물이 숨 쉬고 번성하는 비할 바 없이 울창한 세계로 다시 태어나게 된 것이다. 여기서 확인되는 잔인한 결론은 우리 인간이 수목과 토지 및 모든 생명체와 화목하게 거할 수 없다는 사실이다. 우리 인간이란 얼마나 현명하고 얼마나 뛰어난 철학적 두뇌를 가졌나와 상관없이 전체적으로 볼 때 어리석고 비이성적인 존재다. 아름다운 소녀가 있고 온유한 어머니가 있긴 하지만 전체적으로 보아 역시 누추하고 난폭하다.

사람과 땅 위의 모든 생명체는 마땅히 상부상조하며 공존해야 한다. 이 점을 인간 ― 나 자신을 포함해서 ― 은 때때로 인정하기는 한다. 그러나 슬프게도 우리는 지나치게 자신이 있고 자신의 역량에 만족해한다. 되는대로 욕망에 따라 계획 관리하고 다른 생명의 자존을 돌아보지 않는다. 황폐해진 산을 푸르게 되살리기도 하지만 커다란 녹지가 하나하나 사라져가는 것 또한 분명하다. 사라져 영원히 회복되지 못할 때도 있다. 큰 잘못이다. 세상의 어떤 잘못은 한 번으로 끝이다. 영영 되돌릴 수가 없다.

그치지 않는 폭우 속에 특이하고 각별한 묵시들이 멀리서, 가까이서 전해져 왔다. 이윽고 울림은 하나로 어우러졌다. 어떤 생물이든 언어가 있으리라는 생각을 하게 만드는 순간이다. 사람의 언어는 산자나무가 못 알아듣고 늑대도 못 알아듣는다. 작은 개는 영원히 사람의 신변을 지키면서 사이비로 한두 마디 알아들을 뿐이다. 개들은 모두 어떻게든 사람의 말을 이해하려고 한다. 그러나 사람은 정반대다. 단연코 인간 이외에는 어떤 생명체도 언어를 가질 리 없다고 단정한다. 수목과 화초는 오해받는 거대한 고통 속에 놓여 있다.

이 생명체들은 인류를 향해 끊임없이 손짓하고 관용과 양해를 애걸해왔다. 결국 각종 동물은 멀리 사람을 피해 달아나버렸다. 황막한 산허리에 서서 인간의 생활을 응시하며 어쩌다 익숙한 울음을 발하는 것이다. 그러나 우리는 이 모두를 바람 불어 풀이 움직이는 것 정도로 간주해왔다. 발광해서 울부짖는 것쯤으로 여기기도 한다. 인간들 생각에 언어는 하나의 패턴밖에 없을 뿐 아니라 반드시 음성을 가져야 한다. 그들은 스스로 언어로 대화를 나누고 거대한 쾌락을 얻는다. 어린이가 있는가 하면 노인이 있고 삶이 있으면 죽음이 있다. 각양각색, 부단한 인연 만들기의 기쁨이 있는가 하면 이별의 고통도 부단히 존재한다.

인간들은 스스로 하나의 세계를 구축했다. 기타 생명체와의 교류와 교감이 불필요하고 어떤 형식의 소통도 필요 없어 보인다. 영원히 고독을 느낄 리 없을 것 같지만 실은 자주 외롭다. 극도의 적막과 조바심으로 미친 듯 살육을 벌이며 피바다를 만들기도 한다. 사람의 선혈이 진흙에 스며들어 수목 화초를 생기 있게 만든다는 것은 인간이 예기치 못한 아이러니다.

과거, 살면서 한때 불쾌한 일을 겪으며 극도의 번민에 빠진 적이 있다. 어머니가 말씀하셨다. "얘야, 밖에 나가 좀 돌아다녀라. 방 안에만 틀어박혀 있지 말고." 나는 어머니의 권고대로 밖에 나와 도랑변이나 초지 혹은 작은 숲에 가곤 했다. 천천히 걷다 보면 천천히 호전되었다. 이런 방법에 기대어 결국 한 번 또 한 번 자신감을 회복하고 홀가분하게 일상으로 돌아오곤 했다. 자주 이 일을 떠올리는 것은 왜일까? 여기에 무슨 비밀이 숨어 있는 걸까? …… 이제는 알겠다. 나와 자연 속 기타 생명체가 서로 교류한 결과였다. 우리는 피차 소리 없이 이야기를 나눴던 것이다. 서로 각자의 언어를 사용하면서.

　　인간은 스스로 자기를 괴롭힌다. 누구도 어찌지 못한다. 반면, 사물에게는 모두 방관자로서의 객관적 혜안이 있다. 만일 각도를 바꾸어 문제를 고려해보면, 예를 들어 수목의 각도에서 사람의 고통을 바라보면 그다지 겁날 것도 없고 필요하지도 않은 고통일 수 있다. 인간이 꿋꿋하지만 어느 때나 강인한 것은 아니다. 나약할 때도 있다. 그래서 기타 생명체의 위안이 필요하다. 인간의 내면세계가 넓고 풍부하긴 하지만 그렇다고 꼭 영원히 탁 트여 있는 것은 아니다. 동물들이 겁내지 않고 뛰어노는 모습을 보고 있자면 그것들 고유의, 천연의 자유분방함과 거침없는 경지를 동경하지 않을 수 없다. 인간은 동물의 천진스러움을 가지기 어려우나 천진스러움이란 인간에게도 필요하다. 천진스러움이 종종 사람을 귀엽게 만든다. 신기한 것은 천진스러움이 심오함으로 이어지기도 한다는 사실이다.

　　자세히 관찰해보면 거의 모든 동물이 아름다운 눈을 가졌다. 일부 무시무시한 맹수가 그렇지 않은 것은 악랄한 품성으로 그 심령의 창문을 막아버렸기 때문이다. 동물을 좋아하는 나는 진정으로 그들과의 교류를 원하고 그들에게 다가가길 바란다. 살다 보면 나의 이런 생각이 겉으로 번득이는 수가 있는데 그럴 때마다 아내는 우리들이 평소 식료품 가게에서 닭고기나 생선 같은 식재료를 구입하고 있다는 사실을 일깨웠다. 우리 부부는 여느 중국인들처럼 육식을 즐기는 사람들이다. 나는 늘 깊은 생각에 빠지곤 했다. 이 문제를 두고 위선을 떨치지 못해 몹시 괴로웠다. 영원히 풀리지 않을 딜레마에 빠져드는 느낌이랄까……이 모순을 나는 인류 공통의 문제로 본다. 용감한 사람이라면 이를 회피해선 안 된다. 나는 이 문제로 생생한 분열의 고통을 겪고 있다. 온세상 고민을 다 끌어안고 사는 선비라서가 아니다, 정말이다. 그저 오랫동안 사람들을 괴롭혀온 하나의 거대한 명제를 생각하고 있는 것이다. 어제오늘 출현한 것도 문명사회와 더불어 출현한 것도 아닌, 생래적인 문제다.

생각이 여기에 이르자 두렵고 조심스럽다. 인류의 부실함, 불완전성은 바로 이런 모순에서 시작한 것 아닐까 싶다. 이 모순을, 이 고통스런 난제를 피할 도리가 전혀 없는 듯하다. 심령 깊은 곳에 분열이 존재하지 않는 것이야말로 인간의 진정한 행복이다. 그러나 어떻게 이런 목표에 도달할 수 있을 것인가? 어떻게 해야 그 냉혹한 깨달음 속에 심신을 편안히 할 수 있을까? 내게는 답이 없다. 어딘가에 살아계신 하느님이라야 답할 수 있는 문제라고 경건하게 믿을 뿐. 그것은 인간이 어디로부터 와서 어디로 가는가 하는 근본적인 문제와 맞닿아 있어 매번 씁쓸한 전율을 느낀다.

이 때문에 일개 생명체로서의 온정 혹은 따뜻한 마음이란 게 대체무슨 의미가 있나 생각하게 된다. 나는 하얀 눈 속의 작은 토끼에게서 온정을 본다. 피어나는 꽃잎에서도 발견한다. 그것은 어디나 없는 곳이 없어서 때로 오히려 찾기 어렵다. 온정이란 것이 선량함, 생래적인 고운 품성 등과 무슨 관계인지는 잘 모르겠다. 그것들이 서로 늘 연결되어 있어 분리할 수 없다고 느낄 뿐이다. 여성 내지 아이를 낳아본 여성, 즉 어머니에게만 존재하는 심성이라고 여기는 사람들이 있는데, 특히 동의하기 어렵다. 그것은 모든 생명체에 속한다. 당연히 인간에게도 포함되고 남녀노소를 나눌 필요도 없다.

정상적인 인간이라면 늘 처한 상황과 처지에서 외부 세계를 체험, 관찰하게 마련이다. 그런 일개 생명체의 자격으로 또 다른 생명체를 받아들이는 것이다. 때때로 지극한 경건과 찬탄을 좋아하는 물건에 쏟아붓기도 하지만 말이다. 사람의 온유함이란 결코 기골의 장대함이나 수염 덥수룩한 외양 때문에 사라질 수 있는 것이 아니다. 생명 그 사체처럼, 녹아 어우러져 있는 천부적인 그 무엇임이 분명하다. 삶 속에서 여러 번 목격한 광경인데, 아슬아슬한 고비나 절체절명의 순간, 진리와 정의를 위해 엄청난 희생이 필요할 때, 온유한 자가 먼저 나서곤 한다. 반대로 항상 '사내대장부'로서의 자족에 익숙한 사람들은 결정적인 순간에 달아나기 십상이다. 이것이야말로 내가 진정한 '사내대장부'를 판별하는 방식이다. 온유함과 용기 사이에 늘 그런 식의 관련성이 있다는 것을 알게 해주는 대목이기도 하다. 용기는 만 가지 방면에서 올 수 있지만 감히 말하건대, 온유함에서 나온 것이라야 진정한 용기이다. 이 세계는 용감함이 너무나 필요하다. 모두가 보호받아야 한다.

황량한 들판과 산마루와 땅은 과거 그 어느 때보다 사람이 가서 지켜줄 필요가 있다. 이런 의미에서, 비로소 한 생명체의 어진 마음이 대체 무슨 의미가 있는지, 이 세계가 온유와 용기를 애당초 똑같이 많이 필요로 한다는 것을 이해하게 될 것이다. 만일 한 생명체가 자기만을 위해 살아간다면 그 생명은 실제 이미 죽은 존재다. 생명은 주위의 모든 밀접한 연관성 속에서 실질적인 의의를 지니는 법이기 때문이다.

다시, 용기에 대해 얘기해보자. 물불 안 가리는 것, 적진에 몸을 던지는 것, 피 흘리거나 손해를 감수하는 것만이 꼭 용기는 아니다. 더 높은 의미에서 말하건대, 어떤 '생명의 진실'이 실현되는 게 바로 용기이다. 집요하게 찾고 찾아 얻은 진실, 그 진실의 결과야말로 용감한 행위일 때도 있다. 내심의 깊은 곳에서 승인한 무엇인가를 끝내 지켜낼 때 더욱 용기가 필요하다. 용기가 없으면 진정한 존재를 볼 수 없다. 예를 들어 이 순간 빗속에서 선연한 아름다움을 더하는 저 망망한 단풍나무 숲…… 그 아름다움, 열정, 호소, 수줍음, 동요, 그 모든 것의 모든 것, 그것들의 존재를 나 역시 이때서야 진정으로 느끼고 똑똑히 보게 된 셈이다. 내가 이 순간, 같은 대자연의 산속에서 더불어 미소 지으며 오른손을 번쩍 들어 보이는 것이 보이려나? 나로부터의 안부 인사다. 인간이 그들에게 안부를 묻는 것이다. 아, 단풍나무여 유쾌하거라! 부디 행복하렴, 지금 나처럼.

이 산비 속에 머무는 내 열정이 무엇을 의미하는지 알 것 같다. 인류로서의 반성의 일부, 즉 산에게 양해와 동정을 구하는 것이다. 사람은 대자연에 발을 들여놓아봐야 비로소 자신이 얼마나 하찮고 외로운 존재인지 알게 된다. 이런 심리장애를 제거하려면 주위의 모든 것과 평등하게 함께 거하는 수밖에 없다. 제 무리 속에 있을 때는 믿는 구석이 있어 두려움을 모르는 게 인간이다. 큰 빌딩 속에 살다 보면 그런 경향은 더 심하다. 혹시 동료를 지배할 기회가 생기면 한층 오만하고 어리석어진다. 그런 사람이 일망무제(一望無際)*의 초원에 가게 된다고 해보자. 우레 소리 우르릉대는 밤, 깊은 산속에 있다면 어떨까…… 가련한 신음을 발할 것이다.

인간은 가련한 존재인가, 방자한 존재인가? 이를 구분할 수 있을까? 가련하면서도 방자할 수도 있고 양쪽 다 아닐 수도 있다. 모든 문제는 실질적으로 주위의 세계와 관계가 격절된 상태라는 점에서 온다. 마음을 가라앉히고 생각해보라. 웅장한 산들에 비하면 고작 촛대에 비할 정도의 고층 건물, 육지와 바다의 무수한 생명과 비교해보면 인간은 그저 미미한 존재다. 자신을 믿고 의지하는 것만으로는 생존이 불가능하다는 것, 이는 팩트가 증명한다. 제대로 살기 어려운 게 아니라 아예 생존이 불가능하다. 위험 신호가 한 번, 또 한 번 와도 우리는 여전히 보질 못한다. 싱타이 지진,** 탕산 지진,*** 한 도시 한 도시가 통째로 궤멸했고 수많은 생명이 한순간에 사라졌다. 눈 뜨고 못 볼 광경이었다.

그런 사태가 오기까지 실은 선량하고 민감한 작은 생명들의 몸부림이 있었다. 여기엔 우리가 멍청이의 비유로 써먹는 당나귀, 참새, 임의로 도살하는 소와 양 등도 포함된다. 그 모든 생명이 우리 인간들을 향해 거듭 호소하며 거대한 궤멸의 도래를 예고했던 것이다. 하늘을 보며 길게 울부짖고 목석같은 인류를 보며 뜨거운 원망의 눈물을 흘렸다. 그러나 그 언어를 못 알아듣는 인간에게 그들의 외침은 존재하지 않는 것이나 마찬가지였다. 언어란 인류만의 것, 이것이 인간의 종래 믿음이었다. 슬프게도 인간의 언어는 많은 부분, 먹고사는 일상사를 지칭하는

---

 * 한눈에 볼 수 없을 정도로 끝없이 멀고 넓음.
 ** 싱타이(邢臺) 지진: 1966년 3월, 허베이(河北)성 싱타이에서 진도 7 전후의 강진으로 8천여 명이 사망하고 3만 8천 명이 다쳤다.
 *** 탕산(唐山) 지진: 1976년 7월, 허베이성 탕산에서 진도 7.8의 강진으로 약 24만 3천 명이 사망, 16만 4천 명이 다쳤다. 20세기 세계 대지진 역사상 두번째로 많은 사망자가 발생했다.

것이지 재난을 예지하는 잠언이 아니다.

　동물은 인간과 함께 살아가는 그 순간부터 인간에 대한 위안과 도움을 개시한다. 어여쁜 생령(生靈)들이여, 사랑스런 산야의 지혜여, 죽그래왔듯 인류를 일깨워다오! 인간들도 언젠가는 너희들의 언어를 알아들을 날이 있겠지, 영원히 영원히 너희들의 존재에 감격하며. 이 깊은 산에 내가 잘 아는 가족, 잘 모르는 가족들이 얼마나 사는지 모르지만 나는 너희들을 이해한다. 일생 동안 너희들과 부단히 사귀며 살고 싶다. 내 딸에게 너희들 이야기를 할 것이다. 너희들을 존중하고 소중히 하는 법을 배우게 할 것이다. 다음 세대의 교육이 얼마나 중요한지 잘 안다. 이 순간, 너희들에게 인간을 도와달라 진정 어린 간구를 하련다. 지금껏 그래왔듯, 예전 일의 나쁜 감정은 털어내고 계속 인간을 도와달라고. 여기서 모든 이를 대신해 간구하련다. 이 큰비 속에서 너희들을 축복하련다.

　지금 얼마나 많은 가족이 산중에서 비를 피하고 있으려나! 늑대, 산토끼, 오소리…… 큰비에 너희들의 아름다운 털옷을 적셨겠지…… 온 산의 수목과 화초, 너희들은 큰비 샤워로 전신의 먼지를 씻어냈겠구나. 아, 너희들도 나처럼 '빗속의 사색'을 한다는 걸 알고 있단다. 이 순간에 너희들이 무엇을 골똘히 생각하는지 알면 얼마나 좋을까…… 비는 어느새 멎고 파란 하늘이 얼굴을 내밀었다. 방울방울 얼굴을 적시는 것들…… 빗방울인지 눈물인지 모르겠다. 나는 거기 서 있었다. 오래오래 그렇게 있고 싶었다. 속으로 물었다. 너희들은 어디 있느냐? 어디 숨었느냐? 망망한 산비 속에서 무슨 생각을 했는지 내게 말해주겠니?
……

그는 큰비가 어떻게 산에 이르는지 몇 번이나 관찰한 적이 있기에 이런 일에 당황하지 않는다. '무무(姆姆)'라 불리는 엄마 늑대가 오색구름이 '어르신' 머리 꼭대기를 지나갈 때면 소리 높여 외친다. 놀기 좋아하는 저 먼 곳의 자식 손자들에게 빨리 비 피할 곳을 찾으라는 신호다. '어르신'이란 절벽 아래 사는 늙은 은행나무를 가리킨다. 무무가 제일 먼저 이런 별명을 지어주었다. 이틀 전부터 왼쪽 다리뼈에 은근한 통증을 느껴온 무무…… 하늘이 아름다운 한바탕의 뇌우를 품고 있다는 예고다. 그래서 새끼들에게 당부했다. 함부로 뛰어다니지 말아라, 너무 멀리 가지 말아라…… 큰비가 오면 당장 새끼들을 전부 자기 신변으로 불러 모으고 싶으나 억지로 이런 생각을 억눌렀다. 녀석들이 기막히게 영리하다는 것을 알기 때문이다. 일찌감치 비를 피해 잘 숨었겠지, 하면서도 약간 염려는 되었다. 어쩔 수 없다. 늙어서 그렇다. 챙겨주고 싶지만 잔소리가 된다.

돌받침 아래 웅크린 채 눈앞의 아득한 광경을 우울하게 바라보는 무무. 좀 춥다. 한 번 또 한 번 몸을 움츠렸다. 춥네, 덥네…… 절벽 위에 오래 서 있다 보면 군소리를 하게 된다. 노쇠가 가져온 선물…… 하나하나 전부 받아들이는 수밖에 없다. 그러나 원망해본 적은 없다. 모든 것이 자연의 이치니까. 만일 이런 것도 못 견딘다면 그야말로 한심한 일임을 무무는 알고 있다. 이곳의 암석, 진흙, 나무 수풀들 모두가 더할 나위 없이 좋다. 이 산에 자리 잡으면서 꽤 행복해졌다. 그저 더 일찍 결단을 내리지 못한 것, 더 일찍 이렇게 자리 잡을 곳을 찾지 못한 것이 한이다. 그의 어린 시절과 중년은 거의 공포와 불안 가운데 지나갔다. 무무의 아버지, 어머니 모두 정처 없이 떠돌다 피골이 상접한 모습으로 생을 마감했다. 일생 중 가장 돌이키기 싫은 과거다. 다만 특별한 날, 새끼들에게 들려주기 위해 이야기하는 것일 뿐이다.

무무는 자식들에게 가족의 역사를 알려줄 필요를 느꼈다. 그가 가족의 역사를 구술하면서 녀석들은 보통내기 아닌 존재들로 변해갔다. 물론 성숙하려면 아직 멀었지만 짬이 날 때마다 그런 생각이 들었다. 촘촘한 비의 장막을 뚫고 새끼들의 치기 어린 눈동자가 떠오르는 것만 같다. 그 눈동자들, 고난을 모르는 눈동자들…… 아름답게 푸르고 물처럼 영롱한 눈들…… 야간에도 형형히 빛난다. 자라나는 새끼들 몸집이 점점 야무지고 토실해지는 것을 지켜봐왔다. 어미 옆으로 돌아와 입으로 개구쟁이 같은 소리를 내던 새끼들…… 차차 멀리멀리까지 가서 먹이를 잡고 숨바꼭질도 하는 빈도가 늘어났다.

무무는 새끼들에게 많은 이야기를 했다. 무엇이 위험한지 절대 접근해선 안 되는 것은 무엇인지. 만일 위에서 내려다봐서 참새인지 자갈인지 구분이 안 되면, 그곳은 너무 깊은 곳이니 잘난 척하고 뛰어내리면 안 된다…… 부드럽게 빛나는 거울 같은 널빤지가 있는데 그것이 물이다…… 함부로 뛰어들어서는 안 된다…… 사람을 만나면 이 산과 땅 모든 곳의 주재자인 줄 알아보고 반드시 재빨리 도망쳐야 한다. 몽둥이같이 기다란 물건을 들고 있으면 최대한 빨리 몸을 숨겼다가 기회를 봐서 달아나라. 특히 그 물건을 들어 조준하면 엄청나게 위험해진다. 총이다 총! 저주할 만한 최악의 괴물! 그것이 뱀처럼 독하게 빠르게 불을 뿜어 너희 몸에 구멍을 내 선혈을 흘리다 죽게 할 것이다. 할 말은 다 해두었었다. 그럼에도 불구하고 어린 막내 '구구(咕咕)'가 비명에 가리라는 것을 끝내 예상치 못했다. 구구는 놀다 지쳐 그늘진 곳에 쉬고 있었다. 돌연 뒤에서 무너지는 소리가 나면서 거대한 돌덩이가 그의 머리 위로 날아왔다.

210

무무는 당시 눈물이 나지 않았다. 지금 산 바위 아래 비를 피하며 이 모든 것을 회상하자니 기분이 약간 이상하다. 눈물은 말라버린 것 같다. 아무튼 그 당시 제법 담담하게 하늘을 응시했었다. 라오둥산 전면이 핏빛이라는 느낌…… 하늘빛까지 그랬던 것 같다. 아이들의 부축 하에 구구가 죽은 곳에 가서 그 큰 바윗돌을 지그시 한참 바라보았다. 사방을 훑어보고, 군부대가 산에 시설을 마련하던 중 폭파 작업을 하다 날아온 돌이었음을 알게 되었다. 구구는 과실치사를 당한 것이다! 무무 는 마음 가득 한을 품고 땅에 앉아 슬피 울었다.

도저히 인간을 용서할 수 없었다. 이 모든 것에 대해 관용을 베풀 방법이 없었다. 그날 해질 녘 둥지를 뛰쳐나갔다. 온몸의 뜨거운 피를 느끼며 살금살금 부대의 병영에 접근했다. 병사들의 코 고는 소리를 들으니 목청에 기갈이 왔다. 하지만 문틈을 통해 그들의 허연 얼굴과 어깨가 보이고 그들의 자그마한 콧날에 눈길이 머물자 마음이 약해졌다. 또 다른 세계의 엄마들을 슬프게 하고 싶지 않았기 때문이다. 착잡한 마음으로 오래오래 병영 주위를 배회했다. 그러나 해 뜰 무렵 동녘의 서광을 보자 끝내 다시 분한 생각에 화가 치솟았다. 결국 병영 울타리 안에 뛰어들어 양을 한 마리 물어 죽였다.

그것은 사람의 양이었다. 지금 생각해봐도 두려움이란 바로 이런 것인가 느끼게 된다. 인간 자체는 물론, 인간의 그 어떤 것도 해쳐선 안 된다, 이것이 무무네 가족에게 영원한 하나의 준칙이었다. 한 세대 또 한 세대 견지되며 어길 수 없는 준칙. 누구도 그것의 정확성을 의심할 도리가 없다. 인간은 지고의 존재라는 것이 무무네 가족의 인식이었다. 하지만 무무는 지금 묻고자 한다. 태양은 무엇인가? 일망무제의 대지 는 무엇인가? 측정할 수 없는 광활한 하늘, 바다…… 이것들은 또 무언가? 셀 수 없는 별들은? 더 이상 질문을 못 던지겠다. 인간이 정말 지고한 존재라면 태양과 대지는 제외한 채 논할 때만 그렇다. 태양과 대지가 없어지면 인간도 사라지니까. 간단한 추리에 기대어 무무가 얻은 결론이다. 대지는 살아 있는 모든 것을 디디고 서게 하며, 태양은 그것들에게 온기를 준다. 삼라만상 가운데 특정한 어느 '무엇'을 빼면 나머지가 더 이상 존재하지 않을 때, 그 '무엇'이야말로 지고지존(至高至尊)한 존재다. 그 지고지존의 존재를 대하는 모든 것은 평등해야 마땅하다.

자신의 추론에 화들짝 놀라는 무무…… 하다 보니 인간과 동등해진 것이다! 코끝에 땀방울이 맺혔다. 처음부터 다시 추론해보았으나 아무런 오류가 발견되지 않았다. 인간의 지고지존은 그들 스스로 결정한 것이지만, 이 결정의 불합리성은 근본적으로 그들이 태양과 대지의 존재를 무시했다는 데 있다. 요컨대, 자연계에는 이런 유의 무수한 오해와 전도(顚倒)가 존재하고, 이로 인해 인간과 연결된 무수한 참극이 빈번히 발생하는 것이다. 누가 이런 참극들을 일으키는가? 누가 이것들을 제지할 것인가? 사람 자체에 의지하는 것은 당연히 충분치 않다. 그럼 태양과 대지에 부탁하는 수밖에 없다. 태양도 대지도 모두의 것이기 때문이다.

무무는 영원히 자기 가족과 사람의 조우를 잊을 수 없다. 그것은 피눈물로 씌어진 역사다. 반 살 되던 해 어미를 따라 먹이를 찾아 나섰을 때의 일이다. 크고 작은 늑대들을 따라 산허리를 돌아다녔다. 태양이 붉어질 무렵 풀숲에서 돌연 둔탁한 소리가 울리며 사람 대여섯 명이 사방에서 튀어나왔다. 각자 손에 든 총에서 불이 뿜어졌다. 즉시 늑대 서너 마리가 쓰러졌고 모두 놀라 울부짖으며 도망쳤다. 그자들은 흉악한 귀신 같았다. 한쪽 다리를 꿇고 앉아 조준하는가 하면, 서서 사격하기도 했다. 세상이 요동칠 정도로 울리는 총소리 속에 늑대가 한 마리 또 한 마리 쓰려져갔다. 드러누워 헐떡거리는 늑대에게 달려와서 확인 사살을 하기도 했다. 풀 속에서 사람이 튀어나와, 놀라 자지러진 생후 몇 개월짜리 아기 늑대, 부축하러 달려간 어미 늑대 모자를 한꺼번에 쏴 죽이기도 했다. 열기를 뿜으며 절벽에 흘러넘치는 선혈…… 풀을 붉게 물들였다. 무무는 어미와 어떻게 그 불구덩이를 도망쳤는지 기억이 나지 않는다. 그저 멀리 총소리와 슬픈 울부짖음을 들으며 계속 부들부들 온몸을 떨었던 생각만 난다. 유사한 광경을 들자면 한이 없다. 제 부모가 죽던 날의 일은 더더욱 생각하기 싫다.

대대손손의 토벌, 대대손손의 한(恨)…… 나중에 결국 깨달았다. 인간이 땅 위의 늑대를 하나도 남김없이 모조리 죽여버리기로 했다는 것을. 자기들만 살아가는 세상이 되게 하고, 하늘의 태양을 자기들만 향유하고자 하는 것은 너무나 불공평한 일이다. 지나친 탐욕일 수밖에 없다. 인간이 제멋대로 다른 생물에게 비참한 결말을 규정해놓았다. 얼마나 독단적인가! 늑대로서 이를 피하는 것은 승천하는 것보다 어렵다. 오로지 필사적으로 달아날 뿐이다. 이 땅에서 저 땅으로, 이 산에서 저 산으로…… 사람들이 미친 듯이 나무를 베어내고 대지와 산마루를 벌거숭이로 만들어 숨을 곳도 없어졌다. 도망치고 도망치다 보니 네 다리가 피로로 점점 가늘어졌다. 무무는 이렇게 낯선 늑대 무리를 따라 18개월을 떠돌다 겨우 수풀 우거진 이 라오둥산에 오게 된 것이다. 인간 세상답지 않게 조용한 이곳, 기대 이상의 상황에 크게 기뻐했다. 자리 잡은 지 5개월 후 이곳이 군사봉쇄구역임을 알게 되었다.

무무는 이전에 여러 번 늑대를 경멸하는 인간들의 눈빛을 몰래 관찰한 적이 있다. 그런 눈빛에는 이미 이골이 났으나 새삼 분개하지 않을 수 없었다. 늑대 무리를 토벌하려는 이유의 전부가 그 눈빛에 담겨 있는지도 모른다. 그들은 여러 번 늑대의 흉악함, 잔인함, 상호 살육, 야만성을 질책하곤 한다. 마치 자기들은 선량하고 교양 있는 종족이라는 듯. 늑대의 야만성과 모든 열악한 측면은 인간들이 모두 아는 바이다. 그럼 인간은? 늑대는 종종 무리를 지어 사냥하다 동료가 쓰러져 죽으면 몇몇 굶주린 늑대에게 먹인다. 만일 역사책의 오류가 아니라면 그토록 고귀한 인류도 이와 동일한 역사가 있다. 동족끼리의 살육, 공정하게 논하자면 늑대보다 사람의 경우가 더 지독하다. 그들은 늑대를 대하는 총구를 같은 인간에게 더 많이 들이댔다. 늑대 토벌 시 사용하는 것은 소총, 쌍발 엽총, 그물 정도지만 동족을 다룰 때는 살상력이 더한 기관총이나 대포로 바뀐다. 모든 것을 궤멸시키는 원자탄과 수소탄 또한 본래 인류의 살상을 위해 준비된 것들이다.

애기가 이쯤 되자 인간의 고귀함과 교양이 대체 어디 있는지 모호해진다. 음식 습관을 따지자면 황당무계에 가깝다. 인간은 자신들이 닭고기, 양고기 먹는 것을 흉악하다고 여기지 않으면서 토끼를 잡아먹는 늑대에게는 대역죄 취급을 한다. 대체 왜? 이는 무엇을 의미하는가? 불공평에 대한 분노이자 허세에 찬 비교라고? 아니다, 절대 그렇지 않다! 이는 적어도 생명체가 무궁한 성숙의 과정을 거쳐야 하며 영원히 극복할 수 없는 약점을 지닌다는 사실을 설명해준다. 이것이야말로 우주 전체의 비극이 의미하는 바이다.

무무는 심장이 격렬히 뛰었고 고통스러운 듯 눈 감은 채 생각했다. 난 인류에게 대체 무엇을 요구하고 있나? 분에 넘치는 생각 아닌가? 내 바람은 어느 정도까지 인류에게 받아들여질 수 있을까? 이런 원망과 격분, 이런 소급과 탐구는 또 어느 정도의 의의와 일리가 있는 것일까?

214

답이 없는 무무는 고개를 저었다. 그 금빛 눈썹 위에 방울지는 영롱한 물구슬…… 흙황색 고운 털로 덮인 얼굴에 망연자실한 기색이 가득하다. 무무는 결코 과거를 돌이키고 싶지 않으나 그 모든 것을 잊을 방법이 없었다.

역사와 현실은 긴밀하게 연결되어 있기에 양자 간엔 '과거 경력'이라고 부르는 것이 있다. 무무네 온 가족은 천만번 '평등'을 외쳤으나 그것은 갈수록 실현 불가능해졌다. 중요한 것은 그저 생존이고 생존의 권력이다. 정말로 평등을 말한다면, 망망한 들판 위에서 살아가는 늑대와 사람의 관계는 고급 동물과 저급 동물의 관계가 아니고, 인간과 동물의 관계도 아니다. 심지어 동물과 또 다른 한 동물의 관계도 아니다. 바로 지구상의 한 생명체와 또 나른 생명체의 관계인 것이다. 이것이야말로 진정한 평등이다. 이런 평등이, 비록 영원히 어떤 준칙은 되지 못한다 할지라도, 대지 위에 숨 쉬며 누리는 한 줌 산소 정도는 모두에게 허락하자는 게 무무의 탄원이다. 일개 사물의 종(種)이 다른 사물의 종을 멸절시킬 필요는 없다. 그저 하늘이 분배해준 그 '조금'을 원하는 것이고 '조금' 획득하는 것일 뿐이다.

늑대는 멸종되지 않았으나 원래 상태의 수만 분의 일로 줄었다. 무무가 제 눈으로 목격한, 한 종의 철저한 궤멸 과정이었다. 그들의 멸절은 예외 없이 인간과 관계가 있다. 사람들이 번화가나 교외에서 밤낮 뭔가를 태우거나 정련을 하고, 숲처럼 늘어선 굴뚝에서는 독한 연기를 뿜어냈다. 무수한 생령이 빠르게 질식해갔다. 인간들은 또 밤낮으로 뭔가를 씻어낸다. 오수와 악취가 하늘에 진동하고 강과 바다로 흘러들어 방대한 수중 동물이 급격히 쇠락했다. 기계나 무슨 톱니처럼 생긴 것으로 괴성을 내고 지하, 지표, 공중 도처에 고막을 울린다. 그야말로 많은 생명을 못 견디게 만들고 결국 건강을 망가뜨리는 소음이다. 각종 동물은 늑대들처럼 정처 없이 도망 다닐 수밖에 없었고 피폐해져 끝내 목숨을 잃었다.

안타깝게도 몸 둘 곳은 갈수록 적어지고, 그들은 각지로부터 한 구석 녹지로 몰려들어 공포와 불안 속에 언젠가 도래할 전면 포위섬멸(包圍殲滅)을 기다린다. 무슨 방법으로 이런 가공할 결말을 피할 수 있겠는가? 가서 막는다? 극소수, 인간과의 관계가 밀접한 생물체를 이용해서, 가령 늑대와 가까운 개를 이용해 달랜다? 이것도 도움이 안 된다. 개들은 일찌감치 자유의 개성을 잃었고 인간의 적을 원수처럼 증오하는 모습을 과하게 연출하기도 한다. 더욱이 인류는 광활한 세계의 모든 것과 대화를 하지 못한다. 인류 자체가 민족마다 언어가 달라 소통이 단절되는 경우 또한 허다하다. 언어…… 역시 문제는 언어다. 이것 말고 달리 방도가 없을 것 같다. 무무는 인류가 늑대의 존재를 용인하는 단 하나의 상황이 존재한다는 것을 기억한다. 바로 동물원의 울타리 안에서 살아가는 경우. 그러나 무무는 말하고 싶다. 인간과 타협하는 이 유일한 생존조건하의 늑대는 이미 늑대가 아니라고. 우리는 그들을 모른다고. 예를 들어 담뱃대처럼 인간의 소도구에 상당하는 존재일 뿐이라고 말이다.

어여쁜 아들 구구가 죽은 지 벌써 반년여. 무무는 지금까지 그 빛나는 푸른 눈을 생각하면 눈물이 솟는다. 전율하는 엄마의 마음…… 이런 모성의 슬픔은 다른 생명체라고 다르지 않다. 그것이 어머니의 마음이다. 세상에는 즐거운 엄마와 즐겁지 않은 엄마가 있다. 무무는 모든 엄마에게 다 비슷한 감각과 체험이 있으리라 믿는다. 어머니들은 많은 공통의 화제를 가진다. 볼이 발그레한 어떤 젊은 엄마가 사랑스런 두 아이를 데리고 작은 논두렁 길을 걷는 모습을 본 적 있다. 털이 보송보송한 병아리들을 불러 모으는 암탉, 고슴도치와 영리한 새끼 고슴도치 몇 마리, 들보리 한 포기가 몸을 뻗어 주변의 막 자란 어린 들보리들을 사랑스럽게 어루만지는 모습…… 형형색색의 어머니, 무궁무진한 모성들이다. 이들은 우리들로 하여금 어미 노릇에 대해 새롭게 이해하도록 해준다. 후세들에게 조화롭게 같이 살아가도록 해줄 권리가 있다. 대지 위에 늘 예측 불가능한 바람이 불어도, 큰 눈으로 산이 막히든 지금처럼 천둥 번개가 치든, 어미 된 자들은 모두 임신을 하고 젖을 먹이고 아이를 이끌어 한 치 한 치 자라게 하는 것이다.

잦아드는 큰비…… 투명한 빗줄기가 점차 바늘처럼 가늘어졌다. 무무는 크게 호흡하며 놀 틈에서 일어섰다. 결국 또 생각난 게 아들 구구다. "내 새끼……!" 무무의 큰 외침 소리가 촉촉한 산야에 메아리쳤다.

절벽 아래 콜록콜록 기침을 하는 늙은 은행나무…… 늦가을 빗물이 차갑기만 하다. 나이 든 나무로서는 견디기 힘들다. 라오둥산에서 가장 나이 먹은 생명체, 바로 이 은행나무다. 자신도 몇 백 년을 살았나 기억을 못 한다. 그 마음에 쌓인 깊은 산의 영욕과 흥망…… 거기엔 일부 생생한 역사가 담겨 있다. 사랑스런 빗물이 가늘게 몸 위의 먼지를 씻어주니 상쾌해지는 기분이다. 늙어서 오해를 받기도 했다. 어린 세대에게 지저분하다는 말을 듣기도 한다. 주름진 피부는 광택이 없어지고 빛깔도 거무튀튀하다. 그러나 이것이 은행나무 본연의 색깔이다. 수많은 풍상을 겪어내면서 돌바닥처럼 두툼해진 피부.

젊은 나무들에게는 이해가 안 되나 보다. 그들은 정말이지 너무나 여리다. 비가 오기 전, 일부 길가의 포플러나무는 오가는 차량들이 들이받아 상처를 입었다며 투덜댔다. 며칠 이어지는 아우성에 귀가 먹먹할 지경이었다. 무슨 방법이 있겠나. 누가 누구를 보호해줄 수 있겠는가! 이 산에서 사람만이 모두의 명운을 결정하는 진정한 주인인 것을. 몇 백 년 내내 그래왔다. 앞으로도 그럴 수밖에 없으리라 믿는다. 퍼붓는 듯한 빗물에 주위의 수목이 즐겁게 소리쳤다. 저만치 그 상처 입은 포플러나무는 상처에 빗물이 닿아 고통스러워하는데 천천히 침묵하는 다른 나무들…… 그 늙은 은행나무가 기억하는 한, 가장 어두운 어느 비 오는 날의 일이다. 그의 눈은 아무 곳도 바라보고 싶지 않았다. 차라리 눈을 붙이고 조는 편이 나았다. 당연히 잠은 오지 않고 기침만 났다. 주변에서 수시로 나무 몇 그루가 원망하는 소리를 하니 덩달아 마음이 편치 않았다. 이 젊은 나무들은 인내와 관용을 모르고, 말본새가 까칠하다. 그들은 무엇을 기억하는가? 무엇을 보았을까? 그들은 아주 오래전 산마루의 빛깔과 빗물과 샘물의 맛을 알고 있을까? 당연히 모르겠지. 늙은 은행나무는 한숨을 쉬었다.

그가 기억하는 한, 지금이 거의 라오둥산 최고의 호시절이다. 이 산은 백여 년간 비쩍 마른 민둥산이었다. 몇 백 년 전, 두 번의 큰불과 수차례 가뭄을 겪었다. 나중에 많은 인간이 벌목을 위해 들이닥쳤다. 깊은 밤하늘을 찌르는 큰 불길…… 온 산은 붉게 물들고 나무들의 가슴 저미는 울부짖음을 듣는 심정이 어떠했겠는가! 백 년짜리 큰 나무, 막 자란 며칠짜리 묘목도 그 큰불에 산 채로 타 죽었다. 몸소 오랜 갈증을 경험했을 때, 혈맥이 통하지 않는 자기 나뭇가지를 직접 보고 있을 때, 남은 것이라곤 명치의 한 가닥 물기뿐일 때, 당신이라면 어떤 살 방도를 생각해냈겠는가? 이 모든 것이 다 실제 상황이었다. 한 그루 나무로서 놀랄 것 없는 일이다. 그런 점에서 산속의 나무들은 스스로 이동할 수 있는 생명체에 비해 훨씬 가련하다. 그들은 꼼짝없이 천둥 번개, 산불, 사람의 벌목을 견뎌야 하고, 잎이며 줄기가 밤낮으로 송충이에 물어뜯기기도 했다. 십중팔구 비명횡사…… 이것이 수목의 역사다.

녹색의 생명은 왜 그리 짧은가? 늙은 은행나무 혼자 수백 년을 생각했다. 수없이 생각해도 답은 나오지 않았다. 누구나 그들이 대지를 떠나지 못한다는 것을 안다. 대지를 떠난 식물은 곧 죽음이지만 또 하나의 당연한 이치를 발견하는 자 누구일까? 녹색의 식물들을 잃으면 대지 역시 끝장이라는 걸 말이다. 스스로 이동할 수 있는 생명체와 이동의 자유가 없는 녹색 식물, 이들의 상호 의존 관계란 대체 어떤 것일까? 식물은 지구에게 소위 산소라는 최고의 것을 제공한다. 그럼에도 불구하고 이 모든 것을 사색하는 자가 없다. 수목 가족은 가장 먼저 땅 위에 가정을 꾸렸다. 그와 어떤 생명체도 평화롭게 함께 살아갈 수 있었다. 특히 수목 의존도 최고의 존재가 바로 인간이다. 그러면서도 가장 서로를 용인하지 못한다. '개간'이라는 미명하에 한 바닥 한 바닥 숲이 베어져나갔고 풀들도 태워져 재가 되었다.

결국 녹색을 잃고 극도로 황폐해진 대지…… 인간들 스스로 만회할 방법이 없어졌다. 사실상 숲이 우거진 곳이면 인간들도 화목하고 발육도 정상이다. 녹색의 어루만짐 속에 사람은 보다 쉽게 평화로운 삶을 영위하고 천수를 누린다. 대지의 황폐가 늘 인간 심령의 황폐를 수반하고, 대지의 무기력은 인류 두뇌의 무기력으로 드러난다. 양자 간의 관계에 주목하는 사람이 없으나 명백한 사실이다. 나무와 햇빛, 공기, 대지의 관계는 그 어떤 생명체보다 밀접하다. 자신의 몸 위에 특유의 원기와 원색을 축적하고, 소중한 그것들을 사람과 그 외 생명체들에게 전달해준다. 냉정을 머금고 절로 우뚝 서서 묵묵히 여인을 더욱 온유하게, 남성을 더욱 용감하게 만든다. 수목들은 진정으로 '영성을 지닌 빗자루' 같은 존재다. 부단히 자연의 먼지를 떨어낸다. 수목이 없으면 세상은 진작에 쓰레기로 덮였을 것이다.

온갖 신산(辛酸)을 겪었고 거의 어떤 것도 견딜 수 있게 된 늙은 은행나무…… 얼마나 수없이 실망과 좌절을 느꼈는지 모르나 그래도 강인하게 살아남았다. 꼼짝 않고 절벽 아래 서서 끊임없이 하늘을 원망하면서 몇 백 년을 견뎌왔다. 생명을 주었지만 걸어 다닐 권리를 주지 않았으니까. 이 세상에서 산다는 것은 기다려야 한다는 뜻이기도 하다. 나더러 무엇을 기다리라는 말인가? 아무리 외로워도 상관하지 않았다. 바람 소리만이 천리 밖의 나쁜 소식을 부단히 전해주었지. 한 바닥 숲을 태워버리는 불, 대규모 벌목…… 그런 소식들. 어떤 생명체가 내게 접근하는 것이 얼마나 좋았는지 모른다. 친히 손으로 어린 새끼 늑대, 새끼 여우, 새끼 토끼를 쓰다듬고 싶었다. 사람들이 내게 다가오는 걸 보면 늘 미소 짓고 멀리서 그들을 향해 손짓하곤 했다. 그러나…… 잊을 수 없다. 그들에게 손짓하며 인사하는 내게 그들은 도끼를 들이댔다. 고독하게 하루를 보내던 어느 날…… 해 질 무렵 한 어린아이가 풀광주리를 지고 옆으로 지나갔다. 난 기뻐서 손을 흔들어 인사했다. 그런데 그 아이는 입을 삐죽 내밀며 다가와선 한참 서 있더니 냅다 내 손가락을 부러뜨렸다.

잠시나마 유쾌했던 적도 있다. 내 팔뚝 위에 붉은 새가 앉아 얘기를 나누었을 때. 하지만 뭔가 살그머니 다가오더니 펑!…… 총이었다. 새는 내 품 안에서 죽었고 그 선혈로 내 얼굴과 내 몸을 적셨다. 정말로 눈물이 났다. 흐르는 눈물은 방울방울 붉은 피를 씻었다. 인간이란, 인간이란 이렇게, 이런 식으로 그 주위의 모든 것과 살아간다. 수목은 인류를 위해 적지 않은 희생을 한다. 열매를 열리게 해서 바치고 자신의 몸뚱이로 집을 지어 비바람을 피하게 하며 일반 가구나 침대로 화하기도 한다. 한 세대 한 세대 수많은 사람이 모두 나무로 만든 침대에 누워 쉬고 잠자고 아름다운 꿈을 꾸었다. 그들은 침대 위에서 태어나 마지막으로 침대에서 죽는다. 나무 침대를 통해 인류와 수목의 관계를 더욱 이해할 수 있지 않은가?

숲에 뛰어든 사람들은 숲이 무섭다고 하지만 숲의 잘못은 아니다. 숲에서 길을 잃는 사람들이 자주 있으나 그것은 나무가 인간에게 다가가는 일종의 방법이다. 항상 인류와 혈육 같은 관계를 맺고 싶어 한 것은 아니지만 손을 뻗어 어루만지는 사람이 있을 때마다 감격하곤 했다. 늙은 은행나무는 한 소녀가 미물던 때를 기억한다. 그녀의 따뜻한 숨결의 향기를 느꼈다. 풍만한 가슴을 그의 몸에 기대어 생기발랄한 심장의 박동을 느꼈다. 늙은 은행나무는 지금까지 그때의 그 한 장면을 떠올리면 행복감이 밀려온다. 그렇다…… 인류와 친한 사이였다.

그 후 또 백 년을 살았다. 이미 뭔가를 지적할 권력이 없어졌다 싶지만 늙은 은행나무는 이야기하고자 한다. 자기가 어떻게 절벽 아래 서 있을 수 있었는지 말이다. 그것은 몇 백 년 전의 역사다. 당시 산 절벽 아래 암자가 하나 있었는데 사람들이 와서 향을 피우며 신령의 가호를 빌었다. 암자가 쇠락한 후에도 은행나무만 남아 사람들에게 '신령스런 나무'라 불렸다. 늙은 은행나무는 씁쓸한 심정이었다. 녹색의 세계 전체를 대변해 호통을 치고 싶었다. "난 보통 나무란 말이다!" 한 그루의 보통 나무, 또 한 그루의 보통나무, 천천만만의 보통 나무가 녹색의 바다를 이루는 것이다.

아, 녹색의 바다…… 그것이 흙을 덮어준 덕분에 온 세계가 특유의 온갖 음악을 연주해내며 지속되어왔다. 인류, 짐승, 모든 것이 이 음악 속에서 평화와 치유로 나아가는 것이다…… 늙은 은행나무는 나뭇가지마다 전율하며 젊은 나무처럼 몸을 흔들었다. 인간들이여! 진정으로 말하건대, 한 그루 보통나무를 외면해서는 안 된다. 그럴 권력은 없다, 대자연이 단 한 명의 인간도 거절할 수 없듯이 말이다. 수목은 혈액과 생명이 있고 호흡할 수 있고 조금도 과장 없이 자신의 혈통과 종족과 존엄을 인식한다.

사람들은 특별히 집 앞이나 귀퉁이에 한두 그루 나무를 심는다. 그저 하나의 장식인 셈이다. 이런 나무를 통해 숲 전체의 열정을 환기할 수 있겠는가? 인류의 질병이 셀 수 없이 많지만, 그중 일부는 푸르른 녹음의 세계와 소원한 상태로 살아왔기 때문에 생긴 병이다. 인류의 불치병은 이미 인류 자신에게만 기대어서는 근절될 수가 없다. 이 목표를 달성하려면, 대자연으로 들어가 마음과 기운을 가라앉히고 두 손 내밀어 대자연 속의 무수한 손을 잡아야 한다. 손에 손을 잡고 햇빛과 공기를 누리며, 대자연과 더불어 인간에게 주어진 날들을 보내야 한다. 때가 되면 우리들은 함께 생활하고 함께 노래할 것이다. 내가 열렬히 사랑하는 인간들이여, 당신들은 아름답고 신성하다. 그대들이 바로 우리들이다. 당신들의 대화가 바로 우리들의 대화, 당신들의 탄생과 성장은 바로 우리들의 탄생과 성장, 당신들의 분주함이 바로 우리들의 분주함!

늙은 은행나무는 한 번, 또 한 번 자신의 눈을 비비며 힘껏 온몸의 물구슬을 떨어냈다. 빗방울이 굵어졌다 작아졌다 어느덧 완전히 멎는다. 천공에 한 조각 햇빛이 비치며 산속의 안개는 천천히 위로 걷혀 올라갔다. 아름다운 한 줄기 무지개가 나타나고, 이어 온 산과 온 들판이 유쾌한 함성으로 가득해졌다.

"야호—!"

"와! 와!"

"솨— 솨—!"

"무무— 구구—!"

　……

오만 가지 색깔의 외침, 속삭임이 그치지 않았다. 얼마나 많은 생명체의 소리겠는가!

짙은 초록으로부터, 여전히 물방울을 떨어뜨리는 등나무 덩굴 아래로 걸어 나오는 한 사람…… 두 눈을 빛내며 하늘의 무지개를 응시하더니 나직이 혼잣말을 한다. "색다리 무지개!"

"야—호—! 멀리서 들리는 연하고 싱그러운 음성이었다. 그 남자는 군부대의 어린 병사가 자기를 부르는 소리임을 알고 손나팔을 만들어 상대방 함성을 따라 했다. 온 산, 온 들의 수많은 생명체들이 함성 속에 웃는다. 모두가 일제히 그의 소리를 흉내 내 목청껏 소리쳤다. "야—호—!"

비 내리던 고운 밤

7월도 끝나가는 이 한 밤…… 도무지 잠이 오지 않았다. 남색 줄무늬 조끼 러닝셔츠가 땀으로 축축하다. 창문을 활짝 열어놨으나 바람 한 점 없고…… 유별나게 조용한 밤이었다. 침대에서 몸을 뒤척이자 작은 침대가 끊임없이 신음했다. 옆방에서 아무 소리도 들리지 않는 걸 보니, 부모님은 두 분 다 잠드신 모양이다.

혼자 오래오래 잠 못 들며 잠들기를 갈망하는 시간…… 얼마나 안절부절 짜증이 나는지 모른다. 몸 안에서 한바탕 뜨겁게 솟아난 물결은 주위의 열기와 어우러졌다. 방 안팎 모두 컴컴했고 갈수록 후덥지근해지는 바람결에 밤기운도 갈수록 무거워졌다. 창문을 통해 내다보니 별빛 하나 없다. 이 고요한 시각, 나는 뭔가를 기대하고 있는 듯했다.

원래 1년 중 이맘때쯤이면 밤에 잠이 잘 오게 마련이었다. 방학해서 모두들 학교 문을 몰려나가 근심 걱정이 없어지니까. 대낮의 강변이나 들에는 새로운 놀거리가 한없이 이어졌다. 심지어 몰래 아버지의 업무용 나침반과 망원경을 멀리 들고 나가기도 했다. 밤이 되면 녹초가

224

되어 있어 불면 같은 건 좀처럼 기억에 없다. 지극히 예외적인 이 밤은 마치 일부러 나를 괴롭히는 것 같았다. 날이 밝은 후 사람들을 만나면 첫마디가 간밤에 잘 잤냐는 물음이 되지 않을까 싶다. 눈을 감고 호흡을 가다듬었다. 천천히 들이마셨다 놓고…… 보통으로 들이마셨다 놓고…… 하다 보면 터닝 포인트가 올 수도 있으리라.

그러나 머릿속에 번뜩 떠오른 것은 아득히 펼쳐진 들판…… 작열하는 7월의 대지였다. 수확을 끝낸, 끝없이 펼쳐진 보리밭에 보리 그루터기들이 반짝거린다…… 토실토실하고 보드라운 버섯처럼 보리 짚가리가 여기저기 솟아 있다. 늘씬한 포플러나무는 길가를 따라 늘어서 있고 반들거리는 소록 잎사귀들이 샤샤샤샤 몸을 떤다.

창밖에서 뭔가 "파닥!" 하는 소리가 울렸다. 이 울림을 따라 머릿속의 모든 것이 휙 날아가버렸다. 나는 숨을 죽이고 엿들었다. 또 한 번 같은 소리…… 이어 매초마다 소리가 나는 것 같았다. 비가 오는구나! 나는 내심 유쾌하게 소리쳤다. 동시에 이 밤 오래오래 무엇을 기대하고 있었는지 깨달았다.

드러누워 숨죽인 채 그 굵직한 빗방울을 온몸으로 맞는 듯 느끼고 있으니 정말 기분이 좋았다. 나는 에메랄드빛 타원형 수구 공이 높이 올라갔다 바닥에 떨어져 튕겨 올라오는 것을 보는 듯했다. 빗방울은 보리 그루터기에 떨어져 그루터기들이 파르르 떨면서 마치 현악기의 줄을 뜯는 소리를 낸다. 돌바닥을 치고 그 탄성에 허공으로 튀어 올라가며 땅! 하는 낭랑한 소리도 났다. 빗방울은 이상하리만치 침착하게 떨어질 뿐 전혀 내 예상처럼 점점 급해지지 않았다. 대신, 공기는 확실히 서늘해져 있었다. 심지어 창문으로부터 미풍이 불어왔다.

나는 침대에서 일어나 앉아 신발을 신고 창문 앞으로 갔다. 이렇게 한참 서 있자니 또 밖으로 나가고 싶어졌다. 느지막이 찾아온 '비 내리는 밤', 어쩌면 그리도 사람 마음을 끄는지…… 듬성듬성, 길쭉길쭉한 빗줄기 사이를 좀 걷고 싶은 마음이 간절했다. 잔잔히 비 내리는 가운데 빗방울 하나가 창밖의 양동이에 떨어지며 요란하게 울렸다. 마치 그 빗방울 소리의 울림을 따라 깊은 밤이 자기 경계선 위로 미끄러져 가는 느낌이었다. 새로운 하루가 시작된 것이다! 나는 주저 없이 창가를 벗어나 살금살금 입구로 걸어갔다.

바깥은 과연 훨씬 청량했다. 귓등, 손등에 떨어지는 빗방울…… 나는 얼굴을 쳐들었다. 빗방울을 눈에 떨어지게 하고 싶었으나 몇 번을 시도하고도 끝내 성공하지 못했다. 머리칼과 조끼 러닝셔츠가 전부 젖으니 얼마나 편하던지! 이 밤, 내 가슴속에 화약이 한 상자 들어 있는 것 같았다. 크게 심호흡을 하면서 천천히 앞으로 걸어갔다. 어디로 가야 하나? 멀지 않은 곳에 보리 탈곡장이 있고 옆에는 말라버린 도랑, 그것을 따라 키 큰 포플러나무가 늘어서 있었다는 기억이 났다. 그 주위는 수확을 끝낸 보리밭이다. 망망히 이어지는 벌판에 태양이 떠오를 때면 보리 그루터기가 반짝반짝 빛난다.

빗방울이 점점 굵어지고 싸늘해졌다. 빗물로 적셔진 대지에서 특이한 냄새가 피어올라 코를 찌른다. 사방에 그득한 달달한 향기는 빗물에 씻기는 대추나무 냄새일 것이다. 진한 향내가 퍼져오더니 눈앞에 갑자기 매혹적인 핑크색이 펼쳐졌다. 활짝 핀 용화수…… 무수한 꽃잎에 달린 영롱한 물방울들이 산산조각 나면서 떨어지고 있었다. 근방의 보리 짚가리에서도 상큼한 향기가 전해졌다. 약간 박하 맛이 났다. 그것은 새로 난 보리 싹 냄새였고 비 오는 날 밤 유난히 사람을 젖어들게 했다.

밤기운이 모든 것을 뒤덮은 가운데 나는 발아래가 갈수록 광활해지는 느낌이었다. 몸을 굽히면 희미하게 뽀얀 보리 그루터기와 그 사이의 파란 풀을 볼 수 있었다. 손으로 따끈한 흙을 만지다 보면 메뚜기가 튀어 올라 기세 좋게 손등을 들이받기도 한다. 들판의 숨결이 점점 짙어졌다. 이럴 때는 왜 꼭 뭔가 목청껏 소리치고 싶어지는지 모르겠다. 손을 뻗어 머리칼을 쓰다듬었더니 질척했다. 나는 비를 흠뻑 맞고 있었던 것이다. 빗속을 실컷 걸었다. 만일 밤의 장막이 없었다면 사람들 눈에 띄었으리라, 넓은 들판 가운데 얼굴 가득 환희에 찬 한 소년이.

이 한밤, 들판과 나는 너무나 친숙했다. 그냥 걸을 뿐 아무 생각도 들지 않는 느낌이었다. 끝없는 밤기운, 그 속에 내리는 빗줄기와 대지가 이 순간 모두 내 차지였다. 나는 달려도 좋았고 하늘을 나는 보라매가 공중에 멈춰 있듯 꼼짝하지 않을 수도 있었다. 그냥 가만히 서 있으면 기뻐 두근대는 심장이 느껴졌다. 심장은 그 사람의 주먹만 한 크기, 피어나려는 꽃잎처럼 생겼다고 선생님께 들었다. 이때 내 몸 속의 그 꽃잎이 파르르 떨리며 피어나 투명한 빗방울을 머금었다.

나는 저만치 서 있는 시커먼 포플러나무 쪽으로 걸어갔다. 싸늘한 나무껍질에 기대어 포플러처럼 몸을 꼿꼿이 세웠다. 보리 탈곡장과 붙어 있는 곳이라 보리 짚의 맑은 향기가 잔잔히 퍼졌다. 나무 아래에는 얼마 전 쉴 새 없이 돌아가던 돌맷돌이 있다. 빗물에 젖어 차갑게 매끌거린다. 나는 작은 말을 타듯 그 위에 올라탔다.

빗소리가 제법 또렷하다. 포플러 잎 위에 떨어지는 빗소리…… 올해분 사용 완료 이후 한참을 쓰지 않아 메마른 탈곡장은 잔뜩 균열이 나 있었다. 작은 물줄기가 타고 들어와 갈라진 무늬결대로 배어 있었다. 미풍이 촉촉한 흙바닥에 닿아 더욱 향기를 피우며 나의 허파에 쏟아져 들어왔다. 이때 두 발로 페달을 디디자 돌맷돌은 천천히 돌아갔다. 돌맷돌을 포플러나무 아래에서 탈곡장 가운데로 옮겨놓는데 인기척이 났다. 나중에 보니 희미한 그림자가 잠시 머뭇거리더니 이쪽으로 걸어온다. 나는 일어섰다. 가녀리고 그리 크지 않은 그림자, 첫눈에 아가씨인 줄 알아봤다. 처음엔 같은 대원 중 한 명이겠지 했는데 입을 열자 완전히 낯선 목소리였다.

"여기서 혼자 노시는 거예요?"

나는 고개를 끄덕이며 대꾸했다. "네. 비도 오고…… 여기, 아주 좋네요."

"너무 더워 잠이 오지 않아서 나왔어요. 온몸을 비로 적시고 싶었나 봐요."

그녀가 말하며 픽 웃었다. 나와 거의 동갑이거나 한 살 적거나 할 것 같았다. 전혀 모르는 사람이라는 것이 점차 확실해졌다. 이 구역에는 늘 누군가 파견 나왔다가 돌아간다. 새 동료의 출현이 놀라울 게 없는 곳이다. 심지어 이렇게 비 내리는 밤 나처럼 잠 못 이루며—문득 그녀가 침대에서 이리저리 뒤척이는 모습이 상상된다—바깥을 걷고 싶어지는 것은 인지상정이라 느껴졌다. 우리는 그야말로 자연이 짝 지어준 한 쌍이었다.

이어 1분쯤 두 사람 다 입을 꿰맨 듯 말이 없었다. 나는 그녀가 나와 마찬가지 심정일 것 같았다. 이 한밤, 잠 못 이루고 들판을 산책하다 뜻밖에 누군가를 만나 너무나 반가운 그런 기분. 밤기운이 피차 몽롱한 모습을 바라보게 만들어줘서 더 좋았던 것 같다. 그녀가 그 자리에서 본 것은 자기보다 키 크고 건장한 짧은 머리의 남자 동료였으리라. 내

코 옆의 주근깨 몇 개가 보이지 않는 것은 하늘에 감사할 일이었다. 그녀를 자세히 뜯어보았다. 첫눈에 그녀가 약간 통통한 아가씨임을 알았다. 밤이라 어두웠지만 크고 빛나는 눈은 감출 수 없었다. 살짝 위로 치켜 올라간 긴 속눈썹도 본 것 같다.

"사람을 만나게 될지 정말 몰랐어요…… 비를 맞으며 좀 거닐고 싶었답니다."

그녀가 먼저 침묵을 깼다. 나는 반갑게 말을 받았다.

"나도 그랬는데…… 정말 뜻밖입니다."

그녀가 앞으로 걸어가고 나는 그 오른쪽으로 걸어갔다. 여전히 보슬보슬 내리는 비…… 너무나 기분 좋은 비였다. 이런 밤 큰비가 내릴 리 없다는 믿음이 생겼다. 그녀는 수시로 손을 뻗어 비를 적시며 발뒤꿈치를 자주 들썩거렸다. 완전히 어린아이 같은 동작이다. 내가 포플러나무 아래에 서 있자 그녀는 걸어와 나무를 손바닥으로 몇 번 쳤다. 이파리의 물방울을 떨어내려는 시도였지만 애석하게도 그럴 기운이 안 됐다. 나는 발로 나무 몸통을 세게 걷어차 우수수 물방울이 쏟아지게 하는 법을 가르쳐주었다.

"어머나! 와……" 그녀는 자기 어깨를 감싸면서 쾌활하게 소리쳤다.

좀 있다가 그녀가 물었다.

"포플러나무 좋아하세요?"

"좋아하죠."

그녀는 고개를 들어 나무 윗부분을 바라보며 중얼거렸다.

"봄만 되면 포플러 솜털이 콧구멍을 막아요."

그녀의 콧구멍에 매달린 포플러 솜털을 상상하면서 웃음이 났다.

"머느나무 좋아하세요?" 내가 묻자 그녀는 잠시 생각하더니 좋아

한다고 답했다. 한참 생각하고서야 답을 한다는 것은 진지하다는 뜻이다. 조금 전 그녀가 포플러나무 좋아하느냐고 물었을 때 앞뒤 생각 않고 대답한 것이 살짝 부끄러웠다. 나는 버드나무 얘기를 시작했다.

"가을에 여럿이 버드나무숲에 가서 놀아요. 노란 버드나무 버섯을 따며……"

"너무 좋겠다!"

"모래밭 위에 누워 나무들 틈 사이로 태양을 바라보기도 하고……"

그녀가 나를 보고 있었다. 밤기운 속에 그 미소를 느낄 수 있었다.

나는 더 이상 버드나무 얘기를 하지 않았다. 화제를 바꾸고 싶었던 것이다. 그러던 차에 그녀가 또 한마디 물어왔다.

"바다, 자주 보나요?"

여기서 바다는 6~7리밖에 안 된다. 우리는 오늘 밤 바로 그 바닷가의 들판에 서 있는 셈이었다. 겨울날 한밤중에 광풍이 몰아치면 침대 위에 누워 파도 소리를 들을 수 있다. 이번 여름에는 여럿이 며칠 바다로 달려가 놀았는지라 피부가 빨개져 있었다. 나는 반가움에 들떠 바다 얘기를 이어갔다.

"네, 바다 자주 봐요. 그쪽은요?"

"나는 며칠 전 처음으로 바다를 봤어요. 정말…… 크더군요. 이상하다는 느낌, 안 들어요?"

좀 생각할 필요가 있었다. 바다니까 원래 큰 거지…… 그게 뭐가 이상하다는 말인가. 이상하게 느껴지지 않는다고 대답했더니 그녀는 고개를 끄덕이며 말했다.

"그렇군요…… 어려서부터 바다를 보고 자라서 경이감이 사라진 거겠죠."

"그럴지도……"

"포플러나무 가로수를 따라 걷지 않을래요?"

그녀가 산책을 제안했고 함께 걸었다. 걸으며 말하고 말하면서 걷
고…… 그 모든 것이 평온하고도 자연스러웠다. 평소 동료들과 왁자지
껄하던 나 자신의 모습이 떠올라 약간 민망해질 정도였다. 그녀는 여전
히 바다 얘기를 계속했다.

"바다 바로 앞에 서면 그걸 어떻게 바라봐야 좋을지 모르겠더라고
요."

이해가 잘 가지 않았지만 그냥 듣고 있었다.

"너무 커요. 손을 뻗어 만질 수 있는데 차갑고 끝이 안 보이죠. 봐,
이게 바다야…… 난 큰 바다를 두고 많은 생각을 한답니다. 심지어 꼭
공부를 해야겠다고 생각했어요."

나는 멈춰 섰다. 이건 또 무슨 말인가 싶었기 때문이다.

"왜 그렇게 생각하는 거죠?"

"너무나 큰 바다를 보고 있자니 나 자신이 너무 왜소한 것 같아서
요. 내가 이렇게 작은 존재이니 잘 배우지 않으면 지식이 부족해지고
그런 상태로 무슨 의미가 있겠나…… 제대로 표현을 못 하겠는데 아무
튼 그때 이런 생각을 했답니다."

그녀의 생각을 어느 정도 납득할 수 있게 된 나는 시원스럽게 말해
주었다.

"말씀 잘하셨어요. 무슨 말인지 알겠네요. 그런데……" 나는 갑자
기 그녀가 무슨 과목을 제일 좋아하는지 알고 싶어졌다. 혹시 나와 같
은 과목이 아닐까? 우선 우회적으로 물었다.

"수학, 좋아해요?"

그녀는 힘 있게 고개를 끄덕였다. 약간 실망이다. 그러나 그런 기분을 미처 드러내기 전 그녀가 말했다.

"글쓰기를 더 좋아하죠. 작문 시간 전, 붓에 먹물을 잔뜩 묻혀서……"

나는 흥분해서 그녀의 말을 끊었다.

"맞아요, 종이 한 장 빼곡하게 자연과 계절에 따라 변하는 경치를 정리해서 선생님을 놀래켜드린다든가."

그녀는 뜻밖의 즐거움이라는 듯 웃으며 대답했다.

"바로 그거예요, 그거…… 난 '비둘기 다리'에 대해 써본 적이 있어요. '빨간 손바닥'이라는 제목으로."

나는 열정을 가득 담아 말하지 않을 수 없었다.

"나도 비둘기에 대해 그렇게 쓴 적 있는데! 거의 한 글자도 틀리지 않게 똑같이. 세상에!"

나는 숨을 멈추고 그녀를 응시하다 점점 그 이목구비를 똑똑히 보고 싶어 견딜 수가 없어졌다. 아쉽게도 빛이 없어 불가능했다. 그 순간 나는 그녀와 너무나 가까웠다. 그녀가 조용히 웃고 있는 듯했다. 날 샐 때까지 얘기하며 온 세상 모든 것에 대해 얘기한대도 두 사람의 결론은 일치할 것이다…… 감히 이렇게 말하고 싶었다. 정말 신기한 일이지만 사실이다. 완전히 무언가 얻었다는 기분이었다. 이런 생각을 하고 있는데 그녀가 앞으로 걸어갔다.

잠시 후 뒤따라 걷자니 미풍 속에 움직이는 그녀의 긴 곱슬머리와 작은 어깨가 눈에 들어왔다. 어깨 위로 양 갈래 끈. 그녀는 어깨끈 달린 치마를 입고 있었다. 짙은 색인 것 같았다. 이때 한 줄기 특별한, 접해본 적 없는 향기가 풍겨왔다. 용화수꽃과도 다른 향기였고 여린 보리 싹의 아련한 싱그러움도 아니었다. 그녀의 긴 머리칼에서 뿜어지는 것이려니 했다. 그녀가 손으로 머리를 쓸어 올리며 나를 돌아봤다. 나는 그녀와 어깨를 나란히 하고 비 뿌리는 벌판을 걸었다.

얼마나 걸었는지 모르겠다. 아주 넓은 땅 위는 우리 두 사람 발자국투성이였을 거라고 믿는다. 그 말라버린 도랑에 이르자 그녀가 한번 비틀거렸고 나는 얼른 부축했다. 몸이 가벼워 내 한쪽 팔 힘만 빌리고도 도랑을 건너뛰었다. 우리는 보리 싹으로 덮인 도랑가에 잠시 앉아 계속 많은 얘기를 나눴다. 별, 달, 만년필, 주머니칼…… 그녀가 무슨 계절을 제일 좋아하느냐고 물어왔다.

"가을."

"나뭇잎이 우수수 떨어지는데도 좋아요?"

나는 얼른 해명했다. "아니, 나뭇잎이 가장 무성할 때, 풍성한 과실의 계절을 말하는 거예요. 가을에서 겨울로 넘어가는 동안이 제일 안 좋아요." 대꾸가 없길래 "그렇지 않나요?" 했더니 그녀가 떨리는 목소리로 말했다. "맞아요. 딱 그대로예요! 그렇게 생각해요…… 우리는 생각하는 게 정말 똑같네요."

그녀 말이, 새벽 과수원에 놀러 가는 것도 좋아한단다. 그녀가 좋아하는 것은 그것만이 아니었다. 이마 위에 하얀 얼룩점을 가진 소, 이제 막 살이 오르기 시작한 아기 돼지, 수염을 깎지 않은 선생님 등등. 모든 것이 나와 같았지만 말은 하지 않았다. 뭐랄까, 원래부터 그랬던 것처럼 이미 놀랍지가 않았다. 그저 이 비 내리는 밤이 한없이 이어졌으면 하는 바람뿐. 바로 그때 비가 멎었다. 층층구름이 하늘을 뒤덮지 않으면 머잖아 희미하게 날이 밝아오리라…… 그녀가 일어서서 내게 손을 내밀었다. "잘 가요!" 인사말은 내 입에서 먼저 나왔다. 그녀는 힘

있게 악수하고 떠났다. 쉴 새 없이 물방울을 튀기는 보리 그루터기……
나는 발아래 보리 그루터기 찍찍 밟히는 소리를 들으며 걸어 돌아왔다.

날이 아직 어두웠지만 이미 새벽 기운이었다. 나올 때 그랬듯 나는
크게 심호흡을 한 다음 방문을 비집고 조심스럽게 들어갔다. 우선 베
개 수건으로 머리카락을 닦고 침대에 누웠다. 부모님은 눈치채지 못 하
셨으리라. 아침노을과 졸음이 한꺼번에 밀려왔다. 방금 전까지 보낸 그
소중한 시간을 계기로 그날 밤의 의미를 잘 생각해보라고 타이르는 것
같았다. 잠시 후 나는 연신 하품을 했다. 맨 끝으로 이런 생각을 한 기
억이 난다. 엄마, 깨우지 마세요…… 부디 아들의 달콤한 꿈을 토막 내
지 마시길……

7월의 마지막 날. 밤은 언제나 그렇듯 상당히 후덥지근했다. 이 도
시의 7, 8월은 영원히 사람들에게 저주받은 계절이다. 나는 내일 장거
리버스로 출장을 가야 했다. 미어터질 만원버스 생각을 하니 벌써부터
우울해진다.

이튿날 새벽, 여행가방을 메고 건물 계단을 내려와 길을 나섰을 때
제일 먼저 느낀 것은 의외의 청량감이었다. 주위를 둘러보니 사람이 적
어 상상했던 것만큼 번잡하지 않았다. 시내버스를 타고 정류장에 도착
해 순조롭게 장거리버스를 탔다. 희한하게도 5분쯤 뒤 차가 출발하는데
자리를 채운 손님은 딱 한 명이었다. 차가 복잡하지 않아 마음이 즐거
워졌다.

막 출발하려는 순간, 마지막으로 서른 몇 살쯤 되어 보이는 한 여
성이 네 살 정도의 작은 남자아이를 데리고 올라탔다. 그녀는 여기저기
둘러보더니 웃으며 내 옆자리로 와서 앉는다. 비어 있는 2인용 긴 좌석

이었다. 작은 갈색 가방을 놓고 아이를 잘 앉힌 후 자기도 앉았다. 그녀와 나 사이에 50센티미터 정도의 작은 통로가 있었다.

차는 빠르게 시가지를 관통해 교외의 들판 사이를 달렸다. 싱그러운 바람이 차창 안으로 불어 들어오자 단번에 그 도시가 내게 가져다준 모든 번뇌를 날려버리는 듯했다. 길 양편은 밭두렁이었다. 보리 수확을 막 끝낸 자리에 보리 그루터기와 함께 옥수수가 새로 커가고 있었다. 멀리 소 한 마리, 양 한 마리, 꼿꼿하게 서 있는 나무들이 보였다. 직전에 비가 왔던 터라 약간 촉촉한 흙바닥 위에는 보드라운 풀…… 새벽안개가 아직 걷히지 않아 멀리 촌락은 희미해 보였다. 들판에서 누군가 고함을 치고 있다. 함성이 마치 산을 하나 너머 건너편에서 들리는 듯했다.

차가 평탄한 길을 가볍게 질주하며 새벽바람은 점점 상쾌해졌다. 유쾌한 여행이 되겠구나…… 천천히 그런 느낌을 가지게 되었다. 옆자리의 여성 동지는 끊임없이 손으로 가리키며 아이에게 창밖에 보이는 것들을 설명하고 있었다. "저건 마차, 저건 개…… 봤니? 잠자리!" 산뜻한 빛을 발하며 해가 뜨는데 그녀가 아이에게 소리친다. 아이는 오래오래 창가에 붙어 있었다. 조금 전 자기 음성이 너무 요란했음을 의식했는지 그녀가 약간 미안한 듯 나를 쳐다보았다.

아침노을빛으로 충만한 차 안…… 그녀는 작은 남자아이 어깨에 한 손을 얹은 채 온화하고 조용하게 앉아 있었다. 신이 나 자꾸 일어서려는 사내아이…… 아이의 검은 눈동자는 연신 두리번거리고 차 안 사람들을 훑어본다. 나에게 특히 많은 눈길을 주었다. 신바람과 장난기 넘치는 눈동자…… 나를 보며 작은 소리로 엄마 귓가에 대고 뭔가 소곤대자 엄마는 입술을 깨물며 웃었다. 나에 대해 뭐라 했다는 뜻이다.

누구든 한눈에 이 사내아이가 그녀의 아이임을 알 수 있었다.

아이의 엄마도 크고 빛나는 눈이었다. 발그레한 얼굴에는 영원히 걷히지 않을 수줍음과 더불어 뜨겁고 발랄한 청춘의 느낌이 있었다. 이미 좀 통통해진 몸집은 그녀를 더 온유하고 더 엄마처럼 보이게 했다. 그녀는 거기 그렇게 앉아 있었다. 하얀 윗도리에 꼼꼼하게 만든 연갈색 치마 차림. 작은 암녹색 지퍼가 단단히 채워져 있었고 허리와 엉덩이는 부드러운 곡선을 드러냈다. 그녀가 또 다른 손으로 차 좌석 손잡이를 쓰다듬는다. 자그마한 손이었다. 아기 손톱 같은 광택의 손톱, 손가락 끝에는 노동의 흔적인 굳은살이 보였다.

"아저씨……" 사내아이가 그녀의 귓가에 대고 내 얘기를 했지만 뭐라 하는지는 잘 들리지 않았다. 그녀는 미안한 듯 나를 돌아보며 말했다.

"얘가 너무 개구져서요……"

여러 사람에게 들리게 하고 싶지 않은 듯 나직한 목소리였다.

"아주 귀염성 있네요. 우리 애도 이렇게 부산하답니다. 손님들에게 괴상한 표정을 짓질 않나."

"댁의 아이는 몇 살인가요?"

"비슷해요."

"사내아이?"

"사내아이."

그녀는 아이의 몸에서 손을 내리고 몸을 내 쪽으로 비스듬히 했다. 이때 아이가 아예 엄마 등에 엎어져 나를 뚫어져라 쳐다본다. 어린 녀석의 응시에 좀 민망해졌다. 그녀는 아이의 한 손을 잡고 내게 말했다.

"외동아이들이 이렇다니까요. 겁나는 게 없죠. 장차 사회에 나가서는? 그래도 겁나는 게 없을까요?"

나는 웃었다. 다음 세대가 주역이 되었을 때의 삶…… 어떨지 정확히 상상이 안 된다. 다만 하나같이 스스럼없고 세련되고 아무것도 겁나지 않는 젊은이들이 각자 문을 열고 쏟아져 나오면 세상은 아주 기운찬 곳이 되지 않을까…… 나는 이렇게 대꾸했다.

"그들이 좋은 젊은이들로 자라길 바랄 뿐입니다."

그녀는 뿌듯한 눈으로 아이를 바라보더니, 제자리에 앉힌 다음 가방에서 물건을 하나 꺼내 놀도록 건네주곤 완전히 돌아앉았다. 얘기 나누기가 훨씬 편해졌다.

그녀는 반짝이는 창밖의 나무들을 보며 말했다.

"오늘은 차 안이 편한 편이네요. 요 며칠 지독히 더워서, 나오고 싶어도 차 타기가 겁났어요."

나는 고개를 끄덕이며 말했다.

"아파트들이 바람을 막아서죠. 아스팔트도 태양이 내리쬐면 냄새가 지독하고……" 일단 말을 시작하자 발동이 걸렸다. 보세요. 이렇게 탁 트이니 한눈에 얼마나 멀리 볼 수 있나…… 사람은 이래야 한다고 봐요…… 속으로 중얼거리다가 문득 소리 내어 말했다.

"사람을 식물에 비교해보면 좋죠. 화분에서 살 수 있지만 들판에서 자라면 더 좋잖아요."

그녀는 고개를 들어 날 보고 눈썹을 한번 움찔하더니 말했다.

"어머나, 비유가 참 좋으시네요! 정말 그래요. 교외로 놀러 가는 걸 틀림없이 좋아하실 것 같아요, 그렇죠?"

"그렇습니다, 여가 시간에 늘 놀러가죠. 강에서 낚시도 하고……"

"대어, 낚아보셨어요?"

"아뇨, 제일 커봐야 손바닥만 한 길이."

그녀는 신이 나 말을 이어갔다. "그것도 좋죠! 낚시, 못 해봤지만 분명 재밌을 거예요."

"이 도시 서북 방향에 작은 강이 하나 있는데…… 좀 멀어서 시외버스나 자전거로 가야 해요."

내 말에 그녀는 온몸으로 감탄하며 자전거를 타고 가면 좋겠다고 대꾸했다. 그녀는 자전거를 못 탄단다.

"그럼 차를 타세요. 저도 자전거 못 탑니다."

그녀는 나를 몇 초 바라보다 물었다. "정말 못 타세요?"

내가 끄덕이자 마치 나 대신 민망해하는 표정이다가 곧 이해한다는 듯 웃었다. 사내아이 소리가 안 난다 했더니 졸고 있다. 엄마 등에 고개를 붙인 채. 그녀는 아이의 몸을 바로잡아주고 손안의 물건을 챙겨 넣었다.

차가 막 평탄한 도로면을 달리고 있어 대단히 평온했다. 그녀와 나의 나지막한 담소는 계속되었다. 화제는 이 도시의 최근 고민들에 이르렀다. 새로 나온 영화나 책 들이며 그 밖의 소소한 것들에 대해서도 이야기했다. 그러는 가운데 그녀가 상당히 진지하게 살아가는 사람임을 알게 되었다.

"업무에서 여의치 않는 일을 당하면 작은 일이라도 때로 무척 상심이 된답니다. 당장 많은 다른 일들을 연상하게 되고…… 낙담하지 않을 수 있어야 말이죠. 우리는 원래 좋은 마음, 좋은 뜻으로 여기까지 왔는데……" 그녀는 입술을 살짝 깨물더니 말을 잇지 못했다. 나는 무슨 뜻인지 알고 있었다. "좋은 마음, 좋은 뜻" 이 몇 글자가 내 마음을 떨리게 했다. 그렇다, 얼마나 많은 사람이 그렇게 살아갈까…… 또 얼마나 많은 불쾌한 일들을 겪어야 할까? 나는 전부 이해가 갔다. 모든 것을 알 수 있었다. 나는 그녀를 보며 아무 말도 하지 않았다. 마치 오래전부터 알던 사이 같았다.

그녀는 오랫동안 자기 손을 바라보았고 나도 말없이 있었다. 잠시 후 그녀가 고개를 들어 멀리 들판을 바라보며 말했다.

"한번은 기분이 정말 엉망인 적이 있었어요. 밖을 좀 거닐고 싶었죠. 처음엔 남편한테 같이 가자고 할 생각이었는데 결국 혼자 공원에 갔어요. 아무도 없는 풀밭 위를 한참 거닐었답니다. 그다음부턴 갈 때마다 천천히 평정을 되찾고 그렇게 좌절감 같은 거 느낄 필요가 없다는 생각이 들곤 하더군요…… 날이 저물면 서둘러 집으로 돌아갔죠. 음식 못 하는 남편을 생각해서." 그녀는 이 말을 하고 웃었다. 놀랍게도 마치 내 얘기를 하는 것 같았다! 정말이지 그녀가 조곤조곤 이야기하는 내용이 마치 내 처지를 말하는 듯했다. 나도 여러 번 비슷한 방법으로 마음의 주름살을 매만진 적이 있다. 그녀에게 말은 하지 않았다.

좀 가벼운 화제로 돌려야겠다고 생각했는지, 잠시 상념에 잠겼던 그녀가 말했다.

"난 작은 동물들을 좋아해요. 집에서 늘 뭔가를 키운답니다. 지금은 비둘기가 두 마리인데 그중 하나는 하얀색이에요……"

나는 화들짝 그녀의 말을 끊었다. 뭔가 말하려다 입안에서 꿀꺽 삼켰다. 정말 공교롭다는 말을 하고 싶었다. 우리 집에도 비둘기가 둘인데! 게다가 그중 하나는 하얀색! 하지만 말하지 않았다. 말하고 싶지 않았다. 깊이 잠들어 속눈썹이 나란히 자리한 예쁜 사내아이의 얼굴과 그녀의 얼굴을 번갈아 들여다보았다. 서른다섯쯤 돼 보이지만 주름은 별로 없는 얼굴. 이 밝고 따스한 얼굴이 한 가정에 따스함을 줄 것이다. 나는 그녀가 지금 입은 옷 위에 앞치마를 두르고 집안일 하는 모습을 상상했다. 우리는 몸을 옆으로 하고 가까이 앉아 있었다. 그녀의 따뜻한 숨결이 거의 느껴질 정도였다.

차가 날 듯이 달렸다. 창밖의 바람은 좀 거세졌고 녹색 커튼이 쉴 새 없이 나부꼈다. 기복 있는 노면을 달리는지 잠시 가벼운 유람선처럼 들썩거렸다. 다른 승객은 곤하게 눈을 감고 있었다. 기사의 오른손이 핸들에서 벗어나 한쪽의 몇 개 버튼 위에서 움직였다. 가벼운 미풍처럼 흘러나오는 음악…… 섬세하고 경쾌하던 음악이 어느덧 점점 불처럼 열렬해졌다. 음악 소리가 모터의 소음을 덮었다. 약간 한쪽으로 돌아간 그녀의 얼굴, 빛나는 두 눈이 왠지 흔들린다. 점점 느려지는 음악은 한 가닥 한 가닥 침잠과 느긋함을 향하고 있었다.

그녀의 속눈썹이 점점 밑으로 가라앉았다. 나는 눈길을 한쪽으로 돌렸다. 눈앞의 모든 것이 사라지고 혼자 무겁게 걸음을 옮겨 넘실거리는 강가에 와 있는 듯했다. 루칭허…… 강변은 탁 트이고 경계 없는 녹색의 들판이었다. 이 끝없이 펼쳐진 들판에서 걷고 또 걸었다. 작고 검은 점 하나가 멀리서 나타난다. 드디어 그것이 소년이라는 걸 알았다. 소년은 슬픔 가득한 눈물범벅의 얼굴로 달려와 내 품에 뛰어들었다…… 나는 두 손으로 이 낯설고도 익숙한 소년을 들어 올렸다……

음악이 멎었다. 그녀가 고개를 들고 줄곧 나를 응시하고 있었다. 내 두 손이 가슴에 있었다. 마치 뭔가를 껴안고 있는 듯한 모습이었을 것이다. 나는 작은 목소리로 말했다. 약간 간구하는 느낌의 음성이었다. "자네요…… 이쁘게도 자네! 한번 안아볼 수 있을까요?"

그녀가 무릎 위에 두 손을 얹은 채 고개를 돌려 아들을 보았다. 이윽고 몸을 숙여 조심스럽게 안아 들어 내게 건넸다. 아이는 손으로 눈을 한번 비볐지만 깨지는 않았다. 아이를 가슴에 안았다. 집에서도 내 아들을 늘 이렇게 안는다. 하차할 정류장까지 그런 상태로 아이를 안고 갔다.

문득 차가 들판에 섰다. 나는 잠깐 멍했다가 정신을 차리고 부득이 아이 엄마에게 아이를 건네줄 수밖에 없었다. 내가 여행가방을 메자 그녀도 일어섰다. "안녕히 가세요." 서로 인사하며 손을 내밀어 악수했다.

차는 나를 내려놓고 또 앞으로 달려갔다. 눈으로 차를 보내며 마음에 달달한 우수가 솟아났다. 차를 끝까지 눈으로 배웅하고 묵묵히 고개를 돌렸다. 순간, 내 가슴에는 돌연 20여 년 전의 그 밤이 스쳤다. 비 내리던 고운 밤……

낙엽 천지

1985년 가을, 나는 쟈오둥* 서북부 작은 평원의 한 과수원에서 일주일을 묵게 되었다. 때는 마침 사과를 수확하는 계절로, 매일 보는 것이 사람들 손에 왔다 갔다 하는 굵직하고 빨간 사과들이었다. 정식 숙박 시설은 없는 형편이라 과수원 자제들이 다니는 초등학교의 빈 숙사에 묵게 되었다. 학교는 대략 과수원 중심부에 있는 것 같았다. 산보를 하러 나와 어느 방향으로 걷든 과수원 반대편 끝이 보이지 않았기 때문이다.

아이들은 거의 하나같이 동글동글한 얼굴이라 붉은 사과를 연상케 했다. 방실거리며 나를 쳐다보는 그들은 짓궂긴 했지만 도회지 아이들보다 의연하고 시원스러웠다. 나와 농담을 하거나 나를 둘러싸고 있다가도 저만치서 부르는 소리가 들려오면 아쉬워하지도 허둥대지도 않고 담담히 자리를 떴다. 나는 그들을 불러들이는 소리가 어떤 종류의 음성

---

* 쟈오둥(膠東): 산둥(山東)성의 반도. 바다를 끼고 한반도와 마주하고 있다.

인지 잘 분간이 안 갔다. 대체로 부드럽고 경쾌하지만 식별하긴 쉽지 않은 소리였다. 울창한 과일나무 숲에 막 들어온 사람의 고막인지라 자연 속의 특별한 음향에 적응하지 못했던 모양이다.

처음 며칠간은 이 과수원이 시끄러운지 조용한지도 가늠할 수가 없었다. 나뭇잎을 스치는 바람 소리, 웅웅대는 벌과 지저귀는 새소리, 사람의 음성…… 모든 것이 함께 녹아 섬세하게 뒤섞여 있었다. 과수원 안에 부는 바람에 씻겨 온몸이 홀가분하고 상쾌한 기분, 소리들은 분명 지극히 평범하면서도 매우 독특했다. 울창한 나뭇가지와 잎새 들을 뚫고 전해져오는 목소리가 아이들에게는 들리나 보다. 아이들은 소리를 들으면 곧 자리를 떴다. 그러나 나는 알아들을 수가 없었다. 이 모든 것이 내가 미처 감지해내지 못하는 순간 이뤄졌다.

태양이 떠오르기 전 새벽녘의 과수원이 짙은 빨간색 광채로 뒤덮일 때 나는 밖으로 걸어 나갔다. 공기는 청량하고 나무들 사이사이로 서늘한 달콤함이 남아 있었다. 과일은 수확된 상태, 땅 위엔 온통 낙엽…… 이르는 곳마다 평안하고 고요했다. 새들도 지저귀지 않는 가운데 거목한 그루가 묵묵히 꼼짝 않고 치솟아 있었다. 인부들이 아직 출근 전이라 과수원에는 아무도 보이지 않았다.

놀라 날아가는 큰 새의 푸드덕 날갯짓 소리…… 멀리 퍼지는 그 울림 속에 앞쪽에서 쇠붙이 부딪치는 소리가 났다. 허리를 구부려 나무들 사이로 내다보니 저만치 우물에서 물 긷는 사람이 보였다. 여성 동지였다. 철 양동이에 물을 가득 채우고는 우물 뚜껑을 손으로 가지런히 했다. 보이는 것은 뒷모습뿐. 한동안 동작을 멈추더니 털어내듯 손뼉을 마주치며 일어섰다. 나는 꼼짝 않고 우물에서 몇 미터 떨어진 곳에 서 있었다. 그녀는 나를 한번 돌아본 뒤 곧 눈을 내리깔면서 물이 담긴 작은 통을 들었다. 우물 속에 들어갔다 나와 축축해진 밧줄을 돌돌 말아 또 다른 한 손에 쥐고 경쾌하게 우물둔덕을 내려섰다. 그녀의 그림자는 빠르게 녹음 속으로 사라졌다.

방금 내가 뭘 봤더라? 발그레한 얼굴, 약간 동그랗고 까만 눈, 오뚝한 코, 날렵한 입술…… 스물예닐곱 살쯤 됐으려나? 농익은 숙성함에서 배어나오는 그윽한 부드러움이 있었다. 붉은 자주색 윗도리에 굵은 코르덴 바지를 입고 있었다. 길쭉하게 쭉 뻗은 힘찬 다리, 너무나 유연해 보이는 허리, 아까 멀리서 본 그대로였다. 순간, 갑자기 아이들을 불러들이던 목소리가 생각났다. 아하, 아이들을 불러간 사람이 바로 당신이로군! 그런 음성은 당신일 수밖에 없어! 틀림없이 선생님이겠구나 싶었다.

그 새벽 나는 오래오래 우물가 옆에 서서 우물을 자세히 살펴보았다. 우물 내벽은 돌벽, 윗부분의 나무 덮개는 지금껏 비에 젖고 햇볕을 정통으로 받아서인지 반은 썩어 있었다. 사각으로 된 나지막한 우물둔덕 양쪽으로 돌 계단이 나 있었다. 푸른빛 감도는 돌 위의 영롱한 물방울…… 물 길러 한 번 더 와주길 고대했지만 그녀는 오지 않았다.

해 뜰 때까지 숲속을 걸었다. 과수원 일대의 푸른 공기가 몸을 떨고 붉은 나뭇잎들은 순결한 깃털처럼 매달려 있다가 우수수 떨어졌다…… 낙엽인지 꽃인지 모른 채 땅 위를 덮은 그것들을 밟으며 나는 앞을 향해 걸었다. 양다리에서 열이 났다. 바로 앞에는 안개가 나무 꼭대기 높이로 한없이 긴 백색 라인을 이루고 있다. 갈수록 걸음이 빨라져 달리기에 가까울 정도의 속도를 냈다. 나는 온몸이 후끈해졌다. 잠시 뒤 한 줄기 솔바람처럼 불어온 노랫소리에 걸음을 멈췄다. 천진난만한 음성이었다. 노랫소리를 따라 걸어갔더니 교실 안에서 정말로 아이들 한 무리가 노래를 하고 있었다.

아까 물 긷던 처녀가 교단에 서 있었다. 추측했던 대로다! 나는 유리 창문에 얼굴을 붙인 채 오래오래 떨어질 줄 몰랐다. 조만간 힐끗 이쪽으로 눈길을 주게 될 테고 누군가에게 멍해져 있는 한 남자를 보게 되리라. 노래가 멎자 그녀는 미소 띤 얼굴로 아이들을 둘러보았다. 쏟아지는 햇빛 한 다발에 그녀의 밝게 빛나는 얼굴이 눈에 들어왔다. 햇빛은 아롱아롱 점광이 되어 풍성한 머리숱 위에서 반짝거렸다. 그녀가 무슨 말인지 하고 있었다. 알아들을 수는 없었지만 분위기로 말투를 판단해낼 수 있었다. 마치 발그레한 얼굴에 아주 잔잔한 땀방울이 배어나올 듯 뜨겁고 생기발랄했다. 나는 마지막으로 그녀를 한번 응시한 다음 그 자리를 떴다. 서로 알고 지냈으면 싶었다.

하루 낮 내내 그 이외의 일은 할 마음이 나지 않았다. 메마른 입술을 오물오물 빨면서 물컵을 들었다 그냥 놓고 창가에 앉아 남쪽의 나무를 바라보았다. 이 일대 과일나무들의 가지와 잎은 수분이 충분하다. 나무 아래는 정결한 땅이었다. 윤기 나는 초록빛 풀과 불그스름해진 수풀들…… 메뚜기가 날아올라 이파리 위에 일순간 멈추더니 다시 땅 위로 뛰어내린다. 바람은 없고 막 수확을 끝낸 과실나무들이 묵묵히 뭔가를 기다리는 듯 서 있었다. 머지않아 엄청나게 늘어날 낙엽, 그리고 북풍한설……

문득 찬란하게 아름답고 온후한 가을의 박명(薄命)함을 느꼈다. 가을이 지나가버리면 이 깊숙한 과수원 사람들은 어떻게 되려나…… 번들거리는 가죽 옷에 가죽 모자를 쓰고 나무 틈새의 하얀 눈을 뽀드득뽀드득 소리 나게 밟겠지. 만일 젊은 처녀라면 종아리 반쯤 오는 털가죽 부츠를 신을 것이다. 햇살 아래 차가운 언 땅을 밟으며 두 손은 호수머니에 찔러 넣고 걸어가게 되리라…… 과수원이 겨울을 맞는 모습을 못 보게 되다니! 나는 머지않아 떠나야 할 사람이다.

저녁에 간이식당으로 밥 먹으러 갔다가 마침 그 여선생과 작은 테이블에 동석하게 되었다. 내 숨결이 가볍게 뛰었다. 식당에서 먹는 사람은 거의 없었다. 대부분 작은 창구에서 음식을 받아 집에 가져가서 먹는다…… 작은 테이블이 나 때문에 둔하게 한 번 흔들렸다. 그 바람에 국을 약간 엎질렀고 테이블 위에서 움직이던 국물이 자기 쪽으로 흘러오자 그녀는 고개를 들어 나를 보며 생긋 웃었다. 정말이지 무슨 말이든 하고 싶었다. 심지어 이렇게 얘기하고 싶었다. 당신이 아이들과 함께 노래하던 그때 창밖에 서 있었답니다…… 또 멀리서 온 사람이고 과수원에서 처음 살아본다는 말도 하고 싶었다. 그녀는 말이 없었다. 모르는 사람과 가볍게 얘기를 섞을 리 없지…… 첫눈에 알아봤다. 과수원 깊숙이 사는 이 여인이 자신의 뛰어난 모든 것을 깊숙이 감추고 있음을 말이다. 당신과 알고 지내고 싶습니다. 알고 있나요? …… 테이블 위의 국물이 그녀 앞에서 멈춰 있었다.

그녀는 식사를 마치고 일어나 밖으로 걸어 나갔다. 나도 식사를 끝냈다. 그녀보다 한 박자 뒤처졌을 뿐이다. 식당을 나서자 그녀가 뒤돌아보더니 내가 자기를 뒤쫓아 온 것처럼 보였는지 멈춰 섰다. "이곳에 온 지 얼마 안 됩니다. 3일 됐어요." 다가가 이렇게 말했더니 그녀는 살며시 턱을 들어 올려 고개를 끄덕였다. "그 학교에 머물고 있어요." 날 보는 그녀의 부드러운 눈빛이 마치 쓸데없는 말 얼마나 더 남으셨나요, 하고 묻는 듯했다. 나는 다소 다급한 마음으로 말했다. "우리 원래 아는 사이인 것 같아요." 그녀는 까만 눈을 휘둥그레 떴다. "네…… 아침에 물 긷는 걸 보면서 이런 생각을 했어요. 아이들 데리고 노래하는 거,

교단에 서서 미소 짓는 거 봤습니다. 물론 내 착각이겠지만…… 우리는 이전에 모르던 사이였죠." 그녀는 고개를 끄덕이며 손으로 머리카락을 한번 쓰다듬고 앞으로 걸어갔다.

학교 건물 앞에 키 큰 자두나무가 줄지어 서 있었다. 저녁노을이 촘촘한 가지 사이로 파고들어 나무 아래 일대의 모래흙을 붉게 물들였다. 여전히 바람 없이 매달려 있는 나뭇잎들…… 멀리 루칭허가 보내오는 물소리 속에 저녁이 되니 한층 평온한 모습이었다.

우리는 자두나무 아래 서 있었다. 말이 없는 그녀 옆에서 나는 무슨 말이든 하고 싶었다. 목구멍에서 뭔가 문득 솟아났다가 상대방이 아직 한 마디도 하지 않았다는 사실을 떠올리곤 잠자코 있었다. 나는 그녀의 평온한 기색을 보며 이 자두나무 아래의 밤과 하나가 되는 느낌이었다. 만일 영원히 이런 천지 안에 살아간다면 불같은 화는 점점 죽어가고 온유함의 푸른 싹이 자라날 터인데…… 그녀는 한 마디도 하지 않았지만 내게는 함께 이야기를 나누는 듯한 후련함이 있었다.

그녀가 아이들을 불러들이던 광경이 생각났다. 내게는 들리지 않고 아이들에게만 들리던 소리…… 저녁노을 속의 자두나무를 뚫어져라 바라보는 그녀로부터 그 마음속 깊은 곳의 뜨거운 음성이 들리는 듯했다. 그녀는 과수원의 이 시간, 점점 엷어져가는 빛을 찬미하고 있었다! 얼마나 많은 저녁, 그녀는 학교 건물 앞에서 이런 광경을 그윽한 눈으로 바라보았을까! 홀로 과실나무들 사이를 발 닿는 대로 멀리멀리 걷는 것도 좋아하리라……

태양의 여운이 완전히 사라지면 자기 사무실로 돌아가 거기 있는 낡은 풍금을 칠 것이다. 나는 속으로 말했다. 당신의 풍금 소리가 얼마나 듣고 싶은지 모릅니다…… 이런 말도 했다. 까만 밤, 생각해보세요.

과수원 깊은 곳에 그 풍금 건반을 눌러 소리 나게 하는 여인이 있고 그 옆에 웬 호리호리한 남자가 흠뻑 도취돼 서 있다는 것을…… 그녀의 눈길이 이윽고 자두나무 위를 떠났다. 이날은 이렇게 끝났다. 우리 두 사람, 인사를 나눈 셈일까? …… 그날 밤 내 호흡 속에 줄곧 따뜻하고 향기로운 기운이 감돌았다.

새벽. 창밖에서 뛰어다니는 아이들 소리로 인해 단잠을 깼다. 창가에 서서 아이들의 귀여운 뒷모습을 바라보고 있자니 졸음이 사라졌다. 나는 수확이 끝난 과수원 일대를 지나, 한창 과일을 따고 있는 사람들 속으로 들어가 함께 일했다. 붉은 사과를 내 손바닥 쪽으로 당겨 따냈다. 막 가지를 떠난 과일의 차디찬 생명감을 손 한가운데 받쳐 들면 과일의 심장박동이 느껴지는 것만 같았다. 모두들 장갑을 끼고 일단 작업을 시작하면 일사천리였다. 그들은 외지에서 온 나 같은 사람이 이런 노동에 즐거워하는 것을 보며 좋아했다. 휴식시간에 함께 앉아 담배를 피우고 농담을 하거나 먹고사는 얘기도 나눴다. 여자 노동자들은 대부분 남색 멜빵 작업 바지 차림이었고 생기발랄했다.

문득 들으니 초등학교 이야기였다. 모두가 학교에 대만족이라는 걸 느낄 수 있었다. 아이들도 선생도 잘 지낸다…… 요컨대 그 작은 학교는 더할 나위 없이 좋은 상태였던 것이다. 얘기를 들으면서 왠지 가슴이 설레었다. 나는 그 여선생이 이곳에 부임한 지 얼마 안 되는 중등사범학교 출신으로, 어느 도회지 중학교에서 파견되어 온 것임을 알게 되었다. 이름은 샤오샤오(肖瀟). 사람들은 샤오샤오의 이름이며 말투나 태도를 화제 삼았다. 상냥하고 친절하지만 가끔 인상을 쓰기도 하는 것은 너무나도 엄숙한 제자 사랑의 증거다, 등등.

학교 건물로 돌아오던 나는 샤오샤오와 딱 마주쳤다. 그녀가 분필 상자를 들고 교실에서 나오는 참이었다. 나도 모르게 "샤오샤오!" 하자 그녀는 멈춰 서서 손안의 물건을 다른 손으로 바꿔 들고 약간 놀란 듯 쳐다보았다. "사과 따러 가셨더랬어요?" 그녀의 물음에 난 고개를 끄덕였다. 바로 앞이 교무실이라 몸만 돌리면 금방 들어갈 수 있었다. 그 안에 들어가 앉아 있고 싶은 마음 간절했으나 너무 들이대는 꼴이 될까 봐 겁이 났다. 그런데 그녀가 몸을 돌리며 말했다. "들어오시죠." 나는 응답하며 따라 들어갔다. 문턱을 넘는 순간 속으로 외쳤다. 우리 이미 아는 사이네요!

작지만 아주 소박하고 깔끔하게 정돈된 사무실이었다. 교무 책상은 없고 옅은 노란색의 탁자 몇 개, 신문철 걸이 몇 개, 잡지가 몇 권 꽂힌 작은 잡지꽂이 하나, 그리고 구석에 풍금이 놓여 있었다. 내 상상 속 그녀는 '현을 울리는 악기(琴)'를 가지고 있었지만 구체적으로 풍금일 줄은 몰랐다. 물론 피아노일 리는 없고 기타일 수도 없다. 왜냐? 그건 모르겠다. 아무튼 풍금이라도 한 대 있어야 마땅하긴 했다(그래야 땅거미가 내릴 때 과수원에 선율이 울려 퍼질 테니까). 여기 온 이래 아직 직접 들어보지 못했으나 한밤중에 현을 타는 소리가 들린 적이 있는 듯하다. 꼭 그런 것만 같았다. 심지어 현 위에서 움직이는 그녀의 손을 상상하기까지 했다. 샤오샤오는 내게 앉으라며 나무 의자를 권하더니 말했다.

"시간 나실 때 여기 와서 잡지나 신문 같은 걸 보셔도 돼요. 외지에서 와 있는 분들, 적적할 땐 와서 들춰보곤 한답니다."

나는 말했다. "조금도 적적하지 않습니다. 오히려 요 며칠 마치 적막 속에서 빠져나온 것 같아요."

샤오샤오의 얼굴빛이 단번에 생기가 돌았다. "그런 얘긴 처음 들어요. 손님들 모두 번화한 도시에서 온 분들이라 이곳의 조용함을 못 견

여하던데…… 예외시네요." 그녀는 마지막 몇 마디를 하면서 눈을 내리깔고 손을 뻗어 책상 위의 책 몇 권을 잡아당겨 가지런히 했다.

"듣자 하니 계시던 그 도시, 무척 번화한 곳이잖아요. 거기서 공부하고 일하고 거의 10년인가요? 긴 시간이죠……" 내 말에 그녀는 얼굴을 들어 창밖을 가만히 보더니 미안한 듯 웃었다. "도시는 뭐든 아마 다 좋을 거예요. 그저 적막할 뿐이지."

나는 깊이 고개를 끄덕였다.

오후 그녀가 수업을 하는 동안 나는 숙사에서 책을 보았다. 내가 들고 다니는 책은 내용에서 장정까지 내가 제일 좋아하는 것들이다. 깔끔하고 잘 빠진 동시에 자연스럽고 소박해야 한다. 한번은 조잡하게 꾸며놓은 책을 보다가 끝내 못 견디고 사료용 잡초 더미에 던져버린 적도 있다. 그 사료용 잡초 더미를 나중에 누군가 거두어가다가 책이 망가져도 싸다 하면서. 내 수중에는 과수원의 기운과 나뭇잎을 스치는 바람소리, 게다가 내 심경과 어우러져 하나가 된 책이 한 권 있었다. 바로 시집. 시인은 심신의 긴장을 풀고 있으면서도 격정을 가득 품은 존재였다. 남자 시인이었는데 그의 노래에 나는 뜨거운 피가 끓어올랐다. 몇 번이고 책을 내려놓고 그녀가 있는 창가로 가고 싶었으나…… 참았다.

결국 과수원으로 갔다. 나무 아래의 풀들, 이름도 모르는 각종 녹색 식물들, 폴짝폴짝 뛰어다니는 작은 벌레들…… 모든 것이 나를 평안하게 해주고 흥미진진하게 만들기도 했다. 작은 참외 한 포기가 나무 밑동을 휘돌아 나무 반대편에 노란 열매를 달고 있었다. 사방이 참외 향기로 진동했다. 과일을 수확하는 인부들이 왜 이 참외를 따 가지 않았는지 모르겠다. 시각적·후각적으로 너무나 뚜렷한 존재였기 때문에 발견하지 못했을 리는 없다. 황금색의 작은 참외…… 형용할 길 없는 정갈한 아름다움을 지닌 과일이 그렇게 조용히 겸허하게 땅바닥에 누워 있었다. 차마 따 가지 못한 것이라는 생각을 하게 되자 나도 잠시 지켜주다 떠나는 수밖에 없었다.

저녁을 먹고 나는 샤오샤오와 함께 걸어 나갔다. 우선 그 열 지어 서 있는 자두나무 아래로 갔다가 거기서 시간을 보내지 않고 계속 앞으로 걸음을 옮겼다. 과수원의 신기한 공활함과 고요함 속의 느릿한 산보…… 아무것에도 구애받지 않는 완전한 자유로움이 너무나 행복했다. 붉은 노을 가득한 이 과수원은 영원히 기억되리라. 일찍이 가져보지 못한 편안함과 평정이었다. 기분, 발걸음 모든 것이 완만했다. 온통 녹색으로 뒤덮인 가운데 심신은 지극히 가벼워졌다. 인간의 감정을 가장 건강하게 해주는 순간이었다.

우리 둘 다 별로 말이 없었다. 대자연의 아름다운 호소에 귀를 기울이고 있었기 때문이다. 피차 상대방이 이런 소리를 감지할 줄 아는 인간임을 알아보았던 것이다. 말하자면, 심령으로 녹색의 울림을 간파해내는 그런 사람. 한 가닥 한 가닥 늘어가는 저녁 바람에 수많은 잎사귀들이 소곤대기 시작했다. 루칭허 강물은 또 한 번 나직한 노랫소리를 들려줬다. 붉은 햇빛 다발이 잎사귀 위로 떨어지더니 아침 이슬처럼 바람 속에 방울방울 흩어져 흙에 스며들었다. 작은 날벌레의 양 날개가 작은 부채처럼 벌어졌다 접혔다 벌어졌다 접혔다…… 챙챙 철삿줄을 뜯는 듯한 소리를 냈다. 붉은 구름이 암녹색 숲 위를 흘러 바다로 흘러들어 천천히 사라지면서 암청색으로 변하는가 하면 자욱한 증기를 발하기도 했다. 과수원 하늘엔 아직 마지막 한 가닥 담홍색이 남아 있고 나무들 사이는 이미 어둑어둑해졌다.

샤오샤오는 배나무에 바짝 몸을 붙이며 멈춰 서더니 물었다. "과수원에 막 도착했을 때 무슨 이상한 느낌 없던가요?"

나는 처음 오던 날의 인상을 더듬었다. 그녀가 혼잣말하듯 말을 이었다. "처음 여기 출장 왔다가 정말이지 놀랐어요. 또 다른 세상이 있었거든요. 이렇게 커다란 하나의 전체가 완전히 또 다른 세상이더군요. 살던 도시에서 난 늘 손님 같은 느낌이었는데 이제 보니 여기 이 세계가 날 기다리고 있었구나 싶었어요. 이곳으로 파견 보내달라고 요청했죠."

"내게도 도시는 태어난 곳이지만 낯선 곳이 돼버렸어요. 여기가 오히려 몇십 년 산 곳인 것 같네요."

"정말 그래요." 그녀는 절실히 공감하는 눈빛으로 나를 보며 대꾸했다.

내가 말을 이어갔다.

"삶이 막 시작된 것처럼 모든 게 한없이 자연스러워요. 사람들 하는 일은 모두 저마다 이유가 있죠…… 예를 들어 하나의 세계를 떠나 다른 세계로 오는 것이라든가. 당신은 많은 것을 잘라냈지만 바로 그랬기 때문에 많은 것을 얻을 수 있었던 겁니다. 많은 것을 잃어버렸지만 얻은 것도 많아요. 다른 사람들에겐 보이지 않겠지만."

그녀의 그 절실한 눈빛이 내가 이야기를 계속하도록 고무시켰다. 그러나 나는 그녀의 부드럽고 깊은 눈빛에 쑥스러워져 말을 멈추었다. 그러자 그녀가 내 말을 이어받았다.

"정말 맞는 말씀이에요. 제가 과수원에 왔을 때도 가을이었어요. 깊은 가을빛에 흠뻑 빠졌죠. 매일 숲을 걸어 다녔고 그 이상 큰 행복을 바라는 건 사치라는 생각이 들었답니다. 귀여운 아이들과 함께 있고 매일 제 일을 하며 남는 시간에 책 읽고 쉬고…… 간절히 바라던 일들을 다 했어요. 과거에 비해 내 삶이 정말 좋아졌지요. 이제 막 스물 몇 살 된 사람으로서 이런 평안함을 얻었으니 무얼 더 욕심내겠어요?"

나는 감동하고 말았다. 이토록 삶을 이해하는 사람이었구나…… 오래된 느낌이기도 했고 처음 같은 느낌이기도 했다.

"나중에……" 그녀가 말했다. "그러니까 겨울이 되면 낙엽은 다 져버리고 들판이 더 휑해져요. 태양 아래 루칭허가 은물결처럼 빛나고…… 여긴 시내보다 눈이 많이 오거든요. 큰 눈이 소리 없이 밤새 내리면 며칠씩이나 그대로죠. 난 겨울옷 준비를 잘 해놓고 눈 오는 날을 기다린답니다. 옷깃에 털 달린 개버딘 코트하고 무릎 반쯤 오는 장화가 있어요. 하얀 눈을 밟으며 걷는 거예요. 어떤 때는 단숨에 강변까지 가기도 하는데 늘 얼음을 깨고 고기 잡는 사람을 보게 돼요. 얼음 구멍에서 김이 무럭무럭…… 고기 잡는 사람은 내게 여기요—! 하면서 아는 척을 하죠. 그럼 나도 팔을 들어 여기요—! …… 강가에서 과수원 학교 건물까지 돌아오면 얼굴이 빨갛게 얼어붙곤 해요. 눈썹에는 고드름이 맺히기도 하고……" 나는 겨울 풍경을 상상했다. 순백으로 뒤덮인 대지의 단순하고도 장엄한 모습. 작은 평원의 겨울 준비는 나도 모르게 한 아가씨의 겨울 옷차림을 생각하게 했다. 무릎 중간쯤 오는 가죽 장화를 신고 두 손을 외투 주머니에 찔러 넣은 채 눈을 밟으며 걸어가는 그녀의 모습이 눈앞에 보이는 것만 같았다. 그 가죽 신발은 회색이다. 발목 부분에 주름이 많이 잡혀 있고 입구의 잔털은 옅은 남색. 물어볼 필요도 없다, 틀림없이 그럴 테니까. 두 손을 몸 뒤에 딱 붙이고 불안하게 두어 번 움직이는 그녀…… 눈썹을 살짝 찌푸리며 자기 다리로 시선을 떨어뜨리는 것이 보인다.

그녀는 약간 너운시 주머니에서 손을 빼 머리카락을 늙듯이 보아

올리며 말했다. "나도 늘 이렇지는 않아요. 아주 모순된 생각을 하기도 하죠. 그 도시나 그 외 사람들에게 고통받던 일들이 생각나서. 그럴 때마다 자기 선택에 회의를 느끼곤 합니다. 이건 일종의 도피 아닐까······ 친구와 토론해보고 싶다는 생각을 많이 했어요. 그쪽이라면 토론 상대가 되어줄 수 있을 것 같은데······"

난 고개를 끄덕이며 한참 생각하다 말했다. "아주 복잡해요. 도피 같지만 반드시 그렇다고 할 수도 없어요. 이 새로운 세계 역시 꼭 거쳐야 할 여러 가지 고통과 고난이 있으니까요. 오히려 아주 새로운 책임을 받아들인 것이기도 합니다."

그녀는 감동한 듯 나를 물끄러미 바라보았다.

"정말 그래요. 여기도 여기 나름의 어려움이 있어요. 보셨죠? 수도도 없어요. 하루는 산보를 하는데 숲에서 나쁜 사람이 튀어나왔어요. 용감하게 방어를 했지만······ 오해나 루머도 있답니다. 주눅 들진 않았어요. 그래서도 안 되고. 여기선 씩씩함이 필수, 용기가 있어야 해요. 혼자 살면서 바로 이렇게 생활하다 보니 어려운 점과 쉬운 점이 그냥 하나가 되어버렸어요. 왜 이런 선택을 하게 되었냐고요?"

"당신이 더 좋아하는 것을 찾은 겁니다. 설마 이것도 비난할 구석이 있을까요?"

"거의 정답이네요. 난 내 일을 가장 중요하게 생각해요. 진지하게 일하고 있어요. 온 영혼을 쏟아 아이들을 사랑하고, 그들이 배워야 할 걸 배우도록. 과수원에서 태어나 자란 아이들도 다른 곳에 가 살게 되면 원망도 사랑도 하게 되겠죠. 때론 작은 전사처럼 강하고 담대하게. 아이들에게 이 모든 걸 가르치는 게 내 책임이에요. 책임을 인식하고 있어요. 감히 잊을 수 없는 책임."

"그건 도피라 할 수 없습니다."

"하지만 늘 역시 도피가 아닐까 하는 생각이 들어요. 몸부림치고 신음하는 사람이 있잖아요. 어떤 사람은 피 흘리며 싸우는데…… 내가 추구하는 삶의 이치는 어디 있을까…… 이런 것들을 생각하게 돼요. 이런 삶과 이와는 다른 삶과의 연관성은 어디 있는 걸까요? 자기만족을 할 줄 알아야 하나요?"

나는 그녀의 말을 자르듯 이야기했다.

"선택이 있으면 필연적으로 도피가 있어요. 샤오샤오가 회피한 건 삶 속의 어떤 것들이지 삶 자체는 아닙니다. 이것마저 허락하지 않는다면 너무 가혹하죠. 실제 삶을 질식시키는 거나 마찬가지니까."

샤오샤오는 말이 없었다. 생각에 잠긴 모습이었다. 과수원은 칠흑같이 어둡고 우리 둘은 갑자기 늦은 시간임을 깨닫고 발걸음을 돌렸다. 자두나무가 늘어선 곳까지 와서 그녀는 걸음을 멈추고 말했다. "오늘밤 토론 잘했습니다. 즐거웠고요…… 내일 봐요!"

그녀가 자리를 뜨자 나도 숙사로 돌아왔다. 왠지 모르게 발걸음이 무거웠다. 조금 전 토론할 때의 냉철함과 명석함을 떠올리며 나 스스로 놀라워했다. 그 순간 나는 형언하기 어려운 기대와 기쁨을 회복하고 온몸이 뜨거워짐을 느꼈다. 침대에서 천장을 보고 누워 있는데 얼마 후 악기 소리가 들렸다. 문을 나가 한참을 서서 귀 기울여 들었다. 당연히 풍금 소리다. 오래된 악기라서 음색이 좀 처량했지만 치는 사람은 최대한 즐거운 소리를 내고 있었다. 심금을 울리는 선율이 밤 풍경 속에 피어오르고 하늘에는 촘촘히 박혀 쏟아질 듯 반짝이는 별, 별, 별…… 최고로 별 밝은 밤이었다.

남쪽이 서늘하게 물어왔다. 부의식중에 나는 풍금 소리가 나는 쪽으로 걸었다. 풍금이 놓인 사무실의 밝은 창문을 보자 가슴의 두근거림이 살며시 빨라졌다…… 천천히 오던 곳으로 되돌아섰다. 계속되는 풍금 소리…… 흥겨운 느낌에서 가라앉은 분위기로 또 기운찬 느낌으로 변해갔다. 나는 바람 속을 걸으며 멀리 도시의 불빛을 생각했다. 그것은 풀포기처럼 밀집된 빛다발, 마치 나뭇가지가 이리저리 갈라져 엮여 있는 듯한 모습이기도 했다. 날이 밝으면 등불들은 과일처럼 무수히 거기 매달려 있다. 과즙 없는 과일들처럼.

풍금 소리가 점점 느려지더니 나중에는 천천히 소곤거리는 사람 음성 같아졌다. 그녀의 풍금 소리는 그날 밤 우리 두 사람이 나눈 이야기의 연속이었다. 그녀의 이야기가 계속되고 있었던 것이다. 과수원은 생기발랄하고 따뜻한 마음씨의 여인을 얻었다. 상냥한 큰언니, 큰누나처럼 또 푸근한 젊은 엄마처럼, 팔을 뻗어 그 사랑스런 아이들을 받아들이는 여인…… 가시지 않는 미소, 경쾌하고도 부드러운 동작으로 인해 그녀의 우수가 사람들에게는 감지되지 않는다. 그러나 나는 그 검은 눈동자에서 또 다른 무엇을 보았다.

그녀의 가끔씩 들썩이는 가슴 아래 한 조각 뜨거움이 감춰져 있음을 느낄 수 있었다. 그날 밤 나는 긴 다리의 여자아이가 축축한 우물가에 서서 날 보며 미소 짓는 꿈을 꾸었다.

이른 아침, 문득 과수원에 온 지 한참되었고 돌아가기로 한 날이 지나 있음을 깨달았다. 떠나야 했다. 생각이 여기에 이르자 누군가 날 욕하는 듯한 기분에 약간 의기소침해졌다. 한 인간이 유유자적 과수원에서 살아가겠다는데 대체 뭐가 걸림돌이란 말인가? 나는 별안간 이런 속박을 기꺼이 수용하기로 했다. 순간적으로 과수원에 최소한 며칠 더 머물기로 결심했다. 어찌 된 노릇인지 그 황금색 참외 생각도 났다. 가기 전 꼭 다시 한 번 가봐야지……

방을 나서서 우선 샤오샤오를 찾아갔다. 당장 그녀를 만나야 했다. 그녀의 숙사가 어디 있는지 몰라 곧장 교실로 갔는데, 텅 빈 교실을 보고서야 일요일이라는 생각이 났다. 서둘러 교무실로 들어섰더니 샤오샤오가 책을 읽고 있었다. 책을 놓고 일어서는 그녀는 반가운 기색이었다.

"일요일도 못 쉬세요?" 내가 묻자 그녀가 대답했다.

"여기 선생님들이 다 집에 가셔서 매주 일요일 제가 여기 와서 공부한답니다. 앉으시죠."

나는 그녀가 보던 책이 눈에 들어와 좀 놀랐다. 내가 휴대하고 다니는 시집과 같은 책이었기 때문이다. "샤오샤오……" 내가 그녀의 이름을 중얼거리는 가운데 두 사람의 눈빛이 서로 맞부딪쳤다 즉시 흩어졌다. 좀 있다가 질문하는 듯한 눈빛으로 나를 바라보는 그녀…… 나는 "잠시만요" 하고는 몸을 돌려 교무실을 뛰어나왔다. 숙사로 돌아가 그 시집을 찾아 가지고 왔다. 가져온 책을 그녀의 책 쪽에 놓았다.

"보세요. 그냥 한 권 가지고 있는 건데……"

그녀는 두 권을 겹쳐 들고 한참을 보더니 이윽고 두 권을 떼어놓으며 말했다.

"늘 조용할 때 이걸 읽는답니다. 몇 번이나 읽었나 모르겠어요. 그쪽도 이 시집을 좋아했으면 했지만 가지고 계실 줄은 몰랐네요. 얘기 나누는 가운데 좋아하시리라 느꼈어요. 이제 확인한 셈이군요." 그녀는 다시 그 시집 두 권을 나란히 겹쳐두었다. 나는 두 권이 영원히 함께 있었으면 하는 심정으로 말없이 거기 앉아 있었다. 책상 위의 책 두 권도 얘기를 나누는 듯했다. 내 눈길이 그녀에게로 향하자 발그레해진 그녀의 얼굴과 농스름하고 까만 눈농자가 보였다. 째깍째깍 시간은 흘러

가고 우리 두 사람 사이에는 침묵이 흘렀다.

얼마나 지났을까…… 그녀가 머뭇머뭇해하는 말투로 말했다.

"어제 토론…… 그러니까 산보할 때 얘기, 참 좋았어요. 앞으로도 그런 토론 또 하시죠."

나는 고개를 저었다.

"그런 토론 정말 좋아하긴 합니다." 나는 입술을 한번 살짝 깨물며 또 고개를 저었다.

한참 수그리고 있던 그녀가 고개를 들면서 말했다.

"그날 저녁의 대화는 많은 생각을 하게 했어요. 우리, 얘기가 참 잘 통하는 것 같네요. 이런 거 정말 오랜만이에요. 사람이란 원래 이런 대화를 할 수 있는데 못 하고 사는군요. 왜 그럴까? 개개인의 소양이 달라서 그런 걸까요? 아니면 다른 원인?"

나는 대답하지 않았다. 그녀가 스스로 말을 이어갔다.

"개인의 소양이란 거, 그걸 어떻게 판단하나요? 당연히 여러 기준이 있겠지만……" 잠시 멈추고 나를 쳐다보더니 계속 얘기했다. "그렇지만 사람들이 한 가지 중요한 기준을 지나치는 것 같아요."

무슨 기준이냐는 내 질문에 이런 대답이 돌아왔다.

"딱 떨어지는 설명은 하지 못하겠어요. 다만 개인이 얼마나 고상하든 만일 대자연을 가까이 하지 않는다면, 대자연도 그를 어루만져줄 방법이 없고 좋은 소양을 가질 수 없을 것이다, 뭐 그런……"

나는 그녀의 말에 동의한 다음 보충 설명을 했다.

"그게 한 개인에게 너무나 중요한 부분입니다. 책을 많이 읽어도 그걸 먹고사는 도구로밖에 삼지 않는 사람들이 있어요. 진정한 소양에는 도움이 안 된다고 봐요. 만일 책을 얼마나 많이 읽었느냐가 소양의 가장 중요한 기준이 못 된다면 대자연과 얼마나 가까운 사람이냐 하는 것과 연결시켜 생각해보는 수밖에 없겠죠."

그녀는 살짝 인상을 쓰며 연신 고개를 끄덕였다. 그 모습에 나는 꼼짝없이 토론에 빠져든 나 자신을 발견하고 담담히 웃으며 말했다. "샤오샤오, 풍금 좀 쳐줘요! 어제저녁처럼." 낡은 풍금을 바라볼 뿐 움직이지 않던 그녀가 나의 재촉에 그쪽으로 걸어갔다. 나는 다시 한 번 풍금 소리에 침잠했다.

"노랫소리 없는 밤— 담소가 없는 밤— 모닥불이 없는 밤— 달도 별도 없는 밤— 친구여, 그걸 어찌 밤이라 하겠는가……"

좋은 음성이었다. 약간 의외일 정도로. 이런 노래를 또 들을 수 있을까? 그 노랫소리는 지난 세월을 생각나게 하고 고통스럽지도 행복하지도 않은 평범해빠진 날들을 떠올리게 했다. 작은 평원에 이런 과수원이 또 있는지 모르겠지만 너무 늦게 찾은 것 같았다. 한발 앞서 이곳에 발을 들여놓은 그녀는 확실히 나보다 지혜롭다.

밤에 잠들기가 어려웠다. 그녀의 노랫소리가 줄곧 귓가에 맴돌았기 때문이다. 창밖은 적막에 싸여 있었다. 아무런 기척도 별도 달도 없는 밤, 나는 몸을 뒤척이며 생각했다. 그녀는 편히 잠들었을까? …… 친구여, 이걸 어찌 밤이라 하겠는가……! 나는 오래오래 답을 찾지 못했다.

그날 새벽 일찍 일어난 나는 줄지어 서 있는 자두나무 아래로 가 한참을 서 있다가 과수원 깊숙이 걸어 들어갔다. 해가 뜨기 전 아침 안개의 빛깔이 희미했다. 나는 서늘한 바람에 약간 몸을 떨었다. 땅 위의 낙엽이 확실히 늘어 있었다. 하룻밤 사이 부쩍 깊어진 가을……

나는 정처 없이 걷다가 한 포기 참외 묘목을 발견했다. 꽤 낯익은 곳이다 싶어 쭈그리고 앉아 살펴보니 며칠 전 황금색 참외를 봤던 곳이다. 참외는 누군가 따 가버린 상태였다. 눈을 크게 뜨고 묘목을 훑어보니 남아 있는 작은 줄기가 보였다……

천천히 몸을 돌려 숙사로 향했다. 붉은 기와가 눈에 들어왔고 두 발이 왠지 멈춰졌다. 자두나무 밑에서 한참을 주시하다가 고개를 나무에 기대고 섰다. 얼마나 지났을까…… 한참 뒤 다른 쪽으로 걸어갔다. 자두나무 아래 이 짧은 노정으로부터 나는 또 돌아가야 할 날을 기억해냈다. 가슴속에 알 수 없는 촉박함이 밀려온다.

정오, 작별 인사를 하러 샤오샤오를 찾아갔다. 그녀가 나를 보더니 묵묵히 손을 내밀며 인사했다.

"오셨어요!"

나는 그저 고개를 끄덕했다.

발밑에서 사각사각 낙엽 밟히는 소리…… 낙엽을 밟으며 그 자리를 뒤로했다. 이곳에 온 것, 그녀에 관한 모든 것이 그저 삶의 한 순간일 뿐이겠지만 인생의 모든 기쁨과 슬픔을 아우르는 것만 같았다.

마지막으로 고개를 돌려 바라보았다. 그녀는 저만치 그 자리에 처음 보았을 때처럼 서 있었다. 발그레한 얼굴, 동그스름한 까만 눈동자, 자홍색 윗도리에 올 굵은 긴 남색 바지를 입고…… 참으로 매력적인 모습이었다.

꿈속의 웅변

이 작은 읍내에서는 무슨 일이든 빠르게 선파된다. 새로 온 사람이라면 팔자려니 해야 한다. 누구네 집에 이상한 애가 태어났다더라, 부두에서 외국 배가 한 척 팔린다더라 등등. 대부분 나와 무관한 소문들이다.

그러나 이번에 전해진 것은 '개를 잡는다'는 소식이었다. 기왕의 경험에 비춰보건대 일을 벌일 것이 분명했다. 이어서 전해진 바로는 이 '개 살처분'이 오늘 일찌감치 시작되었다는 것이다. 보아 하니 의심할 여지가 없을 것 같다.

불행하게도 나 역시 개를 키우고 있다. 키운 지 벌써 7년. 지난 7년 녀석과 어떻게 함께해왔는지, 얼마나 귀여운 녀석인지 새삼 구구절절 늘어놓지 않겠다. 아무 얘기도 하고 싶지 않다. 소식이 전해졌을 때, 온 식구가 모두 손을 놓고 나만 쳐다보았다. 녀석은 당시 작은 고양이와 놀고 있었는데 몸을 돌려 내 얼굴을 보더니 꼼짝도 하지 않았다. 식구들이 방 안으로 들어와 어떻게 할 것인지 상의했다. 친척 집에 보내자, 숨기자 등등. 이런 방법은 오래전에 써봤으나 결국 도움이 되지 않았다. 식구들은 이 말 저 말 상의를 하다가 옥신각신 거의 싸움이 났다. 시내 동쪽에서 이미 시작되었으니 여기까지 오는 데 얼마 걸리지 않을 거라는 말도 나왔다.

"빨리 방법을 강구해보세요!" 아내는 나를 재촉했고 아이는 아이대로 내 옷자락에 매달렸다. 그들을 줄곧 지켜보다가 결국 크게 고함을 쳤다. "가만 안 둬!" 내 목소리가 너무 커서 다들 잠시 조용히 서로 얼굴만 보다가 방을 나갔다. 온종일 밖이 시끌시끌했다. 나는 녀석을 가까이 불러다 곁에 두었다. 문득 이전에 키우던 개 몇 마리가 생각난다. 녀석들의 성격이나 생김새는 달랐으나 종착역은 하나, 늘 피비린내를 맡아야 했다는 것이다.

문 두드리는 소리가 나기에 나가봤더니 이웃이었다. 무슨 물건을 빌려달라 했고, 아내로부터 물건을 건네받아 돌아갔다. 두어 시간 후 또 어떤 이가 문을 두드렸다. 이번에는 아이 친구. 놀러 온 모양이다. 날이 어두워지자 나는 식구들에게 일렀다. "현관문 잠그도록!"

이날 밤, 나는 잠 못 이루고 내내 누군가가 문 두드리는 소리를 들었다. 몇 번이고 침대에서 몸을 일으켰다. 아내는 환각이라며 말렸지만 통 잠을 이룰 수가 없었다. 한밤중…… 아내는 이미 잠든 상태였다. 문득 나는 다시 무겁게 문 두드리는 소리를 들었다. 이상한 일이다. 더 이상 무슨 환각이라고 믿기지 않아 즉시 일어나 문 쪽으로 갔다. 문을 열었다. 몸에 달라붙은 옷차림의 젊은이가 웃으며 고개를 끄덕하더니 쑥 들어온다. 살금살금 걷는 그의 등허리에서 총과 칼이 번뜩였다. 나는 알아차렸다. 최대한 평온한 분위기로 물었다.

"내 차례가 된 거요?"

"그렇습니다." 그는 웃으며 탁자에 칼을 내려놓고 손을 비비더니, 자리에 앉으며 물었다.

"담배 있을까요?"

나는 담배를 건넸다. 천천히 담배를 피우며 조금도 조급한 기색이 없는 이 남자…… 시내 동쪽에서 여기까지 일을 진행하면서 이미 아주 익숙하고 느긋해졌나 보다. 혹시 본래 칼 쓰는 일을 업으로 해온 사람인지도 모른다. 나는 그런 그가 안타까웠다. 이렇게 젊은 사람이, 인생의 가장 아름다운 시절을 보내고 있는 사람이 말이다……

그는 약간 민망한 듯 담배를 비벼 끄며 일어섰다. 그런데 "시작합시다. 어디 있나요? 자, 협조 좀 해주시죠……" 해놓고는, 허리를 구부려 신발을 단단히 신고 호주머니에서 뭔가를 찾는다. 나는 냉정하게 한 글자 한 글자 똑똑히 말했다.

"찾을 필요 없소. 난 협조할 수 없어요. 동의하지 않으니까."

그가 뭔가에 물린 듯 휙 고개를 쳐들었다. 나를 찬찬히 뜯어보더니 말을 더듬는다.

"왜, 왜죠?"

"찬성하지 않기 때문이오."

"당신……" 그는 탁자에 얹었던 손을 조심조심 들어올렸다. "이건 위에서 내려온 규정인데…… 그쪽이 찬성하지 않는다고 무슨 소용 있는 줄 아세요?"

나는 입을 다물고 그의 반응을 기다렸다. 순간, 내 두 팔과 주먹이 부르르 떨리는 듯했다. 계속 저쪽의 행동을 기다렸다. 그가 자리에 앉더니 말했다.

"자기 집에서 키우던 것을 누가 죽이고 싶겠어요! 하지만 어쩔 수 없습니다. 공공의 이익에 승복해야지. 연세가 그만한 분이면 이만한 도리는 아셔야지."

"난 모르겠소! 멀쩡히 잘 사는 개를 왜 죽여버려야 하는지 이해가 안 갑니다. 우리 집 개, 저 혼자서는 마당에도 안 나가는 애예요. 무슨 해를 끼친단 말이오? 사람을 문다? 태어나 한 번도 사람을 다치게 한 적 없어요! 병을 옮긴다? 줄곧 필요에 따라 주사도 맞혔소. 목에 달린 번호표 봐요…… 이런 것들이야 찾아보면 다 나올 테니 됐고, 내가 지금 따지려는 것은 이런 것들이 아니야, 아니란 말이오! 내 질문이란…… 최소한의 최소한의 한마디, 딱 한마디!"

그는 경악한 표정으로 나를 바라보며 물었다.

"무슨 얘기죠?"

"누구에게 남의 것을 빼앗을 권력이 있느냐 그겁니다. 예를 들어 바지 한 장이라도 남의 것을 빼앗아갈 권리가 있냐 그거요?

"그럴 권리, 아무에게도 없죠." 억지웃음을 띤 그의 대답에 나는 고개를 끄덕이며 덧붙였다.

"그럼 됐소. 이 개는 내 겁니다. 왜 외부 사람들이 기어이 녀석을 죽이려 하는 거요?"

"내 업무니까! 난 규정을 집행하는 겁니다!" 목소리가 높아지며 약간 고함치는 분위기였다. 나도 목청을 높였다. "그럼 이 규정을 만든 사람이 누구요? 이 규정을 만든 사람들은 남의 것을 약탈할 권리가 있단 말이군. 당신은 그들을 대신해서 내 것을 빼앗아가는 거고?"

그는 뭐라 대꾸해야 할지 모르겠다는 듯 심호흡을 했다.

"구구절절 헌법을 지킨다는 사람들이 있는데…… 헌법에 분명히 국민의 사유재산은 보호받는다고 되어 있소. 이것이 내 개라는 것, 들개가 아니라는 것이 인정되면 내게 속하는 존재로 보호받아야 한다 그말이오. 이런 권리가 헌법에 명시돼 있소. 신성한 권리니까."

남자는 비명을 지르듯 날카로운 소리를 냈다. "당신 개가 '신성'하다고!"

나는 이 비명을 상대하지 않고 말했다.

"내 기억이 잘못되지 않았다면 이 도시에서 이미 강제 살처분이 열한 번이나 강행됐소. 거의 2년에 한 번, 열한 번의 위헌이지. 나는 그들이 떠드는 헌법이란 베껴온 것, 말장난일 뿐이라는 걸 믿어 의심치 않아요. 키우던 개를 잃고 슬퍼 우는 사람들이 있는데 이 눈물을 재밌어하는 자들이 있다니…… 격년마다 사람을 울리는 거지. 아니, 이런 눈물은 이제 안 흘릴 테요. 내가 하려는 말은 딱 네 글자, 바로 '헌법 준수!'"

뜨거운 눈물이 한 줄기 솟아났다. 나는 나 자신이 상당히 흥분했음을 느꼈다. 눈앞의 젊은이가 뭔가 기회를 찾는 듯 나를 뚫어져라 보더니 돌연 떳떳한 어조로 말했다.

"개는 사람을 물어요. 사람을 병나게 한다고요. '다른 사람의 신변에 위험을 끼친다' 그 말입니다."

"개가 누구를 위험하게 하면 법률에 의거해 처벌하면 되지! 분명히 아직 아무런 해를 끼치지 않는 우리 개를 왜 죽이려 하는 거요? 이 냉혹한 처벌은 그저 가설에 입각한 거잖소! 사람이 장래에 범죄를 저지를 수 있지만 누구도 현재의 그 사람에게 가혹한 행동을 취할 권리는 없소. 당신의 행동엔 근거가 없어. 지금까지 우리 개는 그저 한 마리 착한 개였단 말이오! 1초 후에 사람을 문다면 당장 처벌받아야겠지만. 물론…… 지금은 녀석이 당신을 문다 해도 마땅히 이해해줘야겠지."

"왜죠?"

"당신이 이유 없이 죽이려고 했으니까."

"별 괴상한 꼴 다 보겠네!" 그는 분개하며 날 쳐다보더니 탁자의 칼을 곁눈질했다.

"우린 몇 사람씩 나뉘어서 일처리를 합니다. 난 이쪽 동네를 책임지고 있어요. 전적으로 당신 때문에 업무에 차질이 생겼어."

나는 길게 숨을 토하며 그의 어깨를 두드렸다. "앉게 젊은이, 앉아서 중요한 얘기를 좀 합시다. …… 어떻게 자기 것을 보호할 것인지, 무엇이 자기 것인지. 나를 자기 것도 구분 못 하는 노망난 사람 취급하지 말고. 여기 우리 고장에서는 이 간단한 도리가 엉망이 됐소. 예를 들어 당신이 집집마다 다니며 남의 개를 죽이는 거, 원인은 자기 것을 구분하지 못해서요. 길에서 하루 종일 쩌렁쩌렁 울리는 방송, 책도 못 보게 하고 잠도 못 자게 하는데 이거야말로 남의 안정을 빼앗는 거지. 왜냐, 조용하게 지낼 권리가 있으니까. 이런 권리는 한 사람 한 사람 개인의 것이오. 예를 더 들자면…… 너무너무 많아요. 몇 날 며칠을 해도 다 못 할걸. 가서 음미 좀 해보란 말이오."

"그러고 싶지 않은데!" 젊은이는 지루하다는 듯 내 말을 끊었다. 나를 한 번 흘겨보더니 손을 뻗어 담배를 찾았다. 그가 담배를 피우며 고개를 수그렸다. 뭔가를 새삼 사색하는 것 같았다. 이윽고 구시렁거리며 말했다.

"개를 키우는 게 뭐 좋다고! 양식이 아깝지. 시내 유관 부서에서 조사해보니 이 양식을 절약하면 돼지사육장을 하나 크게 할 수 있다고 합디다."

266

대충 유사한 셈법을 들어본 적이 있는 것 같다. 내가 얘기 좀 하도록, 그렇게 말한 유관 부서의 사람을 당장 불러오라 하고 싶었다. 일단 젊은이에게 말했다.

"양식은 내 거요. 내 노동으로 벌어온 내 거. 내 양식으로 내 개를 키우겠다는데 뭐가 문제지? 그쪽은 그걸 낭비로 여기지만 내겐 아니오. 내게 권유는 할 수 있어도 그쪽 생각을 내게 강요할 수는 없어요. 난 개의 눈에서 미소를 본다오, 특별한 미소…… 위안과 지혜를 주는 미소. 결코 돼지를 키우는 것으로 대체할 수 없는……"

그는 불안하게 몸을 움직이며 작은 소리로 한마디 해놓고 스스로 웃었다.

"뭐라 했소?"

"머리가 이상하다고 했어요!"

나는 냉소했다.

"다른 생명을 용인 못 하며 툭하면 살육, 그거야말로 미쳐 날뛰는 거지. 나는 방금 내 개가 내 것임을 강조했고, 자기 것을 임의로 빼앗거나 해치지 못하도록 하는 것이 최최최소한의 권리라고 강조했는데…… 실제 사정은 이보다 훨씬 복잡하고 심각하오. 왜냐? 그것이 생명체이기 때문에!"

"뭐라고요?" 그는 다시 한 번 고개를 들었다.

"개도 하나의 생명체다!"

그가 입을 삐죽거리며 말했다. "쥐도 하나의 생명체지……"

"개는 결코 쥐가 아니오! '저놈 잡아라' 하며 누구나 미워하는 그런 존재가 아니라 인류와 몇천 년 잘 지내온, 인류의 충직하고 믿음직한 동반자요. 얼마나 많은 사람이 개를 좋아하고 예뻐하며 생사고락을 같이해왔는데! 이것이 수백 년 고난의 삶 속에서 나온 선택이고 판단이란 말이오. 시련 속에서 단련된 감정이지. 당신도 인간이면서 이 모든 것을 결국 한 푼의 값어치도 없다고 본다니 이해가 안 가는군. 무섭구려, 젊은이! 난 당신 총칼이 겁나는 게 아니라 당신이라는 인간이 무서워! 녀석들의 그 눈동자에 어떻게 칼을 들이댈 수 있는지 난 도무지 이해가 안 가요…… 제정신으로 들여다보면 인정할 텐데. 아름답고 사악함 없는 눈들…… 그 눈동자, 눈썹 흰자위를 봐요! 개가 제 명대로 못 살면 그것이 몇 년이나 사나 알 수가 없겠지…… 개는 사실 그리 오래 못 살거든. 대여섯 살짜리 개가 노쇠하면 슬픈 얼굴을 할 줄 안다오. 개에 대해서 좀 알아보시오, 녀석들의 우울한 눈동자를 발견할 테니. 개들은 늙으면 다리가 나무 몽둥이처럼 뻣뻣해져요. 고립무원(孤立無援)…… 너무나 짧은 인생이야. 게다가 총명해서 제 상황을 인지하니까 더 불쌍하고. 그들은 심중의 모든 것을 인간에게 말할 방법이 없어요. 보통 인간이 접수할 수 있는 언어가 없으니까. 그들이 우리 인간들 가운데 살아간다는 건 우리가 전혀 낯선 나라에 가 사는 거나 마찬가지요. 얼마나 인간과의 교류를 원하는지 몰라. 일종의 교감을 위해 목숨을 아끼지 않지. 홀로 마당에 지내다, 세상사의 노예가 된 주인이 대문을 들어서면 털을 죄다 세울 정도로 좋아하거든. 몸을 떨고 깡충거리며 품 안에 뛰어들어 혀로 핥으며 주인을 맞는다오. 눈동자에는 눈물이 반짝이기도 하고…… 자네가 이런 광경을 상상할 수 있는지 물어보지 않으리다. 인간이라면 누구나 보았을 테니까. 다만 이에 근거해서 개가 인간에게 얼마나 많은 정감을 주는지, 이런 정감은 내심 깊은 곳에서 발하는 것이며 한 가닥 속임수도 허위도 없다는 사실을 말해주고 싶소. 여기서 인간 자신을 반성할 수 있을 거요. 인간이라는 동류의 생명체에 대해 열정을 많이 줄여야 한다는 것을 인정하지 않을 수 없을 테고. 품에 와 안기는 녀석을 쓰다듬으며 인간은 감정의 폭풍이 천천히 평정을 되찾는데, 녀석들은 오히려 더 흥분하고 온몸을 더 심하게 떨지. 젊은이, 오늘 집을 나선 지 얼마나 되셨나? 하루, 심지어 반나절도 안 됐을 텐데…… 개는 그 짧은 시간 안에 이런 거대한 열정을 키워내니 감동 아니오? 그것의 존재를 무시할 수 있겠어요? 못 하지! 자기도 모르게 개를 가족의 성원으로 치게 되는 거요. 갑자기 개를 잃어버린 사람이 눈물짓는 것, 온 식구가 며칠 말을 잃는 것, 완전히 이해가 갈 겁니다. 키우던 개가 갑자기 사라짐으로써 한 사람, 한 가정에 남기는 상처는 메울 수 없어요. 영원히……"

정체불명의 그 젊은이는 계속 손으로 양 볼을 괸 채 불안하게 몸을 흔들었다.

"조금도 과장이 아니오. 요 전번 우리 개가 어떻게 죽었는지…… 괴로워 감히 돌이켜보지도 못하겠구먼. 그때도 살처분 소식을 듣고 온 식구가 경악했었지. 늙은 개는 식구들 눈빛을 보며 모든 것을 알아챈 눈치였소. 우리가 어떻게 할 것인가 의논할 때 녀석은 묵묵히 옆채에 들어가 있더라고. 옆채 안에 놓인 땔감 장작개비 틈새에. 우리도 녀석이 그렇게 숨는 것이 좋겠다 싶어 매일 밤 그곳으로 물과 먹을 것을 가져다줬지. 그런데 세상에! 가져다준 것들이 전혀 줄지 않고 불러도 대답이 없기에 장작개비를 들어내 보니…… 죽어 있더군. 목줄에 몽둥이 같은 장작개비가 꽂혀서…… 장작개비를 빙빙 돌아 목줄이 꽉 비틀려 졸리게 했던 거요. 자살인 셈이지…… 눈을 뜬 채로…… 온 식구가 놀라서 한참을 넋이 나가 있다가 모두 울기 시작했다오…… 당시 우리 어머니가 아직 살아계셔서, 지팡이를 짚고 옆채에 서 있다가…… 보는 사람 가슴이 미어지도록 슬프게 우시더군. 이렇게 여러 자식을 키우신 노부인이, 남편 때문에 산전수전 겪으신 분이 말이야…… 우리 어머니 얘기를 잠깐 하지. 어머니 한평생의 눈물이 아직 끝나지 않았단 말인가 싶었소…… 그렇게 우시는 걸 보니 얼마나 괴롭던지. 어머니 울음소리, 자식들이 들으면 안 돼요. 평생 가슴에 못이 박히거든. 어머니를 부축해 자리를 뜨시게 했지만 듣지 않고 개를 옮겨다 친히 보는 데서 묻어주게 하셨지. 이튿날 개 살처분하는 사람들이 들이닥치더군. 그 우두머리가 "'날아갔다' 해도 소용없소" 그러기에, 내가 그랬지. "정말 날아갔습니다, 이 지역에서 도망친 셈이지." 그 사람이 코웃음 치며 말하길, "그렇다면 두 번 다시 돌아오지 못하게 해야 하오!" 내 대답은, "안심해라, 이 잘난 고장에 다시 올 리가 없다."…… 이후 몇 년 동안 우리는 더 이상 개를 키우지 않았어요. 개를 키우지 않겠다고 거의 맹세했지. 하지만 나중에 나중에…… 정말 그러지 말았어야 하는데…… 내 어린 아들이 강아지 한 마리를 주워 와 너무나 예뻐하지 뭐요. 내가 녀석을 보면 나를 향해 빨간 작은 콧구멍을 들어 올리는 강아지…… 난 독하게 마음을 먹고 2주쯤 키우다 어디 줘버리기로 했는데…… 2주가 되자 아들 녀석이 죽어도 못 보낸다 하고, 다들 마음이 약해져서 우리 식구가 된 거요. 너무나 경솔했던 거지! 당시엔 어차피 옛날도 아니고 '전쟁과 기근에 대비하던 시절'도 아니어서 그런 일이 설마 또 생기랴 싶었는데…… 내가 너무 무지했었소! 너무 간단히 생각했던 거요."

　여기까지 말하자, 눈을 감지 못하던 옛날 그 녀석의 모습이 어른거려 가슴이 미어졌다. 탁자 위의 담배를 집어 들지 않을 수 없었다. 담배를 한 개비 들어 올리는데 손이 부들거렸다. 젊은이가 라이터를 켜 불을 붙여주며 물었다.

"동지, 한 가지 묻고 싶은데…… 뭐 하시는 분이죠?"

"교사. 일찌감치 관뒀지만."

젊은이는 무언가 생각에 잠기는 듯 고개를 끄덕이며 중얼거렸다. "음, 교사, 교사……"

나는 담배를 피우며 토해내듯 말을 이어갔다.

"하지만 이곳 선생이 아니라 젊은이는 내 학생이 아니었겠지. 저기 동쪽에서는 자네 같은 젊은이들 적지 않게 가르쳤소…… 그쪽 얘기를 듣고 싶은가? 좋아, 들려주지. 뭐랄까…… 시작은 일단 칭찬을 해야 하나? 난 못하겠구먼. 우리 시내 이쪽 사람들은 쉽게 다른 이를 칭찬하는 습관이 없거든. 나도 마찬가지요. 더 중요한 것은 그쪽 동네도 문제가 아주 많다는 사실. 때로는 극단적으로 악랄해. 그렇지만 내가 말하려는 것은 다른 면이오. 그들이 다른 생명체와 함께하는 방법과 정황. 우리가 지금 논의하는 건 이 문제니까. 요컨대, 그 동네에는 거의 흙이 드러나 있지 않소…… 모두 풀밭이나 농지 아니면 숲이지. 새도 여러 종류로 많고. 거의 사람을 무서워하지 않는다오. 새벽에 학교 가는 길에 비둘기가 얼마나 내 어깨 위로 날아다니는지 몰라요. 시간 여유가 있을 때면 멈춰 서 길가의 물길에 노니는 백조들과 한참 놀곤 하는데…… 내가 들오리에게 손짓하면 녀석들이 다가오지. 계속 손으로 들오리들 등을 어루만지고 날개 위 자주색 깃털을 만지작거리다 보면 따끈하고 매끌한 느낌이 기묘해. 들오리와 백조, 비둘기는 모두 눈이 다르게 생겼지만 아주 귀여워요. 나를 뚫어져라 보면 좀 민망해서 녀석들을 떠나오지만 하루 종일 기분이 유쾌하다오. 그들의 편안한 모습에 영향을 받아 덩달아 나도 상냥하고 친절해지는 거겠지. 이게 바로 그쪽 동네의 상황인데, 이 모든 것이 진실이라면 어떻게 생각하시오?"

대꾸를 기다리지 않고 나는 말을 이어갔다.

"우리가 있는 이곳을 돌아봅시다. 나무나 풀이 없어…… 들오리나 백조도 없고. 어디서 한 마리 날아오면 보는 사람이 무서워 도망을 치지. 비둘기도 사람을 겁내고. 동물들은 예외 없이 우리 인간으로부터 몸을 숨기는 거요. 인간으로서 정말 부끄럽소. 동물들이 도망치며 빨리 그자들에게서 도망치라고 서로 경고하는 것 같거든. 저들은 살육을 좋아하는 존재라며, 자기 이외에 어떤 생명도 허용치 않는 자들이라며 필사적으로 도망치는 거지. 그러지 않으면 피의 대가를 치러야 하니까. 멀리서 온 무수한 동물, 예를 들어 아름다운 백조가 여기에 터를 잡는다면 한 시간도 못 가 사람들에게 총을 맞을걸. 들오리들 한 무리가 강변에서 바글바글 놀고 있으면 반나절도 못 가 모두 잡아 인간들 배를 채울 거요. 이건 실제 상황이오. 설사 우리가 마음을 비우고 어떤 사업을 벌인다 해도 이 동물들이 우리를 거들떠보지도 않는다면, 우리에 대해 마음 깊이 혐오와 두려움을 느낀다면, 인간들에겐 희망이 없어요. 야생동물에게 잔혹하게 해서 피하고 달아나니까 집에서 키우는 동물로 눈길을 돌린 거겠지. 온순한 개에게 못된 짓을 하려는 것이 바로 그거요. 일부 인간들 핏속에 흐르는 괴벽은 고치기 어려운가 보오. 아니, '어려운가 봐'가 아니라 '어려워요.' 틀림없이 이다음엔 더 작고 가련한 집짐승들 차례가 되겠지. 고양이나 비둘기 같은. 그런 행위는 반복될 테고…… 고약한 천성에 뿌리를 둔 잔인함, 우매하고 비겁하고 용렬한 행위…… 어두운 구석에서 이빨을 갈면서 말이야. 이런 인간이 하나의 생명체로서 어떻게 다른 생명체를 용인할 수 있겠소! 인간들은 모든 생기발랄한 것들을 증오하고 두려워하지. 벌목을 하고 풀도 자라지 못하게 하고 말이야. 난 수없이 봤어요. 길거리 정화 사업을 하는 사람들의

272

첫번째 일이 쭈그리고 앉아 풀 뽑기. 푸르름은 금방 사라지고 남은 것은 더러운 발자국들. 당연히 나무를 심는 사람도 있고 동물을 사랑하는 것 같아 보이는 사람도 있지만 심각한 문제는 나무와 풀이 점점 적어진다는 것, 동물들이 우리 곁을 떠난다는 것, 대량 살상된다는 것……"

내 말은 끝나지 않았다.

"다른 생명체에 대한 관용이 없으면 자기에 대해서도 마찬가지요. 여기서 시내의 몇 차례 집단폭력사건을 새삼 들먹이고 싶지는 않으니 이쯤 해두지. 그 사건들, 자네도 똑똑히 기억할 거요. 됐소, 그 얘기는 그만둡시다…… 하지만 우리 아버지 얘기는 하지 않을 수 없군…… 아까 말한 우리 어머니를 산전수전 겪게 한 분. 내 말이 진실이라는 걸 자네가 의심치 않으리라 믿어요. 난 이런 세상에서 내 아버지 삶의 그런 결말이 얼마나 필연적일 수밖에 없나 말하려는 거요. 오늘의 행위와 어제의 행위, 양자가 어차피 어떤 선으로 연결되어 있다고들 생각하지…… 난 다른 생명을 살육해선 안 된다는 생각으로 하나의 생명을, 그 생명과 나의 관계를 생각한다오. 아버지가 내게 지극히 중요하고 내게 남긴 상처, 내 몸 위에서 움직이는 피를 생각하게 만드는 것처럼…… 아버지는 돌아가실 때 백발이셨는데 지금 나도 백발이군…… 아버지가 말년에 뜻밖의 사고를 당한 것처럼 나도 여유롭게 천수를 다 할 것 같진 않고 말이야. 젊은이, 그 젊음이 부럽지만 자네가 앞으로 살아갈 세월도 걱정되는구먼. 삶의 노정엔 상상했던 것보다 천배, 만배의 어려움이 있는 법이오. 자기 수중의 칼로 자신을 만신창이가 되게 할지도 모르고…… 이런 얘기는 그만합시다. 우리 아버지 얘기나 좀 더 하지…… 아버지는 칠십 몇이셨고 거동이 불편해도 정신은 또렷하셨다오. 이 고장에 대해 남다른 애정이 있으셨기에 뭔가 잘못된 곳을 보면 꼭 몇 마디 하는 분이셨지. 한번은 새로 만든 큰길을 문제 삼으면서 아스팔트 길이 돈은 많이 들지만 효과는 별로라고 지적하셨소. 온화한 태도, 조리 있고 근거 있는 지적, 더할 나위 없이 예리한 지적이었는데…… 이것이 시(市)의 몇몇 위정자를 화나게 할 줄 누가 알았겠나. 그들은 꼬투리를 잡아 아버지를 무슨 학습반에 집어넣더니 나중엔 학습 태도가 불량하다면서 농장에 보냈소…… 우리 시의 그 밍싱(明星) 농장. 아버지가 그 연세에 어떻게 농사를 짓겠나? 나와 어머니는 책임자를 찾아갔지. 자기들이 잘 돌보고 있다며 농장의 사육원 일을 맡겼다고 하는 거야. 가봤더니 허리를 구부리고 돼지 사료를 섞어주다가 사료 안에 섞인 손가락만 한 고구마, 그걸 집어 드시더군…… 눈물을 흘렸지, 아버지께 보이지 않도록. 어머니께도 말씀드리지 못했고…… 반년 지나 아버지는 어찌 된 영문인지 죄목이 가중되어 한 흑연 탄광으로 보내졌는데 거긴 더 힘들고 고생스러운 곳이었소. 노동할 때 감시까지 하는 흑연 탄광…… 식구들이 맘대로 가볼 수도 없어. 아버지가 돌아가시기까지 겨우 두 번 가봤소. 처음 가보고 얼마나 놀랐는지…… 백발이 온통 흑연투성이…… 검은 가루가 치아에까지…… 무슨 일을 하시느냐고 물었더니 대답은 안 하시고 해진 수건으로 얼굴만 닦으시더군. 마지막으로 뵌 것은 작은 침대에 누워 헐떡거리실 때였고. 탄광에 다녀가라는 통지를 받았지만 어머니가 편찮으셔서 나 혼자 갔소. 어머니는 남편 임종도 못 보신 셈이오. 가면서 마음의 준비를 했건만 아버지의 몰골을 보니 말문이 막히더군. 아버지는 내 손을 잡은 채 아무 말도 못 하시고…… 나도 마찬가지. 마지막 순간 갑자기 몸 아래에서 작은 종이로 싼 물건을 꺼내 가리키시더군. 벙어리 약! 자기 입을 가리키며 화(禍)는 입에서 나오는 거라고 하셨소…… 벙어리 약을 내게 건네실 때 난 깨달았어요. 아버지 자신을 위해 준비했던 건데 못 써먹게 되자 아들에게 주신 것임을…… 나는 두 손으로 그 마지막 선물을 받아 들고 아버지 앞에 꿇어앉아서……"

내 목소리가 점점 거의 들리지 않을 정도로 낮아졌다. 젊은이는 눈썹을 비틀며 나를 바라보았다. 입술이 몇 번 움직이더니 물었다. 벙어리 약, 먹었나요?"

"탄광을 떠나 루칭허를 따라 돌아오면서 몇 번이나 입에 털어 넣고 싶었지만…… 마지막으로 고개를 들어 내 고향을 보자 마음이 뜨거워져 약을 강물에 뿌렸소."

젊은이는 크게 안도의 한숨을 내쉬었다.

"아버지 말이 천만번 옳다 해도 나는 벙어리가 되고 싶진 않았거든. 우리 고장! 내 고장! 이 뜨거운 심장을 만져봐 다오…… 하면서. 지금 내가 아버지의 죽음에 대해 이야기하는 것은…… 잠복 병균 같은 원한을 깊숙이 품고 있다가 유행성 감기가 갑자기 확 만연되어버리듯 하는 사람들 생각이 났기 때문이오. 현재, 나는 이런 위험을 또 목도하고 있으니까. 무수한 개가 죽음을 당해 선혈로 집 마당을 물들이고 참혹한 비명이 여기저기 들려오고…… 그들은 이런 결과를 기대하는 건가? 이 모든 것이 그들에겐 원한의 화풀이 방법일까? 내가 보기엔 그런 것 같소. 화풀이 방법은 다양하고 분명 매번 큰 재난을 남겼지. 어느 봄날의 소위 '황무지 개간'을 잊을 수 없군. 아무 필요도 없이 동네 북쪽의 숲을 망가뜨렸거든. 얼마나 아름답게 우거진 숲이었나 모르오. 당시 홰나무에 은색 꽃이 만발해서 온 세상 벌들을 끌어들이고, 막 보드라운 잎새가 자라난 용화수, 작은 솜털 공 터지는 버드나무, 잿빛 마른 풀 속에서 자주색 꽃이 솟아나던 시절…… 간신히 겨울을 벗어난 그들은 휘둘리는 곡괭이 아래에서 신음해야 했어. 내 눈으로 봤어요. 사람들이 만발한 홰나무를 독하게 찍어 넘어뜨리며, 미소 짓는 꽃들을 두 발로 짓밟으며 쾌감을 감추지 못하던 모습을. 연속 닷새 동안의 개간 작업이 끝나자 숲은 없어지고 마른 흙뿐…… 그들은 피로한 듯 가버리고 이후 코빼기도 보이지 않더군. 개간된 그 일대의 모래흙엔 지금껏 아무것도 자라지 않아요. 겨울날 모래흙이 언덕을 휘돌고 먼지가 허공에 떠도는 것을 보면…… 마치 나무들의 영혼 같다오. 바로 그런 상황, 이런 행동들을 어떻게 설명할 텐가?

이것이 또 다른 화풀이의 과정이 아니라고 말할 수 있나? 이해가 되지 않는 건, 길거리 위의 시급한 사안들은 꼭 보고도 못 본 체한다는 점이지. 쓰레기 더미에 파리가 들끓고 쓰레기 줍는 노인이 맨손으로 깨진 유리 조각 더미를 가져가는 것, 고물차가 요란한 굉음을 내며 길 위를 오가서 밤낮으로 사람을 짜증나게 하는 것, 뿜어진 매연이 반나절 가도 흩어지지를 않는가 하면 길 위에선 늘 도둑들이 호시탐탐 남의 호주머니를 뒤지고, 여자나 노인 들은 물건을 잃어버려 울고…… 시골에서 온 어떤 어린 처녀는 괴한 몇 명에게 방공호로 끌려가기도 하고…… 손발 없는 사람이 길거리에서 구걸하며 작은 앉은뱅이 의자를 짚은 채한 걸음씩 움직이는 모습…… 난무하는 각종 광고, 하늘이 뒤집힐 듯 야만스런 소음 공해를 안기는 요란한 나팔 소리…… 왜 이래야 합니까? 왜? 무슨 권력으로 이러는 거냐고요? 난 모르겠소. 저 남쪽을 보시오, 검은 산 그림자가 보이시오? 남산. 우리 지역의 유일한 산골 지역. 거긴 물이 없고 땔나무도 식량도 없어요. 사람들 옷도 남루하지. 대대로 모두 누렇게 야윈 얼굴들. 아궁이를 채우는 것도 솥에 넣고 끓이는 것도 고구마 줄기…… 이쯤 되면 그곳의 생활을 짐작할 수 있을 거요.

거기에 얼마나 시급히 해결해야 할 것들이 많은지 상상할 수 있겠죠? 하지만 한 해 한 해 미뤄지기만 하고 변화가 없소. 그러면서 거리낌 없이 열한 차례나 개 살처분을 밀어붙이는 사람들이 있다니……!"

젊은이의 눈동자가 창문을 향하며 먼 곳을 바라보았다. 그는 여기까지 듣더니 진지하게 끼어들었다. "당신의 의견에 반대하지 않아요. 하지만 두 가지 문제를 생각하게 되네요. 첫째, 우리 고장에 대해 너무 무시무시하게 얘기한다는 것. 둘째, 산골 사람들이 그렇게 고생을 한다면 왜 개 키우는 비용을 그들에게 쓰지 않느냐 이 겁니다. 설마 개들이 그 사람들보다 중요하단 말인가요?"

직설적이고 제법 날카로운 의견이다. 나도 몰래 젊은이의 손을 잡고 나와 함께 이 엄숙한 문제를 고민하기 시작한 것에 감사했다. 그의 지극히 간단하고도 복잡한 두 가지 문제에 어떻게 답변해야 좋을지는 알 수가 없었다.

"좋은 질문! 회피할 수 없는 문제요. 우선 첫번째 질문, 자네는 내가 이곳에 대해 너무 무시무시하게 얘기한다고 했지만 뭔가를 날조한 것이라고 여기지 말았으면 좋겠소. 다행히 우리 이곳은 오만 가지 칭찬할 거리가 있는 것도 사실이지. 내 말은 당장 뿌리 뽑아야 할 측면이오. 단 하루만 시간을 준대도 난 이 모든 걸 하나하나 지적해낼 수 있어요. 그저 젊은이가 너무 놀라지 말고 더 용감해지길 바랄 뿐. 나의 지적에 때때로 손을 떨겠지만, 겁주려는 게 아니라 노인네의 충심이오. 두번째 질문, 그건 더 답하기 어려운 문제로군. 우선 개를 키우는 것이 인류에게 필요가 있다는 말을 하고 싶소. 이 필요는 있어도 되고 없어도 되는 것 같지만 사람들의 이 방면 과거 경력을 보면 그런 견해를 부정하게 될 거요. 제일 어렵게 사는 산골 지역에도 개 키우는 사람들이 많거든.

꿈속의 웅변 277

또 시내에선 이미 열한 차례 개 살처분이 있었고 수많은 사람이 상처 받아 눈물 흘리며 다시는 개를 키우지 않겠노라 맹세했어요. 그러나 이 상하게도 모두 나처럼 맹세해놓고 또 지금의 나처럼 그 맹세를 어기더란 말이야. 보아 하니 방법이 없을 듯하오. 생명체의 최심층부의 어떤 갈망이라서, 만족시킬 수밖에 없을 거요. 이런 갈망이 뭔가를 반영하는 것인지는 나도 잘 설명하지 못하겠으나…… 그저 막연하게 느끼는 바로는, 결국 하나의 생명이 다른 생명체의 위안을 필요로 한다는 것, 이런 무형의 교류 가운데 모종의 영성을 얻어야 한다는 것, 영원으로 통하는 도상에서 그것들의 동반이 진정으로 필요할 거라는 사실…… 이건, 누구도 설명 못 해요. 묵묵히 심령으로 느껴야 아는 것일 뿐. 그런 의미에서 자네가 말한 공리나 계산에 가까운 방식은 이 문제를 이해하는 데 도움이 안 될 거라고 봐요. 공리적 계산을 하는 자와 다른 생명체와 교감하려는 자, 이 두 부류 사이엔 소통 가능한 것이 없소. 한 방면, 또 다른 방면, 서로 별개의 얘기를 할 뿐이지. 난 그저 고생과 어려움에 대항해 용감히 앞으로 나아가는 사람들이 세상의 어떤 종류의 사람들인지, 뭐 하는 사람들인지, 어떤 기질을 지닌 사람들인지 말하고 싶을 뿐이오. 개를 죽여야 한다고 강력하게 주장하는 그들은 당연히 절약을 위해서가 아니라 감정상 지극히 인색한 사람들이오. 자연계의 각종 생명에게 친근감을 느끼고 매순간 이해와 접근을 시도하는 사람들만이 고난에 특별히 민감하고 그런 고통을 없애기 위해 자신의 모든 것을 바치고 싶어 하는 법이라오. 진정한 용맹은 원래 냉혹함이 아니라는 것, 살다 보면 무수한 예를 찾을 수 있어요."

그는 경청하면서 눈을 껌뻑였다. 정말 내 얘기를 이해한 걸까? 내가 멈칫했을 때 그는 자기 무릎에 얼굴을 묻었다. 다시 얘기를 들을 준비가 된 것 같았다. 그는 이런 대화를 지겨워하더니 점차 익숙해져 마침내 더 듣고자 하는 분위기로 변한 것 같았다. 그러나 나는 그의 얘기가 듣고 싶어져서 물었다.

"이번 살처분 업무, 순조로운가요? 얼마나 끝냈소?"

그는 피곤한 듯 눈을 비비며 고개를 한쪽으로 비틀었다. 잠시 뒤 다시 이쪽을 보고 입술을 적시더니 말했다. "아마 절반 이상은 됐을 걸요. 확실히 과거보다 힘드네요. 개를 숨겨놓는 사람들이 많아서. 어떤 때는 개가 뛰어나와 미쳐 날뛰고…… 우리는 총을 들고 있으니까 사람을 다치게 할까 봐 겁이 나요. 개가 작은 골목에 뛰어들어 날뛰면 골목 입구에서 총으로 끝장내죠. 때로는 총알을 맞고도 덤벼드는데…… 맙소사, 진짜 무섭다니까요. 녀석들이 피를 흘리며 달려오거든요. 얼마나 많은 개가 시내에서 도망쳐 남쪽으로, 산으로 도망갔는지 몰라요. 우리는 연합해서 봉쇄작전을 벌였죠. 산을 둘러싸고 포위망을 좁혀가는데 고개를 드니 몇백 마리가 고개를 들고 산 위에 서 있습디다. 일제히 우리를 보더니 한 마리도 뛰거나 도망을 치지 않는 거예요 글쎄. 우리는 상당히 겁을 먹었지만 좀 있다가 총을 쏴서 몇백 마리를 한 더미로 만들어버렸죠 뭐. 어떤 놈은 허공으로 날 듯이 솟아오르는 자세로…… 피가 산등성이를 온통 뻘겋게 물들였고……"

우리 두 사람 다 잠잠해졌다. 뭔가에 화상을 입은 듯 따갑고 쓰린 가슴으로 내가 말했다.

"정말 대단하시구려, 젊은 친구! 정말 대단해! 당신네 그쪽에선 폭력이나 강제 수단으로 대처할 경우엔 모두 시원하게 해치우면서, 포부와 안목이 필요하고 선견지명이 있어야 할 모든 일은 다 망쳐놓는군!" 나는 거의 이 젊은이의 얼굴에 부딪힐 뻔했고 목청도 사람을 자지러지게 할 정도였다.

"이것이 살육이 아니라고 할 수 있소? 부인할 방법이 있냐고! 이전에 없던 새로운 살육이 여기서 또 발생한 거요! 모든 것이 이렇게 지나가는 건가? 아니! 그렇게 간단할 리 없어. 하나의 반격이 조용히 시작되고 있으니까. 눈을 크게 잘 뜨면 보일 거요. 병원에 가서 얼마나 많은 이들이 치료받기 위해 줄 서 있나 보시오. 가로로 한 줄, 세로로 한 줄, 인산인해, 매일매일 그렇소. 수술대 위에선 얼마나 많은 사람이 피를 흘리고 병상에서는 얼마나 많은 사람이 필사적으로 몸부림을 치나 보란 말이오. 불치병은 점점 많아지고 암 병동은 매일같이 만원이야. 오늘 친한 친구가 암으로 죽으면 내일은 또 지인이 장암 수술을 받지. 얼마 전 내게 화분을 하나 선물한 어떤 학생은 어제 듣자 하니 폐암 선고를 받았다더군. 무수한 사람이 간염을 앓고, 피검사니 초음파 진단이니 한 번 하려면 일주일 전에 예약해야 한다지? 살육! 대자연의 모든 생명과 대항하는 것! 그것들을 적대시하는 것! 이 모든 업보는 더 무서운 보복이 될 거요. 겁낼 것 없어. 도망치지 말라고! 와서 자기가 심은 씨앗을 거두란 말이야! 최근 여러 가지 살육에 열중한 사람들, 듣자 하니 또 어리석음의 극치로 웃기는 행동을 했더군. 온 집안이 시내 북쪽 작은 강변으로 이사를 갔다오. 가로수들을 죄다 베어버리고 쓰레기 더미는 방치하면서…… 도망치면 그만이다 그거지. 하지만 남풍이 불었다 하면 도심의 독기가 강변으로 불어온다는 걸 깜빡했더구먼. 몸속에 독소가 쌓인다는 걸 잊은 거요! 설사 처벌을 피한다 해도 자손들은? 그들은 한 방에 우리 고장을 끝장낼 거요. 지금 생각을 바꾸면 피할 수 있겠지만 안타깝게도 절대 그리 못하겠지. 대자연은 그들을 가만 놔두지 않을 테니. 흉악하고 잔혹하게 삶을 대하고 자연을 대하면 대가를 치르게 되어 있거든! 이런 얘기 들어봤겠죠? 혼자서 적을 이길 수 없을 때 결국 몸 위에 폭약을 가득 묶고 적들에게 매달려 도화선에 불을 붙이는 거! 인류 뒤에 '자연'이라는 거인이 바짝 쫓아와 폭탄을 묶어놓은 셈이지. 도망칩시다, 도망치자고요. 그 치명적인 손길을 피하자고요…… 정말 나는 대자연과 인류, 결전의 시간이 다가온다는 느낌이오!"

나는 말하면서 언제부턴가 뜨거운 눈물을 흘리고 있었다. 눈물이 뺨 위를 지나 촘촘한 턱수염까지 흘러들었다. 젊은이가 일어섰다. 역시 눈물이 그렁그렁해 있는 것도 보였다. 나를 보며 목석같이 서 있다. 그의 몸이 별안간 수숫대처럼 기운 없어 보이더니 두 손을 부들부들 떨었다. 어깨 위의 총이 바닥에 떨어졌다. 그는 감동한 듯 고개를 끄덕거리며 몸을 돌려 문을 열고 나가버렸다. 나는 총을 주워 들며 문으로 쫓아갔다. "젊은이! 이봐요, 총, 총……"

큰 소리로 계속 불렀으나 답이 없었다. 또다시 불러보았다……

누군가 내 어깨를 흔든다. 번쩍 눈을 뜨니 보이는 것은 잠옷 차림의 아내였다. 손으로 내 눈물을 닦아주며 그녀가 말했다. "요란하게 고함을 치고 우는 통에…… 좀 무서웠어요."

나는 벌떡 일어나 앉았다. "계속 개 살처분하는 사람을 말리고 있었어. 막 돌아갔는데……"

쓴웃음을 지으며 아내가 말했다. "꿈이에요. 당신, 줄곧 자고 있었다고요."

그렇다. 한밤의 설교였다. 목표 없는 강변(強辯)! 나는 이불을 밀어내고 침상에서 내려왔다. 창문으로 붉은 아침 햇살이 쏟아진다. 문득 서둘러 개를 보러 마당으로 갔다. 녀석도 나처럼 잠을 설쳤으리라. 녀석의 따스한 작은 둥지가 마당의 한쪽 구석에 놓여 있다. 내 작품이다. 나는 조심스럽게 그쪽으로 걸어갔다. 새벽, 잠들어 있는 녀석을 가서 한번 얼러주는 습관이 있다. 그런데 개집까지 걸어간 나는 경악, 격렬히 전율했다. 이것이 생시일까……? 눈을 감은 녀석의 코앞에 피가 엉겨 붙어 있었다. 간밤에 누군가에게 살해당한 것이다! 목덜미의 칼자국은 깊은 상처였고 정조준한 칼에 찍힌 것이었다.

집 안에서 아내와 아이의 웃음소리가 들린다. 간밤의 내 꿈 얘기를 하며 웃고 있는 것이다. 난 밤새 눈물을 흘려서 더 이상 눈물이 나오지 않았다. 살짝 녀석을 안아 들었다. 마치 아이를 안아 들듯 껴안고 속삭였다. "미안하다…… 지켜주지 못해서. …… 그랬구나…… 이번엔 어차피 통지를 할 필요도 없었던 거지. 그런 설교니 강변이니 다 소용없었던 거야……"

겨울 풍경

　양력 11월 들어 노인의 안색이 한층 무거워졌다. 혼자 들에 걸어
나가 하늘 끝을 응시하며 부단히 눈썹을 부들거린다. 맑은 날씨에 사람
들은 정신없이 밭일하고 바다에서 고기 잡느라 아무도 그에게 신경 쓰
는 이가 없었다.

　큰 바람이 불자 땅 위를 뒤덮은 낙엽이 말라붙은 도랑에 날아가 떨
어진다. 노인은 그것들을 그물주머니에 담아 지고 와 집 마당에 쌓아두
었다. 그리고 낙엽 더미 위를 덮어둔 째진 그물이 움직이지 않도록 수
수깡으로 단단히 고정시킨다. 다음 날도 그다음 날도 그는 광주리를 들
고 바다로 나가 파도 자국을 따라 걸었다. 바닷물이 쉴 새 없이 석탄 조
각, 나뭇조각을 떠밀어 올리면 그것을 광주리에 주워 담았다.

　하루는 고무바지 차림의 아들이 배 갑판에서 내려와 아버지 광주리
에 담긴 물건들을 보게 되었다. 자기가 언제든 리어카로 실어 오면 되
지 않겠냐고 했지만 노인은 쳐다보지도 않았다. 계속 손을 뻗어 손가락
크기의 나뭇조각을 집어 광주리에 넣었다.

노인은 석탄과 나뭇조각을 죄다 마당으로 지고 와 비 올 때를 대비해서 말려 쌓아놓는다. 소금기가 물에 씻겨 나가면 더 잘 탄다. 평소에 길을 갈 때 나뭇가지 같은 것을 보면 역시 모두 주워 왔다. 요즘 매일 매일 바다에 가서 이런 것들을 주워 온다. 혹시 파도 자국 위에 대합이나 소라, 작은 물고기 같은 것이 있으면 그런 것들도 잡히는 대로 광주리에 넣어 가지고 왔다. 그가 매일 뭔가를 주워 와 쌓아놓는 것을, 사람들이 드디어 궁금해하기 시작했다. 누군가가 그의 막내아들에게 "니 아부지 왜 그러시는 거냐"고 묻자 웃으며 대꾸했다. "늙어서 그러신 거쥬 뭐!"

노인의 거처 작은 사합원*은 사람 키 높이만 한 담장이 둘러쳐져 있고 그의 방은 한쪽 구석에 있었다. 아내와 사별한 이후 아들이 새 집으로 옮겨 사시라고 했지만 일언지하에 거절했다. 마당은 널찍하고 햇볕도 잘 든다. 홀로된 노인이 이런 햇볕을 포기할 수 없는 법이다. 마당 대부분을 차지하고 있는 것은 주워 온 석탄 조각과 나무토막이다.

한밤중에 비가 오자, 노인은 도롱이를 걸치고 대나무 삿갓을 쓴 차림으로 마당에 나가 쇠스랑으로 나무토막 더미를 뒤적였다. 발아래 빗물이 철철 흐르는 가운데 그는 나뭇조각을 하나 주워 들어 입에 넣고 씹어 깨뜨려본다. 짠맛이 남아 있나 음미한 다음 뱉어내고 방으로 돌아갔다. 대낮의 햇볕이 아주 좋으면 나무토막과 석탄 조각을 뒤적이며 말렸다. 이렇게 며칠 지난 다음 차곡차곡 쌓아 올려 넘어지지 않을지 두드려보고 진흙으로 밀봉했다. 마당 한쪽 구석에 붕긋하게 솟은 무덤이 생긴 듯하다. 이번에는 건초와 진흙을 이겨 광주리에 담아 작은 방을

---

* 　사합원(四合院): 중국 북방의 전형적인 가옥 형태. 가운데 마당을 중심으로 사각으로
　둘러싸인 건물에 주 건물, 좌우에 곁채, 주 건물의 맞은편에 대문 등이 배치된다.

따라 돌아다니며 갈라지거나 구멍 난 곳을 메웠다. 방 뒤켠 담장의 네모난 창문에도 풀진흙을 바른다.

작은 방에서 가장 큰 물건은 침상 같은 구들이다. 최대 여섯 명, 자기, 마누라, 아들 네 명이 잘 수 있는 넓이의 구들. 아들 셋이 죽고 할멈도 세상을 떠나고 막내는 이사 나갔지만, 구들은 여전히 큼직한 그대로다. 따끈한 흙구들 위에 앉아 창밖으로 하얀 구름 떠다니는 것을 바라보곤 했다. 그야말로 더 이상 부러울 것 없는 일종의 풍요로움이었다.

노인은 작은 방의 외부를 수습한 뒤 쭈그리고 앉아 방 안의 구들을 다듬었다. 우선 구들에 구멍을 두 개 냈다. 그 앞에 여유를 두고 흙벽돌을 쌓아 두 구멍이 통하게 한 다음 구들 벽을 빙 둘러 흙벽돌을 쌓았다. 이렇게 하면 구들 연기가 벽을 타고 올라가 벽난로가 된다. 그는 평생 두 번 벽난로를 만들었다. 유난히 추운 겨울날이었다. 어부 몇 사람이 물에 빠졌다. 그들은 다행히 얼음 조각을 타고 해안으로 기어올랐으나 곧 의식을 잃는다. 바다에 나갔다가 그들을 발견한 사람들이 노인에게 이 조난자들을 업어 왔다. 마을에서 유일하게 벽난로가 있는 노인의 작은 방에서 얼음 박힌 발을 녹이게 한 것이다.

할멈은 솥에 고구마를 넣고 연하게 삶아 으깨 사람들의 입에 넣어주었다. "마누라, 자네 참 능력자여." 노인이 벽난로 아래에 앉아 부뚜막을 바라보며 할멈을 칭찬했다. 그녀가 부뚜막에 앉아 어부들의 발을 벽난로 쪽으로 끌어당기자 얼음이 방울방울 녹아내렸다. 그가 벽난로를 쌓을 때 할멈은 풀진흙을 옮겨다주며 거들었다. 풀진흙이 묽은지 빽빽한지 손가락 신호만 해도 알아듣는다. 그해 벽난로 덕분에 편안하게 겨울을 보냈고 사람도 여러 명 구한 셈이다. 이 사람들은 지금도 바다에서 물질을 하는데 옛날보다 기운이 좋다. 하지만 할멈은 그렇지 않았다.

노인이 벽난로를 다시 쌓은 다음 아궁이 땔감에 불을 붙였다. 불꽃은 활활 소리를 냈고 얼마 못 가 축축하던 벽난로가 하얀 김을 뿜으며 천천히 마른다. 그의 이마에 땀방울이 맺혔다. 11월은 역시 불을 땔 계절이 아닌 것이다. 노인은 방에서 걸어 나와 남은 풀진흙으로 난로 벽을 단단하게 마무리한 후 대문을 나섰다. 남쪽을 내다보자 먼 산의 자태가 푸릇푸릇했다. 그는 매일 남산(南山)을 보며 그 빛깔로 날씨를 가늠해왔다. 옛날에 혈기 넘치는 남자들을 몇 명 구해주었을 때 할멈이 말하기를, 음덕을 쌓았네, 음덕을 쌓았어! 그런데 이상하게도 하늘이 인간 세상의 사정을 반대로 기억하는지…… 자신은 팔팔하던 아들 셋을 연달아 잃었다.

그해, 남산의 공사장에 파견된 큰아들이 해가 다 가도록 돌아오질 않았다. 할멈은 고구마에 쌀가루를 섞어 구운 낙병*을 싸주며 노인에게 가보라고 했다. 공사장에 도착한 노인은 2백 미터쯤 되는 산굴 끝자락에서 간신히 아들을 만났다. 텁수룩한 머리에 돌덩이 같은 안색의 아들이 말했다. 터널을 개통시키기 위해 높은 산을 뚫어야 한다고. 기가 막힌 노인은 책임자를 찾았다.

"이게 가능한 일입니까요? 평생 가능하기나 한가요?"

그 사람은 코웃음을 치더니 말했다. "혁명의 역량을 믿지 않는 거요?"

노인은 들고 간 낙병만 놓고 돌아오는 수밖에 없었다. 오면서 내내 무릎까지 푹푹 빠지던 큰 눈이 잊히질 않는다. 산을 채 빠져나오지 못한 상태에서 엄청난 폭발음이 들렸다. 집에 돌아온 이튿날, 누군가가

---

* 구운 밀떡.

286

와서 아들이 산굴에 매몰되었다는 소식을 전했다.

큰아들 시신을 실어 오는데 나무 바퀴 수레가 몇 번이나 눈에 빠졌는지 모른다……

그해 겨울, 온 세상이 모두 새하얀 색이었다.

노인은 문 앞에 한참 서 있다가 마당을 돌았다. 그러다 방 왼쪽의 작은 사잇길에서 검은 버들로 촘촘히 엮어 만든 바구니를 꺼냈다. 해진 신발이 들어 있었다. 그는 면 신발을 골라내고 또 하나 특이하게 생긴 물건을 찾아냈다. 돼지생가죽으로 만든 사각형 물건. 안에는 밀짚이 채워져 있고 위는 굵은 끈으로 꿰매져 있다. 그는 신발을 벗더니 맨발을 돼지가죽 속에 힘들여 끼워 넣은 뒤 끈을 바짓단에 묶었다. 지난겨울에 만든 돼지생가죽신. 눈밭을 지나 바다에 나갈 때 신으면 아주 딱이다. 요즘에는 이런 신발을 만들 수 있는 사람이 몇 안 된다. 나름의 비법을 가진 사람은 더 적다. 이 신발을 보고 웃는 사람들이 많았다. 아들, 며느리까지 웃었다. 노인은 귀빰을 한 대 때리기도 귀찮아 그냥 신고 나가버렸다. 돼지생가죽신을 신고 있으면 눈이 밟히면서 물기가 생겨도 두 발이 전혀 시리지 않다. 바다 위 작은 배에서 바쁜 사람들이 추워서 팔짝팔짝 뛰어도 노인 혼자만은 아무렇지도 않게 왔다 갔다 할 수 있었다.

노인이 돼지생가죽 신발을 신어보았다. 아직 괜찮은 느낌이다. 삐져나온 실은 비틀어 끊어내고 두 발 사이에 신발을 고정시킨 다음 한 땀 한 땀 꿰맸다.

수레 위의 아들은 피범벅이 되어 있었다. 노인 내외는 수레를 뒤따라 걸으며 아무 말도 하지 않았다. 오는 길, 할멈이 눈 속에 곤두박질을 치더니 이를 악물고 새파란 얼굴로 쓰러졌다. 꼬집고 때리고 해서 겨우 숨을 돌이켰다. 노인은 솜저고리 단추를 풀어 할멈을 품에 싸안고 걸었다. 그녀의 몸에 박힌 언 눈이 풀리면서 옷깃에서 줄줄 떨어지는 물……

"갑시다…… 집에. 가서 또 살아야지……!"

돼지생가죽은 일단 굳으면 쇠붙이보다 강하다. 몇 번이나 굵은 쇠바늘을 부러뜨리고, 지난해 간신히 바늘귀를 냈다. 전 같으면 재봉은 마누라 일이었다. 뿐만 아니라 진흙투성이 발로 마당을 왔다 갔다 하는 그 옆에 아들이 몇 명이나 있었다. 큰아들은 약간 곱슬머리에 두 눈이 독수리처럼 빛나는 아이였다. 아버지보다 훨씬 더 큰 키에 가슴도 튼실하게 쩍 벌어진 체격이었다. 큰아들과 나무 하러 가서 보면 손가락이 도끼자루를 한번 휘돌아 감고도 남았다. 그날 밤 노인은 구들 위에 누워 할멈에게 이야기했다. 큰 녀석의 크고 길쭉한 손가락을 보니 힘깨나 쓰는 일을 할 인물이라고.

잘 수선된 돼지생가죽 신발을 중간에 연한 풀잎을 채워 처마 밑에 매달아두었다.

노인은 낚시 고리와 줄을 찾아 바다에 고기 잡으러 갈 준비를 했다. 상황을 보니 보름 정도는 고기잡이를 할 수 있을 것 같았다. 햇볕이 따스한 날, 그는 반짝거리는 대어를 잡아 와 소금을 발라 허공에 매달아 말리곤 한다. 잘 마르면 쑥부쟁이를 이용해 다섯 장씩 한 묶음으로 담뱃잎처럼 묶어둔다.

바다에 사람이 너무 많았다. 멀리서나 가까이서나 작은 배들로 복작대는 가운데 노인은 늘 조용한 곳을 찾아 멀리멀리 나아가 낚싯줄을 드리웠다. 오랜 시간이 흘렀지만 한 마리도 낚이지 않았다. 자연스런 일이라 전혀 예상하지 못한 일이 아니다. 그는 큰 낚싯바늘로 대어가 있을 때만 낚고 작은 놈은 계속 살게 풀어주었다. 30분쯤 지나 연회색 대어를 끌어당겼다. 붉은색 지느러미의 대어! 이때 막내아들이 달려와 거들며 생선 지느러미에 감탄했다.

노인은 바다에 계속 낚싯줄을 드리웠다. 하루 종일 바람 없고 물결도 잔잔하건만 겨우 세 마리가 수확이었다. 아주 크고 살찐 녀석들이긴 했다. 집에 돌아와 뱃속을 정리해 소금을 뿌리고 나뭇가지에 매달았다. 막내아들도 세 마리를 잡아왔는데, 온몸이 시커멓고 못생긴 녀석들이었다. 마찬가지로 배를 갈라 속을 들어내고 소금으로 비빈 다음 나무에 걸어두었다.

둘째 아들은 태어날 때부터 물고기와 인연이 깊었다. 젖을 떼자마자 생선을 먹여서 그런지 훗날 건장한 체격으로 성장했다. 키만 형보다 한 뼘 정도 작을 뿐이다. 온몸 피부가 물고기처럼 반들거렸다. 네 살 때 해변에 가서 놀다가 45센티미터쯤 되는 물고기를 잡아 온 적도 있다. 어떻게 잡은 것인지 신기했다. 노인은 수확물을 한번 만져보기만 하면 과정의 사정을 다 알아보는 사람이었는데 말이다.

여섯 마리 모두 허공에 매달려 저녁 하늘 아래 은빛으로 반짝거렸다. 노인은 고개를 들어 생선을 보더니 방 안에 물이 끓는지 보러 들어갔다. 생선 내장까지 넣고 끓이면 구수한 냄새가 아주 그만이다.

며칠 연이어 바닷가에서 낚시를 했다. 매일 대어 세 마리 이상의 성과는 없었다. 날이 점점 차가워지고 노인은 엄동설한의 기운을 뚜렷이 느끼고 있다. 엄동(嚴冬)은 물과 하늘이 맞닿아 있는 곳에 숨어 있지만 이미 그 기운을 드러냈다. 훌륭한 사냥꾼이라면 멀찌감치 관목 수풀 속에 맹수가 숨어 있을 때 그 기운을 감지해내듯 노인도 마찬가지다. 그는 소리 없이 발아래 물속에 드리워진 낚싯줄을 바라보았다.

둘째 녀석은 어떻게 그것을 잡았을까? 대어를 감당하려면 낚싯줄이나 어망이 필요하고 손가락 끝 힘이 좋아야 한다. 그런데 네 살짜리 꼬마가 맨손으로 큰 수확물을 끌어안고 싱글벙글 돌아온 것이었다.

노인은 손으로 줄을 잡고 다른 한쪽 끝에 뭔가 요동치는 것을 느꼈다. 몸을 앞으로 숙였다 뒤로 휙 젖히며 끌어당겼다. 줄이 쇠기둥처럼 무겁고 차가워 손가락으로 튕겨보니 웡 하는 소리가 났다. 낚인 물고기는 한쪽 끝에서 입을 쩍 벌리고 그를 저주하며 비린내를 풍기리라…… 나중에 궁금증이 풀렸다. 알고 보니 큰 연회색 가물치, 꼭 벌목용 톱처럼 생긴 녀석이었다. 얕은 물에 이르자 솟구쳐 올라 사람을 물어 복수하려 들었다. 노인은 기회를 엿보다 다리로 밟아 제압했다. 녀석의 붉은 눈이 그를 흘겨보았다.

둘째 아들은 바다에서 돌아와 아버지에게 몇 가지 기이한 느낌을 얘기한 적이 있다. 물고기가 사람 같다는 것이다. 늘씬한 체격, 바닷물에 절어 마치 옻칠을 해놓은 것처럼 검붉게 빛나던 둘째 아들이었다. 선장 진거우(金狗)는 해방 전 수없이 사람을 죽였다. 모두 나쁜 사람들을 죽인 것이었고 나중에는 배 위에서 사방을 호령하던 선장님이다. 진거우가 맘에 들어 하는 인물도 바로 이 후리후리한 둘째 아들이었다. '강철 힘줄〔鋼筋〕'이라는 별명까지 지어주었다. 진거우는 깊은 바다까지 배를 몰고 가 이런 말을 했다.

"죽음을 두려워하지 않는 자가 오래 산다!"

생선이 모래사장에 산처럼 쌓였다. 주변 몇십 리 내에 있는 사람들이 모두 달려와 1위안씩 던지고 대충 지고 갔다. 날씨가 춥거나 큰 눈이 오면 생선은 나무 몽둥이처럼 얼어버린다. 뱃사람들 사이에 싸움이 나면 이 생선 몽둥이로 쓸어버리기도 했다. 선장 진거우가 가장 신나 했던 그 가을, 겨울도 생선이 끊임없이 잡혔다. 그가 잡아 오는 생선은 다 살찐 대어들이었다. 할멈이 바닷가로 밥을 해 가면 지진 생선, 손바닥만 한 크기의 길쭉한 빵도 있었다. 크— 알차게 빵을 한입 베어 물어 힘차게 씹으며 팔에 걸린 낚싯줄을 털어내곤 했다. 그 시절 바다낚시는 지금처럼 쭈그리고 앉아 숨을 헐떡이며 간신히 생선을 끌어올리는 수준이 아니었다.

마당의 나뭇가지가 생선으로 가득했다. 나무에 잎이 다 지더니 '생선 열매'가 주렁주렁 열린 셈이다. 노인은 나무 밑에 앉아 가끔씩 다리로 나무의 몸통을 걷어찼다. 나무에 매달려 햇살을 받고 있는 생선들이 타닥타닥 소리를 낸다. 그는 그것들을 걷어 쑥부쟁이로 묶었다. 말린 생선의 등줄기에 옅은 남색의 형광빛이 반짝거렸다. 큰 바다 깊은 곳에서 온 녀석들일 것이다. 계속 깊은 물속에 있었으면 잘 살 것을, 하필 얕은 수역으로 나왔다가 낚싯바늘에 걸려든 것이다!

나무 바퀴 수레가 눈 속에 몇 번이나 빠지던 그 겨울처럼 둘째 녀석이 가던 그 겨울도 유별나게 눈이 많이 내리고 추웠다. 거의 할멈과 단둘이 따끈한 솥 부뚜막 주변에서 살았다. 듣자 하니 진거우의 배도 거의 출항하지 않고 그저 바다에 그물만 심어놓은 다음 이틀에 한 번 걷으러 가는 정도였다. 하루는 한밤중에 큰 파도가 일어 바다의 굉음이 천둥치는 것 같았다. 진거우가 자기 사람들에게 빨리 가서 그물을 걷어 오라고 고함쳤다. 사람들은 두툼히 쌓인 눈밭을 밟으며 정신없이 해안으로 달려갔다. 둘째 아들도 갔다. 잠 못 이루던 노인 역시 솜저고리를 걸치고 검정 그물을 허리에 매고 바다로 갔었다.

지금도 생생하다. 그날 아침 바다 물결은 갑자기 잦아들었다. 눈밭에 서 있던 사람들이 그를 보더니 고개를 저었다. 큰 숨을 헐떡이며 걸어갔다…… 그의 눈에 들어온 것은 눈 위에 죽어 있는 둘째 아들이었다. 피투성이 얼굴을 한 채 왼손에 그물을 붙들고 있었다. 전날 진거우는 동쪽 해안으로 쫓아갔었다. 사람들이 저마다 노와 몽둥이를 들었다. 녹슨 닻을 든 자도 있었다. 하룻밤 새 어망을 갈기갈기 찢어놓는 큰 파도 속에서 진거우는 죽을힘을 다했다. 다른 패거리가 와서 그물을 빼앗자 진거우 선장은 아랫사람들을 시켜 가서 막게 했다. '강철 힘줄'이 혼자 큰 그물 세 개를 도로 빼앗아 왔고 네번째를 엿보다가 쇠닻으로 얻어맞았던 것이다. 둘째 아들 '강철 힘줄'은 거기 눈 위에 쓰러져 있었다. 구들 위에서 자던 모습 그대로. 개구쟁이처럼 몸을 비튼 채, 한 손을 보송보송한 눈이불 속에 꽂고 말이다.

아들 시신을 실어 오는 나무바퀴 수레가 몇 번이나 눈에 빠졌는지 모른다……

그 겨울, 세상이 온통 하얗던 겨울……

나중에 할멈은 한밤중에 마당으로 뛰어나와 곧장 바다로 달려갔다. 노인이 뒤따라가며 소리쳐 불렀으나 대답하지 않았다. 바로 앞은 인광처럼 빛나는 바닷물…… 그녀는 내리꽂히듯 물에 뛰어들었다. 노인도 당장 바다에 뛰어들었다. 얼음 조각 떠다니는 물결이 펄펄 끓는 물 같은 느낌이었다. 어떻게 할멈을 붙들어 안고 해안까지 기어올라왔는지 모르겠다. 할멈은 눈을 굳게 감고 있었다.

"죽었남? 죽으면 안 되지! 우리에겐 아직 두 명의 아들이 있잖여! 셋째 녀석 다 컸고 막내도 태어났잖여. 우리에겐 아직 두 아들이 있다고!"

　그날 밤 그는 생강을 듬뿍 넣고 생선찌개를 한 솥 끓였다. 따끈따근한 구들 위에는 남은 두 아들과 축축한 몸의 할멈이 누워 있었다. 마누라가 자기를 버리고 죽을 수 없다는 것, 남편 혼자 이 겨울을 견디도록 만들 리 없다는 것을 안다. 그러나 그런 날이 머지않으리란 것 또한 알고 있었다. 대략 두 번의 겨울을 더 보내고 할멈은 죽었다. 좋은 여자였다. 노인과 한 겨울 또 한 겨울을 보내왔다. 움직이지 못하게 되고 나서도 일 나가는 남편을 배웅하곤 했다…… 할멈이 떠난 이후, 겨울은 노인 혼자만의 사건이 되었다. 침착하게 화롯불을 일구고 작은 방의 한기를 황량한 들판으로 몰아냈다.

　셋째 아들과 막내는 위의 두 녀석만큼 넝치가 크지 않았다. 밑으로 갈수록 좀 왜소해지는 것 같아 할멈이 살아 있을 때 노인도 한탄하곤 했다. "이게 말이여…… 우리 둘, 몸이 뜨거워 못 쓰는 건가벼……" 노인은 몇 개 빠진 이빨로 말린 생선을 씹어 막내의 입안에 넣어주며 말했다. 말린 생선이 한 묶음 한 묶음 모이면 방구석의 선반에 쌓아두었다. 노인은 이만하면 됐다 싶었으나 이튿날 또 고기잡이 도구를 들고 바다에 나갔다.

　날이 추웠다. 긴 솜저고리 차림으로 나섰다…… 진정한 겨울이 시작되려 하고 있었다. 바다 위의 배는 가을처럼 경쾌하지 않다. 어두침침한 물 위에 굳어 있는 듯한 모습이었다. 며칠째 막내아들이 보이지 않아 마음이 좀 불안했다. 제일 어린 아들이고 이제 유일한 자식이다. 나중에 막내가 깡충거리며 모래사장에 나타나자 겨우 집중해서 고기를 잡았다. 사실, 드디어 겨울이 시작됐으니 겨울나기 이외의 걱정은 여분이나 다름없다. 자기 어선을 가진 막내아들은 생활이 거의 자유자재였다. 몇 년 전 어부가 되겠다며 진거우 선장을 따라다니게 되었다. 세월이 가고 진거우도 죽었다. 온몸이 상처투성이였던 진거우 선장은 어떻게 죽었는지 정확히 모른다. 선창에서 누군가에게 목 졸려 죽은 모양이라고들 했다.

막내아들과 며느리가 그물을 지고 바닷가에 나왔다. 며느리는 시아버지를 보더니 저만치 웅크리고 자리를 잡고서 터지는 웃음을 참느라 쿡쿡댔다. 한번은 노인이 그 쿡쿡대는 웃음소리를 듣고 아들을 불러다 일렀다.

"저 소리 다시 안 들리게 혀라! 이번이 마지막이다!"

노인은 고기를 낚으며 상당히 분개했다. 위로 세 아들은 모두 건장한 남자였으나 여자가 없었다. 마지막 남은 막내아들 하나만 색시를 얻었는데 늘 쩍쩍거린다. 하긴, 할멈이 살아 있었으면 이런 소리에 별 신경 안 썼을지 모른다. 참 유순한 사람이었는데…… 그가 바닷가에 앉아 일하면 밥을 해 들고 와 남편 일하는 것을 잠시 구경하기도 했다. 남자가 늙었고 그의 여자도 함께 늙었다. 주름투성이 얼굴…… 비할 바 없이 소중한 여인이었다.

뭔가 차가운 물건이 옷깃으로 파고든다. 눈이었다. 그는 일어서서 하늘가에 가득한 회색 구름을 바라보았다. 첫번째 눈이 이렇게 시작되었다. 집 마당은 이미 겨울맞이 물품들로 가득했다. 겨울이 다가오면 노인은 자신의 작은 둥지에 파고든 채 완강하게 버텼다. 꼼꼼하게 낚싯줄을 감으며 바다에 점점이 떨어지는 눈꽃을 바라보았다. 매해 겨울이 시작되는 정경은 다 다르다. 찬바람이 한 번 불거나, 보송보송한 서리가 한 겹 내리거나, 심지어 큰비가 내리기도 한다. 그러나 한바탕 눈 내리는 것으로 시작하는 게 최고다. 진정한 겨울을 예고해주는 장면이기 때문이다.

셋째 아들은 첫눈 오는 날 태어나 훗날 또 다른 겨울날 떠나갔다. 피부가 뽀얗고 눈꽃처럼 깨끗한, 두 내외 자식들 가운데 가장 준수한 아이였다. 두 사람은 셋째 아들이 커가는 동안 하얀 얼굴에 검게 빛나는 눈동자와 긴 눈썹꼬리를 보며 이 아이가 세상에 뭐 하러 온 건지 도통 알 수가 없었다. 그러면서도 당시 노인은 고기를 잡으러 가든 나무를 하러 가든 늘 셋째 아들을 데리고 다녔다. 할멈이 이런 말을 했다. "야가 그런 일을 못 할까 봐? 두고 봅시다. 셋째 놈은 바닷가에서 일할 재목이 아니네유." 셋째 아들이 웃는 아버지를 근심 어린 눈길로 말없이 쳐다볼 뿐이었다. 아버지는 여리고 가냘픈 것을 좋아하지 않았다. 사람에 대해서도 마찬가지. 그러나 셋째 아들은 하얗게 빛나는 바다 조개처럼, 어떻게든 호주머니에 넣어 다니고 싶어지게 만드는 아이였다. 할멈이 죽을 때 가장 마음에 걸려 했던 것도 셋째 아들이다.

첫눈은 늘 그렇듯 많이 오지 않는다. 눈이 오고 오래지 않아 휘휘 북녘 바람과 더불어 모래가 날릴 것이다. 노인은 마 포대를 몇 개 준비해두었다──바람이 그치고 모래가 잦아들면 모래언덕은 마른풀투성이다. 쌀겨처럼 잘게 흩어져 꺼멓게 한 겹 뒤덮고 있는데 땔감으로 아주 그만이다. 옛날 이맘때 노인은 몇 차례 할멈과 모래언덕에 꿇어앉아 금싸라기 건지듯 황금색 모래를 체로 쳤다. 그렇게 골라낸 마른풀로 채운 자루가 몇 개나 되었다.

바람이 불기 시작하더니 이틀 낮 이틀 밤을 불었다. 노인은 바람이 멎자 마대자루를 들고 모래사장에 갔다. 모래언덕 등성이, 구덩이에 지천으로 널려 있는 검은 마른풀로 금세 한 자루 가득해졌다. 자루를 어깨에 질 때 누군가 조수가 필요하다. 노인은 자루를 높은 곳으로 굴려 올린 다음 몸을 구부려 자루를 머리에 대면 할멈이 손으로 자루가 자리를 잡도록 한다. 그러고는 영—차! 단숨에 물건을 어깨에 얹으며 일어서는 것이다. 셋째 아들은 그를 따라 한바탕 달리고 모래사장 위를 나뒹굴며 놀았다. 할멈은 쉴 새 없이 아들을 챙기느라 이름을 부르면서 저만치 앉아 모래와 검은 풀 부스러기를 긁어모아 체 치기를 계속했다. 노인과 아들이 돌아갈 때쯤 되자 할멈은 자기 주변에 마른풀 언덕을 만들어놓고 있었다. 셋째 아들이 멀리서 그런 모습을 가리키며 말했다.

"아부지, 엄니가 자기를 묻어버리려나 봐유."

실제로 얼마 못 가 할멈이 죽었고 생전 마른풀을 긁어모으던 그 모래언덕에 묻혔다. 할멈의 무덤 역시 하나의 작은 모래언덕이었다. 큰 바람이 불면 모래가 날린다. 모래언덕에서 모래언덕으로 날리는 모래…… 나중에는 어느 언덕이 무덤인지 분간이 안 가게 되었다……

셋째 아들의 불길한 그 한마디가 지금까지 귀에 쟁쟁하다. 노인은 풀주머니를 메고 걷다가 힘이 들어 자그마한 모래언덕에 기대어 쉬었다. 다시 길을 가려고 일어서는데 밑에서 누군가 밀어 올려주는 것 같다는 느낌이 들었다. 그야 죽은 할멈의 여윈 손이겠지…… 아니면 또 누구겠나 싶었다.

노인은 연이어 사흘을 모래사장 위에서 분주했고 마당에 마른풀로 채워진 자루가 쌓여갔다.

날이 점점 추워졌다. 막내아들은 마당에 들어서서 손에 입김을 불어넣고 손을 비비며 말했다. "칼로 에이는 것 같아유!" 노인이 그를 흘겨보더니 속으로 말했다. 너 이놈, 겨울을 몇 번이나 겪어봤느냐……

막내아들은 외롭게 서 있는 나무의 위쪽을 보더니 흐뭇해했다. 나뭇가지에 마지막 남은 생선이 매달려 있었다. 대어였다. 기름기도 넉넉해서 며칠 더 말려야 한다. 그는 추위에 입을 딱딱 마주치며 말했다. "닭처럼 통통하네유." 노인은 고개를 들어 생선을 보자 그것을 해안에 끌어올리던 때가 생각났다. 녀석이 마치 핏빛 눈으로 자기를 째려보는 것 같았다.

노인은 혼자 마당에 있을 때 절대 손을 놀리는 법이 없다. 나무판을 하나 찾아냈다. 뚝딱뚝딱 못을 박더니 길쭉한 이 나무판으로 눈 치우개를 만들었다. 쓰던 빗사루 몇 개는 너무 낡아, 늘어서 한데 묶어 큰 빗자루로 만들었다. 그는 이 대빗자루로 마당을 청소한 다음 목판 눈 치우개와 조심스레 같이 잘 두었다. 뭐 더 할 일 없나 왔다 갔다 하다가, 할멈이 시키는 대로 같이 땅콩을 까고 마(麻)도 까곤 했다. 날은 아직 어두워지지 않았다. 노인이 식구들의 식사 준비를 시작했다. 잠시 후 마당에 동부죽(粥) 향기가 그득했다. 마당에서 잠자리를 잡으며 노는 셋째 아들…… 막내는 셋째가 잡은 잠자리의 보관 역을 맡았다. 그런대로 하나의 온전한 가족 풍경이었다.

셋째 아들이 중학교 다닐 때의 일이다. 마당 벽 위에 외국 글자를 잔뜩 써놓았길래 무슨 뜻이냐고 물어보니 '수학'이라고 했다. '수학'은 뭐 하는 것인가 묻자 '셈하기'라는 대답이 돌아왔다. 드디어 집안에 셈을 할 줄 아는 사람이 생긴 것이다! 노인은 친히 아들을 해변의 생선가게 계산원으로 추천했다. 이 하얀 피부의 아이가 세상에서 무엇을 할 것인지 드디어 알게 된 기분이었다. 노인은 당시 상당히 들떠 있었다.

1년 뒤 셋째 아들이 군에 입대하게 되었다. 반대는 하지 않았으나 습관적으로 한마디 구시렁거렸다.

"잘난 아들은 군인 안 시키고 좋은 쇠붙이는 못을 안 만드는 법인디……"

아들은 예쁜 눈을 동그랗게 뜨고 말했다.

"중국인민해방군을 어떻게 '못'에 비유하세유?!"

셋째는 그렇게 군대에 들어갔다. 떠난 지 두번의 겨울…… 겨울답지 않았다. 막내아들이 커서 이 집안의 두번째 어부가 되었다. 남산에서 죽은 큰아들은 뭐라고 해야 하나? 아마 석공으로 쳐야겠지…… 이 집의 첫번째 어부인 둘째 아들은 호남아로 쳐줄 만하지만…… 보고 배우면 안 된다 막내야. 넌 죽으면 안 된다! 무정하게 추웠던 세번째 겨울. 처마 끝 물방울이 얼어붙고 노새가 한 마리 얼어 죽고, 양도 한 마리 얼어 죽었다. 전선(戰線)의 소식이 전해졌다. 전쟁을 더 크게 벌인다고 했다. 목화솜 같은 눈송이가 마당에 떨어지는데 노인은 한쪽에서 눈을 치우며 이리저리 머리를 굴렸다. 기이한 기분이 들었다. 이런 느낌, 이전에 겪어본 적이 있다. 바로 옛날 큰아들을 보러 남산에 갔다 돌아올 때…… 바닥이 없는 곳을 걷는 것처럼 푹푹 빠지는 느낌. 그는 속으로 소리 죽여 외쳤다. 내 아들! 내 아들아……

그해 겨울밤은 유난히 추웠다. 구들을 때며 이불을 꼭꼭 감고 있어도 이가 덜덜 떨렸다. 당시 여러 날 밤을 생각했다. 마누라도 없는데 그런 일이 또 일어나선 안 되지…… 늙은이 혼자 이 집에서 어떻게 살아가란 말인가! 종일 문밖 출입을 하지 않고 방에 웅크린 채, 마당에도 별로 나가지 않았다. 그는 뭔가로부터 도망치고 있었던 것이다…… 끝내 문 두드리는 소리가 났다. 면장, 촌장, 몇몇 사람이 엄숙한 얼굴로 집 마당에 들어섰다. 그중 한 사람이 물건 한 무더기를 받쳐 들고 왔다. 위에는 작은 상자가 놓여 있었다. 상자 안쪽이 번쩍번쩍 금색이었다. 그들을 맞으러 나간 노인은 그것을 한참 보다가 두툼하게 쌓인 눈 위에 힘없이 주저앉았다. 이상하게도 겨울, 그 독한 겨울을 늙은 아버지가 넘겼는데 셋째 아들은 없었다. 달랑 공로 훈장 하나 보내왔을 뿐이다. 평생 그렇게 괴상한 물건을 본 적이 없다 싶었는데 막내아들 녀석이 말했다. "금으로 된 거면 잘 숨겨두셔야쥬."

한바탕 불어오는 바람…… 나무에 매달린 생선들이 잔가지에 부딪히는 소리가 울렸다. 노인은 나무에 기대앉아 눈을 감았다. 방 안의 장식 유리 상자 안에 놓인 공로 훈장…… 한쪽 귀퉁이가 닳아서 변색이 된 상태다.

"이놈 자식!" 그는 막내아들에게 욕을 하며 여전히 눈을 감고 있었다.

대문 소리가 한 번 나더니 막내가 닭을 한 마리 들고 왔다. 노인은 그것을 받아 소금 간과 양념을 해서 나무 위에 걸었다. 이것이 바로 바람에 말린 닭 '풍건계(風乾鷄)'다. 내년 늦봄까지 둘 수 있다. 막내가 한숨을 쉬자 노인이 말했다.

"어째 바다에 안 나가는 거냐?"

"배에 구멍 난 거 막느라고유."

"나가라면 빨랑 나가야지. 보름 후면 배에서 손 놔야 할겨."

아들이 영문을 모르겠다는 얼굴로 물었다. "왜유?"

노인은 대답하지 않고 일어서서 움직였다. 허리를 구부리고 기침을 하며 간신히 말했다.

"그냥 집에서 겨울을 나라 그 말이다……"

"겨울은 소라니 뭐니 그런 거 잡기 좋은 계절인디유." 막내가 궁금한 듯 아버지의 얼굴을 살폈다. 노인은 더 이상 말없이 나무 밑 풀덤불 위에 앉아 눈을 가늘게 떴다. 눈송이가 소리 없이 날린다. 이번 눈은 내릴수록 굵어져 금세 두툼하게 쌓였다. 큰 눈이 내린 지 사흘째, 사람들은 이구동성으로 한마디씩 했다. "어유― 대단한 눈이구먼!"

큰 빗자루로 눈을 문밖으로 밀어내며 노인이 속으로 말하길, 이 정도가 무슨 큰 눈? 난 세 번 큰 눈을 겪었고 세 아들을 묻었는걸……

사흘 쌓인 눈이 천천히 녹더니 날씨가 별안간 추워졌다. 막내아들이 달려와 창문에 엎드려 소리쳤다. "아부지, 어째 아직 불을 안 때셔유?"

노인이 죽을 한 솥 졸이느라 끈기 있게 저으며 말했다. "아직 그럴 때가 아니여."

쌓인 눈은 다 녹았는데 아직 날이 너무 추웠다. 어부들은 하나같이 바다에 나가지 않고 집에서 화로만 달궜다. 막내아들은 한 해 가을 바쁘게 돌아다녔으나 땔감을 충분히 마련하지 못한 상태였다. 옷소매에 손을 찌른 채 아버지에게 연료를 얻으러 왔다. 노인이 상대를 해주지 않자 우는 얼굴로 돌아갔다.

이렇게 몇십 일을 견디자 날씨가 점차 따뜻해져 푸른 하늘에 하얀 구름이 떠다니기 시작했다. 막내아들은 노를 들고 나와 아버지를 보자 말했다.

"이번 겨울을 그냥 보내는 거 아닌가유?"

노인이 아들을 뜯어보더니 말했다. "돌아가, 집에서 겨울나기나 혀."

막내아들은 소리 내 웃었다. 아버지가 본인이 만든 돼지생가죽 신발을 신고 종아리를 광목천으로 둘둘 감고 있었기 때문이다. 노인은 아들 뒤에 있는 어부들 몇 명에게 말했다. "돌아가쇼, 돌아가." 몇 사람이 서로 힐끔 마주 보더니 돌아갔다. 막내아들도 잠시 서 있다가 제 집으로 갔다.

노인은 천천히 해안으로 걸어갔다. 바다는 조용한 편이었다. 그의 눈썹이 요동치며 물과 하늘이 맞닿은 곳을 바라본다. 또 귀를 기울인다. 도자기 그릇이 천천히 깨지는 소리, 재잘재잘하는 소리가 바닷속에서 들려오는 듯했다. 그는 얼굴을 돌리며 바닷물 색깔이 변하는 것을 보았다. 한 가닥 멀리 걸린 검은 구름…… 구름과 물 사이에 자홍색 불꽃이 번쩍이는 느낌이다. 파도가 점점 커져 나중엔 사람을 휘감을 만큼 높아지더니 모래언덕에 철썩거리며 윙윙 우르릉댔다. 머리 위는 아직 맑은 하늘이었지만 허공에 분명히 눈발이 날리고 있었다. 공기가 일순 굳어지고 형체 없는 원통형 얼음이 사람을 둘둘 마는 것 같았다. 노인은 몸을 돌려 다급해진 발걸음으로 그곳을 떴다. 모래언덕 위에 서서 바다를 내다보니 바다가 이미 사라지고 없었다. 폭풍이 바다를 끌고 가버린 것이다! 폭풍은 빙설과 혹한을 만들어내고 그것으로 땅 위의 흙을 제압했다. 천지간에 참으로 흉포한 놈이다!

노인은 한달음에 집으로 뛰어 돌아왔다.

마당에 서 있던 막내아들 내외가 아버지가 돌아온 것을 보더니 안심하고 도로 들어가버린다. 노인이 말했다.

"아무 데도 가면 안 된다. 겨울이 시작됐어!"

벽난로를 지피자 훨훨 불소리와 폭풍 소리가 뒤섞였다. 막내아들이 마당으로 걸어 나가 넋을 잃는다. 눈송이가 마치 성나서 아우성대는 벌떼처럼 휘날리고, 나뭇가지 위의 살찐 생선들이 험악하게 서로 부대끼며 나무를 때리는 모습이었다. 하늘은 어두웠고 마당의 물건들이 아무것도 보이지 않았다. 그는 방 안으로 돌아와 문을 '꽝' 닫았다.

노인이 구석에서 생선 묶음을 꺼내 기름진 것으로 두 개 골라 솥 안에 던져 넣었다. 물은 펄펄 끓고 진한 냄새가 방 안을 온통 채웠다. 이런 냄새는 사람 정신을 진정시킨다. 막내아들과 며느리가 시시덕거리며 솥 부뚜막을 둘러쌌다. 노인은 국자로 수면의 거품을 걷어내 국물을 맑게 했다. 생선 두 마리의 붉은 지느러미가 펼쳐져 순간적으로 살아난 듯 솥 주위를 따라 두어 바퀴를 빙글빙글 돈다. 아들 내외가 파와 생강을 한 움큼 집어 물고기에 모이 주듯 국물에 던져 넣자, 노인은 솥뚜껑을 닫았다.

하나의 겨울, 그리고 또 하나의 새로운 겨울……

할멈 살아생전의 그 겨울들이 눈앞에 펼쳐졌다. 지금 그녀가 끓이는 생선찌개 냄새가 난다. 자식들 몇 명이 순서대로 구들에 둘러앉아 있고 하얀 생선살을 뜯어 한 명 한 명 입안에 넣어준다…… 날이 저물고 온 식구가 구들 위에 누워 있다. 둘째 아들이 크게 코 고는 흉내를 내자 나머지 형제들은 킥킥 웃는다. 한밤중에 마누라가 옷을 걸치더니 방 안에서 움직인다. 아궁이에 땔감을 더 넣고 부뚜막 위의 쇠 물병에 물을 붓는다. 한 손에 쇠 물병을 들고 부지깽이로 불을 쑤시자 불꽃이 치솟아 그녀의 얼굴을 빨갛게 비춘다……

막내아들은 솥뚜껑을 열고 생선찌개를 몇 그릇 떴다. 그 냄새에 며느리가 기침을 참지 못했다. 곧 그릇을 받쳐 들더니 뜨거워 얼른 바닥에 내려놓으며 말했다. "아버님, 국 드세유, 쯧쯧……" 또, 또 저 소리! 노인이 힐끗 보고 방을 나갔다.

날이 저물자 눈보라가 잦아들었다. 마당에 벌써 15센티미터 넘게 눈이 쌓였다. 노인은 눈치우개로 눈을 밀어 쌓았다. 만일 밤에 눈을 깨끗이 치워두지 않으면 새로 쌓이는 눈이 집 대문을 막아버릴지 모르기 때문이다. 그가 기억하는 그 어떤 겨울보다 지독한 추위다. 이를 악물었다. 이것이 보통 겨울이 아님을 노인은 안다. 모든 것이 막 시작되었다. 틀림없다.

해마다 겨울을 못 넘기는 노인네가 있게 마련이라는 말을 들은 적이 있다. 그러나 노인은 겨울에 젊은 아들 셋을 차례차례 잃었다. 껑충껑충 팔팔하던 아들 세 명이 없어졌는데 녀석들을 낳은 자신은 아직 살아 있다. 유일하게 살아 있는 막내아들이 지금 따스한 방에 있고.

노인은 마당의 풀진흙 더미를 깎아내 그 속에 밀봉해두었던 석탄 부스러기와 나무 톱밥을 꺼내 방으로 돌아왔다. 아들과 며느리가 구들 위에 삐딱하게 누워 자고 있었다. 노인은 빈 도자기 그릇을 얼른 한쪽에 놓은 뒤 손을 뻗어 자리 밑이 따뜻한지 확인한 다음 아궁이에 땔감을 더 넣었다. 아궁이 속 불이 타오르는 것을 한참 바라보다가 마대자루 안의 말린 풀을 꺼내 두툼하게 석탄 위를 덮어 눌렀다. 이렇게 하면 약한 불이 계속 꺼지지 않아 아들 내외가 더 푹 잘 수 있을 게다. 이 모든 것을 챙겨주고 노인은 밖으로 나왔다. 마당 대문 쪽으로 걸어갔다.

눈이 여전히 내리고 있었다. 망망히 펼쳐진 백설…… 그 위에 감도는 희미한 빛…… 발아래부터 아득히 저 멀리까지 눈으로 뒤덮여 있었다. 노인은 미동도 없이 눈 내린 대지를 바라보았다. 이 새로운 겨울이 온 세상에 가득했다가 조만간 끝날 터이건만, 믿기지 않는다. 맙소사,

아들을 셋이나 잃었어…… 누구나 잘난 아들이라고들 했는데…… 직업이 석공, 어부, 군인……

노인은 문지기처럼 사합원 입구에 쭈그려 앉았다.

나 홀로 전쟁

무리에서 벗어난 새 한 마리가 째지는 소리를 내며 수풀 속에 꽂혔다. 몇 분 뒤, 아까 그 새인지는 모르겠지만 한 마리가 튀어나왔다. 노래하며 풀밭 위에 앉더니 풀 속 작은 벌레를 잡아 꿀꺽 삼키곤 날아간다. 녀석은 뭔가 시험이라도 하는 듯 두어 번 직하비행을 하고 마지막엔 힘차게 날개를 퍼덕이며 바다 쪽으로 날아갔다. 녀석이 사라지고 한참 있다가, 그 새인지 아닌지 모르겠으나 또 한 마리가 바다에서 날아왔다. 높은 홰나무 가지에 자리를 잡고는 약간 괴상한 소리로 노래를 했다. 무엇을 본 걸까? 왜 혼자 왔다 갔다 하는 걸까?

황폐한 모래사장에 누워 있는 뤼이(吕義)…… 개미 한 마리가 귓속으로 기어들어오자 개미를 잡아내 모래에 묻는다. 새는 그의 눈길을 정통으로 받으며 날아갔다 날아왔다. 뤼이 곁에서 열기를 품는 검은 종이 뭉치. 종이 뭉치에서 통닭구이가 하나 나왔다. 옆에는 술병도 있다. 입에 술병을 대고 한 모금 마신 다음 통닭다리를 찢었다. 한참 배불리 먹고 나서 머리는 나무 그늘에 들이고, 나머지 몸통은 태양이 내리쬐는 상태로 낮잠을 잤다.

뤼이는 태양이 서쪽으로 기울 때쯤 깨어났다. 멀리서 총소리가 울리자 그는 큰 나무에 뛰어올랐다. 총소리가 난 방향에서 한동안 검은 연기가 뭉게뭉게 솟아오르며 연이어 울부짖음이 들렸다. 이 모두가 뤼이에게는 습관이 되어 있다. 그는 허리 위에서 재빨리 모제르총*을 꺼내 들었다. 적어도 80퍼센트 신품이다. 그는 총을 어루만지다 앞을 향해 목적 없이 한 번 휘둘렀다. 방아쇠를 당기지는 않았다. 이윽고 총을 날쌔게 윗도리 아래에 꽂아 넣는다. 눈을 현란하게 만드는 스피드였다.

날이 어두워지자 각반과 신발 끈을 단단히 맸다. 그러고는 검은 모자 창을 뒤로 돌려 쓴 다음, 허리를 활처럼 구부린 채 날 듯이 남쪽으로 사라졌다. 어쩌다 모제르총을 한 자루 손에 넣은 뤼이(완전히 의외의 수확이었다)…… 더 이상 살던 그대로 살 수가 없어진 것이다.

어느 날 돼지 도살장에서 피 묻은 손을 닦으며 나오는데 주인이 마작 팀에게 고깃국을 한 그릇씩 선물하겠다고 했다. 뤼이는 돼지 도살장 술도가에서 일을 거들고 있었다. 나중에 좀 얻어먹는 고기 국물이 수고비인 셈이었다. 덕분에 열여덟아홉 살 건장한 체구는 근육이 붙었고 피부 또한 윤기가 잘잘 흘렀다.

그날 그는 고깃국을 채운 찬합 통을 들고 가게를 나섰다. 술도가로부터 2백여 미터 떨어진 곳에서 몇 번 길을 꺾으면 마작 팀 아지트였다. 고깃국 통을 들고 들어가자 안에 있는 사람들이 그를 알아보았다. 그 대머리는 이때쯤 수완 좋게 돈을 따 옆에 쌓아놓고 있으리라. 더불어

---

* 연발식 권총.

306

번쩍이는 모제르총도 한 자루 놓여 있을 것이다. 뤼이가 고깃국을 놓아주니 마작 테이블 사람들이 빤히 쳐다봤다. 흘낏 자기를 쳐다보는 대머리에게 뤼이는 얼른 꾸벅 인사한 다음 한쪽에 서서 기다렸다.

잠시 후 그들이 고깃국을 마시고 각자 동전을 한 닢씩 집어 그에게 던져주었다. 그는 동전을 챙긴 다음 빈 그릇을 걷어 찬합에 챙겨 넣었는데, 대머리 쪽으로 다가갔을 때 얼떨결에 총과 그릇을 한꺼번에 집어넣었다. 그는 손쉽게, 거의 얼굴색 하나 변하지 않고 가슴도 졸이지 않으며 찬합에 그릇과 총을 한꺼번에 넣어버린 것이다. 아무도 눈치채지 못했다. 찬합을 든 뤼이는 뒤도 돌아보지 않고 마작 홀을 나왔다. 문간을 막 벗어나 문이 꽝 닫히는 순간 날 듯이 도망쳤다. 몇 걸음 달리다 총만 빼고 찬합은 내던져버렸다. 그는 술도가로도 돼지 도살장으로도 돌아가지 않았다. 곧장 북쪽으로 미친 듯 달려 그 황량한 모래사장, 자줏빛 꽃송이로 가득한 홰나무 숲으로 뛰어들어 겨우 한숨을 돌렸다. 그는 아마에 송골송골 맺힌 땀을 닦으며 손안의 총을 자세히 살펴보았다. 행운인지 재앙인지 감이 잡히지 않는다. 진작부터 하나 있었으면 하긴 했는데 이렇게 빨리 입수하게 될 줄은 정말 몰랐다.

뤼이는 이 총이 생긴 이래 그냥 가만히 있지 않았다. 어떻게든 수를 써서 큰 총알 묶음을 장만해 모래사장에 감춰두었다. 며칠이 지나자 모래사장에 은밀한 둥지가 몇 군데 생겼다. 수풀 속 비바람도 들이치지 않는 매우 은밀한 곳. 그는 아주 자유롭게 지냈다. 낮에는 모래사장에서 놀고 날이 어두워지면 기어 나왔다. 혈혈단신이라 가뿐하기 이를 데 없었다. 가죽 띠를 매고 각반을 찬 차림으로 마을마다 집집마다 돌아다니면 누구나 쩔쩔매며 그를 대접했다. 그는 여기에 '위문'이라는 이름을 붙였다. 모두가 그를 항일전사로 알고 있는 가운데, 혼자 이리저리 돌아다니는 것이다. 그가 한밤에 적당히 포루(砲樓)를 하나 찾아 멀리서 위로 총을 쏘면 포루 안 사람들이 어쩔 줄 모른다. 개도 미친 듯 짖어댔다. 포루에서 밖으로 반격을 가할 때쯤 그는 이미 자취를 감추고 없다. 다른 동네에 가서도 마찬가지, 포루에 대고 몇 발 쏘면 매번 난리 법석이 났다.

딱 한 번 예외가 있었다. 당시 그가 막 포루를 향해 총을 쏘자 당장 반격의 총탄이 날아왔고 개와 사람이 와와 소리 지르며 뛰어나왔다. 그는 총을 허리에 차고 들판의 도랑을 따라 북으로 정신없이 달렸다. 한참을 뛰다가 눈앞을 가로막는 또 다른 무리의 적을 발견하고 당황했다. 처음에는 성급하게 도랑변의 넓은 홍마밭으로 뛰어들었는데, 총대로 홍마를 걷어내는 소리를 들으며 속으로 끝장이다 싶었다. 그러나 나중에 그 소리가 점점 멀어졌다. 구사일생으로 목숨을 건진 것이다.

이후, 총을 쏠 때는 포루에서 먼 곳으로 쏘게 되었다. 그는 꼭 적을 한두 명 죽이고 싶었지만 통 그러질 못했다. 오히려 매번 적을 골탕 먹이고 나면 적들이 반드시 주위 마을에 들어가 보복을 했다. 강간과 약탈을 자행하는 경우가 많았다. 마을 사람들을 공터로 몰아놓고 자기들을 도발하는 "그자를 내놓으라" 엄포를 놓았는데, 사람들이 '내놓은 것'은 '그자의 정체'였다—"돼지 도살장에서 일하던 뤼이." 적들은 벽보를 붙이고 뤼이를 잡으러 다녔다. 그러나 물고기가 바다를 헤엄치듯 혼자 나대는 그를 어떻게 잡는단 말인가! 그는 망망한 대해변 지역에서 신출귀몰하며 적을 약 올렸다. 몇 번이고 모래사장 포위작전을 벌였으나 한 번도 성공하지 못했다. 일단 모래사장이 너무 컸고 또 한 명을 잡으러 많은 병력을 투입하기 어렵다는 사정도 있었다. 상당히 의기양양해진 뤼이는 '나홀로 전쟁'을 영원히 계속하기로 결심했다.

모든 촌락의 사람들과 얼굴을 다 알게 되어 배 곯을 일은 없었다. 다 먹지 못할 정도로 먹을거리가 들어왔다. 마을 사람들이 기꺼이 제일 좋은 쌀과 밀가루를 가져다주었지만 뤼이는 사양했다. 전투에 바빠 밥 먹을 시간이 없기 때문이라고 하자 나중엔 간편 식량인 구운 밀떡, 낙병을 해다 준다. 가끔 날고기를 받게 되면 모래사장에 들고 가 불을 지펴 구워 먹었다. 집에서 술을 빚는 사람들은 뤼이의 좋은 친구였고 덕분에 여러 집 술을 다 맛보았다. 그의 품평은 엄격하고 정확했다. 자주 취하고, 취하면 움직이기 불편해지는 그를 마을 사람들은 몰래 재워주기까지 했다. 사람들이 뤼이를 마을 방앗간에 재워줬을 때의 일이다. 마침 그날 습격당했고 뤼이는 놀라 맷돌 아래 숨었다. 적들이 양식을 약탈해 전부 물러가자 그는 그제야 도발적인 총탄을 날리고 서둘러 달아났다. 가다가 도로 돌아온 적들이 겹겹이 마을을 에워쌌으나, 일찌감치 혼자 수풀 속에 숨었다가 해변가 벌판의 모래사장 둥지로 돌아올 수 있었다.

뤼이의 명성은 날로 높아갔다. 지역 전체에 알려지면서 고난을 겁내지 않는 '단기필마(單騎匹馬)'의 항일전사라고 모두가 입을 모았다. 해당 지역 혁명군 조직에서 사람을 보내 연락을 취해오자 뤼이는 감격했다. 그러나 그는 경계심이 많은 사람이었다. 요 몇 년 도망 다니면서 지혜가 늘었기 때문이다. 연락하러 온 사람은 수염투성이에 누런 얼굴빛의 늙은이였다. 보면 볼수록 위장 군인 같다는 느낌이 들어 물었다.

"우리가 뭘 위해 싸우는 거유?"

"승리를 위해서쥬." 그 누런 낯빛의 사람이 담뱃대를 빨다 답했다.

"승리는 또 뭐를 위해서고?"

"…… 살아갈 날들을 위해서 아닌감……?"

뤼이는 고개를 저었다. "승리는 '나라'를 편하게 만들기 위해서지." 분개한 표정으로 손바닥을 주무르며 말을 이었다. "우리 편 아닌 것 같은디? …… 이럽시다. 자칫 윗선에 잘못 뵈는 것도 안 좋으니, 당신 먼저 가고 내 뒤따라가리다. 감히 괴상한 곳으로 이끌면 이 총이 사람 안 가려!"

노인은 놀라 담뱃대를 부들부들 떨며 허둥지둥 말했다. "그럼유 그럼유……"

노인이 서둘러 앞장서 걸어가고 뤼이가 뒤따랐다. 이리 돌고 저리 돌아 결국 무너져가는 어느 암자 앞에 도착하자 뤼이는 안심하고 따라 들어갔다. 조직의 지역위원회가 보통 이런 곳에 있다는 것을 알고 있었다. 괜찮겠다는 감이 왔던 것이다.

위원장은 뤼이를 환대했다. 사람들이 특별히 그를 위해 뚝배기 두부를 만들기도 했다. 뤼이는 좋아하는 음식인 양 짐짓 맛나게 먹었다. 번들거리는 입가를 닦는데, 지역위원장이 이제 당신은 진정한 전사가 되었다며 뤼이를 '일당백의 영웅'이라고 치켜세웠다. 뤼이는 조직에 가입한 셈이 되고 말았다. 그는 마을로 돌아와 사람들에게 자신을 '일당백의 영웅'으로 얘기하고 다녔다. 총을 품은 뤼이가 거의 매일 밤 마을에 나타나 몇 바퀴 돌면 사람들이 귓속말을 했다. "뤼이가 또 왔어!"

뤼이는 마을에서 한밤중까지 놀다가 포루를 찾아 한두 방 총을 쏘았다. 포루 안의 사람들과 개가 모두 난리 법석을 피우는 소리를 들으며 비할 바 없는 쾌감을 느끼는 것이다. 이런 일이 반복되다 보니 점점 그가 총을 쏴도 포루 안 사람들이 신경 쓰지 않게 되었다. 심지어 한번은 그가 총을 쏘자 포루 위 사람들이 소리쳤다. "뤼이! 그 돼지 잡던 손, 언젠가 제 풀에 껍질 까질걸!" 뤼이는 깜짝 놀랐다. 누가 날 팔아먹은 건가? 심장이 서늘해졌다. 그래, 이런 마을에는 뭐든 다 있을 거다! 매국노가 나온 것이다! 이렇게 생각하며 그는 포루를 향해 몇 발 더 쏘고 소리쳤다. "네놈들 다 내쫓아줄 테다! 인민전쟁 승리!"

포루 위에서 또 총을 쏘자 뤼이는 크게 욕을 해댔다. 원래 말본새가 거칠었다. 그 기상천외한 욕설은 일찍이 도살장 사부에게 배운 것들이다. 포루 안의 사람들도 욕을 하지만 뤼이의 상대가 되려면 멀었다. 결국 적들은 그에게 오지게 욕을 얻어먹고 사람들은 밤새 이어지는 총소리를 들어야 했다. 이렇게 몇 년간 뤼이는 부단히 밤에 나와 소란을 피웠다.

그가 어떤 마을 사람 집에 머물렀을 때의 일이다. 집이 정말 가련할 정도로 가난했다. 온 식구가 호박가루죽을 먹으며 손님에게 약간의 옥수수가루 개떡과 채소 절임을 대접하고자 했다. 그들은 뤼이를 정식 군인이라고 여겼다. 식사할 때 주인이 자기 뒤에 있는 장작개비 같은 아이를 끌어 내보이며 눈물로 호소했다.

"뤼이 아저씨, 이 아이가 여기 더 있다간 굶어죽겠어유. 데리고 가 군대에 넣어주시구려!"

뤼이는 얼떨결에 엉거주춤 승낙했고 주인이 얼른 아이더러 고개 숙여 절하게 했다. 바닥에 소리 나게 머리를 찧으며 절하는 아이를 뤼이는 붙잡아 일으켰다. 아이의 팔을 비틀어보고 입술을 벌려 치아를 보기도 하며 연신 고개를 젓는다.

"왜유……" 노인이 묻자 뤼이가 대답했다.

"군대에선 사람을 무지 가려 뽑는디. …… 좀 더 키워 다시 와야겠네! 지금 이런 꼴로 급한 행군을 어찌 하겠어유? 아시잖우, 나 혼자 하루 몇백 리를 달리는 거. 반나절 이 포루에 총을 쏘다가 밤엔 강 서쪽으로 가서 또 다른 일을 벌이거든. 이 애가 되겠어유? 이런 다리 힘으로?" 노인은 입을 반쯤 벌린 채 말문이 막혔고 뤼이가 덧붙여 말했다.

"잘 먹여 키워놓으면 내 와서 데려가리다!"

얼른 손을 모으며 감사를 표하는 노인, 그러나 이미 썰렁해진 마음이었다.

형세의 변화에 따라 적은 미친 듯 보복을 가했다. 그들이 마을에 자신의 조직을 세운 이래 뤼이처럼 신출귀몰하는 사복 군인들이 많아졌다. 뤼이의 활동도 더욱 곤란해졌다. 그는 활동 방식을 바꿨다. 수시로 마을에서 밤을 보낼 수 없게 되었다. 몇 군데 안전한 집에 가 물품을 약간 얻어 총총히 들판으로 돌아가는 수밖에 없었다. 심지어 총을 쏠 포루를 찾지 못해 아예 길 입구에서 총을 쏜 적도 몇 번 있다. 당시 마을은 혼란에 빠졌고 나중에 뤼이가 그랬다는 것을 알게 되었다. 사람들이 원망하자 뤼이가 말했다. "적을 유인하려는 것이니 앞으론 총소리를 들어도 당황할 것 없어유!" 마을 사람들이 그의 말을 곧이들었다. 한번은 도적들이 마을에 들이닥쳤을 때 총소리가 나자 사람들은 또 뤼이려니 하고 아무도 도망가지 않았다. 결국 도적들에게 탈탈 털리고 말았다. 뤼이가 안타깝다는 듯 한다는 말이, "아니, 내 총소리도 구분 못 한다는 거예유? 내 총은 쌍쌍쌍 하잖어." 또 이런 말도 했다. "그놈의 도적떼, 내 가만 안 둬! 생각해보쇼, 일본 놈도 가만 안 뒀는디 도적떼가 뭔 대수여!"

이후, 뤼이는 도처에서 도적떼를 정탐하게 되었다. 어느 날 한 마을에 도적떼가 들었다는 소식을 듣고 몰래 잠입했다. 그러나 마을은 아무 일도 없는 듯 조용했다. 약이 오른 뤼이는 떠나면서 마을을 향해 몇 발 쏘았다. 마을의 개가 일제히 짖기 시작하자 그는 또 날쌔게 달아났다. 단숨에 포루 아래까지 도망 와서 위를 향해 몇 발 더 쏘니 상대방이 얼른 반격했고, 뤼이는 질펀한 욕을 쏟아놓으며 도망쳤다.

일반적인 상황하에서 뤼이는 이 모래사장 주변을 비울 수 없었다. 몇 년간 한 번의 예외가 있었을 뿐이다. 바로 위원회 회의 때의 일이다. 당시 그는 연합회의 열성분자 대표자 대회에 참석했고 지역의 몇 안 되는 대표의 한 사람으로서 표창을 받았다. 가슴에 붉은 꽃을 단 뤼이를 얼굴이 흉터투성이인 한 지도자가 열렬히 칭찬했다. 홀로 적 후방에 깊이 침투하여 적을 불안하게 만든, 근년에 보기 드문 영웅이라는 것이다. 또 이렇게 젊은 나이에 어떻게 그런 영웅이 될 수 있는지 참으로 불가사의하다고 덧붙였다. 이 지도자는 비록 험상궂은 얼굴이었으나 언사에서는 세상 견문이 넓은 큰 인물의 분위기를 풍겼다. 연설할 때 심지어 쏼라쏼라 몇 마디 외국어를 섞어가며 말했다. 누군가가 얼른 뤼이 귀에 속삭였다. "러시아 말!" 순간 뤼이는 안색이 엄숙해지고 호흡도 무거워졌다.

나중에 뤼이에게 한 말씀 하라고 청하자 그는 낯가죽 두껍게 연단에 섰다. 두 손이 습관적으로 오른쪽 옷자락을 만지작거렸다(이 속에 권총이 들어 있다). 그가 이렇게 만지작거리면 연단 아래 있는 사람에게는 옷섶 밑 권총의 윤곽이 보였다 안 보였다 했다. 말을 시작할 때는 긴장했으나 하다 보니 간이 커졌다. 뤼이의 연설 요지는 이러했다. 그 황량한 모래벌판이 아주아주 크다…… 자신은 한 마리 토끼나 다름없는 뜀박질의 명수다…… 따라서 힘껏, 멀리 도망갈 수 있는 데까지 도망간다! …… 이때 흉터투성이 얼굴의 지도자가 한마디 거들었다. "이런 걸

'광활한 하늘에 새들이 맘껏 날고 광활한 바다에 물고기가 맘껏 노니네 (天闊任鳥飛 海闊任魚遊)'라고 합니다!"

뤼이의 연설은 이어졌다. 여러 촌락의 촌민들 모두 훌륭한 인민이고 그런 인민들이 자신을 바라보는데 뭐가 겁나겠는가! 대원은 혼자뿐인 유격대지만 인민을 대표하는 것 아닌가! 온 모래사장, 온 서북부가 내 유격 지구다. 이 총 하나로 천하를 붉게 물들이겠다! 맨 마지막 한 마디는 너무 과해서 사람들이 어리둥절해하며 얼굴을 마주 보게 만들었다. 그 지도자가 얼른 일어나 "이것이 바로 영웅 특유의 호언장담"이라고 얼버무리자, 뤼이는 실언했다 싶었으나 칭찬을 듣고는 말투가 또 세졌다. "난 단박에 승리할 거예유!" 이때 '승리'의 두 음절이 입안에서 약간 꼬였다.

말을 마치자 지도자가 와서 악수를 청하며 그에게 잉크로 찍힌 작은 책자를 주었다. 표지에 붉은 마크가 있는 책자였다. 그는 그것을 품속에 쑤셔 넣고 그날 밤 붉은 꽃을 단 채 모래벌판 자신의 둥지로 돌아왔다. 그 일이 있고 나서 교양의 중요성을 깨닫게 된 뤼이는 몰래 마을의 서당 선생을 찾아 글자를 익히기 시작했다. 어느덧 떠듬떠듬 읽을 수 있게 되었고 차차 소책자에 있는 글자를 대부분 알게 되었다.

그는 꿋꿋이 그 황량한 모래벌판에서 활동을 계속했으며 활동이 갈수록 빈번해졌다. 차차 촌장에게도 충분히 예의를 차리지 않았다. 뒷짐을 진 채 질문할 때도 있었다.

"마을에 최근 매국노 나타나지 않았나? 나타나면 당장 내게 알리쇼."

"아이고 없어유 없어유, 매국노 같은 거……" 촌장은 당황해하며 고개를 저었다.

314

마을에 몇 집 되는 부자들이 특히 뤼이를 두려워했다. 한 집은 근방에서 제법 유명한 유서 깊은 집이었다. 큰 저택 사방에 높다란 청벽돌 담장…… 뤼이는 단번에 이 집으로 숨어 들어가 한참을 나오지 않은 적이 있다. 여기도 잘 방비를 해야 한다면서 말이다. 이 집에는 마님이 둘, 몸종 하나, 바람 불면 쓰러질 듯한 아씨가 한 명 있었다. 뤼이는 그 집의 수비에 관한 금후의 일정을 이야기했고 주인 영감은 호들갑스럽게 공손을 표하며 경청했다. 나중에 뤼이가 그에게 촌장 보좌 역을 제안하자 그 부자 영감이 많은 돈과 양식을 내놓았다. 뤼이는 또 그런 부자 영감의 행동을 위에 보고해 더 높은 감투를 씌워주곤 뿌듯해했다.

"당신도 이제 권내(權內)의 사람이신걸!"

한편, 도시에서 공부한 적이 있는 그 집 아씨는 세상이 어수선해지자 난리를 피해 집으로 돌아와 있는 상태였다. 뤼이가 책자에 나오는 말을 좀 들먹인 적이 있는데, 냉랭하게 흘끗 한 번 쳐다볼 뿐 대꾸를 하지 않는다. 그녀의 태도에 기분이 상했으나 뤼이는 여기서 오래 지낼 적당한 핑계를 찾기 위해 기회를 엿보기로 했다. 작은 마님이 내온 차가 맛볼수록 향기롭다 싶었다.

1년 뒤, 드디어 포루의 도적들이 투항했고 모든 적이 투항했다. 혁명 승리를 경축하던 시기, 뤼이는 그 모래벌판을 떠났다. 영웅으로서 이미 자신의 사명을 완수한 것이다. 뤼이가 떠나고 나서 사방 촌민들은 그를 두고 말들이 많았다. 더구나 우연한 기회에 뤼이의 공이 기록에 올랐다는 것을 알고 다들 어이없어 했다. 특히 뤼이가 일하던 돼지 도살장 마을 사람들이 분개했다. 대체 공로가 뭐냐는 것이었다. 실질적으로 그는 적을 한 명도 죽인 적이 없기 때문이다.

벌집

이 일대 황야에서 봄이 사라지면서 날씨가 조금씩 더워지려고 한다. 보이는 것은 온통 홰나무* 숲. 홰나무 꽃이 피면 진한 향기가 천지에 진동하며 벌을 치는 사람들이 사방팔방에서 모여든다. 풀밭에 친 텐트가 구불구불 몇 리나 이어지고, 비좁게 갇혀 있던 벌들은 텐트 틈을 빠져나와 안달이 난 듯 산더미 같은 홰나무 숲으로 몰려들었다.

벌통은 벽돌처럼 쌓아져 담장을 이루었다. 벌떼가 때로는 원통 모양의 대열을 지어 하늘을 향해 선회한다. 일부러 무슨 게임을 하는 모습 같기도 했다. 눈앞의 홰나무 숲을 건너뛰고 더 먼 곳의 홰나무 숲으로 내려앉기도 하는 꿀벌들……

거무스름한 얼굴빛의 땅딸막한 남자가 꿀벌이 잔뜩 붙은 물건을 들고 있었다. 벌통 내의 분리판이다. 한 손을 뻗어 빼곡한 벌들 사이를 짚으며 가볍게 앞으로 밀자, 곧 한 층이 벗겨지고 분리판의 무수한 규칙

---

* 아카시아와 유사한 활엽수.

적 육각형이 전면에 드러났다.

그 땅딸보만큼이나 맷집 좋은 한 여자가 꿀이 든 통을 들고 뒤뚱뒤뚱 이쪽으로 걸어왔다. 그녀는 거무스름한 얼굴의 땅딸보 남자를 힐끗 보며 흥 코웃음을 쳤다. 이어 꿀통을 텐트 안에 놓고 얼굴을 반만 내놓은 채 소리친다.

"라오반(老班)!"* 라오반이 꿀벌이 잔뜩 붙은 분리판을 들고 앞으로 한 발 걸어 나오자 뚱보 여인은 이리 오라는 손짓을 했다. 그는 벌통 안에 분리판을 도로 꽂고 손을 털며 호주머니에서 검은 에보나이트 담뱃대를 더듬어 꺼내 입에 물었다. 뚱보 여인이 꿀통을 더 큰 통에 붓고 앉아 손을 닦는다. 그쪽으로 걸어오는 라오반에게 그녀가 물었다. "아까 뭐 했어유?"

"뭘 하냐니?"

"아까 그때 말여유."

"쳇!" 라오반이 크게 한 모금 빨고 말했다. "거시기 만졌지 뭐."

"……"

라오반은 소리 없이 웃으며 담뱃대를 굳게 물었다. 얼굴에 즉시 아래로 처지는 깊은 주름 골이 나타났다. 그는 손을 뻗어 뚱보 여인의 이마를 쓰윽 한번 문지르며 말했다. "아까 분리판을 한 번 다듬었지…… 벌떼 한 무더기에 꼭 여왕벌이 하나 있어, 봤지? 그놈이 타고나길 튼실해. 꿀벌들이 죄다 그 주위에서 일을 보니께. 왕은 왕이여. 온 벌떼가

---

* 반(班)씨 성을 가진 남자를 친근하게 부르는 호칭. 우두머리, 주인이라는 의미의 '老板'과 발음이 같다. 많고많은 성씨 중에 굳이 '班'을 쓴 것은 '老板'을 연상시키는 한 장치였을지도 모른다. '사장님'이란 의미에서 '직장 상사' '보스'의 뜻으로 확장, 심지어 최근엔 관료 세계에서까지 애용되는 호칭이 바로 '老板'이다.

꼭 왕을 둘러싸고 있구먼……"

쉰 몇 살쯤 돼 보이는 뚱보 여인. 주름은 많지 않고 약간 부은 듯 퉁퉁하다. 이미 동그랗지 않은 눈, 눈꺼풀이 심하게 느슨해진 상 태였다. 십 몇 년 전에는 그래도 어여쁜 눈이었다. "왕…… 그저 왕, 왕……" 그녀가 구시렁대자 라오반은 뚱뚱한 집게손가락으로 그녀의 머리를 다시 한 번 살짝 쥐어박더니 몸을 돌려 벌통 쪽으로 일하러 갔 다. 잊지 않고 담뱃대 불을 끄고는 호주머니에 챙겨 넣는다. 뚱보 여인 은 뭔가를 씹듯이 이를 갈며 바깥의 라오반을 쳐다보았다. 그렇게 한참 을 응시하다가 꿀통을 들고 텐트를 걸어 나갔다. 그녀의 뒷모습이 천천 히 홰나무 숲으로 사라진다.

홰나무 숲의 다른 쪽에도 마찬가지로 많은 텐트가 서 있었다. 분홍 색 옷을 입은 처녀가 거기서 뭔가를 뒤적이다 뚱보 여인을 보더니 얼른 손을 내려놓는다. 뚱보 여인은 호주머니에서 물건을 꺼내 그녀에게 건 넸다.

"샤오펀쯔(小芬子), 이거 먹어."

"아니!"

"힘들게 저 마을에서 해 온 거여. 먹어, 효과 있을 테니."

샤오펀쯔는 이를 악물고 고개를 흔들었다.

"저런…… 망할 것!"

샤오펀쯔가 소리쳤다. "이제 그만 좀 해유. 상관 말라고."

뚱보 여인이 말했다.

"니가 뭘 안다고 그러냐? 내 말이 맞어. 니 코로 내 몸 살 냄새 맡 아봐, 맡아보라고!" 그녀가 정말로 옷섶을 풀고 다가가자 샤오펀쯔는 밀어냈다. 뚱보 여인은 거기 앉아 손안에 모래를 움켜쥐더니 눈물을 흘렸다. 샤오펀쯔는 다시 물건을 뒤적이느라 부산해졌고 뚱보 여인은 뭔가를 애원하듯 구시렁거렸다.

"이 양심 없는 것아, 진밍(金明)이 얼마나 잘했냐. 그런 남자가 죽었는디 요만큼도 슬퍼하지 않는겨……?"

"슬퍼하면 뭐가 어찌 되는디? 슬프다고 울기만 하란 말여? 내 며칠을 울었는디 아직도 모자란다는 거예유?"

뚱보 여인은 옆의 그 텐트를 뚫어져라 쳐다봤다. 저 텐트 입구에서 열아홉 살 총각이 걸어 나오곤 했다. 무척 말랐지만 기운 좋은 청년이었다. 양봉 행렬은 강남에서 죽 올라와 이 산둥반도 땅을 밟게 되었다. 여기에 텐트 두 개를 함께 모아놓은 상태였다. 당시 우두머리 라오반이 어느 날 진밍에게 말했다. "너, 저 벌들 잘 키워라. 알겠냐? 니 손에 벌떼가 얼만디? 그러고도 남 좋은 일 시킬 생각만 하는겨?"

손에 칼을 쥐고 반짝거리게 갈던 진밍은 들으면서 전혀 대꾸하지 않았다. 그저 칼을 앞에 있는 나무줄기에 퍽 하고 던져 꽂은 다음 다가가서 꽂힌 칼을 힘들게 도로 뽑았다. 그 서슬에 라오반이 비켜섰다. 진밍은 호주머니에서 작은 알루미늄 담뱃대를 더듬어 꺼내 들었다. 담뱃대는 앞에 특이한 조절장치가 있고 몸통이 길쭉했다. 진밍은 그것을 입에 물고 한 모금 빨더니 편하게 연기를 뿜어냈다. 한쪽에 앉아 줄곧 그들을 쳐다보던 샤오펀쯔…… 라오반이 씩씩거리며 자기 옆으로 지나가자 그녀는 혼잣말처럼 말했다. "정확도 해라…… 겨냥한 곳으로 정확히 꽂히네." 이어, 라오반이 남긴 움푹 꺼진 큰 발자국들을 보며 내뱉듯 중얼거린다. "늙은 멧돼지!"

며칠 전 한밤중, 그 멧돼지가 텐트에 들어와 샤오펀쯔의 몸을 찍어 누르며 헐떡거리는데 밀쳐낼 힘이 없었다. 휘어진 송곳니가 그녀의 가슴팍을 찔렀다. 울고 싶었다. 이 송곳니 때문에 여기 벌을 치는 사람들이 다 무서워하는구나…… 멧돼지가 한번 으르렁대면 벌꿀을 훔치러 온 사람들도 혼비백산했다. 라오반은 사람을 죽인 적이 있는 모양이다. 듣자 하니, 옛날 젊었을 때 꿀 도둑 셋을 단숨에 죽여버렸단다. 사건 직후 벌을 치는 사람들을 끌고 먼 타향으로 도망치는 바람에 경찰도 어쩌지 못했다는 것이다. 멧돼지는 늘 한밤중에 텐트로 파고들었다. 이상한 것은 모두가 눈감아준다는 점이었다. 진밍이 나서서 비로소 멧돼지를 그녀의 텐트에서 몰아냈다.

샤오펀쯔는 매우 쾌활한 처녀였다. 그러나 그녀가 진밍을 두고 칭찬을 한 지 얼마 후, 어느 날 진밍이 꿀을 따는데 별안간 벌떼의 반란을 겪었다. 우선 벌떼 수십 마리가 맹렬하게 덮쳐왔고 이어 큰 무리가 몰려왔다. 당황한 진밍은 고함을 치고 필사적으로 탁탁 쳐댔지만 소용없었다. 이내 잔뜩 부어오르는 얼굴…… 말이 아니었다. 샤오펀쯔는 넋 나간 듯 할 말을 잃었다. 진밍의 몸에 달라붙은 벌떼 무리…… 샤오펀쯔가 옷으로 퍽퍽 내리쳤으나 이상하게도 벌들이 죽어도 진밍에게 엉겨 붙은 채 그녀는 상대하지 않았다. 쓰러졌다 일어선 진밍…… 꼭 꿀벌로 만들어진 기둥 같았다. 샤오펀쯔는 옷을 집어 던지며 눈을 가렸고 드디어 비명 소리가 들렸다. 마치 땅속에서 올라오는 듯 무거운 소리를 지르며 사람이 쓰러졌다. 그렇게 진밍은 끔찍한 최후를 맞았다. 온몸이 발효한 밀가루처럼 부풀어 올랐고 푸르죽죽했다. 아직 검은 피가 흐르는 곳도 있었다. 진밍은 바로 당일, 벌 치는 사람들에게 실려가 땅에 묻혔다. 샤오펀쯔는 우느라 죽다 살아났다.

라오반이 허리를 쥐고 한쪽에 서 있다가 가까이 걸어갔다. 우람한 손으로 샤오펀쯔의 머리를 장난하듯 가볍게 세 번 치더니 무거운 걸음을 옮겨 홰나무 숲으로 사라졌다……

뚱보 여인은 샤오펀쯔를 야단쳤으나 소용없었다. 그 심중의 비밀을 끝내 털어놓지 않았다. 진밍이 죽자마자 멧돼지가 또 텐트를 들락거리는 상황이었다.

어느 날 한밤중 라오반이 달빛 아래를 걸어가는데 갑자기 숲에서 누가 튀어나왔다. 그의 가슴팍 옷을 잡아채고는 죽자 사자 비틀어 잡아당긴다. 손을 쓰려던 라오반은 뚱보 여인인 것을 깨닫고 코웃음을 쳤다. 그녀가 손을 부르르 떨더니 멱살 잡았던 것을 풀며 말을 삼켰다 ─ 멧돼지. 라오반은 휴─ 한숨을 토했다.

"제발 부탁이에유……" 뚱보 여인이 바닥에 꿇어앉았다. "나, 딴 남자는 몰라유. 그 아이…… 십중팔구 당신 자식……" 라오반이 한마디 내뱉었다. "퉤! 내가 자네 속셈 모를 것 같어?"

뚱보 여인이 절망스럽게 울음을 터뜨린다. 라오반은 때 타지 않게 하려는 듯 소맷부리로 그녀가 가슴팍에 떨어뜨린 눈물을 털어냈다.

"그때 내왕하는 남정네 많았잖여? 날 속일 생각 말어!" 라오반은 세모눈을 하고 나무랐다. 다리를 뻗어 그녀를 한편으로 확 밀어내더니 텐트로 돌아갔다. 뚱보 여인은 하룻밤을 꼬박 울었다.

이튿날 달이 휘영청 밝은 밤, 뚱보 여인은 달빛, 별빛 아래 홰나무 숲 깊숙이 들어갔다. 홰나무 꽃향기를 맡자 토하고 싶어졌다. 홰나무 위에 올라앉아 잠시 쉬고 또 앞을 향해 걸어갔다. 일대에 가지런한 띠풀이 나타나자 그녀는 드러누웠다. 뚱뚱한 몸통에 눌린 뱀이 똬리를 풀고 달아난다. 뚱보 여인은 별을 보며 생각했다…… 옛 남자. 체격이 구부정한 볼썽사나운 남자였다. 별명이 '솥단지.' 벌 치는 사람늘 한 무리를 이끌고 다닌 지 십 수년째 되는 사람이었다. 나중에 라오반이 와서 그녀에게 솥단지 원망하는 법을 가르쳤고, 솥단지가 그녀를 심하게 패게 되었다. 사람 패는 데 아주 달인이었다. 단단한 손톱 몇 개로 그녀의 살을 꼬집어 피가 맺히게 했다. 그를 당해낼 재간이 없었던 그녀에게 라오반은 도움의 손길을 뻗쳤다.

"내가 그 인간, 어떻게 본때를 보여주나 보라고. 도망가게 할까, 뒤지게 할까?"

"쫓아내유…… 다시는 안 보이게."

"바로 그거지!"

라오반은 윗도리를 비스듬히 걸치고 미주(米酒)를 한잔 마신 다음 비틀거리며 솥단지를 찾아갔다. 벌통을 만지고 있던 솥단지는 라오반을 쳐다보지도 않았다. 라오반이 말했다.

"오늘부터 이 패에서 나가 다른 데 가보슈. 간단히 짐 챙기라고. 내일 날 밝을 때 내 눈에 뜨이지 않게."

솥단지는 담배에 사레들린 양 쿨럭쿨럭 큰 기침을 하더니 그럼 내일 날 밝으면 보자고 했다.

"자넨 좋은 일꾼이었어." 라오반의 마지막 한마디였다.

이튿날 새벽 라오반이 솥단지의 텐트를 열었더니, 한 늙은이가 뚱보 여인을 꽉 누르고 있었다. 라오반이 일갈하자 그녀가 고개를 든다. 그제야 똑똑히 보였다. 그녀의 온몸이 새끼줄로 결박되어 있었다. 옆에서 고개를 꼰 채 킬킬대는 솥단지…… 라오반은 자리를 떴다.

다음 날 라오반은 뚱보 여인에게 작은 병을 건넨다. 안에 무슨 연고 같은 것이 들어 있었다. 그녀는 집에 돌아와 어둠 속에서 그 연고를 솥단지의 윗도리에 발랐다. 옷 주인이 깨어나 옷을 걸치고 벌통 있는

데로 꿀을 따러 갔다. 얼마 안 돼 벌떼 한 무리가 그를 둘러싸더니 미친 듯 얼굴을 덮쳤다. 솥단지는 바닥에 쓰러져 공처럼 데굴데굴 굴렀다. 점점 많아진 벌떼가 천천히 솥단지를 통째로 뒤덮어 검은 진흙에 싸인 모습이 되었다. 진동하던 솥단지의 울부짖음은 점점 작아져 어느덧 한 가닥 실처럼 가늘어졌다. 죽는 순간 구부정하던 허리가 반듯해졌다. 본래 마르고 앙상한 체격이었으나 퉁퉁 부어 있었다. 끔찍한 몰골이었다. 사람들은 시신을 서둘러 물가에 매장해버렸다. 솥단지를 처단하느라 벌떼 두 무리가 전멸했다.

뚱보 여인은 계속 손으로 눈을 가리고 있었다. 손이 점점 아래로 내려와 입가를 떠나자 내뱉는 한마디. "완전, 자업자득이지 뭐……" 이어 풀밭에 앉아 두려운 듯 먼 곳의 밤빛을 바라보며 자문자답했다.

그 애가 정말 내 새끼여? 맞아유, 맞다니께유!

그 남자와의 대화를 곱씹으며 다시 털썩 드러누웠다. 날 밝기 전까지 뚱보 여인은 계속 풀밭 위에 누워 있었다. 이슬이 옷을 적셔도 꼼짝하지 않았다.

같은 날 라오반 역시 이상하게도 잠을 이루지 못했다. 제일 큰 텐트에서 사지를 힘껏 대자로 뻗고 드러누웠다. 이날 밤 마치 뭔가를 기다리는 듯했다. 절묘한 아이디어, 바로 그것이었다. 진작부터 있었지만 이상하게도 그것은 그의 머리를 스치고 지나 꿀벌처럼 원통형이 되어 멀리멀리 홰나무 숲으로 날아가곤 했다. 정말로 기발한 생각이었다. 이런 절묘한 아이디어란 그의 한평생 몇 안 된다. 뚱보 여인이 많이 아프다고 생각한 라오반은 그녀가 근본적인 치료를 받아야 할 때라고 생각했다…… 그때를 맞으면, 먼저 뽀뽀하고 쓰다듬고 칭찬해주고 또 조용히 만져주는 거지…… 그 더럽고 기름때 묻은 윗도리도…… 웃음 짓는 라오반 입에 검은 송곳니가 드러났다.

이런 풀숲에 꼭 있다. 찾기 어려울 뿐이다. 어떤 식물의 줄기와 잎인데 자줏빛 꽃잎도 함께 붙어 있어야 한다. 라오반은 이 밤 내내 궁리했다. 바로 그 풀, 자주색 꽃잎의 풀…… 동이 트면 숲 깊숙이 가보기로 결심했다. 이렇게 생각하면서 몽롱하게 잠을 조금 잤다.

뚱보 여인은 먼동이 틀 때쯤 한기에 못 이겨 잠이 깼다. 눈을 부릅뜨고 갑자기 머지않은 곳에서 미련하게 뭔가를 찾아 헤매는 사람을 보았다. 콩콩 뛰는 가슴으로 당장 울창한 수풀을 뚫고 들어갔다…… 라오반이 뭘 찾는 걸까? 그녀는 잡초 사이에서 라오반을 똑똑히 보았다. 이 우람하고 튼실한 남자, 부지불식간에 벌써 폭삭 늙어버렸다. 현재 일흔이지만 보통 사람보다 훨씬 건장하고 허리도 휘지 않았다. 혈색도 좋다. 숨이 거칠어 마치 건장한 늙은 돼지 같다. 반백의 머리칼, 눈도 노안이라 바닥에 있는 것을 식별할 때는 잔뜩 고개를 숙이는 수밖에 없다.

"하느님, 절대 저 인간이 먼저 그 풀 찾지 못하게 해주셔유……"

라오반이 돌아서자 그녀가 얼른 기어서 일어났다. 뚱보 여인은 우선 한발 앞서 그 식물, 즉 자주색 꽃잎의 풀을 찾는 일이 급선무였다. 비틀비틀 양처럼 목을 길게 빼고 앞을 향해 달렸다. 그러다가 갑자기 펄쩍 뛰어오른다. 그 풀들이 잔뜩 나 있는 곳을 발견한 것이다. "하늘 뜻이여, 하늘 뜻!" 감정이 북받쳐 소리치며 그녀는 손에 풀을 잔뜩 꺾어 들었다.

까마귀 몇 마리가 울다 입안의 나뭇가지 몇 가닥을 뚱보 여인의 머리에 떨어뜨렸다. 그녀는 헝클어진 머리를 미처 한 번 쓰다듬지도 못하고 흐느적흐느적 텐트 안으로 뛰어들어갔다. 뛰면서 손에 들고 있던 것을 입안에 틀어넣고 부단히 씹었다. 씹어서 찐득해진 것을 손바닥에 뱉어내 꼭꼭 주먹으로 뭉친다. 그녀는 텐트 구석에서 작은 도자기 쟁반을 하나 찾아내 손안의 물건을 안에 채우고 잘 숨겼다.

그 남자, 라오반은 크게 기침을 하며 숲에서 빠져나왔다. 머리가 온통 망가진 홰나무 꽃투성이였다. 뚱보 여인은 한눈에 이 남자 얼굴의 죽을상을 간파했다.

"얼마 못 살겠구먼……"

라오반이 걸어와 물었다. "뭘 중얼거려?"

"꿈을 꿨어유. 당신 머리 위에 까마귀 한 무리가 떨어지는 꿈."

"헛소리!"

"진짜로 라오반 머리 위로 떨어졌다니께. 길조는 아니지유……"

라오반은 마른 웃음을 띤 얼굴로 송곳니를 한 쌍 내보였다. 실눈을 뜨고 입술을 길게 좌우로 당기며 뚱보 여인을 째려본다. 그녀가 앞치마에 손을 닦고 라오반의 왼손을 잡으며 말했다.

"손금 봐드릴게."

이 여인은 적어도 양봉 일꾼들에 대한 예언을 두 번이나 적중시킨 바 있다. 한번은 사고를 치는 사람이 있을 거라고 하더니, 얼마 후 큰 바람이 불던 날 누군가 벌통에 불을 질렀다. 벌통 몇 개를 태워 죽인 것이다. 또 한번은 튼실하고 나이 지긋한 남자에게 흉상(凶相)이라고 했는데, 정말로 2년 후 물에 빠져 죽었다. 라오반이 반신반의하며 손을 맡기자 뚱보 여인은 얼굴 위에 묻은 약간의 흙을 털어내고 눈길을 그의 손 위에 꽂더니 말했다.

"수명이 다했구먼. 여기 옆으로 나 있는 길 두 개를 봐유. 수명선이 끊겼네……"

라오반은 사자처럼 울부짖는 목소리로 물었다

"몇 날 몇 시에 끊기는데?"

뚱보 여인이 얼굴을 들고 눈을 움츠렸다.

"태양이 떠서 나뭇가지 끝에 이를 때쯤……?"

라오반은 뭔가 한입 삼키는 듯 목청에서 끙 하는 소리를 토했다.

두 사람은 아주 잘 잤다. 해가 떠오르고 라오반은 옷을 입고 나섰다. 멀리 있는 벌들을 보러 가는 것이다. 뚱보 여인은 눈을 비비며 샤오펀쯔를 부르더니 같이 뭘 좀 보러 가자고 했다. 마치 실에 이끌린 듯 샤오펀쯔가 그녀를 따라나섰다. 잠시 뒤 두 여자는 저만치 앞에서 라오반이 몸을 흔들며 벌통을 향해 걸어가는 것을 보았다. 벌통 앞에 무리를 이루고 있는 꿀벌들……

뚱보 여인은 손을 뻗어 동쪽을 가리키며 샤오펀쯔에게 보라는 신호를 보냈다. 태양이 마치 거대한 불덩이처럼 나뭇가지 끝에 걸려 있었다. 이윽고 뚱보 여인의 째지는 듯한 고함…… 샤오펀쯔가 돌아보고 기겁을 하며 자기 입을 덮는다. 꿀벌 한 무리가 라오반을 쫓고 있었던 것이다. 양손은 필사적으로 머리를 때리며 털어냈지만 얼굴이 이미 벌 떼에게 점령당한 상태였다. 라오반의 울부짖음…… 벌들은 무슨 명령하는 고함 소리에 쫓기듯 라오반의 몸통에 달려들었다.

뚱보 여인과 샤오펀쯔는 멀찌감치 서서 라오반의 건장한 몸이 벌떼로 덮이는 것을 바라보았다. 라오반은 우선 사지가 단단히 묶인 것처럼 굳어지더니 무거운 탄식을 쏟으며 땅에 쓰러진다. 큰대자를 하고 뻗어 있는 사람 위를 벌들이 촘촘하게 뒤덮었다. 두 여인이 울며불며 비명을 지르는 바람에 벌 치는 사람들 모두 일손을 놓고 달려와 라오반의 최후를 목격했다. 꿀벌이 끝장낸 세번째 사람이었다. 네번째는 누가 될까? 그들은 서로를 쳐다보았다. 어떻게든 상대방의 얼굴에서 뭔가 이상한 흔적을 찾으려고 했지만 아무것도 발견해내지 못했다.

검은 연못 검은 물고기의 추억

　이 검은 모래흙…… 먹물을 얼마나 들여야 이렇게 되려나! 몇 십
년이 지난 지금도 검은색은 여전하다. 몇십 제곱킬로미터의 갈색토와
모래사장 사이에 왜 이런 검은 모래흙이 넓게 놓여 있는지 후세대 사람
들은 알 도리가 없다. 그러나 나는 똑똑히 기억한다. 여기에 원래 검은
연못이 있었다는 사실을. 바로 연못이 파괴되던 그날, 그 주위의 진흙
모래가 검게 물들었다.

　지난 몇 년 그 검은색 연못은 자주 내 꿈에 뛰어들어 눈앞을 아른
거렸다. 어릴 적 하루 종일 연못 주위를 배회하며 물속을 헤엄치는 검
은 물고기들을 지켜본 기억이 있다. 그 물고기들은 목탄처럼 생긴 몸통
에 투명하게 빛나는 눈을 하고 있었다. 너무나 맑은 물이라 물고기 몸
위의 비늘이 똑똑히 보일 정도였다. 이 연못은 우리 작은 초가집 서북
쪽의 한 모래 비탈 아래에 있었다. 그것이 언제 어떻게 생겨났는지, 어
째서 성긴 모래 사이로 물이 빠져 달아나지 않았던 건지, 오늘날 생각
해보면 수수께끼투성이다. 이 끝없이 펼쳐진 황야에 실은 이런 유의 수

수께끼가 많다. 탐색하는 사람이 없을 뿐이다.

연못 양편에는 참죽나무들이 자라나 있었다. 매년 가을 듬뿍 내린 서리가 참죽나무 잎사귀를 빨갛게 물들인 다음, 얼마 후 낙엽이 졌다. 연못물에 떨어지는가 하면 연못가 언덕에 내리기도 했다. 우리는 참죽 나뭇잎을 주워 모으며 놀았다. 그것으로 모자를 만들어 머리에 쓰고는 여러 동물의 울음소리를 배웠다. 연못가에 말라비틀어진 나무 말뚝이 몇 개 있었고 그 위에는 항상 버섯들이 자랐다. 막 자라난 버섯들…… 따내면 언제 새로 날지 알 수 없는 버섯들이었다. 연못은 정말이지 신 비스런 매력으로 가득한 재미난 곳이었다. 이 적막한 황무지는 나와 한 두 명의 동행자 외에 거의 아무도 찾는 이가 없었다 .

연못 오른쪽의 모래 비탈에 봉긋 돌출된 부분이 두 개 있었고 잡초 가 무성했다. 두 개의 무덤이라는데, 대체 누가 이렇게 먼 곳에 묘를 썼 느냐며 다들 궁금해했다. 나중에 나는 이 검은 연못에 얽힌 전설을 전 해 듣게 되었다. 이곳을 더욱 괴괴하고 난해하게 만든 이야기였다. 여 러 해가 지난 후 이 전설에 관한 유적들을 탐사하러 이곳을 다시 찾았 다. 시커먼 모래흙만 남아 있는 것을 보자 슬픔이 울컥 가슴을 덮쳤고 발걸음은 무겁기만 했다. 이 전설을 내게 말해준 사람은 어머니셨다. 장래에 나는 또 내 자식에게 이 전설을 이야기해줄 것이다. 내 자식을 데리고 이곳에 다시 오리라.

주의 깊게 보지 않으면 여기는 그저 한 자락의 모래 비탈, 시커먼 연못 터, 별것 아닌 황야의 한 자락 경치에 지나지 않을지 모른다. 그러 나 전설을 통해 그 유래를 추적해보면 깜짝 놀랄 것이다. 이 연못 터는 신비로운 물고기 가족이 남긴 흔적이었다.

아주 오래전 이 모래 비탈 아래 한 늙은 부부가 살았다. 농사를 지어 먹고살았는데 토질이 안 좋아 경작 면적은 꽤 되지만 소출이 적었다. 당시 연못은 검은색이 아니라 여느 연못 같은 모습이었다. 노부부는 연못에서 물을 길어다 농사를 지었다. 연못의 사방에 땅콩과 감자 같은 것을 심었고 약간 좋은 땅에는 옥수수와 밀을 심었다. 자식도 없이 의식주 모든 면에서 극도로 절약하며 살아가는 노부부였다. 내력 면에서는 우리 집과 비슷한 구석도 있다. 먼 곳에서 흘러흘러 이 고장까지 오게 되었고 쓸쓸한 작은 집에 살았다는 점에서 말이다.

아무튼 이렇게 담백한 삶을 살아가던 두 노인이 어느 날 밤 이상한 꿈을 꾸었다. 비쩍 마르고 큰 키에 눈이 볼록 튀어나온 늙은 남자가 사정을 했다. 눈물을 흘리며 하는 말이, 집안의 말 못 할 사정으로 선조 대대 살던 데서 쫓겨나 당장 갈 곳이 없으니 자기네 온 식구가 이곳에서 살 수 있도록 땅주인께 부탁해달라는 것이었다. 꿈속의 노인이 물었다.

"우리가 어찌 하면 당신을 여기서 편히 살게 할 수 있겠수?"

울던 남자가 연못을 가리켰다.

"이곳이 아주 좋습니다. 우리 가족이 편히 살기에 충분해요. 어르신 은혜는 잊지 않겠습니다."

"뭐 별 거 있겠나…… 당신들이 그냥 살면 그만이지."

늙은이는 감동한 듯 갑자기 무릎을 꿇고 거듭 감사를 표하더니 줄줄 물방울을 흘리며 자리를 떴다.

아침이 되어 노인은 깨어나자마자 방바닥에 채 마르지 않은 물방울을 발견하고는 물 자국을 가리키며 마누라에게 간밤의 이상한 꿈 이야기를 했다. 할멈도 깜짝 놀라 무릎을 치며 자기도 같은 꿈을 꾸었다는 것이다. 노인은 얼른 할멈의 어깨를 잡으며 그의 부탁에 승낙했는가 물

330

었다.

"했지유, 물론."

노파의 대꾸에 노인은 안도의 숨을 내쉬었다. 노부부는 모래땅을 가로질러 연못으로 달려갔다. 연못의 색깔이 변해 있었다. 수많은 검은 색 물고기들이 즐겁게 물속을 헤엄치고 있었다. 노인은 물을 뚝뚝 흘리던 꿈속의 늙은 남자가 생각났다. 번개처럼 깨달음이 왔다. 바로 어젯밤 그 물고기 가족이로구나! 그가 막 몸을 돌리려는데 할멈이 연못가를 가리킨다. 나무 아래 차려진 술상…… 옆에는 지폐 뭉치가 놓여 있었다. 새로 이사 온 물고기 가족이 자기들에게 주는 선물이라 여기며, 노부부는 참죽나무 아래서 술자리를 즐기고 돈을 챙겼다. 이 일이 있고 나서 두 사람은 아주 편히 살게 되었다. 명절이 올 때마다 빠짐없이 꿈에 늙은 남자가 나타나 크게 고마워했고, 이튿날 연못가에는 풍성한 술상이 마련되어 있곤 했다.

이렇게 훌쩍 한 해가 갔다. 어느 날 한 어부가 연못을 지나다가 물속의 검은 물고기들을 발견하고 흥분했다. 이 많은 물고기를 왜 잡지 않고 그냥 두냐며 아우성이었지만 노인은 고개를 저을 뿐. 노인은 이것들을 잡아다 팔게 해주면 수입의 반을 주겠다는 그 어부의 제의를 거절했다. 얼마 후 그자가 다른 세 사람을 데리고 다시 찾아와 합세해서 설득했다. 대답은 마찬가지였다. 그날 밤 온몸이 물로 축축한 남자가 꿈에 나타나 노인에게 감사해하며 애원했다.

"그자들의 청을 거절하셨더군요. 감사합니다. 그렇지만 내일 아침…… 결국 연못을 덮칠 겁니다. 때가 되면 다시 우리를 도와주십사……"

노인은 그러마고 약속했다.

이튿날이 되자 그 어부는 정말로 사람들 한 무리를 데리고 나타났다. 물통이며 건져 올리는 후리채 어망을 들고 와서는 연못에 들어가 고기를 잡기 시작했다. 그런데 사람들 가슴께 오는 수심의 연못 속에서 물고기들이 도무지 잡히질 않았다. 얼마나 민첩한지 채를 내밀자마자 요리조리 싹싹 피하는 것이다. 달려와 말리는 노부부에게 어부가 말했다.

"이 고기들을 잡으면 수입의 반을 드리리다. 이제 그 토담집 걷어내고 청벽돌 기와집 하나 크게 지으세유. 다 잡아가지 않고 일부는 남겨둘 겁니다요. 녀석들이 더 자라면 영감님 거예유. 마르지 않을 샘을 가지셨네!"

서로 얼굴만 쳐다보던 노부부가 약간 마음이 동한 듯하자 그는 더 바짝 매달렸고 결국 승낙을 얻어내고야 말았다. 연못가에 서서 사람들이 고기 잡는 것을 바라보는 노인…… 꿈속의 약속을 깨끗이 잊은 듯했다. 어부와 그 일행은 물을 첨벙거리며 용을 쓰다가 연못의 물을 빼내는 수밖에 없겠다는 결론을 내렸다.

그런데 아무리 얼굴에 땀범벅을 하며 물을 퍼내도 연못의 물이 통 줄지를 않는다. 물은 먹물처럼 검으면서도 맑았는데 연못가 언덕에 튀면 그곳 모래흙이 당장 검게 물들었다. 이것을 보며 언덕 위에서 노인은 수염을 쓰다듬으며 웃었다.

"이 연못의 내막을 모르니 뭐. 이렇게 1년을 퍼내도 안 될 거유."

이유를 묻자 노인은 연못 한쪽 구석을 가리켰다.

"저곳 비스듬히 물구멍이 하나 있다우. 지하 수맥으로 통하는 입구지. 거길 막기 전엔 아무 소용없어."

어부는 즉시 사람들에게 윗옷을 벗으라고 한 뒤 둘둘 말아 풀로 묶었다. 잠수해 보니 과연 물구멍이 있었다. 뭉친 옷 덩어리로 그곳을 단단히 막은 다음 필사적으로 물을 퍼내자 비로소 조금씩 줄기 시작했다.

30분쯤 후, 연못 속에 검은 고기들이 밥알처럼 바글거렸다. 침입자들의 다리에 몸뚱이를 부딪히며 찍찍 소리를 내는 물고기들…… 검게 빛나는 몸집은 통통하고 튼실했다. 사람들은 한 마리 한 마리 꼬리를 잡고 들어 올려 허공에서 몸부림치는 모습을 들여다보다가 언덕 위 노인 쪽으로 던졌다. 좀 있다가는 아예 후리채 형태의 도구를 가지고 물고기들을 물 밖으로 퍼내기 시작했다.

이때 갑자기 웅웅거리는 소리가 들렸다. 낮게 울리는 천둥 같은 소리와 함께 땅이 흔들렸고 사람들은 멍하니 동작을 멈췄다. 이 소리가 잠시 지속되더니 드디어 막아놓았던 구멍이 터졌다. 물기둥 한 줄기가 분출하며 연못 안 사람들을 덮친 것이다. 모두 하얗게 질린 얼굴로 비명을 지르며 허둥지둥 밖으로 기어 나왔다. 연못에는 물이 차올라 넘실넘실 본래의 모습으로 되돌아갔다. 멍한 채 그 광경을 바라보던 사람들은 낙심과 두려움 속에 자리를 떴다.

그날 밤, 노인의 꿈에 온몸이 물로 축축한 늙은 남자가 다시 나타났다. 예전처럼 반짝거리고 번들거리는 차림이었으나 불룩 튀어나온 눈에 더 이상 따스한 기색은 없었다. 노인을 뚫어져라 응시하며 그가 말했다.

"그자들을 말리지 못한 건 그렇다 쳐도…… 비밀은 알려주지 말았어야 했는데…… 양심 없는 사람! 그 얼마간의 수입을 위해 우리 가족을 통째로 팔다니…… 좋은 일 없을 거외다!" 말을 마치고 어둠 속으로 사라졌다.

노인이 잠에서 깨어 식은땀을 흘리며 일어나 앉았다. 할멈은 할멈대로 옆에서 넋이 나간 모습이었다. 할멈도 같은 늙은이를 꿈에 보았던 것이다. 이튿날 새벽 두 사람은 일어나 제일 먼저 검은 연못을 보러 갔다. 연못이 이상하리만치 잠잠했다. 조용하기만 한 물결 속에 그저 작은 물고기 몇 마리가 놀고 있었다. 주위를 둘러보다 언덕 위 물 자국을 발견했다. 목말라 죽은 몇몇 새끼 물고기도 있었다. 물 자국을 따라가보니 모래 비탈 너머 저 멀리 이어진다. 물고기 가족은 절망과 황망함 속에 멀리 이사를 가버린 것이다. 노인과 할멈은 그들이 떠난 방향으로 한참을 뒤쫓아갔으나 아무것도 보이지 않았다. 줄줄이 물방울이 떨어져 있고, 그저 작은 물고기 몇 마리가 죽어 있었다.

반년 뒤, 노쇠한 두 사람은 얼마 못 가 병이 들었다. 오두막에서 나란히 죽어 있는 모습으로 발견되었고 발견한 사람이 연못 옆의 모래 비탈에 묻어주었다. 검은 연못 안에는 아직도 작은 물고기 몇 마리가 있었다. 아마 물고기 가족이 떠날 때 뒤처진 것들이리라. 이후 나름대로 번식을 해서 멸종은 되지 않았다.

내게 경이와 두려움을 안겨준 그 전설 때문에 연못을 돌아보면서 왠지 조심스러웠다. 연못 속 까만 물고기들에게 신성함마저 느껴져, 감히 오랫동안 응시할 수도 없을 지경이었다. 그것들에게 만일 기억의 능력이 있다면 과거의 수난에 관해 서로 이야기하리라. 하지만 어떤 이유로 여기 남겨졌는지는 풀리지 않는 수수께끼다.

이 전설 때문인지, 검은 연못의 검은 물고기들을 누군가 건드렸다는 얘기는 들어보지 못했다. 여기서 낚싯대를 드리우는 사람도 보지 못했다. 이 물고기들이 그 무리 중 가장 싹수없는 일파였는지도 모른다. 크게 자라지 못했고 번식도 많이 못 한 것으로 보아 말이다. 그저 연못 바닥을 노닐며 힘겹게 적막하게 살아가는 작은 물고기들…… 그것들은 몸을 뒤집으며 솟구쳐 오르는 법이 거의 없다. 그저 살금살금 걸어 다니는 인간들처럼 가볍게 헤엄칠 뿐이었다.

모래 비탈 위 두 군데 불룩 솟아 있는 곳에 가보았다. 확실히 무덤인 것 같다. 신의를 배신한 사람이 묻힌 곳. 나는 어머니가 들려주신 이야기를 떠올리며 물고기 무리가 떠나간 방향—두 개의 무덤 사이를 가로질러 있었다고 한다—을 따라 그들의 행방을 찾아보기도 했다. 가는 길은 잡초가 흐드러지고 울창한 수풀이었다. 이 기이한 여정에서 많은 들꽃을 보았다. 코를 찌르는 향기, 초록빛 속에 삼삼오오 드문드문 활짝 피어 있는 꽃들…… 오래전 일행에 뒤처져 죽어간 물고기들의 환생이라는 느낌이었다. 둥근 꽃심이 마치 물고기 비늘처럼 빛났다. 감히 그 들꽃들을 꺾을 수 없었다.

길은 해가 지는 방향으로 향해 있었고 그곳은 바로 망망한 바다였다. 내 마음속에 결론이 났다. 검은 연못의 물고기들은 그때 바다로 간 것이다. 문제는 제일 처음 어디서 출발해 이 검은 연못까지 왔는가다. 그것들을 추동하는 힘은 무엇이었을까? 그것들 사이에도 어떤 배반의 행위가 벌어졌던 것일까?

이 황무지의 두 무덤을 보고 있노라면 가슴속으로부터 깊은 혐오와 연민이 솟아났다. 두 사람은 마지막 순간까지 자신의 부끄러움을 씻기 어려웠을 것이다. 너무나 큰 치욕…… 그것은 무덤의 주인공들 자신의 것일 뿐 아니라 얼마간 그 선대와 후대의 인간들에 속하는 것이기도 하다. 그 황야에 사는 모든 사람과도 연관된 이야기다.

20년 뒤 늦가을, 나는 옛 땅의 그 붉게 물든 참죽나무들을 찾았다. 은빛 서리 위로 낙엽을 밟으며 걷고 싶은 마음이 간절했다. 처량한 가을바람이 머리카락을 흩날려 눈을 가로막았다. 더 이상 그 삘기에 뒤덮인 무덤, 낯익은 수풀도 풀밭도 보이지 않았다. 이곳에 있던 모든 것이

다시는 존재하지 않게 된 것이다. 그저 넓게 펼쳐진 검은 모래밭이 남아 있을 뿐……

사람들에게 이 검은 흙은 영원한 수수께끼로 남겠지만 나는 그 내력을 기억하리라. 이 검은 흙 위에 쪼그리고 앉아 꼼꼼히 흙을 만지작거릴 것이다. 흙 속에서 뭔가 묻어 나왔으면 싶다. 이 검은 연못의 마지막 작은 물고기들이 어디로 사라졌는지는 도무지 알 수가 없다. 나는 현대인의 자비심에 사치스런 기대를 해본 적 없다. 산골이나 어촌을 지나오며 노란 화약으로 고기 잡는 사람들을 보았다. 둔한 굉음이 울리자 하얀 뱃가죽을 뒤집은 채 물 위에 둥둥 떠오른 물고기들…… 그들은 물고기들을 배 위로 끌어올리기 위해 얕은 통발 그물만 있으면 되었다.

전설 때문인지, 연못 근처에 솟아 있는 두 개의 무덤 때문인지, 당시 감히 검은 연못에 눈독을 들이는 사람은 없었다. 우리가 살아 있기만 하면 분명 이 이야기는 전해질 것이다. 일말의 두려움을, 멀리 사는 사람들 혹은 후세 사람들의 가슴에 남겨주리라. 그렇게 되는 것이 모두를 위해 좋다. 연못 물은 사라지고 검은 흙만 남았다고 해서 이 전설을 단절시킬 수 있겠는가? 그렇지 않다. 전설은 잠시 묻혀 있었을 뿐이다.

나는 이곳을 배회하며 차마 떠나지 못했다. 검은 연못과 검은 물고기의 존재는 영원히 내 마음속에서 지워지지 않을 것이다. 그들은 내 어린 시절의 일부다. 우리를 멀리 떠난 그 물고기 일족이 지금 어찌 사는지…… 물에 젖은 그 늙은이를 만나는 꿈을 꾸고픈 마음 간절하지만 분에 넘치는 생각인 줄 잘 안다. 우리 인간들은 이미 영원히 신뢰할 가치가 없어진 존재들이다. 두 번 다시 상대해주지 않을 것이다. 그들과 우리 사이에는 이미 공통의 언어가 사라졌다.

그 맑은 검은 연못은 대지의 눈동자였다. 그것이 반짝거리는 날,

세상의 모든 것이 다시 보이리라 믿는다. 그 남쪽의 수풀 속 작은 초가집에 사는 떠돌이들…… 그들은 자주 연못가를 어슬렁거리며 뭔가를 찾는다.

　백발의 내 어머니…… 검은 연못에 여러 번 당신의 그림자가 어렸습니다. 세월이 무정하게 당신의 용모를 망가뜨려도 여전히 아름다우셨지요. 이 불행한 초가집을 위해 노동을 하며…… 먼 곳의 그 사람들을 기다리며……
　어머니, 얼마나 슬프셨겠어요! 검은 연못가에 몇 번이고 오셨죠. 무엇을 찾으러?
　나, 유랑 길에서 돌아온 이 아들은 무엇을 찾으러, 무엇을 찾으러 온 것일까요……

별들을 보며

　20여 년 전 내가 아직 산골과 평원 여기저기를 돌아다니던 시절, 정성껏 내 상처를 보듬어주던 사람이 있다. 듣기 좋은 외지 억양으로 말을 한다 해서, 현지인들 모두 그녀를 도회지 아가씨라는 뜻의 '시라이쯔구냥(西萊子姑孃)'이라고 불렀다. 나중에 사느라 바빠, 당연히 꼭 집어 말하긴 어려운 이유로 우리는 헤어졌다.

　20여 년 피차 멀리 떨어져 있었지만 서로를 잊을 수 없었으리라 믿는다. 오늘 드디어 내 두 다리로 이 들판을 디디자, 마음속에 당장 한 줄기 뜨겁고 얼얼한 것이 흘러내렸다. 나는 고생고생하며 '시라이쯔구냥'에 대해 물어보고 다닌 끝에, 그녀가 여전히 이 황원의 한 포도원에서 일하고 있다는 것을 알아냈다. 남편과 헤어진 뒤 이제 막 세 살 된 딸아이 궈궈(果果)를 데리고 포도원에 정착해 있었던 것이다. 포도원에 있는 거의 기울어져 가는 집이 바로 이 모녀가 오랫동안 기거해온 곳이었다.

　나는 포도원 주위를 배회했다. 며칠 밤을 포도원까지 갔지만 방범

338

견 짖는 소리를 들으면 도무지 들어갈 용기가 나지 않았다. 그저 멀리서 그녀의 그림자를 지켜보기만 했다. 거리가 너무 멀어 또렷하게 보이지는 않았다. 그저 약간 낯설기도 하고 매우 익숙한 듯도 한 실루엣을 확인할 수 있었을 뿐. 그녀와 얘기를 좀 하고 싶었다. 직접 얼굴을 마주 보며 그 얼굴에 어린 세월의 흔적을 한번 보았으면 싶었다.

과수원 포도들 위로 자줏빛 초가을 바람이 불어왔다. 내 마음의 뭔가도 익어가는 것 같았다. 운명적으로 다가올 난감한 재회, 쑥스러운 만남이 마음을 어지럽혔다. 유난히 크고 밝은 별들…… 내 눈동자는 이 가을 별하늘에 젖어갔다. 무수한 신비로운 광휘가 밤안개와 함께 마음 깊숙이 가라앉는 느낌이었다.

그 시절 얼마나 많은 말과 함성이 이 끝없는 들판 위, 이 거무스레한 수풀 속에 흩어졌던가…… 하늘의 무수한 별은 질문을 던지는 듯했다…… 오만한 방랑자여, 그대가 어디로 달아날 수 있겠는가? 온 산마루와 들판, 번화한 도시에 발자국을 내고 다니더니 결국 이 옛 고장으로 다시 향하게 된 것이로구나! 오랫동안 마음에 걸려 있던 그 사람, 그 인연의 상대방은 누구였나? …… 누구와 함께 나란히 누워 늙어가고 싶은가? …… 얼마나 그리워하고 얼마나 고뇌했는가? …… 이 가을밤 해변의 싸늘한 기운 속, 대체 무엇을 생각하고 있나? …… 미련과 애착을 가진 것들이 얼마나 되는가? …… 나와 내 주변에 남겨진 것은 대체 무엇인가? ……… 홀로 탄식하며 가볍게 앞으로 걸음을 옮겼다. 내가 여기 온 줄 알까? 그녀의 과수원 주변을 배회하고 있다는 것을 알까? 혹시 그녀도 주시하고 있으려나?

5년 전쯤 그녀의 아버지가 불치병에 걸렸다는 소식을 들었다. 해안 소도시의 건축가였던 그녀의 아버지는 딸에게 유일한 혈육이었다. 아버지가 돌아가시고, 그녀는 우느라 죽다 살아났다. 얼마 안 되어, 남편에게 버림받은 뒤 이중의 고통을 견디게 되었다는 것을 알고 멀리서 지켜보았다. 당장 그녀에게 달려가고팠다. 그 가냘픈 손으로 살짝 내 옷자락을 부여잡으며 못 떠나게 해주었으면 싶었다. …… 누런 먼지가 공중에 휘날렸다. 휘저어진 황허의 모래로 인해 나는 눈을 뜨기 어려웠다. 그저 멀리서 초록색 평원을 내다볼 뿐이었다 .

하루치 별과 이슬이 함께 내렸다. 그것들은 내 쪽으로 점점 가까워지고 또 가까워지더니 마치 커다란 눈동자 같아졌다. 낮게 드리워진 별들 아래 한없이 배회하는 내가 있었다. 또 하나의 밤, 포도원의 신선한 바람이 정면에서 불어오고 포도원 방범견은 전보다 한층 더 초조하게 짖어댔다. 내 자신, 어떤 오랜 외침에 귀 기울이고 있는 듯했다. 마침내 그 외침을 향해 포도원으로 걸어 들어갔다. 미약한 별빛 아래 포도원 개의 모습이 똑똑히 보였다. 원래는 엷은 노란색의 작은 개인데 어둠 속에 작은 얼굴이 거무스름해 보였고 눈동자가 이슬에 촉촉히 젖어 있었다. 반짝이는 작은 코를 내게 들이대며 킁킁 냄새를 맡는다. 희한하게도 녀석이 전혀 짖지를 않았다. 토담집 작은 문을 두드리자 안에서 가벼운 인기척……

잠시 후 끼익— 문이 열렸다. 그녀가 문 옆에 서 있었다.

"시라이쯔구냥…… 오긴 일찌감치 왔는데……"

고개를 끄덕이며 냉랭히 쳐다보는 그녀…… 나는 그 옆을 지나 집 안으로 들어갔다. 깊이 잠든 아이를 한 번 보고 싶었다. 그녀가 나를 뒤따라왔다. 아이 몸을 내려다보며 보고 또 보았다. 어여쁜 여자아이는 달게 자는 중이었다. 몸 위에 해바라기 꽃잎 같은 황금색 수건이 놓여 있다. 까맣고 긴 속눈썹, 동그랗고 작은 콧구멍…… 그 귀엽고 여린 얼굴에 뽀뽀를 하고 싶었으나, 수건을 걷어내 작은 손을 한참 보다가 그냥 덮었다. 그녀가 내 뒤에서 말했다.

"이름이 궈궈예요." 나는 그 말을 반복하듯 되뇌었다. "이름이 궈궈……"

이때 익숙한 냄새가 밀려오는 것을 느끼고 몸을 돌려 쳐다보았다. 그녀는 자기 포도원을 둘러보겠냐고 물었다.

"가요, 밖에 나가 좀 걸읍시다."

나란히 걸어서 과수원에 도착했다. 가까이 나란히 있었지만 닿지는 않았다. 얼마나 그녀의 손을 잡고 싶었는지 모른다……… 옛날 그때처럼. 그러나 나는 끝내 손을 내밀지 못했다.

숙사에서 백여 미터 떨어진 곳이 작은 노천 오두막이다. 위에는 해진 장막을 쳐놓았고 안에는 베개와 타월, 홑이불이 놓여 있었다. 그녀가 여기서 밤을 보내며 포도를 지키는 것이 분명했다. 그때는 과수원 개도 끌고 오는 것이리라.

"혼자 무섭지 않나?"

내가 묻자 그녀는 고개를 저었다.

"익숙해졌어요. 총도 몇 발이나 쏴본 걸요. 아니면 그자들이 과수원 주위에서 소란을 피우니까…… 이제 겁 안 나요."

총이 어디 있나 물었더니 그녀는 오두막 아래 비밀스런 구석에서 장총을 한 자루 더듬어 꺼냈다. 손길을 타서 반들거리는 것을 보니 늘 사용하는 것임을 알 수 있었다.

"사람들이 다칠까 겁나진 않고?"

"아뇨. 이 세상에 나 혼자, 여자 혼자예요. 그들이 날 우습게 보는

데 부상을 좀 입힌들 뭐 어때서? 쏴죽이기도 할 텐데!"

온몸에 전율이 스쳤다. 동시에 난 갑자기 그녀의 뜨거운 손을 쥐었다. 그녀가 다른 쪽 손으로 내 손을 밀어냈다.

나는 잠시 멍하니 서 있다가 앞으로 걸어갔다. 어두워 제대로 보이진 않았지만 아주 보기 좋게 가꿔진 포도원임을 알 수 있었다. 내 기억대로라면 이 평원에서 유일하게 그럴싸한 포도원이었다. 요 몇 년 양조장과 포도즙 공장이 포화 상태라 너도나도 포도원을 철거하는 중이었다. 게다가 방풍림도 하나하나 넘어져, 밀려드는 모래에 매년 초봄과 늦가을이면 포도나무가 쓸려 넘어졌다. 모두들 그저 황무지 위에 약간의 땅을 잘 개간해서 재해 걱정할 필요 없는 땅콩이나 고구마를 심어 그럭저럭 넘기고 있었다.

시라이쓰구냥의 포도원은 잘 관리된 상태였다. 그녀가 얼마나 힘들게 공을 들였는지 상상할 수 있었다. 이 과수원은 그녀의 땀이 흠뻑 배어 있는 곳이다. 오늘 보니, 그녀에게 포도원 말고는 다른 생계유지의 선택은 없을 것 같았다. 이 평원에 온 이래 포도나무 아래서 분주히 뛰어다녔으리라. 천신만고와 더불어 수많은 아름다운 기억 모두 이 포도나무들과 관련되어 있을 것이다…… 작물 재배 농업의 불황 속에 왕년의 과수원 경영자들이 역병을 피하듯 멀리 달아났지만 시라이쓰구냥은 오히려 이 시골로 완벽하게 피난을 왔다. 가족이 없었기에 정말로 버려진 것이나 다름없었다. 그러나 기필코 뭔가 표지를 남기려는 듯 그녀는 모래바람 속에 꿋꿋이 버텨온 모양이다. 여인의 몸으로 홀로 이런 커다란 녹지를 관리하고 유지해왔다니 놀라울 뿐이었다.

나는 그녀가 따 온 포도를 한 알 한 알 입안에 넣었다. 상큼함과 단맛이 온몸에 번진다. 담배에 불을 붙이자 연기가 포도즙에 젖은 목젖을 따라 퍼지며 특유의 달콤함이 뿜어져 나왔다. 나는 담배를 한 모금 크게 들이마신 다음, 한마디 멍청한 질문을 했다.

"시라이쯔구냥…… 요 몇 년 날 잊고 있었나 모르겠네요……"

"…… 내 평생 딱 하나 잘못한 게 있다면 바로 당신을 단숨에 머리에서 지우지 못한 거…… 당신을 알게 된 덕분에 너무나 힘들었으니까. 내게 하나도 좋은 걸 가져다주지 않았다는 걸 아셔야죠."

나는 고개를 끄덕였다. 그럴 만하다고 생각했다. 그녀의 말이 이어졌다.

"미울 때도 있었어요. 세상 그 누가 한 남자에게 이런 권력을 줄 수 있나…… 어떻게 내 모든 날을 짓밟고 내 인생 전체를 짓밟을 수 있나…… 여기 와 있다는 거 벌써 알고 있었어요. 찾고 싶었지만 매번 나 자신을 말렸죠. 가서 뭐 하나…… 내 인생을 짓밟은 사람…… 난 이미 망가졌고, 나를 이렇게 만든 사람은 이제 세상에 없다는 느낌인걸. 내가 이 사람과 무슨 관계가 있나…… 이제 아무것도 없는데…… 혼자 애 키우며 노동을 하고…… 온몸엔 씻어도 씻어도 씻기지 않는 진흙…… 잊자, 잊자…… 말이 쉽지, 그게 뜻대로 되나요 어디…… 마음을 누군가 한 사람에게 주고 다른 사람에게 줄 수 없었으니…… 이게 바로 내 고생길의 시작이었죠. 그 사람은 멀리멀리 갔는데, 떠나버렸는데, 미련 없이 가버렸는데…… 늘 생각했어요. 만일 길에서 우연히 만난다면 원수를 만난 듯 얼굴을 할퀴어줄까? 총을 한 방 날릴까? 아니, 그러지 말아야 하나……"

그녀는 평정을 잃은 것 같았다. 너무 심하다 싶은 책망이었으나 나는 반박하지 않았다. 그녀의 고생, 그녀의 육체와 정신이 한꺼번에 내 가슴을 들이받은 것이었기 때문이다. 내 무거운 몸통은 꼼짝도 하지 않았다. 잠시 후 그녀 손에 든 엽총이 땅에 떨어졌다. 그녀가 발을 동동 구르며 내 어깨 위에 머리를 박았다. 나는 손으로 그녀의 등을 쓰다듬고 가볍게 두어 번 두드렸다.

"갑시다, 당신의 포도원, 제대로 한번 구경하자고."

포도밭은 확실히 작긴 작았다. 그녀와 둘레를 따라 도는데 딱 10분. 포도나무 위에서는 하나같이 무슨 띠띠따따 소리가 울렸다. 불안한 벌레들의 아우성이거나 이파리 위에 빗방울이 떨어지는 것이려니 했다.

과수원에서 자정까지 어슬렁거렸다.

"좀 누워요. 피곤할 텐데." 그녀가 노천 오두막에 나를 눕게 하고 자기도 쉬러 갔다. 혼자 거기 누워 띠띠따따…… 바깥의 물방울 소리에 귀를 기울였다. 평원의 밤……

얼마나 지났을까 밖에서 작은 발자국 소리가 들렸다. 그녀가 마지막으로 한번 순찰을 도는 것 같았다. 나는 도무지 잠이 오지 않았다. 좀 후덥지근한 날씨였다. 모기장을 한쪽으로 걷은 채 누워 하늘의 무수한 별을 마주 보았다. 눈을 크게 떴다. 구름 한 점 없이 검푸른 하늘…… 별 반짝이는 이 밤하늘은 내게 영원히 기억될 것 같다. 수없이 많은 곳을 다녀봤으나 이렇게 맑고 아름다운 밤하늘은 처음이다……

발자국 소리가 여전했다. 오히려 좀 커진 느낌이었다. 잠시 후 내 위에 뭔가가 놓였다. 손으로 만져보니 수건에 싸인 궈궈. 한 줄기 따스함이 마음속에 흐르는 가운데 나는 움직이지 않고 자는 척했다. 또 한참 있다가 과수원 방범견이 컹컹 짖는 소리가 들렸다. 녀석은 이 오두막 기둥에 묶여 있었다. 이때 시라이쯔구냥이 올라오더니 금방 얼굴을 돌리고 휴식에 들어갔다. 그녀는 단번에 잠이 들었는지 더 이상 움직이지 않았다. 궈궈는 우리 두 사람 사이에서 잠들어 있었다. 시간이 날아가듯 지나가는 느낌이었다.

나는 견디지 못하고 일어나 앉았다. 희미한 빛 속에서 그녀의 얼굴을 뜯어보았다. 좀 늙었다. 그래도 나보다는 젊다. 희한한 것은 살이 전혀 찌지 않았다는 점. 감출 수 없는 회한의 흔적이 미간에 남아 있었다. 절대로 지워지지 않을 것 같았다. 그녀는 검정과 빨강이 엇갈린 줄무늬 원피스를 입고 있었다. 날씬하고 풍만한 체형의 볼륨이 드러나 한 마리 어여쁜 여왕벌 같았다. 두 팔은 마치 여왕벌의 작고 날렵한 날개인 듯. 이 날개를 들어 올려 모아주었으나 그녀는 깨지 않았다. 귀뚜라미를 조심조심 옮겨 그녀 옆에 놓는다. 여인 특유의 숨결이 나를 감싸는 가운데 나는 계속 이렇게 잠들고 싶었다.

어느 틈엔가 그녀가 눈을 뜨고 하늘을 똑바로 쳐다보며 가볍게 말했다.

"잠 안 오면 우리 얘기해요. 얘기 좀 실컷 합시다."

그녀의 손이 내 손을 잡았다. 우리는 오래오래 이렇게 별들을 마주한 채 누워 있었다……

"계속 혼자 살아갈 작정인가?"

"…… 살아가야겠죠."

"내가 포도원에 와서 생활을 방해했나?"

"전혀."

기쁜 건지 실망스러운 건지 감이 잡히지 않았다. 그녀는 말을 이었다.

"생각해보세요. 살다 보면 예상치 못한 일들을 많이 겪게 마련이잖아요. 폭우로 인해 포도에 병이 생기네, 팔 수 없네…… 각양각색의 사태가 발생할 때마다 모두 나 혼자 대처해야 돼요."

그녀의 오른손이 내 손바닥에서 빠져나가 내 몸을 넘어 궈궈에게 이불을 덮어주었다.

"궈궈, 날 많이 닮았어요. 낮에 잘 보세요. 틀림없이 좋아할 거야. 이상하게도 그이는 날 떠나며 궈궈 생각을 전혀 하지 않더군요. 아이 몸에 자기 것이 하나도 없는 것처럼…… 크면 아빠를 좀 닮을지도 모르죠."

그녀는 갑자기 화제를 바꿨다.

"난 지금 혼자 이 과수원을 관리하며 아주 잘 지내요. 그쪽은? 지난 몇 년 어떻게 지냈나 말해줄 수 있나요?"

나는 어쩔 수 없이 일어나 앉아 담배를 찾았다. 성냥을 긋다가 그녀에게 빼앗겼다. 아이가 함께 있으니 피우지 말라는 것이었다.

"지난 몇 년…… 뭐랄까…… 난 많은 곳을 다녔어. 비교적 유쾌하게 지냈다고 할 수 있지. 모두들 나더러 그렇다고들 하니까 나로선 달리 할 말이 없군. 도처를 분주히 뛰어다니며 도저히 한 군데 머물 수가 없었소. 나도 둥지가 있고 그것이 내게 따뜻한 곳이긴 한데…… 역시 여기저기 다니고 싶었거든. 한마디로 나라는 인간…… 역마살이지. 늘 뭔가 잃어버린 것을 찾는 것 같고…… 뭔가에게 길을 재촉당하는 것 같기도 하고. 늘 떠나자 떠나자 생각하며 발바닥이 뜨거워지거든. 추억해보면 십 수년 이런 느낌이었던 것 같아. 그렇지만 그때 찾으려던 것은 다 구체적인 것, 점점 성장하는 것들이었는데…… 구체적인 것들이 내 시야에서 사라져버렸어. 이젠 뭘 찾으려 했는지 나도 모르겠군. 사람이었나? 소리였나? 등불이었나? 책이었나? 모르겠어…… 반짝반짝 빛나며 멀리서 나를 향해 손짓하는데 그쪽으로 한 걸음 나아가면 그건 한 발짝 뒷걸음…… 가끔씩 그게 눈앞에 있다고 느껴지는가 하면 평생 가까이 다가갈 수 없다는 느낌이 들 때가 있고…… 당신 포도밭에 감춰져 있는 게 아닐까 싶다가…… 당신 몸과 영혼 안에 숨어 있는 것 같기도 하고…… 도무지 표현을 못 하겠군."목젖이 울컥했다.

그녀가 내 눈 위에 손을 얹었다. 분명 뭔가가 그녀의 손바닥을 적시고 있다는 느낌이었다. 나는 그녀의 손을 치우며 말했다."난 겨울이 무척 두려워. 당신처럼 혼자 이런 추위와 싸우는 거지. 가을은 빨리 지나가고 이어서 겨울…… 겨울은 누구에게나 마찬가지로 너무너무 춥거든……"

그녀의 긴 침묵…… 내 말을 열심히 듣고 있다는 것은 알 수 있었다. 잠들었을 리 없다. 귀귀가 몸을 뒤척이며 잠꼬대를 했다. 너무나도 여리고 가냘픈 귀귀의 음성이 어두운 과수원으로 빠르게 흩어졌다. 과수원의 방범견은 초조하게 오두막 기둥에 등을 비비며 가볍게 으르렁댔다. 여명이 밝아오려나 보다.

나는 들판 위의 모든 불안과 초조가 막 지평선을 따라 이쪽으로 이동하는 소리를 들었다. 별빛이 잦아들면서 멀리 물결 소리가 또렷해지는 것 같았다. 나는 엷은 별빛 아래 출렁이는 바다의 미세한 물결, 바닷물에 뿌옇게 침식된 배 한두 척이 비스듬히 노를 얹은 채 가볍게 흔들리는 모습을 보는 듯했다. 빗소리 같은 섬세한 잎사귀의 떨림 속에서 상큼함이 느껴지기도 했다.

나는 또다시 그녀의 얼굴을 내려다보았다. 그 살짝 감은 눈, 눈썹에 맺힌 눈물방울을 발견했다. 그녀가 눈을 번쩍 떴다. "우리 하나도 안 피곤한가 봐. 밤새 많은 얘기를 했네요. 마음속에 있는 것이 입 밖으로 나온 말보다 훨씬 많겠지만……" 그녀가 내 두 손을 모아 두드리며 말했다.

하늘의 별이 희미해지기 시작하며 아련한 하얀 빛을 띠었다. 나는 옆에 있는 귀귀를 물끄러미 바라보았다. 아이가 입을 움직이며 소소한 잠꼬대를 한다. 그 입에 귀를 갖다 대고 들어봤으나 전혀 알아들을 수가 없었다. 귀귀의 꿈에는 엄마 아빠의 어린 시절 이야기가 존재할 것이고 그 이야기에 나도 포함된다. 들판 위에서 맨발로 뛰어다니는 한 소년…… 이 밤이 아이의 참신한 꿈속에 아로새겨질 수 있을지 모르겠다. 귀귀의 양 볼에 입을 맞추며 그 꿈속에서 내가 배역을 하나 맡을 수 있기를 간절히 바라는 마음이었다. 내 눈을 아이의 눈에 바짝 갖다 댔다. 깜박이는 내 속눈썹이 그녀를 건드리자 귀찮은 듯 작은 손을 뻗어 내 이마를 밀어낸다. 순간 나의 많은 생각도 밀어냈다.

내가 눈을 크게 부릅뜨고 사방을 둘러보며 오두막을 내려오자 시라 이쯔구냥도 일어나 앉아 땅바닥의 엽총을 주시했다. 차가운 몸통 위에 이슬로 물방울 진 엽총…… 나는 그것을 주워 오두막 기둥에 기대 세우고 청신한 공기를 들이마셨다.

밝아오는 하늘…… 마지막 별은 이미 스러져 있었다……

서재

서재, 먼지로 뒤덮인 서재……

나는 그곳에 자주 혼자 들어가 한두 시간씩 보내곤 했다. 나이 들면서는 더욱더 빈번히 드나들게 되었다. 다른 사람들의 눈에는 다소 이상하게 비쳤을 것이다. 최고로 음침하고 재미없는 곳이 그 서재였기 때문이다. 어두침침해서 물건도 겨우겨우 분간했다. 하지만 신기하게도 나는 이미 서재의 어둠에 익숙해져 전혀 힘들이지 않고 서가에 놓인 책들을 읽을 수 있었다. 아는 것 모르는 것 두루 담긴 책장을 흥미롭게 넘기며 지극히 만족스러웠다.

저택에서 유일하게 오래되었다고 할 만한 것이 바로 이 서재였다. 아무도 찾는 이가 없어졌지만 옛날 집 전체의 핵심부였던 방이다. 나는 까만 밤 같은 고요함 속에 손가는 대로 빨간 나무로 만든 습자대* 위의 먼지를 닦아낸 다음(이유는 모르겠지만 이 습자대엔 영원히 먼지가 덮여 있

---

* 붓글씨를 연습하기 위한 받침.

을 것만 같았다) 두 손을 모으고 잠시 넋을 잃었다. 바늘 하나 떨어지는 소리라도 아주 크게 들릴 만한 고요함……

이 극도의 적요 속에서 나는 일찍이 없던 위안을 얻었다. 한 권 한 권의 책, 페이지가 모두 누렇게 되어 있었다. 어떤 것은 가볍게 쥐어도 상처가 나는지라 더할 나위 없이 조심조심 가볍게 책장을 넘겼다. 읽을 수는 없고 코로 냄새만 느껴지는 경우도 있었다. 기분 좋은 곰팡이 냄새가 폐부를 파고든다. 나는 조심스럽게 하나도 놓치지 않도록 훑어보며 그 속에서 예사롭지 않은 기운을 감지해냈다.

검은 옷차림의 키 큰 남자가 옷자락으로 서가에 먼지를 일으켰다. 약간 살집 있는 체격의 남자였다. 내 눈을 가리는 먼지…… 그는 걸어와 내 옆에 서서 오른손의 누런 집게손가락을 뻗어 내가 한참 읽고 있는 책 페이지 위를 눌렀다. 억지로 참으며 고개를 들지 않았는데 얼마 안 되어 결국 못 견디고 책을 덮었다. 우리는 서로의 눈을 마주 보았다. 묻고 싶은 것이 있었지만 입을 움직여도 목소리가 나오지 않았다. 그 남자는 자리를 떴다. 높다란 책꽂이 뒤로 사라진 것이다. 일어나 뒤를 따라가 보았으나 보이지 않았다. 그는 늘 이렇게 갑자기 나타나 천천히 걸어 다니다가 갑자기 사라져버리곤 했다.

기괴한 서적들…… 선장본(線裝本)*도 있고 비단 표지로 된 하드커버도 있었다. 필사본도 있었다. 간단한 삽화만 그려져 글자는 거의 없는 것이 있는가 하면, 깨알 같은 해서체로 빽빽하게 씌어진 것도 있었다. 그 가운데서 나는 필요한 몇 마디 예언적 잠언을 찾아내기라도 하려는 듯 쉬지 않고 책장을 넘겼다. 얼마나 시간이 지났을까…… 한참

---

* 인쇄된 면이 밖으로 나오도록 책장의 가운데를 접고 책의 등 부분을 튼튼하게 묶은 장정의 책.

만에 서재를 나오는 내 머리칼과 옷은 온통 먼지투성이였다. 식구들은 종일 흙 속에서 뒹굴다 빠져나온 쥐 같다고 했지만, 나는 아무 대꾸도 하지 않았다. 그저 기회만 있으면 그 서재를 드나들었다.

서재에서 나는 그 누군가와 유서 깊은 비밀의 대화를 벌이게 된 것이다. 우리가 무슨 얘기를 하는지 아무도 몰랐다. 그는 내게 감춰진 자신의 역사를 이야기했다. 아무도 모르는 사연이었다. 사연들은 모두 조각조각 그 셀 수 없이 많은 낡은 페이지 속에 흩어져 숨어 있었다. 나는 책장을 넘기면서 그 남자가 다시 출현하기를 기다렸다.

한 권을 다 넘기고 나니 이유는 알 수 없으나 머릿속이 텅 비는 느낌이었다. 마치 아무것도 읽지 않은 듯한 느낌이랄까…… 나는 두어 번 톡톡 쳐서 책을 원래 자리에 꽂았다. 이때 데구르르 굴러오는 물건이 하나 있었다. 집어 들어 보니 손바닥에 놓고 굴리는 건강 볼이었다. 먼지를 닦아내자 반질거리는 둥근 물건의 은빛 광채가 드러났다. 쓰던 사람이 수십 년간 주물러 더할 나위 없이 반짝거리는 나무 구슬. 나는 이 나무 구슬을 호주머니에 넣었지만, 얼마 안 돼 그것이 생명을 지닌 것 같다는 생각을 하며 쿵쿵대는 심장박동을 느꼈다. 어쩔 수 없이 도로 꺼내 습자대 위에 놓았다. 이렇게 잠시 놓아두었다가 결국 그것을 대충 책꽂이 한쪽 구석에 처박아 놓고 다시 책을 보았다.

잠시 뒤 깜깜한 방 안 구석에서 이쪽을 쏘아보는 한 쌍의 매서운 눈빛이 있었다. 자기 나무 구슬을 건드려 거북해하는 것일까? 원래 장소에 되돌려놨어요…… 그 자리에 아주 잘 있습니다…… 내가 고개를 들고 속으로 용서를 구하자 검은 구석의 그 예리한 눈길이 천천히 엷어졌다. 계속 더 엷어지더니 어느덧 사라졌다.

나는 가벼운 발걸음으로 몇 발자국 내딛었다. 뭔가를 찾는 듯 서가에 즐비한 책들을 줄곧 응시한 채. 손 가는 대로 책을 훑다가 책들 사이에서 동그랗고 작은 안경을 꺼내 들었다. 하지만 데일 것이라도 만진 양 얼른 제자리에 도로 꽂았다. 손을 비비며 먼지를 바지 위에 털었다. 서가의 저쪽 면에 은 상감 손잡이의 먼지떨이가 걸려 있었다. 나는 손에 쥐고 몇 번 쓰다듬은 다음 서가의 먼지를 털었다. 몇 번이나 이렇게 했는지 모르겠으나 헛일임을 알고 있었다. 먼지는 이 방에서 나가지 않고 그저 허공에 날렸을 뿐이기 때문이다. 모든 것이 조용해지면 먼지들은 다시 내려앉았다. 이 방에서 몰아낼 방법이 없었다. 몇백 년간 쌓인 먼지, 한 세기의 기억과 냄새가 밴 먼지였다.

　밤에는 감히 혼자 이 서재에 오지 못했다. 어둡고 비 오는 날에도 못 왔다. 그저 바깥의 햇빛이 찬란하고 천지가 밝을 때라야 이 서재의 문을 열 수 있었다. 이 습자대 앞에 한번 앉으면 외부 세계는 즉시 잊혔다. 내가 이렇게 조용히 앉아 있으면 잠시 후 한 싸늘한 큰 손이 내 어깨를 잡는다. 이 동작에 아주 길들여져 나중에는 전혀 놀라지 않았다. 돌아보지도 않고 원래의 자세로 그냥 앉아 있을 수 있게 된 것이다.

　내가 담담히 물었다.

　"왜 이러시는데요? …… 그러니까 왜 달아나야만 하느냐 그겁니다."

　"왜냐고?"

　그는 뜬금없는 이야기를 시작했다.

　"이 방에서 바깥을 내다보면 원래 수백 미터 밖을 볼 수 있지. 하지만 실제 눈길이 닿을 수 있는 곳은 겨우 이 저택의 한쪽 구석이야. 이 집에 화려하고 근사한 건물이 많은데 이 서재는 가장 시시한 골방, 가장 낡은 건축물이기 때문에 보존되고 있는 셈이랄까…… 이 저택엔 나리와 여러 명의 하녀가 있었고, 그중 한 명이 너의 외조모다."

"우리 외할머니와 여기서 처음 알게 된 건가요?"

"아니. 너의 외조모는 그때 베이징에 가 있었고 나는 어떤 서양인이 운영하는 학교에 재학 중이었다. 그녀가 나리를 모시며 베이징에 있어서 나리를 뵈러 갔다가 만나게 되었지. 그때 처음 한 번 보고 곧 돌아왔어. 난 의학 공부를 꽤 한 사람이야. 눈병 환자에게 수술을 해줄 수 있을 정도로. 서양말도 꽤 했지. 학업을 마치지 못한 채 돌아왔지만…… 알고 있나? 노마님이 예쁘게 생긴 다듬이 방망이로 너의 외조모 머리를 내리친 거. 우리 두 사람은 숨을 죽이고 때를 기다렸어. 그녀를 치료해서 상처가 웬만해지면 같이 멀리 도망가기로 하고. 거의 빈몸으로 처음 이 저택을 벗어났을 때…… 들판에 다다르자 곳곳이 얼마나 신선하던지! 네 외조모는 잠시 후 눈을 가리더군. 처음엔 눈을 비비는 거라 여겼어. 우는가 보다 했는데 알고 보니 너무 밝은 곳이 싫었던 거야! 우리는 도망치고 도망치다 방향을 잃었지. 그러다가 웬 풀숲에 이르렀는데 그게 바다와 연결되어 있다는 걸 그땐 몰랐어. 태양이 막 떠올라 끝없는 풀밭이 온통 황금빛…… 네 외조모는 눈을 가린 채, 어머나 크기도 해라! 밝기도 해라! 그러더군. 그녀가 내게 한 말이 딱 이 두 마디……"

여기까지 듣고 나자 내 온몸에 경련이 일었다. 등 위 큰 손의 무게가 점점 가벼워졌다. 고개를 돌려보니 사람은 이미 사라지고 없었다. 마치 그 남자의 그림자를 쫓아내려는 듯 내 입에서 요란한 기침이 터져 나왔다. 방 귀퉁이에는 아무것도 없었다.

새로운 책을 찾는 나날이었다. 한 번도 선느낀 적 없는 색이 서의 매일 발견되었다. 그럴 때마다 보물찾기 하듯 습자대 앞으로 떠받치고 갔다. 그러나 막상 책을 펼쳤을 때 낯설거나 그저 그런 내용이라는 사실을 깨달으면 시들해졌다. 그렇다, 가끔은 봐도 이해를 못 하는 경우가 있었다. 재미없는 내용이다 싶으면 다시 원위치에 되돌려놓았다. 바로 이런 기이한 탐험을 하듯 나는 서재의 모든 서가를 뒤졌다. 이 서재가 물난리나 화재나 전란에 훼손된 적이 없었다는 것은 뭔가 보이지 않는 신령의 보호를 충분히 상상하게 만들었다.

그 남자가 다시 출현했다. 마찬가지로 소리도 기척도 없이. 아까 사라진 것은 차를 마시러 간 것이었나 싶었다. 목소리가 훨씬 맑아져 있었기 때문이다. 그는 내가 아까 건드린 그 책을 못 만지게 했다. 그 위에 자신의 객혈 자국이 있다는 것이다.

"그 책, 만지면 안 돼." 그가 말했다. "그 책은, 그냥 내려놓는 게 신상에 좋아."

내 심중에 퍼뜩 고집스런 음성이 울렸다. 아뇨…… 그 책, 펼쳐볼 겁니다. 다시 한 번 볼 거예요! 나는 일어나 그의 저지에 아랑곳없이 곧장 아까 뽑아온 책을 향해 걸어갔다. 급히 집어 들어 몇 번 뒤적여보고 멍하니 털썩 의자에 주저앉았다…… 책에는 갈색의 자줏빛 반점이 가득했다. 오래전 핏자국인 모양이다.

혐오감인지 두려움인지 모르겠으나 나는 책을 멀리멀리 밀쳐놓았다. 잠시 후 자리에서 다시 일어나 멀찍이 떨어져 그 책을 뜯어보았다. 결국 나는 그 책을 제자리에 도로 가져다 꽂았다. 그 검은 장삼의 그림자가 만족스럽게 냉소를 터뜨리더니 뒷짐을 지고 한쪽으로 걸어간다. 그는 마치 뭔가를 증명하려는 듯 다른 한쪽의 딱딱한 나무 팔걸이의자에 앉았다. 적어도 1센티미터 두께의 먼지로 덮여 있을 의자. 이상하게도 앉으면서 한번 털어내지도 않았다. 그가 말했다.

"앞에 무엇이 있는지 똑똑히 알고 있었어. 하지만 나는 갔다."

"앞에 뭐가 있었죠?"

"함정."

내 마음속에 '툭' 오래된 현이 끊어지는 듯한 소리가 났다. 또 함정이구나! 나는 속으로 말했다.

"함정이 바로 앞에 있었다……"

그는 이야기를 계속했다.

"멀지 않은 곳이었어. 아주 좋은 가을날이었지. 잘 익은 농작물들이 붉을 것은 붉고 노랄 것은 노랗게…… 우리 집에서 제일 좋은 말을 타고 갔는데, 가서 회의를 열라는 명령이었거든. 가는 길에 누군가 매복을 시켜놓았다는 걸 알고 일부러 돌아서 갔어. 그런데 한참을 가다 생각해보니 그 매복이 어차피 나 때문에 설치된 것이라면 맞아주고 가야지 싶더군.

그래서 말을 돌려 왔던 길을 다시 간 거야. 말이 말발굽 자국을 내며 다다다 앞으로 달리고…… 양쪽 길가 밭에 내리쬐는 태양의 따스한 열기가 곧장 내 몸과 말에 쏴악…… 말이 지쳤길래 잠시 길가로 가 들판의 곡식을 좀 먹인 다음 이어서 길을 갔지…… 그렇게 아무 탈 없이 갔어…… 그날 나는 긴 강연을 했는데 누군가 단 아래서 뭐라고 소리를 치더군."

여기서 그가 이야기를 잠시 멈춘 덕분에 나는 생각할 기회가 있었다. 열렬한 갈채 소리를 상상했다. 들어본 적 있는 소리였다. 그의 구술이 이어진다.

"나를 향한 그들의 박수 소리 속에 스스로 내 평생 하더니 밀을 신부 해버린 느낌…… 말이 마당에서 울부짖더군. 나더러 빨리 떠나자는 뜻이었지. 말에게 출발을 재촉받으며 사람들에게 작별 인사를 하고 회장을 나왔을 때 마지막으로 사람들의 눈을 보았어. 오는 길에 나는 매복이 있다는 걸 알고도 돌아가지 않았지. 그것이 점점 가까이 점점 가까이…… 말도 모든 사정을 알고 있었을까…… 녀석의 발굽은 꽤 무거웠지만 의연히 나아가더군. 해가 곧 떨어지려고 할 즈음 천지는 온통 붉은색이고…… 말을 탄 채 주위를 둘러보니 키 큰 농작물의 끄트머리를 볼 수 있었다는 기억이 나네. 태양은 그것들을 조금씩 조금씩 붉게 물들여갔고…… 나는 모든 것을 내 눈에 담으며, 기억에 저장하며, 실눈을 뜨고 말에 몸을 맡긴 채 흔들흔들…… 두어 시간을 그렇게 가서 집에 다 와 가려니 생각하는데…… 둔중한 권총 소리…… 나는 붉은 말의 목을 두드리며 말했지. '때가 되었다!' 하지만 말에서 내리지 않았어. 매복한 자들에게 예의를 차리고 싶진 않더구먼. 나는 말 위에서 등을 쭉 늘인 채 실눈을 뜨고 자세를 조금도 바꾸지 않고 앞으로 나아간 거야. 영웅들이 흔히 취하는 포즈로."

여기까지 듣는데 내 손에 땀이 흥건했다. "그래서요? 그다음은요?"

"그런 다음…… 난 수수밭에서 살해되었소. 고통 없이 죽은 편이지만 가뿐하게 죽은 건 아니야. 한번에 죽질 못 했거든. 그자들은 살인의 고수가 아니었어. 보아 하니 그런 일이 처음인 자도 있는 것 같고. 내가 피를 점점 많이 흘려 주변의 흙이 뻘게지자 모두 비명을 지르며 도망가더군. 난 몸에 돈을 지니고 있었는데…… 이건 약간의 요행을 바라는 심리랄까…… 돈으로 시간을 좀 벌 수 있으리라 여겼지만 그제야 깨달았지. 고래 등 같은 집, 땅, 심지어 관직까지, 돈으로 모든 걸 살 수 있지만 딱 하나 살 수 없는 것이 있다는 거. 바로 시간. 그들은 내 돈을 필요로 하지 않았어. 도망갈 때 심지어 내 호주머니를 더듬어볼 생각도 하지 않고 도망가느라 허둥지둥…… 내 뜨거운 피가 자기 손에 묻자 도랑으로 달려가 씻어내는 사람이 있지를 않나…… 난 거기 뻗어 있었어. 부상당한 말이 움직일 수는 있었는지 터벅터벅 떠나가더군. 기다리는 시간이 얼마나 길었는지 몰라…… 해가 떨어질 때를 기다렸어. 눈앞의 광선이 점점 어두워지긴 했지만 태양은 지지 않고 농작물의 허리춤에 걸린 채 꼭 누군가를 기다리는 것 같았지. 드디어 그녀가 왔어! 바로 너의 외조모. 원래 자그마하던 체구가 온몸을 부들부들 떨며 작은 새처럼 쪼그라든 그녀…… 한동안 흑흑거리며 울더니 더 이상은 울지 않고 눈물 없이 콧물만 줄줄…… 내 몸 위에 엎어져 뭐라고 말을 했지만 하나도 알아들을 수가 없었어. 무슨 위로의 말을 한 것 같은데…… 나도 그녀에게 말을 했으나 못 알아듣는 모양이었고. 눈치를 보니 그랬더라는 거지. 그녀를 따라 함께 온 사람이 나를 말 등에 태웠지. 부상을 입고도 나를 싣고 가야 하는 불쌍한 말…… 말 등에 태워지는 순간 나는 목숨이 끊어졌다네."

방 안의 빛이 점점 어두워졌다. 책 속의 글자들을 더 이상 읽을 수가 없어서 결국 덮고 나왔다.

바깥은 아주 환했다. 그러나 어찌 된 일인지 이날의 태양, 하늘, 아직 지지 않은 하얀 달 모두 납덩이 같은 회색이라는 느낌이었다.

나는 또다시 서재에 들어왔다. 이슬이 흠뻑 내린 새벽이었다. 그가 앉았던 딱딱한 붉은 의자에 앉아, 일부러 그를 격노하게 만들려는 듯한 자세로 그가 나타나기를 기다렸다. 그러나 하루가 꼬박 지나도 오지 않왔고 심지어 멀리서 흘끗 쳐다보는 일도 없었다. 그럴 땐 적당히 책 몇 권을 뒤적이며 시간을 보내다 아무 수확 없이 방을 나왔다.

나는 이렇게 이 서재를 드나들며 내 청춘을 소진시켰다.

우리들의 대화는 끝나지 않았다. 영원히 완결될 수 없는 대화. 내가 어떻게든 외할머니의 용모를 분명히 알고 싶어 하던 대목도 있었다. 본 적 없고 또 최고로 중요한 부분이 아닐까 싶었기 때문이다. 그녀가 흡사 내가 아는 어떤 이야기의 주인공 같았기 때문이다. 그러나 그 검은 장삼의 남자는 확실하게 말해주지 않았다. 심지어 앞뒤가 맞지 않을 때도 있었다. 내 스스로 그 필사본 속에서 약간의 실마리를 찾았다고 생각했다. 내가 끝내 읽어낸 글자들이 그녀의 것이었기 때문이다. 그러나 그 글자들은 진정 불길한 예언이었다. 예를 들어 그의 도주 날짜. 다른 기록에는 매복을 당한 날이 그것과 달랐다. 참 이상한 일이다. 또 내 외할머니와 그 남자가 길에서 겪은 일을 언급하는 부분에 외할머니는 잔소리가 심한 여인으로 묘사되어 있었다. 그런가 하면 다른 기록에는 배려심 많고 말수 적은 속이 꽉 찬 사람이었다. 그에게 물었다.

"외할머니는 키가 작았나요?"

그는 고개를 끄덕였다. "내 허리 정도밖에 안 왔지."

당신이 워낙 커서 그런 거 아니냐고 했더니 그녀가 작았기 때문이라고 단언하며 이렇게 말했다.

"하지만 보기 싫지 않았어. 머리숱이 좀 적고 약간 누렇기는 했지만. 어쨌거나 난 그녀 외에 아무도 좋아지지 않았으니까. 그녀가 날 바라본 첫 눈길이 영원히 각인되었지. 그날 그녀는 자줏빛 꽃무늬 옷에 시골 사람들이 하는 격자무늬 스카프를 두르고 있었어. 나와 이야기를 나눌 땐 옷섶을 만지작만지막…… 한 마디도 하지 않을 때도 있었고.

난 정말…… 네 외조모 이마에서 나풀거리는 노랑 머리칼을 손으로 살짝 걷어 올려주고 싶었다…… 난 분수를 지키는 사람이야. 나로 하여금 이런 생각이 들게 만든 건 그녀였어."

여기까지 얘기하더니 그가 좀 피로한 듯 콜록거리며 서가 뒤쪽을 돌아봤다. 나는 정신을 차렸다. 그 필사본! 이와 관련된 기록이 있을 것 같은 책이 생각났다. 나는 그 책을 펼쳐 들고 글자들 사이를 뒤졌다. 이때 비로소 처음으로 깨달았다. 이 빽빽한 깨알 같은 글씨가 무슨 얘기를 하고 있는지. 나는 피곤한 줄도 모르고 단숨에 읽어 내렸다. 이것이 내가 서재에서 지난 1년 동안 처음으로 내용을 이해한 책이었다. 내 끈기가 큰 도움이 되었다. 그렇다, 거기 기록된 것은 바로 내 외할머니 일가의 이야기였다. 이 서재 안, 먼지 앉은 모든 책의 페이지들 속에 그들에 관한 비밀이 숨어 있었다.

나는 한평생 거기서 시간을 보냈다. 필사본을 읽으며 의문이 늘어만 갔다. 예를 들어 그 정체 모를 사람들은 왜 그 엄청난 대가를 치를 매복에 동원되었을까? 외할머니를 위해서? 그럴 것 같지는 않다. 확실히 정치적인 목적이 있었던 것으로 보인다.

그러나 쉬지 않고 옛이야기를 하는 그 남자, 그는 왜 굳이 그녀를 위해 매복을 시켰다고 말하려는 것일까? 이 매복의 대가는 실로 너무나 컸다. 거의 모든 사람이 변을 당했다. 우두머리 영감은 엄청난 옥사에 말려들어 고생고생하다 죽었다. 그를 따라 나선 4, 5명의 잘난 젊은이, 모두 저마다 자기 여자, 자신의 좋은 인생이 있었을 사람들이다. 이들 중 적어도 세 명은 항일전과 국공내전에서 죽어갔다. 나머지 두 사람 — 어쩌면 한 사람일지도 모르겠지만 — 은 정신병에 걸려 미치광이로 타향을 떠돌다가 결국 알 수 없는 이유로 마른 우물에 빠져죽었다.

겨울날 폭설로 메워져 평지와 차이가 나지 않던 마른 우물이었다. 전하는 바에 따르면, 구걸하러 다니다가 발을 헛디뎌 빠졌는데 아무도 모른 채 겨울 지나고 봄 지나고 여름이 되어서야 지독한 썩은 내 때문에 사태가 드러났다. 죽은 이에게는 그 우물이 함정, 즉 매복이었던 셈이다.

그들은 무엇을 위해 이런 매복을 벌였을까? 세상의 그 누구도 정확히 알 수 없으리라. 우선 그들과 이 서재의 주인 사이에는 아무런 원한 관계가 없다. 그들 중 대부분은 심지어 면식도 없다. 나는 이 모든 것이 질투에서 나온 일이라는 가설을 세운 적도 있다. 질투는 대부분 참극의 진정한 촉발 원인이 되곤 하니까. 그러나 나중에 그 점 역시 부정하게 되었다.

언제부터인가 그 남자와의 대화는 점점 무미건조해졌다. 아무런 스토리도 흥도 없이 얼버무리기만 하고, 일부러 시간을 허비한다는 느낌도 들었다. 게다가 나를 불안하게 만든 것은 시간이 그에게 무한정 관대한 반면, 내게는 대단히 인색했다는 사실이다. 나는 노쇠하고 있었다. 내 피부는 윤기를 잃어갔지만 그는 오히려 점점 생기발랄해졌다. 그와 나 사이에 얼마나 잔혹한 게임이 벌어졌는지 모른다.

그는 일부러 늑장을 부리며 사건의 진상을 감추었다. 심지어 그가 내게 매복을 놓았다는 느낌이 들 정도였다. 그러나 나 역시 당시의 그 남자처럼 이 매복의 존재를 똑똑히 알면서 직접 맞으러 나섰다. 그가 상당히 교묘한 함정을 파놓았다는 것을 똑똑히 알면서도 피하지 않았다.

이 어두침침한 서재에서 20년을 보냈다. 여기서 도망칠 방법이 없었다. 그가 대화에 성의를 보이지 않았고 말이 이치에 닿지도 않았으나 나는 오히려 온 힘을 다해 정신을 집중시켜 경청했다. 그의 단편적인 이야기의 난해한 의혹을 더듬고 싶었다. 진상을 판명할 기회는 지극히 많아 보였다. 이렇게 많은 책, 이렇게 많은 친필 기록, 당사자의 구술도 있으니 말이다. 이것들의 유혹이란 실로 대단했다. 그러나 나는 천천히 이 모든 것이 허구임을, 성립할 수 없는 것임을 깨닫게 된 듯하다. 그러나 내가 영원히 이 세계에서 사라질 때 이 서재에서 나의 뒤를 이어 이 영원한 수수께끼를 파헤칠 사람이 또 있으리라. 나아가다 보면 그를 기다리는 것 역시 '실망'이겠지만. 그러나 이 모든 것에 대해 우리 모두 후회는 없다.

매일 지난 세기부터 전해 내려오는 그 먼지떨이로 책꽂이의 먼지를 털고 그 속에서 필요한 서적을 고를 때, 내 가슴에 형언하기 어려운 한 줄기 행복감이 솟았다. 나는 조용히 앉아 학자들이 보통 그러하듯 두 손을 습자대 가장자리에 얹었다. 책을 펼친 다음 공정하고 합리적으로 또 하루의 일을 시작하는 것이다. 서서히 눈이 침침해지자 당장 그 작은 안경을 떠올렸다. 가져다 눈에 걸쳤더니 신기하게도 내가 사용해주기를 진작부터 기다리고 있었던 것만 같았다. 마치 나를 위해 맞춰놓은 듯한 안경이었다. 이 안경을 걸치고 모든 것이 더 또렷해졌다.

내 삶은 유유자적하면서도 충실하게 흘러갔다. 별로 초조하지 않았다. 나의 탐색이 궤도에 올랐고 리듬도 안정적이었다. 그 사람과의 대화는 이렇게 느긋하게 하루 또 하루 이어져갔다.

물고기 이야기

아버지도 바다로 불려나가 고기를 잡게 되었다. 이런 재미난 일을 하게 되리라고는 전혀 예상 못 하신 모양이다. 산바람으로 거칠어진 얼굴에 늘 수심이 가득하시더니 이 일을 하고부터는 만면에 웃음이었다. 위에서 나눠준 방수복을 입고 그물 당기기 용도의 막대기 달린 줄을 진 채 신나게 분주해하셨다.

나도 재미있었다. 아버지의 행로를 따라 나 역시 망망한 초원과 수풀을 거쳤고 바다 위에서 고기 잡는 사람들을 직접 목격했다. 파도가 없는 날, 뱃사람 몇 명이 작은 배를 흔들거리며 바다에 들어갔다. 큰 바다로 나아가 그물을 던지니 수면 위에 줄줄이 남겨지는 하얀 부표…… 이윽고 작은 배는 한 바퀴 빙 돌아 그물을 걷어 해안에 닿는다. 남은 일은 그물을 잡아당겨 뭍으로 힘차게 밀어 올리는 작업이었다. 바로 '그물 당기기.' 선장은 그물이 한 번 움직일 때마다 고함을 치는데 목소리가 엄청나게 컸다. 아버지며 뱃사람들이며 모두가 그의 외침 속에 일제히 힘을 썼다.

날이 덥지 않아도 어부들은 옷을 제대로 입지 않는다. 아버지만 바지에 러닝셔츠 차림이었다. 사람들은 가느다란 그물을 굵은 두레박줄에 걸치고 길쭉한 막대를 엉덩이 위에 가로 얹은 다음 줄로 묶었다. 선장이 구호를 외치면 그에 맞춰 모두 영차영차 뒷걸음치며 힘을 쓰는 것이다. 그물 안에 엄청나게 많은 생선이 걸렸으리라. 그러니까 그물 무게가 6백 킬로그램이나 나가지!

큰 그물이 천천히 올라오면 언덕 위의 사람들은 들떠서 아우성이었다. 어떻게 해서 그리도 많은 생선이 바다로부터 잡혀 오는지 나는 처음 본다. 살아 펄떡거리며 일제히 건져 올려지는 생선들…… 정말 기이한 장관이었다. 온갖 생선이 다 있었다. 제일 큰 것은 약 1미터 길이에 머리통이 새끼돼지 같았다. 어떤 녀석은 눈을 크게 부릅뜨고 몸부림치며 이쪽을 노려봤다 저쪽을 노려봤다…… 분명 녀석들이 뭘 알고 있다는 느낌을 주었다.

잡힌 물고기들은 선장의 우렁찬 외침 속에 그물에 들려 근처에 마련된 삿자리에 쏟아졌다. 옆에는 일찌감치 생선을 사러 온 사람들로 긴 줄이 생겨나 있다. 수레를 끌고 온 사람, 광주리를 진 사람…… 생선은 돈이 안 됐으므로 파는 측은 1위안만 던져줘도 쉽게 생선을 처분해버렸다.

어포*에서 나온 노인들 몇 명이 그물자루를 들고 나와 평소 좋아하는 조기를 골라 갔다. 이때가 되면 어부들은 잠시 한가해진다. 모두 반나체라 그 사람이 그 사람 같았다. 웃으며 서 있는 아버지가 다른 사람들과 잘 구분이 되지 않았다. 작열하는 태양으로 인해 모두 비슷하게

---

* 어포(漁鋪): 중국 북방 해안 지역 풍물의 하나. 반지하로 지어진 가설 건물로, 각종 고기잡이 도구를 간수하는 창고이자, 바다의 상태를 살피며 생활하는 가난한 어부들의 간이 숙사.

검붉은 피부였다. 모두들 모여 앉아 생선찌개를 먹는데 조리법은 극도로 간단했다. 제일 살찐 생선을 주워 탕탕 크게 몇 토막 낸 다음 솥에 넣고 끓이면 끝. 그냥 바닷물로 끓이면 되니 갖은 양념은 물론 소금도 필요 없었다. 주위에서 구경하던 아이들 몇 명이 생선찌개 끓이는 영감에게 불려갔다. 큰 그릇으로 하나씩 퍼주면 아이들은 저마다 국그릇을 받쳐 들고 저만치 가서 먹었다.

그물을 당기던 사람들이 저마다 구석에서 술병을 꺼내 생선을 안주 삼아 술을 마셨다. 모두 선장에게 다가가 한 잔씩 잔을 올린다. 그것을 다 받아 마신 선장은 잠시 후 취기가 올라 모래사장을 비틀거리며 노래를 불렀다. 음치였다. 점점 듣기 괴로워질수록 누군가 좋—다! 추임새를 넣지만 아버지는 묵묵 덤덤한 표정이었다. 아버지에게 술이 없는 걸 보자 긴 볼수염의 뱃사람이 다른 사람의 손에서 술병을 빼앗아 권했다. 그 사람에게 눈길 한 번 주고 술병을 받아 든 아버지는 한 모금 맛보더니 고개를 젖히고 들이켰다. 기침이 나며 얼굴에 붉은 열기가 오른다.

그 후 나는 자주 술 마시는 아버지를 보았다. 어머니에게 술 살 돈을 달라고 하면 어머니가 직접 나가서 사 오셨다. 아버지는 아주 좋은 호리병을 만들어 남은 술을 담아 수숫대 심으로 막은 채 겨드랑이에 끼고 다니셨다. 바다에서 돌아오실 때면 아버지 얼굴에 늘 술기운이 가득했다. 어머니가 걱정해도 본인은 전혀 아랑곳없었다. 나는 그런 아버지가 그리 싫지 않았고 나도 술을 좋아하게 됐지만, 술이 사람을 변하게 하는 것 또한 사실이다.

바다 일이 있었던 날이면 아버지는 항상 생선을 좀 들고 돌아오시곤 했다. 선장이 함께 일한 사람들에게 주는 보너스였다. 뱃사람들은 모두 큰 그물자루를 하나씩 가지고 있다. 그 안에 생선과 고기잡이 도구, 심지어 옷가지도 담는다. 뱃사람들은 매일 엄청나게 그물을 당겨야 한다. 고생이었다. 한밤중에 일해야 할 때도 있다. 그럴 때는 바다 위에서 밤을 샜다. 나도 그들의 어포에 들어가본 적이 있다. 그것은 지하로 움푹 들어간 땅굴 같은 공간이다. 위에는 해초로 형태를 잡고 그 위에는 옥수숫대나 못 쓰는 어망을 던져 얹는다. 도처에 생선 비린내…… 뱃사람들은 생선들처럼 다닥다닥 붙어 온몸으로 코를 골며 잤다. 밤에 일어나 볼일 보러 갈 때면 발 디딜 틈이 없어 사람 엉덩이를 밟고 가야 한다. 여럿이 코를 골며 소리를 지르기도 하고 서로 손을 뻗어 꼬집기도 했다. 아버지 역시 그런 사람들 속에 섞여 있으셨는지 모른다.

이른 아침에는 '새벽 그물'을 당겼다. 제일 중요한 작업이다. 선장이 제일 기운 넘치는 순간이기도 했다. 그는 가축을 몰듯 어포에서 잠자던 사람들을 전부 일으켜 깨우고 서두르라 재촉한다. 서리가 한 겹 앉은 작은 배…… 뱃사람들은 옷깃으로 서리를 닦아내고 훌쩍 배 위에 뛰어올랐다. 배 위에서 부산을 떨다 보면 발아래 서리가 금방 녹는다. 입에서 덜덜 소리가 나는 가운데 술을 마셔 추위를 견뎠다. 쉴 새 없이 마시고는 뭍으로 돌아갈 때쯤이면 모두 취해 있었다. 술 취한 사람들은 손발이 유난히 빠르다. 마치 춤추듯 노를 젓고 물 위로 휙휙 그물을 던졌다. 그들이 술 취해 부르는 노래가 해안까지 실려 오면 언덕 위에서 좋—다! 큰 소리로 추임새를 넣어주었다. 뱃사람들은 고기들이 놀라 도망가는 것을 겁내지 않았다. 솔직히 고기가 워낙 많았으니까……

언덕 위의 사람들은 솜옷에 그물 줄을 묶고 구령을 외쳤다. 앞에서 외치는 사람이 큰 오랑우탄처럼 두 손을 길게 쭉 뻗으면 일제히 함성을 올렸다. 선장은 이런 광경을 좋아했다. 구령 속에 늘 약간씩 속어, 비어가 섞여 있었고 함성을 따르는 아버지 이마에 구슬땀이 솟았다. 고기가 정말 많았다. 욕이 나올 정도로 많았다……

    바다에서 고기는 그렇게 많이 잡히는데, 집에 곡식은 늘 부족했다. 한 달 내내 옥수수빵을 한 번도 못 먹을 때가 있었다. 황금빛으로 반짝이며 사람 군침을 돌게 하는 옥수수빵…… 어머니는 곡식 기울로 만든 찐빵만 해주셨다. 아버지가 생선을 들고 돌아오시면 금세 온 가족이 둘러싼다. 모두가 지켜보는 가운데 어머니는 재빨리 생선을 씻어 맹물을 넣고 끓여 소금을 쳤다. 그런 날은 입이 뻐근해지도록 생선 요리를 먹었다. 물론 제아무리 좋은 생선이라도 옥수수빵에 비할 수는 없다. 어머니 말씀이, "일 안 하고도 생선을 먹을 수 있으니 얼마나 다행이냐…… 니들, 죽어라 일해서 아부지 옥수수빵 드시게 해드려." 아버지는 사양하는 법이 없으셨다. 딱 하나 남은 옥수수빵 역시 우적우적 아버지 입으로 들어가곤 했다. 배가 부르지 않은 상태라도 생선찌개 한 그릇을 다 비우진 않으셨는데 말이다. 반면 옥수수빵은 그렇게 식탐을 내셨다!

    그러던 어느 날 아버지는 바다에서 독 있는 생선 만지는 법을 배워오셨다. 몸에 푸른 반점이 가득한, 누런 뱃가죽의 이 생선은 생김새가 무서웠다. 그것을 어떻게 다루는지 배우신 것이다. 살은 아주 맛있지만 독 때문에 먹고 죽은 사람이 허다하다. 어머니는 그 녀석을 보자마자 놀라 비명을 지르더니 절대 위험한 짓 하면 안 된다며 우리에게 주의를 주셨다. 소매를 걷어 올린 아버지가 작은 칼로 배를 가르고 뭔가를 떼어내 대가리와 함께 버리셨다. 맹물로 여러 번 씻은 후 등에서 흰 줄을 두 가닥 뽑아내고 "이제 괜찮다" 허락이 떨어진 다음, 어머니는 생선을 받쳐 들고 가 요리를 하셨다. 기막히게 구수한 냄새가 났다. 정말 맛있었다. 이 정도는 되어야 맛있다고 할 만하다. 아버지는 호리병에서 술을 조금 따라, 나와 어머니에게 한 모금씩 맛보게 했다. 즐거운 밤이었다……

마침 이튿날이 바다에 나가지 않는 날이라 서둘러 잘 필요 없는 날은 그물 당기기 노래도 한 곡조 뽑으신다. 그 옆에서 아버지 적삼을 꿰매고 기우시는 어머니…… 이런 날 밤이면 나는 간이 커져 아버지 등에 엎드리곤 했다. 구들장처럼 따끈한 아버지의 등짝…… 아버지가 노래를 하며 비틀비틀 마당으로 나가시면 나도 따라 나갔다. 휘영청 밝은 달, 별은 별로 없는 검푸른 하늘…… 사람 소리 하나 없었다. 그제야 쓸쓸하고 작은 우리 집이 황무지 들판 위에 서 있다는 사실을 생각해냈다. 숲속에서는 부엉부엉 부엉이 소리…… 우리들에게 부엉이는 흉조라는 느낌이 없다. 가슴에 손을 얹고 먼 곳을 응시하시던 아버지…… 뭔가 상념에 빠져 있는 게 분명했다. 그날 밤 나는 아버지 몸에서 생선 비린내를 맡을 수 없었다.

언젠가 아버지가 바다에서 돌아오신 날이었다. 날이 아직 저물기 전인데 고주망태가 되도록 취해 있었다. 들이받듯 집 안으로 뛰어들어와 거꾸러지셨다. 어깨에는 텅 빈 그물자루…… 빈 그물자루를 이렇게 질질 끌며 오신 것이다. 어머니가 내게 아버지 다니시는 길을 훑어 생선이랑 옷가지랑 찾아오라고 시키셨다. 나는 광주리를 메고 나갔다. 집을 나선 지 얼마 안 되어 작은 물고기가 한 마리 있었다. 아직 움찔움찔…… 몇 걸음마다 한 마리씩 발견될 분위기였다. 모두 풀 속에 숨어 있는데 내게는 그 소리가 들렸다. 물고기의 외침을 들을 수 있었다니, 나도 이상한 인간이긴 하다. 나는 그것들이 어디 숨어 있는지 다 느껴졌다. 잡초를 헤치면 그 안에 틀림없이 한 마리 꿈틀대고 있었다. 앞으로 걸어가 두 다리로 띠풀 속을 훑으면 물고기가 내 다리에 부딪혀 자연히 위로 펄쩍 뛰어올랐다. 그 순간 허공에서 낚아채는 것이다. 얼마 안 걸려 나는 아버지가 잃어버린 생선을 다 주워 담고 때 묻은 옷도 찾아 돌아왔다.

아버지는 늘 바다에서 즐거움을 가지고 돌아오셨고 또 그것을 거의 홀랑 다 까먹기도 하셨다. 한번은 아버지가 복어 몇 마리를 가지고 돌아와 바닥에 던져놓으시더니 주무시러 가셨다. 어머니는 그것의 배를 가르고 아버지가 지난번 했던 것처럼 일련의 손질을 하셨다. 역시 구수한 냄새가 끝내줬다. 한 끼의 진수성찬이었다. 그런데 한 시간 정도 지나자 약간 현기증이 났고 나중엔 심하게 어지러워졌다. 이어 아버지가 온몸을 비틀거린다. 손가락이 가야금 위에서 현을 누를 때처럼 부들부들…… 이리저리 자리를 옮기며 입에서 하얀 거품을 토하셨다. 어머니 상태가 그나마 좀 나은 편이었으나 얼굴이 노랬다. 나와 아버지를 껴안고 하시는 말씀,

"일부러 그런 거 아녜유…… 아녜유…… 일부러 그러지는 않았다는 거 믿지유, 예?"

아버지는 새파래진 입술로 이를 악물며 고개를 끄덕이셨다. 어머니가 아버지를 내게 맡기고 의사를 부르러 간다고 하자 아버지는 고개를 가로저었다. 가장 가까운 촌락까지 몇십 리였다. 까마득했다. 어차피 시간에 댈 수 없다. 나는 손발이 욱신거리는 느낌이었다. 일어서고 싶었지만 한 걸음 옮기다 쓰러졌다. 이를 악문 채 몇 걸음 기어가는데 어머니가 비틀비틀 다가와 나를 부축하며 말했다.

"밖에 가서 무궁화 이파리 좀 따 오니라…… 해독이 될 거구먼."

기를 쓰고 밖으로 나갔으나 초지의 풀들은 다 똑같아 보였고 뭐가

뭔지 통 구분이 가지 않았다. 그저 풀숲이 나를 향해 손을 뻗어오는 것 같았다. 고개를 숙이자 풀들은 내 눈이며 머리칼을 어루만져주었다. 잠시 뒤 불꽃처럼 얼굴이 화끈거린다. 외마디 고함을 지르자 엄마가 따라 나와 나를 다독거리셨다.

"괜찮여, 괜찮여…… 천천히 찾아라. 눈 크게 뜨고……"

어머니는 이미 해독초를 한 줌 따서 먼저 좀 씹은 다음 내 입에 넣어주셨다. 어머니와 내가 계속 더 찾고 있는데 눈앞의 들판이 자주색으로 변했다. 또 다른 기이한 색깔로 변하는 것처럼 보이기도 했다. 온 들판에 자주색 장막이 한 겹 쳐지며 그 아래 수만 마리 웅크린 뱀들로 꿈틀대는 느낌이랄까…… 쉴 새 없이 부들거리며 춤추듯 날아오르는 것 같기도 했다. 자주색 장막이 내 허리를 거쳐 목덜미로 올라오더니 나를 뒤집어쓸 기세였다. 나는 자주색 장막에 가라앉아 몸부림치며 두 손으로 장막 끄트머리를 걷어냈다. 마치 물에 빠진 사람처럼 고함을 지르며 손발을 억지로 버둥댔다. 벗어날 수가 없었다. 어머니 생각이 난 나는 눈을 크게 뜨고 두리번거렸다. 사방에 아무도 없었다. 얼마나 오래 소리를 질렀을까…… 비로소 발걸음 소리가 들렸다.

정신을 차렸을 때, 나는 우리 작은 초가집에 누워 있었다. 아버지가 옆에 계셨다. 어머니는 저만치 떨어져 앉아 계셨고, 그 옆으로 짓찧어 즙을 낸 해독초 그릇이 보였다.

"애야, 헛소리를 하더구나……" 어머니 목소리를 들으며 나는 상태가 좋아진 것을 느꼈다.

이렇게 복어를 잘못 먹고 한 달쯤 지난 어느 저녁날, 밖에 큰 바람이 일었다. 정말 큰 바람이었다. 해변은 온통 어수선했고 여러 가지 굉음으로 무시무시했다. 나는 잠들었다가 작은 물고기 꿈을 꾸었다. 잘생긴 물고기였는데 꼬마 아가씨처럼 꾸미고 우리 초가집으로 걸어 들어왔다. 어머니가 그녀를 품에 안고 투명한 머리칼을 빗질해주셨다. 정말 예뻤다…… 양쪽 지느러미 이외의 다른 곳은 사람과 똑같았다. 그녀의 손을 잡고 마당에 나가 같이 매미를 잡으며 놀았다. 어머니는 그녀에게 특히 잘해주셨다. 옥수수빵을 먹이고 우리 집에 살게 하셨는데, 나중에서야 어머니가 그녀를 내 각시로 점찍어둔 것이었음을 알았다. 쑥스러웠지만 행복했다!

그녀는 이제 가야 한다면서 우리 집에 자주 오겠다고 말했다.

"가지 마…… 니네 집이 어딘디?"

"바닷속."

아…… 어린 인어였던 것이다! 평소에 사람들이 수군대던 얘기가 모두 진짜였구나! 그녀 말이, 할아버지, 할머니, 오빠, 동생 모든 친지가 다 뱃사람들에게 잡혀 비참하게 죽었단다. 그녀는 사람들에게 부탁해달라고 했다. 고기잡이를 하지 말아달라는 것이다. 그렇게만 해준다면 뭍으로 시집올 수 있다면서. 아버지와 함께 선장님을 찾아가 부탁해달라는 내 간청에 어머니는 그러시마고 했다.

물고기 처녀가 또 왔다. 울면서 말하길, "사람들은 아직도 고기를 잡고 있어요. 바닷속 그 많던 언니, 동생 들이 다 사라졌어요……"

정말로 딱한 처지가 된 것이다.

"방금 해변가 어포를 지나오는 길에 거기서 자는 뱃사람들 팔뚝에 붉은 줄을 묶어놨답니다…… 내가 잡아놨으니 바다에 못 들어갈 거예요!"

이 순간 꿈을 깼다. 나는 진정한 친구를 잃어버린 느낌에 울어버렸다. 달게 주무시던 아버지가 내 울음소리에 놀라 일어나서 나를 한번 흔드셨다. 어머니는 말없이 아버지를 한 번 쳐다보더니 더 자도록 나를 다독거리셨고.

날이 밝자 어머니가 일 나가시는 아버지께 조심하라며 내 꿈 얘기를 전하셨다.

"이 야 말인디유…… 꿈에서 뱃사람들이 붉은 줄에 묶여 있는 걸 봤다네유."

아버지는 어머니를 힐끗 쳐다보시고 그냥 집을 나섰다.

나중에 들은 얘기로, 그날 아버지가 선장에게 내 꿈 얘기를 했더니 웃기만 하더란다.

그날 선장의 작은 배가 출항했다. 바람 없고 물결이 평온한 저녁이었다. 그러나 뜻밖의 폭풍을 만나 같이 나간 다섯 사람 모두 미쳐 날뛰는 파도에 쓸려 나갔다. 한 명도 살아 돌아오지 못했다. 아버지는 자줏빛 입술을 하고 헐레벌떡 돌아와 부들부들 떨며 어머니께 폭풍우 얘기를 하셨다. 말문이 막힌 어머니가 놀란 눈을 하고 나를 바라볼 뿐이었다.

물고기의 추억…… 나는 잊을 수가 없다. 잊어본 적도 없다. 모든 사람이 그저 우연이었다고들 한대도.

중국 신시기문학과 장웨이 초기 중단편
—— 알레고리의 문학성 · 역사성 · 현재성

　　장웨이(張煒, 1956~　)는 진지하고 지적인 문제의식, 예술적 감수성과 문학적 형상화, 서사력, 문체의 완성에서 두루 최고의 성취를 보여준다. 대중적인 지명도를 높일 기회가 적었을 뿐 의심할 바 없이 당대 중국 최고의 작가 중 한 사람이다. 그의 작품들은 근대문학이 달성한 고전적 의의와 그것의 초월 가능성을 동시에 품고 있다. 소설가로서의 존재감도 으뜸이지만 박식하고 중후한 인문학자의 내공을 보여주는 산문 또한 탁월하다. "문학의 핵심은 시(詩)"라고 언명한 바 있는 만큼, 방대한 저작들 가운데 시집도 있으며 글쓰기 전반에 '시성(詩性)'이 흐른다는 평을 듣는다. 전통문화의 현대적 변용과 지식인의 정신적 구원 문제를 생애적 테마로 삼고 있다.

　　장웨이는 현대 소비사회와 거리를 두어왔다. 현자의 향기와 지사적 풍모가 배어나는 그의 언설, 그 근저에 흐르는 것은 휴머니즘이다. 우주 삼라만상과의 조화로운 삶을 중시하는 장웨이의 인간관과 자연관의 결합이기도 하다. 세상의 추이에 비관적인 편이지만 그게 곧 절망이나 염세는 아니다. 고난과 고통을 인생의 당연한 속성 내지 의미로 여기는 가운데 오히려 삶의 저력이 생겨날 수 있다. 고도성장기 중국의 천민자본주의적 현실에 대한 비판, 자연친화적인 삶에 대한 강렬한 애착과 추구가 1980년대 장웨이의 단편들에 이미 선명하게 드러난다. 장웨이 문학세계의 시원을 초기 중단편 소설들에서 확인할 수 있다.

1. 이른바 '인터넷문학' 시대의 '엄숙문학'

'문학'이란 'literature'의 번역어이다. 애당초 '근대국가의 내면적 이데올로기(국어를 통한 국민의 창출)'라는 (근대)문학의 정치성과 자본주의 체제 상품이라는 속성에서 자유로울 수 없으나, 문학은 동시에 그런 한계를 초월하는 위대한 가능성을 키워왔다. 대중성과 예술성이 흔히 모순적 가치로 취급되지만 실은 문학 본연의 태생적 후천적 속성들이다. 문학은 '즐기기 위해' '위로하기-받기 위해' 자연스럽게 태어나 발전했고 근대사회를 거치며 현실 문제와 철학적·인류학적 고뇌를 형상화하는 예술 형식으로 자리 잡았다. 중국에서도 상업적 성공이 강조되며 철학과 예술로서의 문학이 퇴색하는 가운데, 급기야 기존의 전통은 '엄숙문학'이라는 이름으로 통칭되기 시작했다. 장웨이는 기꺼이 '엄숙문학'의 한 거물로 소개할 수 있다.

숱한 국내외의 문학상을 받았으나 근년 장웨이의 수상 경력은 특히 그의 중국 문단 및 출판계 내의 위상을 잘 보여준다. 20여 년 만에 탈고한 450만 자짜리 장편 『그대는 고원에(你在高原)』(2010)가 홍콩의 주요 시사지 『아주주간(亞洲周刊)』 선정 '2010년 세계 중국어권 10대 소설'

1위에 올랐다. 장웨이는 제9회 '중국어문학미디어대상' 및 '2010년도의 작가'라는 영예를 안았으며, 이 작품으로 2011년 '마오둔(茅盾) 문학상'(제8회)을 수상했다. 라오서(老舍), 루쉰(魯迅), 차오위(曹禺) 문학상과 더불어 중국 4대 문학상의 하나로 꼽히는 '마오둔 문학상'은 오로지 소설, 그것도 장편소설만을 대상으로 한다는 점에서 의미가 각별하다.

중국 출판계의 현황을 짚어보면 작가 장웨이의 가치를 새삼 되새기게 된다. 인터넷시대 이래 중국 문학계는 극적인 변화를 겪어왔다. 글쓰기 전통이 유구한 자타공인의 '문자대국' 중국에서 '인터넷문학'의 기세와, 그것이 종이 매체 위주의 기존 문학에 준 충격이 다른 나라들에서보다 심하다니 역설적이다.* 그렇다고 이해 못 할 일도 아니다. 개혁개방 이후 세대의 '발화 욕구'(글쓰기 전통 주변에 쌓여온) 글쓰기에 대한 동경'이라는 또 하나의 유산이 비로소 폭발적인 융합을 일으킨 것인지 모른다. 글쓰기와 영상매체의 연계는 한층 긴밀하고 자연스러워졌다. 물론 중국에서, 영상매체와의 연계가 작가로서의 입지에 결정적인 작용을 하는 현상이 인터넷 보급으로 처음 도래한 것은 아니다. 세계적인 명성을 얻은 영화의 원작자로서 부각된 이래 상업적인 성공과 노벨문학상과도 인연이 닿은 모옌(莫言, 1955~), 문학사 교과서에 등장하는 작가이자 문단의 원로, 문화부장관 역임 후 평론이나 TV강연 등으로 유명한 왕멍(王蒙, 1934~)이 대표적이다. 그러나 장웨이의 문학적 성취와 존재감, 인문 지식인으로서의 깊이 있는 언설은 이들을 압도한다.

---

* 「육분천하─오늘의 중국문학」『창작과 비평』, 왕샤오밍(王曉明)(창작과비평사, 2012년 여름호).

2. 중국의 1980년대
─'신시기문학'과 장웨이 초기 중단편 소설

19세기 후반 이래 100여 년의 중국 역사를 '계몽과 구국의 이중 변주(啓蒙和救亡的雙重變奏)'라고 표현하곤 한다. 중국혁명은 사회주의 이상의 실현이라기보다 외세에 저항한 '민족해방'의 성공 사례였다. 그러나 승리감의 낭만이 영원히 지속될 수는 없었다. 사회주의 경제체제의 비효율 저생산성을 견디던 신중국은 '대약진운동'이라는 무리수를 두기에 이르렀고, 그 참혹한 실패의 책임을 피해보려는 기득권층의 술수, '반우파투쟁'이 이어진다. 그 연장으로, 극좌적 이상주의에 편승한 권력투쟁이자 군중심리적 광기가 휩쓸었던 문화대혁명은 마오쩌둥의 사망과 더불어 자연 종식되고, 중국은 드디어 세기적 결단을 내리게 된다. 1978년 공식적으로 '개혁개방'의 방향성이 천명된 이후 10여 년을 '신시기(新時期)'라고 부른다.

신시기의 함의는 다양하지만, 기본적으로 유보됐던 '근대의 재개'라는 측면이 있다. '계몽'의 방법론이었던 서구 근대문명이 5.4신문화운동기를 거치며 전면 수용 대상 내지 '계몽' 그 자체의 동의어로 자리잡으려다 일본의 대륙 침략을 맞아 '구국' 논리에 밀려난 지 60여 년 만의 일이었다. 다시 맞은 백화제방·백가쟁명의 시대, 서구적 근대에 대한 선망의 물결 속에 중국의 1980년대는 거대한 잠재력을 지닌 가능성의 시대이자, 톈안먼 사태를 거쳐 경제발전 이외의 가능성이 강제로 닫혔다는 점에서 좌절의 시대였다. 건국 이후의 역사를 반성적으로 돌아보는 '반사(反思)'의 시대이기도 했다. 중국판 후일담 문학의 일종인 '상흔문학'도 있었으나, 이 시대 전반을 아우르는 주된 성향은 뿌리 찾기,

즉 '심근(尋根)'운동이었다. 풍부한 지방색이 1980년대 중반 중국을 석권한 '심근문학'의 공통점이다. 이는 지방과 변경의 습속과 역사를 주제로 시공간과 인과관계의 정합성에 매이지 않고 현실·비현실의 경계도 불분명한 우화적 세계, 요컨대 근대문학의 주류인 리얼리즘과 동떨어진 세계를 그린다. 종래의 제도화된 문학에서 보기 어려웠던 미지의 풍경으로 가득한 것은 당연하다. 심근문학은 서구 근대문화에 대한 매혹과 현실적 곤경 사이에서 하나의 불가피한 출로이기도 했다. 이미 정설로 통하는바, 심근문학에 큰 영향을 미친 외부자원으로 신화와 알레고리 같은 전근대적 텍스트 특유의 기법을 동원한 라틴아메리카의 마술적 리얼리즘을 들 수 있다.

'근대의 추(追)체험' 측면이 강하던 1980년대를 거쳐 중국은 빠르게 '탈근대적 고민'이 불가피한 시대로 진입해갔다. 그 속도는 잘 알려진 대로 '압축 근대'의 대표 격인 한국을 넘어선다. 장웨이 문학은 그러한 시대상과 인간이라는 근본문제의 예술적 형상화다. 장웨이의 많은 작품이 '은유,' 즉 알레고리allegory의 한 정수를 보여주며, 1980년대 여러 중단편은 그 전형적 예다. 등장인물들 하나하나가 그 시대 중국인들의 보편적 성격과 운명을 보여준다. 알레고리야말로 개인의 이야기와 공동체의 역사적 체험을 유기적으로 엮어내는 심미적 형식일 수 있다는 프레드릭 제임슨의 지적은 여전히 유효하다. 1990년대 이후 장웨이의 장편 가작(佳作) 및 대작이 많으나 초기 중단편 소설들의 의의 역시 그래서 중요하다. 감성적·사색적 기질의 문학청년이 10대에 문화대혁명, 20대 초반 신시기의 풍운을 겪으면서 빚어낸 주옥의 명편들, 장웨이의 중단편 소설들은 '신시기'라는 중국 현대사의 극적인 한 대목을 이해하는 효과적인 매개다.

3. 『고선』에서 『그대는 고원에』까지

장웨이는 1982년 「음성(聲音)」이 중국작가협회 주최 전국 우수단편
소설상을 타며 주목받았다. 1983년 「라라 골짜기(拉拉谷)」가 중국청년출
판사 창작상(단편부문)을, 1984년「어떤 맑은 연못(一潭淸水)」이 전국적 권
위의 문예지 『인민문학』에 실리고 또 한 번 전국우수단편소설상을 수상
하면서 본격적으로 널리 이름을 알렸다.

무르익은 역량을 선보이듯 내놓은 것이 최초의 장편소설 『고선(古
船)』(1986)*으로, 작가로서의 출세작이자 중국 당대 문학의 고전으로 꼽
힌다. 작자의 고향 룽커우를 연상시키는 한 지방 소도시 와리(洼狸)진을
배경으로, 토지개혁부터 개혁개방기까지 40여 년에 걸친 수(隋), 자오
(趙), 리(李) 세 집안의 인연과 흥망성쇠를 통해 대변혁기 시골도시의 격
동과 인성의 왜곡을 그리고 있다. 주요 인물들의 회상이나 회고담 형식
으로 중화인민공화국 성립 이후 '대약진'이나 '문화대혁명' 당시의 극적
인 상황들이 삽화처럼 등장해, 신중국 수립 이후의 역사를 전체적으로
조망할 수 있다. "민족정신사에 세워진 중후한 기념비" "와리진을 중국
의 축소판으로 한 서사시"라는 절찬이 쏟아지는가 하면, "중화인민공
화국의 역사를 왜곡한 허무적인 작품"이라는 상반된 반응에 직면하기
도 했다. 발표 후 6년 만에 관련 평론이 작품 글자 수(30만 자)를 넘어섰
을 정도의 화제작이었다.

장웨이는 이제 『그대는 고원에』의 작가다. 각각의 표제가 붙은

---

* 발표는 1986년(당대 5호), 단행본 1987년, 수정판 1993년. 한국어판은 1994년 『새벽
   강은 아침을 기다린다』상/하(풀빛). 한국에 소개된 유일한 장웨이 작품이었으나, 작가
   본인이 모르는 가운데 나왔고 절판된 상태이다.

10권 450만 자의 이 장편소설은 일단 분량으로 세상을 놀라게 했다. 100여 명의 인물이 등장하고, 작가 자신이 많이 투영된 주인공을 중심으로 여러 서술기법을 통해 그 나이 또래 중국인들의 엇갈린 과거와 현재가 그려진다. 장웨이 연령층의 중국인들은 혁명의 이상과 현실 사이의 처절한 괴리, 그 위에 신자유주의적 자본주의의 대세를 겪은 전무후무한 세대다. 장웨이가 들려주는 그들의 이야기는 우리에게 깊은 감동과 영감을 줄 것이다. 금후의 연구와 소개가 기대된다.

4. 작품 읽기 — 장웨이 초기 중단편 소설선

대추나무 지킴이(看野棗, 1981) 개혁개방 직후, 한 해변 마을 사람들이 겪는 관계의 변화와 구조 전환을 무겁지 않은 필치로 그려냈다. 막 시작된 거대한 시대 변화 속 인간 군상들, 그들의 심경에 엇갈리는 곤혹과 희망을 읽을 수 있다.

하늘색 나막신(天藍色的木屐, 1981) 개혁개방 초기, 시골 소도시 청춘 군상들의 대조적인 성격과 처지에 시대상이 드러난다. 출신성분 때문에 차별받아온 다룽의 그늘진 세월과 절망의 기억은 문화대혁명기, 심지어 신중국의 어두운 면을 총체적으로 상상하게 한다. 깍쟁이 샤오닝의 긍정 에너지, 시대적 전환기의 최대 수혜자인 지역유지의 아들 왕얼리의 경박스러움이 생생하고 전형적이다.

음성(聲音, 1982) 새 시대의 새로운 지식과 자기실현에 대한 강렬한 동경 같은, 당시 젊은이들의 순수한 보편 욕구가 풋풋하고 서정적인 필치로 묘사되었다. 이 욕구는 시대정신의 일부였다. 남자 주인공이 '꿈

추'라는 설정도 예사롭지 않으며, 그의 신지식이 '잉글리시'라는 설정 또한 1980년대 중국 젊은이들의 뜨거운 영어학습 붐이라는 역사적 사실의 형상화다. 영어는 '현대화'의 주요 도구이자 '현대성'의 주요 상징이었다.

버섯이 자라는 곳(生長蘑菇的地方, 1982) 발표 이후 꾸준히 간행된 다양한 단편선에 표제작으로 뽑히거나 중복 수록된 작품이다. 문화대혁명 당시 반동의 가족으로 핍박받던 청년 주인공은 피난 삼아 내려온 시골에서 대자연의 신비와 감동, 첫사랑의 설렘과 좌절을 맛본다. '썩은' 물질의 토양에서 피어나는 아름답고 향기로운 버섯, 그것의 생태야말로 1980년대 중국인들에게 더없이 생생하고 절실한 시대인식의 문학적 은유가 아닐 수 없다.

밤꾀꼬리(夜鶯, 1982) 무학의 시골처녀 팡셔우와 마을의 유일한 대학생 얼환의 대화에서 1980년대 청춘의 대조적인 두 유형이 대비된다. 대학생은 그 존재만으로도 희망의 상징이었으나, 본인들에겐 희망과 난감함이 교차하는 나날이었다. 도식화·교조화된 체계를 벗어나고자 하나 대안 없는 현실에 우울하기만 한 지식청년 얼환, 그를 마냥 선망의 눈으로 바라보는 순진무구한 농촌 처녀가 있다. 주변 인물들은 부지런하고 선량한 농민들. 농촌공동체의 건강하고 목가적인 모습이 인상적이다. 농촌 풍경과 대학생 얼환의 세계, 양자의 대비 속에 새로운 시대에 대한 기대와 곤혹이 형상화되었다. 전체적으로 농촌공동체에 대한 애착과 향수가 강렬하게 묻어나는 작품이다. 팡셔우와 진쫭의 주거니 받거니하는 화창 속에 여명이 밝아오는 결미는 낭만적 이상주의로 폄하할 수 없는 감동과 여운이 있다.

어느 맑은 연못(一潭淸水, 1983) 수박밭이 마을의 공유재산이던 시절

라오류거는 인심 좋게 수박을 나눠 먹고 서리를 당해도 느긋하던 수박 밭지기였다. 그러나 도급제로 사유화의 길이 열리자 갑자기 인색해지고, 수박밭의 식객이자 좋은 일손이던 가난한 소년 샤오린꽈를 대하는 태도도 일변한다. 개혁개방 초기 사회주의 경제체제의 극적인 구조전환기, 표출되기 시작한 '사유'에 대한 욕망과 '공유'의 기존 체질이 충돌하는 시대의 단면을 실감나게 그려냈다.

흑상어 바다(黑鯊洋, 1984) 비극적인 조난사고를 계기로 고기잡이를 완전히 접은 반농반어(半農半漁) 해변마을의 등장인물들이 새롭게 바다에 도전하는 이야기다. 무시무시한 파도와 싸우는 장면은 대변혁시대의 도전과 위기의식에 대한 박진감 넘치는 은유일 수밖에 없다. 체험에서 우러나는 농어민 삶의 이해, 시대정신에 대한 사색, 휴머니즘 등 장웨이의 여러 개성이 녹아 있다. 바다가 상징하는 것은 새롭게 눈뜨기 시작한 욕망이자 파멸로 이끌지 모를 두려운 유혹이리라. 결국 사람들은 이 모든 것에 도전을 시작했고 그것이 중국 1980년대 시대정신의 한 기조였다.

해변의 눈(海邊的雪, 1984) 해변의 고기잡이 간이숙소에 사는 가난한 두 늙은 어부와 돈벌이에 열을 올리는 주변인물의 가치관과 생활태도가 대비된다. 두 노인의 삶 자체, 그에 대한 작가의 애정 어린 시선은 장웨이 문학의 휴머니즘을 구성하는 주요소다. 현역에서 거의 밀려났으나 의연함과 패기는 여전한 늙은 어부들. 진바오와 라오강은 위험에 빠진 영악한 젊은이들을 구하느라 목숨을 건다. 심지어 구출 과정에서 평생의 꿈 '작은 집' 한 칸 마련을 위해 모아온 전 재산을 날리는 진바오. 이들의 가치관·생활관, 그것으로 상징되는 것들에 대한 작가의 강렬한 애착이 느껴진다.

흥분이란 무엇인가(激動, 1986) 가난한 10대 중반 시골 소년들의 하루, 그들의 잡담에 등장하는 여러 가지 사연이나 소문 등을 통해 당시 중국의 보편적 사회모순을 단편적이면서도 총체적으로 보여준다. 「나 홀로 전쟁」과 더불어 작가의 풍자 해학 코드와 서사 능력이 발휘된 작품이다.

삼상(三想, 1986) '삼상'이란 불교에서 말하는 세 가지 욕망——탐욕스러운 마음인 욕상(欲想), 화내는 마음인 진상(瞋想), 남을 해하려는 마음인 해상(害想)——을 가리킨다. 욕망이 분출되기 시작하던 시절, 시대적이면서도 매우 근본적인 장웨이 특유의 고민을 확인하게 해주는 작품이다. 천민자본주의의 전형적인 양상들이 본격적으로 광범위하게 나타나기 이전이지만, 장웨이는 시대의 병폐를 선취해 감지하고 있다. 일찍부터 인간과 자연의 관계, 욕망의 문제 같은 철학적·우주적인 테마를 사유하는 작가의 사상가적 면모를 보여준다. 의인화된 야생 늑대와 은행나무, 주인공 인간이 나란히 동등한 화자로서 내면을 토로하는 구성이 흥미롭다. 독백과 서술의 인칭 변화에 주목하면 그것이 테마와 관련된 나름의 장치임을 느낄 수 있다. '나(인간)'의 서술과 독백으로 시작하지만 결미에서는 '나' 역시 만물의 하나인 '그'가 되어 다른 생명체들과 환호를 주고받는다.

비 내리던 고운 밤(美妙雨夜, 1987) 문화대혁명기 상산하향(上山下鄉)의 물결 속에 이뤄진 지식인 청년남녀의 풋풋한 만남과 20년 뒤의 재회가 잔잔히 그려진다. 주인공 남녀는 시종 서로의 정체를 구체적으로 파악하지 않은 채 만났고 또 익명의 상태로 재회한다. 자의와 무관하게 지식인들이 농어촌·산촌으로 파견되어 기층 인민들의 삶을 체험하고 현지의 조직 속에서 임무를 수행하던 시절, 이는 대자연의 아름다움과 이

상의 고귀함을 확인하는 동시에 그것들과 인간사회의 현실적 간극에 좌절하는 시간이기도 했다. '혁명의 이상'이라는 대의명분 아래 여러 작위적 상황이 무수한 희극적·비극적 드라마를 낳았다. 이 작품은 그런 가운데 피어난 '서정성'의 역설과 감동을 전해준다.

낙엽천지(滿地落葉, 1987) 문화대혁명기 지식청년들의 상산하향 시절의 에피소드를 회고한다. 혁명의 이상과 광기가 뒤얽혀 있던 시대를 반성적으로 돌아보는 시점이기에 나올 수 있는 작품이며, 다분히 감상적인 문체가 두드러진다. 청년기에 그 시대를 경험한 지식인들에게는 절박했던 딜레마와 고뇌, 그리고 그 속의 달콤 쌉쌀한 추억, 이 역시 동시대·동세대 중국 독자들의 감정이입도가 특별했을 작품이다

꿈속의 웅변(夢中苦辯, 1987) 풍자적 우화, 현실의 알레고리로서 풍부한 은유를 해독해가며 읽을 수 있다. 중국인들이 개인 소유에 눈떠가던 시대, 물질적 욕망에 휘둘리기 시작하던 시대, 작가는 진정한 '개인', 진정한 '사유(私有)'에 대한 화두를 던지고 있다. 인간과 자연의 현실적 관계성에 관한 통렬한 비판이자 자기반성이라는 요소도 중요하다. 「삼상」의 주제의식과 통한다.

겨울 풍경(冬景, 1987) 매년 혹독한 겨울을 나는 북방 어느 어촌마을의 풍경과 풍물을 배경으로, 한 늙은 어부의 불우하고 처연한 삶을 담담히 전해준다. 그것은 운명에게, 국가에게 배신당하는 삶이었다. 휴머니즘, 냉혈적 권력에 대한 분노, 그리고 작가의 산둥성 해안 지방에 대한 깊은 체험과 이해의 내공이 엿보인다. 현재 과거를 오가며 기억이 교차하는 짜임새가 마치 영상 작품을 보는 듯한 효과를 낸다. 주인공 노인은 바닷가에서 평생을 보낸 사람답게 계절 및 기상의 변화를 감지할 줄 안다. 산업사회와 무관한, 오로지 대자연과 호흡하며 살아가는

인간들 특유의 영성이다.

나 홀로 전쟁(一個人的戰爭, 1988) 일본의 패망 이후 중화인민공화국 성립까지의 국공내전기, 국민당과 공산당이 건곤일척의 대결을 벌이는 가운데, 비적(匪賊)들의 행패도 심각했다. 이들은 항일전선에 비정규로 편입되거나 이후 일부가 공산당에 합세하기도 하지만, 대체로 국가 공권력이 제대로 작동하지 않는 공간에서 양민을 약탈하는 존재였다. 이 작품은 국민당, 공산당, 비적, 3자의 틈새에서 어영부영 공산당 영웅이 된 어느 젊은이의 행적을 서늘하고 코믹한 필치로 그려냈다. 신해혁명기를 배경으로 한 루쉰의 「아큐정전」이 1920년대 반(半)봉건적 현실의 알레고리 및 구(舊)중국에 대한 총체적 풍자였다면, 「나 홀로 전쟁」은 국공내전기 및 신중국 성립기의 「아큐정전」이라고 할 만하다. '아큐'와 '뤼이' 둘 다 단순무식하고 뻔뻔함과 무모함의 소유자, 대격변기의 어둠을 회화적으로 재구성한 블랙코미디의 주인공이지만, 그 최후는 각각 딴판이다. 아큐가 비극적이고도 희극적인 죽음을 맞는 데 비해, 뤼이는 혼돈의 틈바구니에서 얼렁뚱땅 출세한다. 실질적 공로 없이 승리의 성과에 편승한 공짜 영웅 뤼이, 지극히 아큐적인 인물의 전혀 다른 결말이 은유하는바 또한 의미심장하다.

벌집(蜂巢, 1988) 이 작품 속 양봉인들 무리는 하나의 작은 세계이며, 절대권력자와 모순구조 면에서 현실세계의 축소판이다. 일그러진 권력의 상징 라오반. 근친상간의 패륜도 서슴지 않는 횡포, 그에 대한 무력한 여인의 처절한 복수가 괴괴하고 스릴 있다. 1980년대 말의 정치 상황을 떠올리며 작품의 은유 코드를 꼼꼼히 찾아보면 '읽는 재미'가 배가할 것이다.

검은 연못 검은 물고기의 추억(懷念黑潭中的黑魚, 1988) 대자연의 거대하고 근본적인 아름다움과 존재감, 배타적 인간 욕망의 비루함에 대한 통렬한 반성과 참회, 장웨이의 오랜 테마가 '마술적 리얼리즘'을 연상시키는 형식으로 표현되었다. 민간의 전설이나 민담 등에 녹아 있는 휴머니즘과 반(反)물질주의적 요소를 1980년대 중국 지식인의 자기정체성 확인에 끌어들이려던 노력이었다. 그 내공이 일반적으로 문화대혁명기, '하방(下放)' 체험에서 쌓인 점은 역설적이다. 저명한 학자 평론가 천쓰허(陳思和)의 지적대로 문화대혁명은 "20세기 중국문학의 마르지 않는 샘"이었다.

별들을 보며(面對星辰, 1989) 1980년대 중국판 '후일담 문학' 작품의 하나로 볼 수 있다. 문화대혁명기에 광란만 있었던 것은 아니다. 지식인의 책임과 사명을 느끼며 산야를 누비고 시련을 마다하지 않는 열정과 분투도 있었다. 그 시절을 진지하게 임했던 지식인들의 당혹감을 엿보게 해주는 작품이다. 과거가 서정적으로 반추되고 있으나 드러나는 것은 1980년대 말 중국 지식인들의 허탈감. 주인공 남녀 간의 사연과 상처가 구체적으로 밝혀지지 않아도 상관없다. 독자들은 저마다의 체험을 대입하고 환기시키며 몰입했을 것이다.

서재(書房, 1989) 일종의 지괴(志怪)류, 판타지 형식의 특이한 작품이다. 은유로 점철되어 있으리라는 기대를 갖게 한다. 당대 중국 국내 정치 상황을 염두에 두며 중국 지식인들의 곤혹스럽고 복잡한 내면을 탐색하는 매개로 읽어볼 만하다. 우화풍의 음침하고 불가사의한 다수의 장치들, 부정합적인 기술(記述) 등등, 중국 근현대사에 대한 이해를 바탕으로 다양한 해석을 시도해볼 여지가 많다.

물고기 이야기(魚的故事, 1989) 장웨이 특유의 휴머니즘과 자연친화를 보여주는 작품중의 하나이다. 생선을 즐겨 먹으면서 의인화된 물고기와 사랑에 빠지는 주인공의 존재가 흥미롭다. 어부의 아들이자 장차 어부가 될지 모를 주인공이 물고기와 사랑에 빠지는 것은 '만물의 하나로서 살아가는 것'과 '만물의 주재자로 살아가는 삶'의 괴리, 자연만물과 인간의 관계성 사이에 존재하는 난해한 근본 모순 및 소통 불가능성 등에 관한 아포리아aporia를 시사하고 있는 듯하다. 장웨이의 오랜 사유 테마이기도 하다.

작가 연보

1956   11월 7일 산둥(山東)성 룽커우(龍口)시에서 출생.

1972   고교 진학 대신 고무공장에서 일하며 틈틈이 습작. 나중에 룽커우
            사농(四農)연합중학에서 중등교육과정 이수. 포도원과 조림지 등에
            서 일하거나 농업 어업 일에 종사하며 1978년까지 단속적으로 자
            오둥(膠東) 반도를 여행한다.

1973~75   단편 「나무자전거(木頭車)」(첫 작품) 「홰나무꽃 전병(槐花餅)」 「주야
            로 노래하는 작은 강(小河日夜唱)」 「땅콩(花生)」 「전쟁의 어린 시절
            (戰爭童年)」 등 창작.
            보하이(渤海)만 쌍다오(桑島)에서 어민들 생활 체험.

1978   옌타이(煙臺)사범전문학교〔현 루둥(魯東)대학〕 중문과 입학. 교내
            문예지 『베이커(貝殼)』 창간 멤버.
            단편 「사람의 가치」 「톈건번(田根本)」 등 완성.

1979   단편 「비가(悲歌)」 「고별(告別)」 「초봄의 바다(初春的海)」 「얼룩비둘
            기(老斑鳩)」 등 창작. 1970년대 단편들은 『그의 현악기(他的琴)』(1990
            년 출간)에 수록.

1980   옌타이 사범전문학교 졸업.

단편 「타타 마누라(達達媳婦)」「애태우는 아버지(操心的父親)」 발표. 산둥성 자료관에 근무하며 『산둥역사기록자료선집』 편찬에 참여.

1981   단편 「루칭허(盧青河) 강변」「대추나무지킴이(看野棗)」 등 발표. 산둥문학창작상 수상. 자오둥 반도의 어촌 탐방, 전설이나 그물 당기기 구령 등을 채집.

1982   단편 「음성(聲音)」「하늘색 나막신(天藍色的木屐)」「버섯이 자라는 곳 (生長蘑菇的地方)」 등 발표. 산둥작가협회 주최 '장웨이 단편소설 심포지엄' 개최. 중국작가협회 산둥분회 가입.

1983   첫 작품집 『루칭허가 내게 말하길(盧青河告訴我)』 출간. 단편 「라라 골짜기(拉拉谷)」 청년출판사 문학창작상, 「음성」 전국우수단편소설상 수상. 중국작가협회 가입.

1984   단편 「어느 맑은 연못(一潭清水)」「흑상어 바다(黑鯊洋)」「해변의 눈 (海邊的雪)」 등 발표. 산둥성문련(文聯)창작실 소속으로 전업작가의 길로 들어섬.

1985   중편 「니하오, 번린 동지(你好, 本林同志)」「가을의 분노(秋天的憤怒)」, 단편 「여름의 벌판(夏天的原野)」「담뱃대(烟斗)」 등 발표. 「어느 맑은 연못」 전국우수단편소설상 수상.

1986   장편 『고선(古船)』 출간. 11월 산둥성위원회 및 작가협회 문학연구소 공동 주최로 『고선』 심포지엄 개최.

1987   중편 「해변의 바람(海邊的風)」, 단편 「홍분이란 무엇인가(激動)」「꿈속의 웅변(夢中苦辯)」 발표. 중편소설집 『가을밤(秋夜)』 『장웨이 중편소설집』 출간. 9월 독일 방문, '본 대학 중국문학주간' 참가. 동독 방문.

1988   중편 「버섯 7종(蘑菇七種)」「예술가를 구해주오(請挽救藝術家)」, 단편 「겨울풍경(冬景)」「삼상(三想)」「낙엽 천지(滿地落葉)」 등 발표, 중단

편집 『어린 눈동자(童眸)』 출간.

중편 「가을의 분노」 청년익우상(益友獎), 1986~87년도 중편소설상, 단편 「황원(荒原)」 우시(無錫)국제청년공모전 금비둘기상 수상. 3월부터 자오둥 반도를 장기 여행하며 민간역사풍물 자료 수집. 『그대는 고원에(你在高原)』 집필 개시. 산둥성 작가협회 부주석 취임.

1989 『고선』 청년익우상, 타이완 금석당(金石堂) 독자최고인기도서상, 「가을의 분노(秋天的憤怒)」 제1회 산둥태산(泰山)문예상 수상.

1991 중단편집 『비 내리던 고운 밤(美妙雨夜)』, 평론집 『주말의 대화(週末對話)』 출간.

1992 장편 『9월의 우화(九月寓言)』 출간, 산문 「쑥스러움과 온유함(羞澀與溫柔)」 발표.
장중원(莊重文)문학상 수상.

1993 장편 『나의 전원(我的田園)』, 산문집 『산문과 수필(散文與隨筆)』 출간.
10월 산둥성 주요 대학 공동주최 '장웨이 문학주간' 개최.
11월 중국국제서복(徐福)문화교류협회 부회장 취임.

1994 산문 「밤의 사색(夜思)」 「독백(獨語)」, 평론 「이방작가 에세이(城外作家小記)」 「시대―읽기(閱讀)와 복제(仿制)」 발표. 「시대―읽기와 복제」 프랑스 『현대』지 게재. 단편집 『어느 맑은 연못』 프랑스에서 출간(Gallimard).
『9월의 우화』 상하이 장편중편소설대상, 『고선』 인민문학출판사 장편소설상, 「가을의 분노」 1986~94년도 『당대』 중편소설상, 산문 「들판으로 녹아들다(融入野地)」 상하이문학상 수상.

1995 장편 『바이후이(柏慧)』 『가족』, 단편집 『홍분이란 무엇인가』, 산문집 『생명의 호흡(生命的呼吸)』 출간.
『9월의 우화』 산둥성 1994년도 명품상 수상.
평론 「기다리며 지켜본다는 것(守望的意義)」 프랑스 『현대』지 게재.

미국 다이제스트Digest 초청으로 미국 방문.『이방작가 에세이』프랑스에서 출간(Gallimard).

1996 중편『영주잡감록(瀛洲思絮錄)』발표. 소설집『동쪽순방(東巡)』『장웨이 자선집(自選集)』(총 6권), 수필집『정신의 실타래(精神的絲綸)』등 출간.
10월 중일우호협회 초청, 중국문화교류대표단과 방일.
11월 한중우호협회 초청, 중국대표단과 방한.
12월『나의 전원』으로 산둥 명품장편소설상 수상.

1997 평론집『시대—읽기와 복제』, 중편『고죽(孤竹)국과 기(紀)나라』출간.
산문집『생명의 호흡』전국도시도서상,『장웨이 명편정선』(증보판 5권) 산둥우수도서상 수상.

1998 산문집『최고의 웃는 낯(最美的笑容)』, 수필집『응시(凝望)』출간.
『장웨이 소설선』미국에서 출간(Blue Diamond Publishing Corp).
『9월의 우화』전국우수장편소설상 수상.
11월 타이완 문건회(文建會) 초청, 대륙작가대표단과 타이완 방문.
홍콩대학 강연.

1999 단편「물고기 이야기(魚的故事)」(1989년 탈고) 발표.
「어느 맑은 연못」일본의 문학계간지『중국현대소설』게재.『고선』프랑스문화과학센터에서 대입교재로 확정. 소설집『지나간 사람과 세월(逝去的人和歲月)』이 프랑스에서, 소설집『어느 맑은 연못』일본에서 출간.
11월 일본 초청 방문. 히토츠바시(一橋) 대학 외 2개 대학에서 강연.
12월『고선』대륙, 타이완, 홍콩 '20세기 세계 100대 중국인 소설', 중국 내 선정 '20세기 세계 100대 중국어 문학'에 선정.

2000 장편『외성서(外省書)』출간.

단편 「검은 연못 검은 물고기의 추억(懷念黑潭中的黑魚)」 일본 『라센(螺旋)』지에 게재.

3월 프랑스 국립도서관 초청, 강연.

4월 이탈리아 동방대학 초청 방문.

12월 프랑스작가협회 초청, 강연.

『9월의 우화』 '1990년대 10대 작가, 10대 작품'에 선정, 타이완 시보(時報)출판공사 '좋은 책'상 수상. 『고선』 『9월의 우화』 베이징 대학 선정 '20세기 중국문학의 고전'. 『중국문화보』 선정 '중국 10대 인기작가.'

2001   장편 『접시꽃을 잊을 수 있으랴(能不憶蜀葵)』, 단편집 『검은 연못 검은 물고기의 추억』 『버섯 7종』 『물고기 이야기』 출간.

단편 「비 내리는 고운 밤」 일본 『나선(螺旋)』지에 게재. 평론 「자유─선택의 권리, 우아한 기개」 프랑스 잡지에 게재(Editions de la Maison des sciences de l'homme). 『장웨이 시선』 프랑스에서 출간 (Poetiques chinoise d'aujourd'hui).

10∼11월 타이완 문화국 초청 '1개월 타이베이시 거류작가.'

2002   『장웨이 독본(讀本)』 출간.

산둥성 작가협회 주석 취임. 문인들의 연수 교류시설 '완송푸(萬松浦) 서원' 건립 주도.

장편 『외성서』 제1회 치루(齊魯) 문학상 수상.

2003   산문 「완송푸서원 건축기」 발표. 장편 『추태 또는 낭만(醜態或浪漫)』 출간.

「물고기 이야기」 제1회 중국환경문학상, 『추태 또는 낭만』 중국 최우량도서상 수상.

2004   산문집 『T. S. 엘리엇의 잔(艾略特之杯)』, 평론집 『서원의 사상과 존재(書院的思與在)』 등 출간.

중국대표단 일원으로 프랑스 방문, '중-프 문화의 해' 행사 참석.

9월 완송푸 서원 건립, 원장으로 취임

10월 마르세유 대학 초청으로 프랑스 방문, 강의.

2005 장편『먼 강 먼 산(遠江遠山)』, 산문집『비평과 영성(批評與靈性)』『생명의 각인(生命的刻印)』『시성의 원류(詩性的源流)』『존재와 품성(存在與品質)』등 출간.

『장웨이 소설』독일에서 출간(European University Press).

완송푸서원 국제시가절(詩歌節) 행사 위해 영국 방문.

2006 소설집『흑상어 바다』『장웨이 작품정선』, 산문집『세 시대를 회고하다』출간.

『9월의 우화』미국에서 출간(Homa & Sekey Books).

2007 장편『고슴도치의 노래(刺猬歌)』, 산문집『가을의 대지(秋天的大地)』출간.

장편『어린 시절(童年)』프랑스 출간(Desclee de Brouwer), 『9월의 우화』일본 출간(彩流社).

2008 『장웨이 산문집』『장웨이 시선(張煒的詩)』, 인문에세이『고운 마음 뜨겁게(芳心似火)』출간.

『고선』미국 출간(Harper Collins Publishers). 『고선』일본 잡지『훠귀즈(火鍋子)』에 연재.

9월 한국 방문.

2009 평론집『반도에서 떠돌다(在半島上遊走)』, 시집『물굽이동산에 묵다(夜宿灣園)』출간.

『고선』유럽판 출간(미국 Harper Collins Publishers). 소설집『버섯 7종』미국에서 출간(Homa Sekey Books). 『먼 강 먼 산』일부 일본 미타분가쿠(三田文學) 여름호에 게재.

장편『그대는 고원에』탈고.

2010	장편『그대는 고원에』(총 10권) 등 출간.
	9월 중국작가협회 주최『그대는 고원에』심포지엄 개최. 미국 하버드 대학교에서 강연.『그대는 고원에』『인민일보』및 인터넷판(人民網) 선정 '2010년도 10대 도서.'
2011	『소설 스튜디오(坊) 8강(講)』연재, 출간.
	인문에세이『고운 마음 뜨겁게』한국에서 출간(『제나라는 어디로 사라졌을까』, 글항아리).
	『홍콩 대공보』선정 '2010년도 문인평가' 1위,『그대는 고원에』제4회 '중국작가 얼뒈스(鄂爾多斯) 문학상',『아주주간』선정 '2010년도 세계10대 중국어문학' 1위, 제9회 중국어문학미디어대상 2010년도 대표작가상 수상,『그대는 고원에』제8회 마오둔 문학상 수상.
2014	평론에세이『이백과 두보(也說李白與杜甫)』출간.
2015	10월 한중작가회의(8차) 참가차 방한, 경북 청송 객주문학관에서 '김주영-장웨이 문학세계' 좌담회.

'대산세계문학총서'를 펴내며

2010년 12월 대산세계문학총서는 100권의 발간 권수를 기록하게 되었습니다. 대산세계문학총서의 발간은 앞으로도 계속될 것이고, 따라서 100이라는 숫자는 완결이 아니라 연결의 의미를 지니는 것이지만, 그 상징성을 깊이 음미하면서 발전적 전환을 모색해야 하는 계기가 된 것은 분명합니다.

대산세계문학총서를 처음 시작할 때의 기본적인 정신과 목표는 종래의 세계문학전집의 낡은 틀을 깨고 우리의 주체적인 관점과 능력을 바탕으로 세계문학의 외연을 넓힌다는 것, 이를 통해 세계문학을 바라보는 우리의 시각을 전환하고 이해를 깊이 해나갈 수 있도록 한다는 것이었다고 간추려 말할 수 있습니다. 그리고 궁극적으로는 우리의 인문학을 지속적으로 발전시켜나갈 수 있는 동력이 될 수 있기를 희망하는 것이었습니다. 이러한 기본 정신은 앞으로도 조금도 흐트러지지 않고 지켜나갈 것입니다.

이 같은 정신을 토대로 대산세계문학총서는 새로운 변화의 물결 또한 외면하지 않고 적극 대응하고자 합니다. 세계화라는 바깥으로부터의 충격과 대한민국의 성장에 힘입은 주체적 위상 강화는 문화나 문학의 분야에서도 많은 성찰과 이를 바탕으로 한 발상의 전환을 요구하고 있습니다. 이제 세계문학이란 더 이상 일방적인 학습과 수용의 대상이 아니라 동등한 대화와 교류의 상대입니다. 이런 점에서 대산세계문학총서가 새롭게 표방하고자 하는 개방성과 대화성은 수동적 수용이 아니라 보다 높은 수준의 문화적 주체성 수립을 지향하는 것이며, 이것이 궁극적으로 한국문학과 문화의 세계화에 이바지하게 되리라고 믿습니다.

또한 안팎에서 밀려오는 변화의 물결에 감춰진 위험에 대해서도 우리는 주의를 게을리하지 말아야 할 것입니다. 표면적인 풍요와 번영의 이면에는 여전히, 아니 이제까지보다 더 위협적인 인간 정신의 황폐화라는 그늘이 짙게 드리워져 있는 것이 사실입니다. 대산세계문학총서는 이에 대항하는 정신의 마르지 않는 샘이 되고자 합니다.

'대산세계문학총서' 기획위원회

대 산 세 계 문 학 총 서